大漠枪声

【乌伦赛◎著　马　英◎译】

内蒙古出版集团
远 方 出 版 社

图书在版编目(CIP)数据

大漠枪声 / 乌伦赛著；马英译. --呼和浩特：远方出版社，2014. 4
ISBN 978-7-5555-0094-0

Ⅰ. ①大… Ⅱ. ①乌… ②马… Ⅲ. ①长篇小说－中国－当代
Ⅳ. ①I247. 5

中国版本图书馆CIP数据核字(2014)第055337号

大漠枪声

著　　者　乌伦赛
译　　者　马　英
责任编辑　刘洪洋
封面设计　阿　荣
版式设计　王改英
出版发行　内蒙古出版集团　远方出版社
社　　址　呼和浩特市乌兰察布东路666号
（电话 0471—2236466　邮编 010010）
经　　销　新华书店
印　　刷　内蒙古爱信达教育印务有限公司
开　　本　710×1000　1/16
字　　数　400千
印　　张　28
版　　次　2014年8月第1版
印　　次　2014年8月第1次印刷
印　　数　1—1500册
标准书号　ISBN 978-7-5555-0094-0
定　　价　48.00元

目录

【第一章】

苦读诗书上衙门
投笔从戎下军营

北方某地，盛夏炎热的一天。

旗府政务处一办公室外间有几名文书和实习文书正伏案疾书，似在抄写什么重要公函。他们相互间没工夫说话聊天，几乎连东张西望的闲情也没有，只有纸张的唰唰翻动声。屋里如此安静，加上门外闷热的天气，给人一种喘不过气来的沉闷感。

浓眉若弯弓、大眼透灵光，一个一脸聪明机灵的孩子气、约莫二十岁左右、中等身材的小伙子，头戴凉帽，身穿不缠腰带的蓝缎子单袍，脚踩平底黑色礼服呢鞋，用一块白色手帕擦着额头的汗，似有什么心事，行色匆匆地走进来。他的出现，使屋里沉闷的气氛被打破，刹那间有了欢快的说笑声。那些伏案书写的文书们放下手中的活儿，急忙跑过来围住了他，七嘴八舌地问起了话。

“赛音，你刚才去上房这么长时间，干什么去了？”

“都有哪些人？跟你说了些什么？”

“见到协理了吗？王爷在不？”

刚才进来的小伙子名叫赛音特古斯，是本旗巴彦淖尔巴格人氏，出生于查干布哈大沙漠。他的父母为使儿子学得本领光宗耀祖，让他七岁时拜入当地一老学究门下读书学习。因他从小聪明好学，师傅又教得好，到十岁时已基本掌握了蒙古语文的朗读和书写，当地老少喜欢称他为“小文书”。十五岁时他跟随在旗府里供职的堂哥道尔吉进入旗衙门当了实习文书，直到前年初才转正为文书。

方才他被叫到旗王爷、协理和管旗章京们办公的上房里，见到王爷和协理，紧张得不知道怎么办才好，加上事情来得突然，还没有足够的时间理顺，现在又被同事们七嘴八舌地围成一团，那真是叫人又热又紧张啊！他不停地擦着汗，“兄长们容我缓一缓。这天气，热死我了，我先喝口水再说给你们听。”

一个实习文书倒杯水给他。他接过来一口气便喝干了。

“你们在吵吵什么呢？”问话的是一个从里屋走出来的中年人。只见他身着蓝缎长袍，腰缠黄绸丝带，斜戴一顶礼帽，约莫四十岁光景，微黄的胡须，发胖的身材，满脸堆着笑，显然是个人物。

“淖木嘎乃先生请这里坐。”一个高个子年轻人连忙搬来一把靠椅，请刚才从里屋出来的佐领巴图乌力杰坐。“淖木嘎乃”是此人的尊称（阿拉善蒙古人一般不直呼长者的名字，以尊号来代替。每人有一个尊号或尊称）。

“方才协理将赛音特古斯叫去，待了好长一会儿。我们不知道他们说了些啥，想问问赛音特古斯，却不小心打扰了您的工作，请先生包涵。”一个文书说。

赛音特古斯接过话茬，“淖木嘎乃先生您早就知道了，还不告诉我，真是吓死人了。”

“怕什么？我怎么知道王爷和协理最后如何决定呢？你说说，他们是什么意思？”巴图乌力杰佐领也想听一听赛音特古斯怎么说。

“到底怎么啦？”

“什么事让你吓成那样？”

“快说呀！别再卖关子了！”大伙儿都等不及了。

“我说，我说！”赛音特古斯平了气息，娓娓道来，“我到了上房，协理问我：‘想把你从旗府里调出来，去保安总队当秘书，你愿意吗？’我还没来得及回答呢，只见从里屋走出来一个人，我回首看是王爷。王爷对协理说：‘你说的那个孩子就是他吗？’我连忙站好，行礼。王爷盯着着我看了好一会儿。协理说道：‘是呀，我说的小伙子就是他。他叫赛音特古斯，今年二十一岁，能书会写，当了几年实习文书，前年才转为文书。’王爷说：‘我经常能见到他，只是不知叫什么名字。’说着转身问我：‘那你愿意去当兵吗？’情急之下我答道，‘我听王爷和协理的！’这么一说可就糟了！王爷返回里屋后，协理对我说：‘你下个礼拜就到保安总队去报到吧！’我壮了壮胆，小声细气地说：‘我、我从没干过兵营的活儿，恐怕不行吧。还是留在旗府好一些。’谁知协理生了气，‘那你刚才为什么说服从王爷的命令？现在又想反悔，那你自己去给王爷说吧！’我吓得不知怎么办好了，‘不是的，我不是那个意思。我服从安排！’协理也不生气了，心平气和地叮嘱道：‘哎，这就对了！’就这样，我稀里糊涂地出来了。我没想过事情会是这样，连做梦都没想到啊，现在该怎么办啊？”

说着说着，赛音特古斯就没词儿了，眼巴巴地看着大伙儿，让兄长们拿个主意。

“去部队上也好哇，可是不能把所学的东西丢了呀！学问对你我来说，什么时候都是有用的。”巴图乌力杰淖木嘎乃叮嘱道。

“协理说，旗府文书的身份仍然保留，还要在官员的档案里注册备案呢！”赛音特古斯说。

“那是自然的了。”巴图乌力杰肯定地说。

“那好啊，多美的差事啊！”一个文书羡慕地说。

巴图乌力杰很乐观地说：“要干好了，以后说不定还能当侍卫官、佐领呢！”

“为什么让赛音特古斯去当兵呢？穿那个草绿色的军服有什么好？”

“你去兵营里，以后我们就不能在一起了。”

“去了兵营，从被褥、衣物、鞋子到子弹、枪支都给发放，薪水也不少，日子久了说不定能当个军官呀！”

同事们七嘴八舌地议论着，给他打气鼓劲，好久才散去。

礼拜六的晚上，在旗府里和赛音特古斯共事的几个年轻人在额日德木图的舅舅、建福寺的尚卓特巴（总揽庙仓之权的喇嘛职位）喇嘛帕尔钦喇嘛嘎（喇嘛嘎为尊号）家准备了一桌酒肉饭菜，给赛音特古斯送行。

“金耳小黄马，
溜溜地跑回马群里。
年纪轻轻的小弟弟，
要去兵营里当差。

褐色的枣红马，
飞快地跑回马群里。
年轻有为的小兄弟，
满心欢喜赴征程。”

巴图敖其尔最先唱起了这首《金耳小黄马》。这是一首长调民歌，只不过他在唱的时候对原有的歌词稍做了改动，加了些与当晚相关的词儿。

策仁也学着巴图敖其尔的唱法，变换着词唱了起来：

“七十颗纽扣子的大氅衣，
是否加穿在身上啊参谋？
七十颗子弹的匣子枪，
是谁挥舞着出征啊参谋？”

另有一个朋友干脆自己编了一套歌词唱开了：

“可亲可爱的小兄弟，
要去军营里当官兵。
努力学好知识和本领，
步步升迁报效家国。”

无论他们唱什么歌，怎么去改变歌词，都是为赛音特古斯祝福的内容，祝福他前途光明，一路走好。

这时候，旗府侍卫、赛音特古斯的好友额日德木图起身，自编自诵了一首诗：

“君命如泰岂能辞，
贤弟才智何忧悒。
丈夫披甲上战马，
一世功名由此起。”

额日德木图朗诵完毕，给赛音特古斯敬酒，其他人纷纷鼓掌赞赏。

“恩盖（额日德木图尊称）真是出口成章啊！”

“也算得上是上乘佳作了。”文书德力格日达来赞道。

“我虽没有诗才，但也愿随口朗诵一首为大伙助个兴吧。”侍卫达木林旺希格起身，提高声音朗诵道：

“神圣使命担在肩，
热血满腔保家园。
智勇双全驰疆场，
何愁不戴红顶冠。”

诵诗的人给赛音特古斯和大伙儿敬酒。又有人赞道：“这诗也很妙。”

“嘉，该赛音特古斯给朋友们表演节目了。你是作诗呀，还是唱歌呀？”

“赛音，你给大伙儿回献一个节目吧！”

“他的诗，也是张口就来呀！”

看到朋友们纷纷催促他出节目，赛音特古斯也不推托，起身说：“方才兄弟们展现才艺，以优美的诗歌和动听的歌喉为我祝福和打气，对此我深表感谢。但是，你们都知道我不太会唱歌，诗也作得不好，只是勉勉强强会诵读几句玩玩罢了。今天不知怎么啦，好像成不了什么气候，只好凑合着念一首诗回谢大家，请大家不要见笑才好。”说笑间他举起面前的酒杯喝了一口，朗诵道：

“金星红顶不奢望，
保家卫国驰疆场。

壮志凌云多应变，

斩除恶魔报故乡。”

朗诵完毕给大伙敬酒。家一边喝酒一边称赞诗作得好。

“赛音特古斯的诗，节奏和内容都很好，但是……”额日德木图说了一半，停下不说了。

“但是什么？您说呀！”赛音特古斯说。

“算了，还是不说了吧。诗是好诗，没问题。”额日德木图卖起了关子。

“恩盖老哥，我求您了，有什么不当的地方给小弟指点出来嘛！”赛音特古斯起身走到额日德木图跟前敬了一杯酒。

“恩盖您就说了吧，你看把赛音小弟急的。”德力格日达来从一旁劝道。

“其实也没什么好说的。只是一个‘但是’把你给急坏了。那我告诉你吧，我说的也许不对呢。我觉得，你的第一句诗缺少了些胆量，一句‘金星红顶不奢望’表现得很胆怯，削弱了后三句的力道。你可以不奢望金星红顶，但不能想这些东西跟你没份。你应该想方设法去努力地争取啊！要想保家卫国，不辜负兄弟们的期望，你可以尽微薄之力，也可以全力以赴，就看你自己的选择了。但是有朝一日机会和条件都成熟了，你再使出浑身的才智加一把劲，金星红顶子也不是不能获得。”

额日德木图的这一番解读令众人心服口服，达木林旺希格亦同意他的分析，还指出赛音特古斯所说“金星红顶不奢望”的思想缘头：“恩盖刚才分析得很好，非常准确。他这么一说我也恍然大悟。所谓‘不奢望’，大概是你不想入伍的心理在作怪吧！”

额日德木图笑着说：“你们家乡的安久公爷是名震一方的英雄好汉，就在他当年是一个穷小子的时候，也不曾说过他没有红顶子的份儿。不知我说得对不对，请大伙儿明鉴。衙门府院里作诗、评诗向来都是自由的，我们几个更是随心所欲地说惯了，所以我就瞎说了一通，不当的地方还请批评指正。”

“恩盖、阿格泰您二位的解析正是一针见血，号住了我的心脉，看透了我的心境。在此我诚心感谢两位兄长的批评指点。我一定会尽快地调整好心态，顺应变化，随遇而安，即便不奢望也要努力进取。请兄长们放心吧！”赛音特古斯在说笑中给大伙儿敬酒。

众人拍手大笑，开怀畅饮。

赛音特古斯把自己要去部队的事告诉堂兄道尔吉参领。道尔吉是赛音特古斯的亲叔叔的儿子，也是他在德力格尔浩特唯一的近亲，是他们几代家族里官职最高的人。道尔吉生性平和，言语温婉，在长辈们眼里看着顺眼，和小兄弟们也能和睦相处。听到赛音特古斯要去兵营的消息，他有没有吃惊，很不好说。但他平静下来沉思了一会儿，虽然觉得当兵不如在旗府里工作，但是既然已经这样决定了，那也只好这样了。他叮嘱道：“去了那里要好好遵守和服从长官的命令，注意军风军纪，学得真本事。那里有很多从黄埔军校出来的大小军官们，你要多向他们学习。军队里和旗府不一样，服从命令是军人的天职。有一本好书，叫作《孙子兵法》，我见过有蒙译的手抄本，我会想办法给你搞一本。你好好研读这本书，潜心掌握兵法要领。除此之外，以前所学的文化知识也不能放弃，还要好好提高，以后的进步还是要靠真才实学的。切记！”

道尔吉以深入浅出的寥廖数语叮嘱和鼓励即将下军营的赛音特古斯，两眼里充满了作为兄长的关爱之情。

1945年6月28日，赛音特古斯正式步入了旗保安总队大院。那是一个依靠城墙而建的建筑群。上首正中是总队部办公地，两边是面对面的官兵宿舍，正中间是军事训练场的大院落。赛音特古斯来到总队司令部，走进参谋长办公室。只见屋里坐着身穿军服、佩戴少校徽章的中等身材、褐色脸庞的长官，见有人进来，抬起头，微笑地看着他。此人是参谋长宝音阿日比吉呼。

赛音特古斯鞠躬行礼，说前来报到。

“你来得正好。我还担心你不愿来呢。”宝音阿日比吉呼说。

“把我调来，原来是您的主意呀？”赛音特古斯说。

宝音参谋长热情地说道：“我的建议还不赖吧？我是想让你成一个文武双全的将才呀!你不会对文武之道不感兴趣吧？”

“感谢首长的厚爱，请不吝赐教，多多栽培！”赛音特古斯起身，规规矩矩地回答。

“坐，坐吧！我们想让你在总队部参谋处做参谋工作。你在旗府当过文书，所以我们决定委任你为中尉参谋。因为你刚参加部队工作，所以先干一些文书工作，一边工作，一边学习军事知识，积极参加军训，尽快提高素质，从而更好地适应部队各项工作。”宝音阿日比吉呼参谋长按照惯例公事公办地交代了工作和注意事项，然后闲聊了一会儿。

“我没有住的地方，暂时就住在旗府原先的宿舍里吧？”赛音特古斯他俩以前就认识，所以也没有什么顾虑，直接就问了。

“那倒不用，你就住在办公室里，可以给你安排单人间。”参谋长说。

“那就谢谢参谋长啦！”

“你这几天先和同事们熟悉熟悉，再了解了解工作环境。具体工作嘛，几天以后再给你安排吧。”

参谋长和赛音特古斯之间的对话到这里收了尾。

赛音特古斯从军营里出来，东张西望地信步走到旗府大院门口，久久地盯着看过去每天看惯了的寺庙建筑风格的蓝瓦顶庄严大红门、其两侧立的大石狮和一动不动地持枪站在门口的两名哨兵，心想，我也成一名士兵了，和这两个站岗的士兵一样……看着，想着，那个哨兵好像变成了自己……唉！父母竭尽全力让我学成有为、光宗耀祖，而这个愿望如今莫非要落空了？帕日钦喇嘛所说的“命运”，难道就是这个？他一时陷入了沉思。

“赛音，你不进来发什么呆呀？这两个狮子你又不是没见过。”巴图敖其尔喊着跑出来，把他拽进院子里。

他们俩是同一巴格的邻居人家。巴图敖其尔是一个比赛音特古斯大两岁、个子高两寸，拥有浓密乌黑的头发、粗犷的黑眉毛、经常眯着笑的眼睛、高平的鼻梁，身着蓝色绵绸长袍的帅小伙子。他俩是从小一块玩大的好朋友，亲兄弟般相互帮忙，相互间也没什么可隐瞒的，所以一见面便如此这般地亲密无间。

现在，他俩在屋子里说话。看样子，他们要说好长一阵子。

“当兵对我有什么好？父母会怎么说？他们一定会失望和伤心，你说对吗？”

“我觉得这是个好事呢。你的名字依旧保留在旗府职员档案里，不影响以后的升职晋级。淖木嘎乃师傅不是说过吗？”

“说是那样说，但谁又知道会发生什么事呢？”

“我看没什么问题。要是获得旗官员、部队长官双重身份岂不是更好？你看协理大人，既是协理，又是保安总队长，红顶子、金星都集一身，军政大权一手在握，要多风光有多风光。”

“我们怎么能和协理相比呢？”

“那倒是，我们不可以和协理相比较。但是你看，宝音阿日比吉呼、朝格图、额日德尼他们不是也肩挑着军政官员双重身份吗？”

“那是他们，人各有天命。”

“所以你也不是不可以啊！”

“我现在已经成为政府文书和部队中尉参谋。你指的是这个吗？”

“什么？是准尉，还是中尉？”

“中尉。”

“谁告诉你的？”

“宝音参谋长告诉我的。”

“前几年从旗府或学校毕业到部队上工作的人大都给了准尉职务，个别一两个才当上少尉。你刚去那里就给了中尉参谋之职，你的起步很高啊，说不定以后能当上章京或参谋长呢！”

“如果你是王爷，我也许能做到那个级别。”

“我可当不了王爷，在你手下当个小差就不错了。”

“那只不过是因为我在旗府当过文书，才给了我一个中尉头衔和参谋职务罢了，这有什么好奇的？”

“我从小就对你很好奇。你那么小就看《三国演义》、《进士缘》等书，看得爱不释手。”

“那都是你岳父的书。你整天在人家身边，却只知道抱人家的姑娘，不知道看书读史，还好意思说人。我好不容易弄到一两本书，不看对得起谁？”

“我一点也不爱读那些书。”

“那是你还没有领略到书中的好滋味。”

“看到你当了兵，令我想起了小时候我们玩游戏，你常常扮演军官的事。现在想来，或许那也是个预兆啊。我们几个在城墙上分成两派人马，你扮军官，部署在哪座庙里布兵，在哪儿拦截，从哪儿追击等计谋，我们这一派经常输给你们那一派的。你还记得吗？”

“儿时的事儿，怎会忘记呢？”

“去年春天我们练习打靶时，你在旗府班里领先呢。记得你以前经常向别人借手枪练习射击，这可是要管大用了。”

“管什么大用啊？不过学会了射击，眼下也许有些好处呢。”

“说你是神枪手也不为过吧！”

“嗨，还远着呢。”

“旗里扬名的神枪手斯琴巴雅尔、额日登巴雅尔他们都是瞄准了才射中呢，你却是抬手就射中，难道不比他们强吗？今年春节，你让我蒙住你的眼，用手枪打中了宝音拉响的铃铛，露了一手呀！”

“你尽挑我的好处说，怎么不说我的毛病啊？记得是四五年前的事。有一次我玩弄枪支时不小心走了火，打穿了屋顶，弄了一屋子灰土。当时我爸妈都在，噢，还有喇木嘎也来了，那一枪差点没把他们几个吓死。你没听说吗？”

“听说过，喇木嘎给我岳父说此事的时候我在场呢。”

“我的父母本来就反对我玩枪弄弹，这下好了，出了这么大的事，正好以此为借口剥夺了我持枪的权力。枪被没收之后，我跟着母亲去山上庙会的路上碰到了多少个黄羊，你不知我当时有多着急呢！”

他俩回忆着童年时代的有趣的事，如此这般地说了许多，对将来的前途，既有几分期待，又有几分茫然。

几天后，赛音特古斯领着一个士兵来搬家什，巴图敖其尔和几个人帮着送过去。他的新舍里摆放着一个木板床、一个柜子、一个小办公桌和两把椅子，勉强够三个人走动。虽然地方小，但比起旗府十来个人拥挤着睡的大炕屋，显得干净利索。

“军营里有一个身着长袍的蒙古小伙子进进出出，显得不太方便吧？”

“为什么不给发军服呢？”

“可能没来得及发吧，迟早会有的。”

“我们的赛音穿上了军服肯定会是个帅小伙儿。”

前来帮忙的几个人如此说笑着。

赛音特古斯说道：“已经来人量了身材，大概过几天给发服装吧。可是我怎么也提不起兴趣来。”

“我有兴趣，但是不给我发呀！遗憾呀！”策仁笑着说。

十来天以后，赛音特古斯穿着深绿色军服和大头皮鞋，肩上佩戴中尉领章，头戴大盖帽，佩着军腰带走出军营时，门卫“啪”地给他立正行礼，吓了他一跳。他想起旗府门口门卫向进出的官员行礼的情节，连忙举起右手至帽檐，算是回了礼。他径直走到旗府门口，两个门卫依旧行礼。这一回他没有着急，不慌不忙地回了礼。进了门，正要去找那几个同事看他的军装，没想到迎面碰到了身着少将服的协理。

“协理您好！”赛音特古斯慌忙立正行礼，问候的是家乡的话，行的是军人的礼。

协理打量着他，“已经到部队上了？这套军服很合适呀！”

“报告，我已经到总队部工作了。”赛音特古斯简要地答道。

等协理走过去了，他才转身走进政务处办公室。

淖木嘎乃和几个文书似是见了陌生人一样好奇地看着他。

赛音特古斯在众目睽睽下有点不好意思地笑了。

“这军服对你挺合身的呀！”一个文书说了第一句话。

“比过去更帅了，以后上街可要小心，别让人家姑娘把你缠住了。”淖木嘎乃开起了玩笑。

大伙儿热热闹闹地笑了。

赛音特古斯到了部队后努力工作，为了圆满地完成所承担的任务使出了浑身的力气，但仍旧力不从心，遇到很多困难，甚至还哭过鼻子呢。从走路、进门、说话到和官兵见面，无论做什么都和以前旗府里的不一样。有时候说话说不到点子上，办个事办不到门子上，就好比新媳妇遇到了严婆婆，刚进门就叫人来了个下马威。然而从小从艰难贫苦的生活中走过来的他，受到父母亲勤劳刚毅、艰苦奋斗的生活习性的影响，从没在困难面前低过头。他在很小的时候拜师学文，当时条件极其困难，连笔和纸都没有，就用梭梭枝条儿在沙子上写字涂鸦，完成学业。所有这一切给了他战胜任何艰难的勇气和力量。每当遇到困难之时，他便想起小时候母亲给他讲的那些民间故事和自己所读过的书本中出现的英雄人物们所经历的各种艰险磨难，顿觉自己所遇到的这些困难比起他们如若九牛一毛，仿佛减轻了许多负担，充满了必胜的信心。功夫不负有心人，在他日复一日的努力和坚持下，一切都变得好起来，业务工作越来越熟练，各项任务也圆满完成，得到领导和上级有关部门的表扬，这真是“山重水复疑无路，柳暗花明又一村”。他还充分利用业余时间勤读《孙子兵法》等古今军事书籍，加强自己的军事知识，在平时的训练中和普通士兵一同参加，从严要求自己，逐步掌握了基础要领，适应了部队生活。他还利用自己在家时从父亲的一个相识老中医学到的《三字经》、《千字经》、《百家姓》、《诗经》等汉语文基础，阅读了黄埔军校的教材及其他汉文历史传记等书籍，因而汉语文水平提高了不少，军事方面的理论知识也有所增强。

赛音特古斯到部队上过了一年，在宝音阿日比吉呼的委派下到北疆执行任务，处理一起从边境那边进入本旗境内被我方边境哨所逮捕的三人案件。从边境回来后，协理把他叫到总队部办公室询问那起越境事件和处理的意见。

“我去了北方边境，与那三个被逮捕的越境者分别进行了谈话。他们的说法大致相同，都说是暴风雪中迷了路，失去了方向，才越过了边境，不承认自己是故意越境探取情报的探子。因为是外国人，我们没有用刑。我方边境哨所虽然有怀疑，但没有确凿的证据，更何况是两国之间的事情，应慎重从事。卑职认为，尽量大事化小，小事化了，在保证边境地区平安的前提下，把抓捕的人都放了。这样处理，不知妥否？”赛音特古斯一口气说完。

“你见到塔拉腾巴依尔没有？他是什么想法？”协理轻描淡写地问道。虽如此，但看得出来协理十分关心这件事，他的心思没能躲过赛音特古斯明察善辨的眼神。

“我见到了嘎嘎（塔拉腾巴依尔的尊称），他也同意这样处理。”赛音特古斯答道。

“那就按照你的想法解决吧。给边境哨所传话，赶紧把那几个人放了。你要写一份办理情况报告书给旗府。”协理显然对此事的处理很满意。

赛音特古斯在边境哨所看到从那三个越境者身上搜到的两本书，一本叫《共产党宣言》，另一本叫《资本论》，都是蒙古文的。当时他把两本书退还给主人，对方却说：“留给您做个纪念吧。”于是他把书留了下来，回来以后开始读，却不知道书里说的是什么，搞不懂，失去了阅读的兴趣。但是又不死心，从小养成的习性促使他一定要把不懂的东西弄懂，不会的事情学会，好奇心使他暗自下决心，一定要弄懂这两本书讲的是什么。他知道这种书是不能随便给人看的，连问都不能问，只好靠自己再三阅读来理解了。

赛音特古斯和几个军人跟随宝音阿日比吉呼参谋长出了一趟远门。他们骑着马，穿过本旗西境，凭着好马的速度走了十来天才走到兰州城。除了北乡的沙漠和梭梭林没见过什么好风光的大漠之子，第一次出远门。他走出故乡，走进繁华城市，从高大的铁桥横穿滚滚黄河，踩着云梯登上五泉山，看高楼大厦霓虹灯闪烁，观车来人往川流不息，品尝当地小吃白饼夹酱猪肉和正宗兰州牛肉拉面，正是开了眼界，解了嘴馋。然而，这一切都不是他脑海里印象最深刻的。另有一件事，在很长一段时间里让他耿耿于怀。

那一天他跟随宝音阿日比吉呼逛大街，一辆蓝色轿车在人流拥挤的街头打着喇叭如疾风般奔来，径直撞倒了一个领着小女孩的约莫四十岁的女人，却不减速，依旧向前飞驰。看见那辆车快撞上来了，赛音特古斯反应快，飞速闪开。那辆车一个紧急刹车停在了他的旁边，从前座上跳出来一个佩戴国军上尉领章的黄脸壮汉，不由分说扇了赛音特古斯两个耳光。他不知道发生了什么事，还没有回过神来，轿车后窗打开，一个身着绸衣的胖女人探出头来把那个上尉唤上车，一溜烟地开走了。被轧死在马路上的小女孩儿，奄奄一息的女人，不明不白地被打了耳光的赛音特古斯，受了惊吓的路人，凑热闹的看客，各色人等都愣在原地，没有一个警察或保安人员出来管管这事儿。

西北地区重镇，偌大的金城兰州，在光天化日、众目睽睽之下，堂堂的国军军官竟然随心所欲的飞车杀人，这种令人惊诧的现象叫赛音特古斯亲眼目睹了。若不是亲眼所见，打死也想不到会有这等惨事发生，什么王法、国法、军纪都哪里去了？无缘无故地叫素不相识的人扇了两耳光，他也不计较。但是那不明不白葬身于车轮之下的母女俩悲惨的样子久久闪现在他脑海里，令他的心隐隐作痛。

日子如同流水般飞快地流逝，转眼间赛音特古斯来到军营已整整两年了。这期间时局发生了巨大的变化。

山前的省以十万大军威胁、恐吓王爷、协理和旗里的官员们，有时征用驼马，甚至提出将旗首府所在地德力格尔浩特外围的商贸街变成县，妄图以汉人、蒙古人分开治理的手段将这个地方完全掌握在自己的手里，还用利益诱惑、武力逼迫等手段，驻兵威胁，派特务间谍进行暗探，通过“官方”买卖和高利贷进行经济剥削。所有这一切阴谋措施，随着时局的变化逐渐有了松弛的迹象。这是因为这时候全国的局势发生了很大的变化，共产党的军队进行全面反攻，所到之处大获全胜，占领了很多的地方。而国民党的军队处处吃败仗，大量地被消灭。西北战事也不利于国民党，省里的那个胖长官顾头顾不了腚，不要说向北扩张势力了，就连抵挡南面的共产党都显得吃力，能否保得住江山都成了大问题。

在这紧要关头，各地区、各阶层都在思谋出路和对策，考虑如何应对这动荡不安的时局。

旗王爷达理扎布也在思考这个问题。

欲知达理扎布王爷如何应对时局，请看下回分解。

【第二章】

职务晋升告别众弟兄
远途跋涉探望父母亲

旗府会议室。

王爷、协理、管旗章京、梅伦、参领们和保安总队部分官员在开会讨论时局。多数人认为，风云突变的当下更须提高警惕，适当地扩充边境地区守卫力量为上策。

“山前的省方虽没有了武力侵占的气力，但俗话说‘瘦死的骆驼比马大’，我们不得不提防他们做最后的挣扎。在这紧要关头，为了保证以德力格尔浩特为中心的全旗安宁，必须加强左右两翼的防卫力量……”黄脸大花眼、中等身材、身着国军将军服的一个约莫四十岁的胖男子说。他就是旗额日和图希叶图（封号）协理、头等台吉、保安总队总队长鲍乌宁乌日德少将。

“协理所言极是。您再具体说说吧。”向脑后梳了乌黑发亮的背头，浅褐色脸庞，炯炯有神的大眼睛，中等身材，身着蓝缎绸袍的四十岁约莫的人发了话。他是旗札萨克区防司令部中将司令、和硕亲王达理扎布。

协理接着说：“具体地说，第三大队从现在起把主力放在西部各巴格的防卫上，副参领朝格图全面负责西部防卫工作，梅伦巴图吉雅统管东部的防卫工作。第一大队所要守卫的地区是提防河套、阴山一带山匪和山东边军队的重要关隘，具有重要的战略地位，所以适当扩充兵力，加强东部八个巴格的防卫更是紧迫的任务呀！”

“扩充第一大队，需要委任一到两名副大队长和几个分队长。额日德尼大队长对此申请了很多次。”宝音阿日比吉呼参谋长补充道。

“大家还有要说的吗？”王爷问道。

没有人再说话。

“同意刚才协理说的。参谋长所说的给第一大队委派人的事，由协理把人选先报上来吧。”王爷说完解散了会议。

1947年夏末的一天。

乌宁乌日德协理在总队部的办公室里叫来了赛音特古斯。

“你到部队上也两年了吧？一方面，你很负责地完成了各项所承担的工作，给大家留下了很好的印象。另一方面，你刻苦学习军事知识，积极参加军训活动，成为一个合格的军人，具备了提拔使用的条件。再者，从机关工作岗位到作战部队的指挥工作岗位锻炼，对你今后的进步会起到重要作用。”协理说。

赛音特古斯默不作声，俯首聆听。

“我们已报请王爷批准，把你提拔为头等侍卫，晋上尉军衔，决定委任你为第一大队副大队长。这么年轻就委你如此重任，你应该明白我们这样做的用意。我旗这样的例子可不多啊，特别是除了台吉家族，是几乎没有的。你到了新的工作岗位上，一边要继续好好学习提高素养，一边要协助额日德尼做好那里的工作。”说完，协理凝视着赛音特古斯。

赛音特古斯觉得协理刚才所说的一番话并非是上级给下级下达命令，更不像是一个威严的协理说出来的，倒像是外严内善的父亲在教导自己的孩子。

“你有什么意见吗？”协理问道。

“我一定按照您的教导努力工作。”赛音特古斯按捺不住激动的心情，恭恭敬敬地回答。

协理问："你认识额日德尼吧？"

"认识。"

"虽说他脾气暴躁一点，但是个好人，是个说一不二的真性汉子。你若了解和习惯了他的脾性，他一定会善待你的。你要服从他的指挥，完成好各项任务，还要帮助他出谋划策，做好第一大队的工作。"协理还叮嘱了不少应该注意的事项。

赛音特古斯虽然要离开德力格尔浩特了，但他毕竟年少气盛，社会经验欠缺，没把它当什么大事，更没有想过这次的外派对他今后的工作，甚至一生的事业会带来多大的影响。即便想过了，又能知道什么呢？

眼看就要离开多年生活居住的这座小城镇了，赛音特古斯总是开心不起来，想在离开之前好好再看一回这座城市。几天以后的一个星期天下午，他邀请巴图敖其尔等几个自己老家呼热图的同村朋友，攀上了城墙，眺望远近的景色，又到街道上溜达了一圈，玩得很开心。

德力格尔浩特虽是个小城镇，但是在清朝雍正年间建造的这个小城已有二百多年的历史，以"塞外小北京"的美名远近闻名。赛音特古斯他们几个从保安总队大院径直登上城墙，来到南门。这是这座城的主门，外围有一重围城，门上方牌匾上有"天佑门"三个烫金字。外围城里有财神庙、守卫宿房等。内城门朝南开，外围城门向东，城门皆有阁楼。

"这座城楼和北京的哪一个城楼相似呢？"一头浅黄卷发、高俏鼻子、憨厚的眼神、古铜色脸庞、身着灰色绸袍的策仁问道。

"听我爸说过，和北京的紫禁城主城门相似呢。家父去过几次京城，一定不会弄错的。"头发稀疏、目光炯炯、褐色脸庞、矮个子、身着蓝缎袍子、约莫三十岁的特古勒德尔说。

他们沿着城栏向东走过了几座敌楼，来到东门。此门名曰"东安门"，上有两层的小庙。他们几个登上庙楼的上层，举目东眺，只见巍峨的阿格鲁图山中部最高点布固图峰高耸入云，没入天际，层层云雾弥漫在四周，如缥缈的仙境。山脚下绿油油的草滩上散布着悠闲的牛马群。再从那边看过来，东门外潺潺流淌的乌力吉图沐仁河，清清荡漾的好勒宝淖尔湖，随风起伏的麦浪、农舍……真是美不胜收，赏心悦目。

从城楼逐级而下，向北穿过雷祖庙和东边的敌楼，来到“象鼻子”。这是与城墙连接而成的斜墙。因为这座城形似向东卧着的大象，这一截斜墙正好是象的鼻子部位，故得名。它与城墙的连接点与延伸的尖部都设有敌楼。向西转，经过两座敌楼，便到了建于北城墙上的关帝庙。庙正中供着长须红脸、面朝南盘腿坐的关公塑像，其两侧立着关平和周仓的塑像。赛音特古斯一行到供台前烧香叩拜，然后仔细欣赏画在墙壁上的关羽故事连环图。赛音特古斯这几年读了不少这方面的书，便讲解给朋友们听。从关帝庙向西走过几座敌楼和山神庙、观音庙等古色古香的仿古建筑，来到西城墙向下看，能看见繁华的西街。这是建于西城墙脚下的商贸街，仿古地毯、毡子、毛口袋、木材、铁器、衣物鞋帽应有尽有，各色商贩聚集在这里。从城墙上再往西远眺，绿草原野上羊群漫步，零星的几座洁白的蒙古包掠入视野，骑马、骑骆驼的人来去走动。再往远处是茫茫的腾格里沙漠东缘如金色的浪涛横亘于天边，瀚海沙漠、草滩层次分明，这大自然无限神奇的风光，分外美丽夺目。

他们的目光向东转移到了城墙以内的建筑。青砖蓝瓦的亲王宫庄严肃穆，王府庙、旗衙门、区防司令部、保安总队、学校，协理、章京等官员住舍，百姓房屋，建福寺的大雄宝殿及各达仓殿，拉布隆院、吉萨庙仓和零星商铺鳞次栉比，各居其位，虽显拥挤，但也有条不紊。立于城院中部高台草丘上的成吉思汗苏力鼎旗、王府圣旗和招祥幡随风猎猎舞动，亦是一大景观。

他们几个虽然天天生活在这个熟悉的城内，但是对即将离开这里奔赴征程的赛音特古斯来说这一切显得那么亲切，令他流连忘返。他的心被眼前的景象牵挂着，看也看不够似的。而朋友们并没有觉察到他的恋恋不舍，只当一次散步消遣。

一行人下了城墙从南门出来，门外小广场中间耸立着一座法轮亭。在其西边长着几棵高大葱茏的树，听人们说这些树早在建造德力格尔浩特城以前就在这儿了。不知是什么年代何人种的这些树，反正是有些年岁的老树了，且年岁也相仿。那树究竟有多粗？大概有两三个人才能抱过来吧！粗长的枝杈犹如人的手脚似的，向四面八方纵横交错，长得茂密雄壮，岁月的磨砺和人类的亲密接触，使得树干黝黑发亮，虽有生命的年轮平添沧桑，依然阻挡不住郁郁葱葱的绿色向往。树荫下有露天的鸡鱼、羊肉类、豆腐、蔬菜、水果等日常副食买卖摊位，叫卖吆喝声不断，各色人等熙熙攘攘来来往往，好一派红火的市井风光。悠闲的老人们坐在树荫下乘凉、下棋、聊天和玩纸牌，庙门前的台子上躺着的、坐着的乞丐们也以各自的生存方式融入这动态的场景中。

从广场向南行，通过三道河桥步入城里最为繁华的商铺中心南大街。街道两旁排列着几十家商铺，骑马、骑骆驼的人，身着蒙古袍或汉服、西服等各色服装的休闲男子、儿童，穿黄披红的喇嘛僧侣和负载的驼队、牛马车等来往穿梭，一派车水马龙的热闹景象。

赛音特古斯一行人行至南大街中心地带时太阳虽已偏西，温度却没有下降，斜阳依旧炎热无情地晒在他们的头顶上。

走了一下午的他们也感到累了。有的人是又累又渴。

“大热天的，逛了老半天，找个地方喝点茶水润润嗓子吧？”特古勒德尔首先忍不住嚷嚷起来。

“是啊，的确是又累又渴呀！”早就想着茶饭的巴图敖其尔听了特古勒德尔的话，正中下怀，忙凑着说。

“着什么急呀？又不是从大戈壁穿过来的，再忍耐一会儿吧。我们再往前走走，到了大街南角，再给大伙润润干渴的嗓子。”赛音特古斯说笑着径直往前走，其他人只好跟着走，不再言语。

赛音特古斯进了一个商铺，买了一些烟酒糖糕类副食，叫掌柜的把东西包好。上了红漆的小木盒甜点是小城有名的特产，送礼拿得出手，赛音特古斯买了十盒。

“你买这些东西做甚？给什么人送礼啊？”充满好奇的巴图敖其尔忍不住问道。

特古勒德尔也随声附和：“你该不是要向人家姑娘求婚吧？”

“嘉，你们别问那么多了，很快就会知道的。”赛音特古斯笑道。

太阳快下山了，天空收回了白天的炎热，洒下一片凉意。街上的人们逐渐稀少起来，一些商贩正在吆喝着处理最后一批货，有一些铺子开始关门打烊。

他们几个来到了三道桥后街路西的“仙悦食府”门口。

“各位贵客向里边请！”赛音特古斯似来到自家的主人一样往里邀请朋友们。

他们几位也不客气，真的像贵客一样舒坦地坐了下来，喝着热气腾腾的茶解除半天的疲劳。喝茶说笑之间，酒菜也端上来了。

“这一次我们呼热图的兄弟们都得到了提拔，进入官职人员名册，为此我特地借此食府一角设了薄宴，略表心意以示祝贺。”赛音特古斯以东道主的身份向大家敬酒。

“并不只是我们三个升了职吧？你不也荣升了，依然走在我们几个前面吗？”策仁说。

特古勒德尔接过话茬，“应该是我们几个先向从呼热图走出来的兄弟们中间遥遥领先的赛音特古斯表示祝贺才对。”

“依我看，我们四个都是一同升职的，大家共同干一杯以示相互祝贺吧！”巴图敖其尔说了一句中肯的话，大家都举杯而饮。

“我们呼热图的小伙子里边唯有赛音特古斯成为实职侍卫，这才算得晋升官职，所以我们几个给赛音特古斯敬一杯！”策仁说。

“赛音特古斯是我们的领头羊呢。”巴图敖其尔附和着，三人起身给赛音特古斯敬酒。

“什么领头不领头的？我是最小的弟弟，若要分先后，那么特古勒德尔大哥当头才是。”赛音特古斯说着起身敬酒，四人大笑一通，一饮而尽。

晚宴在说笑中欢快地达到顶点。吃饭聊天、举杯畅饮中不知不觉时候已经很晚了。

“我今天设宴招呼大家的意思是，一来向各位的晋升表示祝贺，二来是向大家作短暂的告别。”赛音特古斯说。

“短暂的告别？你要去哪里？”

“什么事？要走多久？”

“我们怎么没听说呢？”他们几个莫名其妙地纷纷询问道。

“要让我去查干雅玛图关卡，可能过几天就要起程。刚才我从商店里买零碎东西时你们不是很好奇吗？现在知道了吧？”赛音特古斯答道。

“到那里让你干什么呢？卡长？不会的。”

“难道是东边两个巴格的总管么？”他们几个绞尽脑汁猜想也没有说对。

“瞎猜，怎么可能让我当总管呢？”赛音特古斯笑道。

“你就直说了吧，让你去那里到底要做什么？”

“就别让我们猜谜语了，快说呀！”兄弟几个开始急了。

“本来是要说的，你们几个急性子，不给我说话的空隙，怎能怪我呢？”赛音特古斯依旧满脸笑意。

“那我们不说话了，你说。”巴图敖其尔这么一说，大伙儿都不再言语了。

“要把我调到第一大队呢。服从命令是军人的天职，我不得不和大家分别时日。”

“到第一大队做什么工作？”巴图敖其尔问。

“不知是谁的恩赐，给了一个副大队长。”赛音特古斯轻描淡写地说。

“嗨，这才是真正的喜讯呀！二十三岁的年青后生当上了副大队长，这在我旗没出过的事啊！”特古勒德尔高兴地跳了起来。

“是好消息。我还没听说过中尉级别的副大队长呢。”策仁接过了话茬。

“不是中尉，是上尉。”赛音特古斯纠正道。

“你这么年轻就担任这等要职，真是难得。这对你将来的前途也许会有重大影响呢。”巴图敖其尔分析得更为深刻。

“这有什么好奇怪的？张学良不是二十几岁就当了上将吗？”

赛音特古斯满不在乎地说。

巴图敖其尔反驳道："你我这样的人怎么能和那样的人物相比呢？"

"我们呼热图的阿巴扎参军二十年才得了个上尉军衔，赛音才入伍两年就升为上尉。你要这样一路晋升，说不定将来能当上将军呢。"策仁这么一说，大家都大笑一通。

"为赛音特古斯的荣升而高兴，并预祝他将来当个大将军，我们来干它一杯！"特古勒德尔起身举杯，大伙儿把酒干了。

"你们都说我走了好，却好像没有一个人为我远走而担心的。"赛音特古斯看着他们，故作生气，端起酒一饮而尽。

"好弟弟，你可不能想错了我们的好意。不是说你走了好，而是你的事业和前途要紧。想当初你从东院调到西院时我们哥几个还难受了一阵呢，你难道忘了不成？现在你要奔赴远方，我们岂有不担心的道理？"巴图敖其尔说着说着动了情，眼里似有泪花。

"呼热图的小伙子们有出息的时候我们应高兴才对，好男儿志在四方，策马扬鞭赴征程，是不是我们的骄傲啊？！"策仁说着端起酒杯一口喝了下去。

"是啊，应该高兴才对。"

"短暂的离别算得了什么，我们期待着你速立功凯旋。"

"但愿一路吉祥如意，一帆风顺，功成名就。"朋友们纷纷献上吉言。

"赛音，你已是旗府官员，也当了军官，年龄也到了二十好几，还要单身混下去呀？"巴图敖其尔突然问了一句题外话。

赛音特古斯怔了一下，随即打趣地说："骑着骏马的看不上我，流着鼻涕的我看不上她，这事儿不着急，慢慢来吧。你们放心，我不会当喇嘛的。说不上哪一天我会领着一个双眼皮大眼睛、俊俏的脸上有酒窝的漂亮姑娘让你们看呢！"

"这可不是玩笑，你不着急家中的父母着急呀！两位老人可是盼着早一天看到媳妇入门，给小孙子一块拳头大的冰糖亲着哄着开心哪！"巴图敖其尔替他鼓劲。

“父母的心情我能理解。我还知道兄长们比我还着急呢。”

“儒家学说中说‘不孝有三，无后为大’，这还是你给我们说过的，忘了吗？”巴图敖其尔步步紧逼道。

“我不是告诉你们我不会当喇嘛的嘛！只要不当喇嘛，岂有不传宗接代之理？你们就别再操心这事了，我定会让你们抱上白白胖胖的小侄儿的。”赛音特古斯不慌不忙地回应。

“赛音，你何时起程呢？”为了结束他俩的对话，特古勒德尔从中插问道。

“几天以后吧。在额日德尼大队长的要求下，旗府要适当扩充那里的兵力，从这儿还要派去几名分队长。不过我不想和他们一起动身，想路过家看看两位老人。”

“正好我也想请假回去探望家中二老，如果准假，我和你结伴而行如何？”特古勒德尔高兴地说。

“你早不回晚不回，一听赛音要回家，也跟着凑热闹呀。你是不是怕你的小媳妇看上赛音啊？”巴图敖其尔大笑道。

“哎呀，谁那样想啦？！我爸有病，我只是想趁这个机会跟赛音结个伴回家看看呀！”特古勒德尔急忙红着脸解释，大伙儿又是哄然大笑。

巴图敖其尔引起话题，将了赛音一军，开了特古勒德尔的玩笑，似乎很惬意地端起面前的酒喝了一口。

听说有人和他结伴而行，赛音特古斯很高兴，“那太好了，咱俩一起动身。”

“赛音，我有一事相求，你一定要路过我家，替我问候岳父母好吗？我岳父没见你也有些年了，想和你见一面呢，你一定要去看看。”巴图敖其尔说着给赛音特古斯敬了一杯酒。

“为什么不提嫂子呢？你真是一个孝顺的女婿啊！”赛音特古斯笑道。

“那是你俩的事，我管不着。还要我再叮嘱你什么？”巴图敖其尔边笑着边眨巴着眼睛。

赛音特古斯骑着马，和骑骆驼的特古勒德尔虽然高低不相配，但这并不妨碍他们路途中说话。一个交错挎着一长一短两支枪的年轻士兵走在他们前头。三人从德力格尔浩特出发，每天早起晚睡，走了整整三天才到家里。

赛音特古斯的家位于查干布和大沙漠的北缘，是一片四周环绕着沙丘的小草原，其中有茂密丛生的梭梭林带，骆驼牛羊钻进去看不到背影；一片绿毯似的平坦碱草滩，涓涓流淌的泉水，碧波荡漾的海子，偶尔有沙鞭、芦草密布的沙野灌木丛，是一个景色怡人的好地方。家家户户的房屋隐落在梭梭密集的丘陵间，但袅袅升腾的炊烟和隐隐传来的狗吠声相连着。

“儿子，你怎么来啦？”赛音特古斯的父亲德力格尔巴图——额头布满皱纹，浓眉上留有几根长眉毛，约莫五十岁的高个儿中年人——高兴得嘴合不拢。“没见到儿子已经两年了。”赛音的母亲巴德玛——宽眉大眼，中等身材，四十多岁的中年妇女——见了儿子激动得不知说什么好，背过身去擦拭夺眶而出的泪水。

“瞧这一身军服，很合身呐！”

“来了就多住几天吧？”

“特古勒德尔也来了，前些时候还见过你呢。前几天听说你父亲身子不太好，昨天听阿拉腾花说已经好多了。”

见了孩儿的二老高兴得手足无措，一股脑儿说了许多。当晚老少几个聊了一宿，第二天特古勒德尔回了家。赛音特古斯去了邻近的几户人家，和儿时的伙伴们见了面，聊天叙旧，好不快活。在家里的几天，他把工作调动的事告诉父母。

“儿子又要去远方了，边境地带的规矩不比德力格尔浩特，听说土匪强盗多，多加小心啊！”母亲叮嘱道。

父亲也叮嘱：“额日德尼大队长是个好人，是你爸爸的老相识，你要多听他的话，对你有好处的。”

“您二老就放心吧。我是军人，有枪弹，还有警卫员，土匪强盗不敢把我们怎么样。”赛音特古斯宽慰着父母的心。

赛音特古斯告别父母亲出了门，穿过梭梭丘陵、碱草洼地，顺着沙鞭、芦草丛生的荒野，绕着高耸的沙峰走了老半天，走到居住于一片梭梭野草连绵的草地人家。这是巴图敖其尔的岳父达夏巴雅尔达尼嘎的家。赛音特古斯和老人聊天说话过了一宿。第二天早晨，他和警卫两人来到水鸟嬉戏的清流湖边，在一棵高大粗壮、枝叶茂密的老树下堆立的呼克淖尔敖包旁边下了马，从褡裢袋里拿出酒，向故乡的敖包祭献酒尊，献了哈达，然后继续赶路。登上锦鸡儿草丛生的土梁子，穿过长着一簇一簇芨芨草的干涸河床，横渡五座井的茫茫绿野，在太阳偏西的时候来到西岭庙。他俩在那住宿一晚，第二天早上继续向东行驰，然后沿着黄河与查干布和沙漠腹地间的狭长草滩子向北马不停蹄地疾奔，下午时分来到第一大队驻地查干雅玛图关卡。赛音特古斯下了马，拴好骑乘，径直向里走到额日德尼大队长办公室门口。

“报告！”

“进来。”屋里应道。

赛音特古斯推门进去，立正敬礼。

“不知道你的到来，有失远迎。”身材魁梧、浓眉大眼、双目炯炯有神、身着军服、佩戴少校领章的额日德尼起身回礼，迎上前来。

“第一大队副大队长赛音特古斯前来报到！”赛音特古斯保持着立正的姿势说完，然后从兜里拿出总队部任命书递给额日德尼。

“热烈欢迎！来，坐下说话，坐吧！”额日德尼指着大长方办公桌旁边的椅子说。

赛音特古斯坐下来，听大队长说话。

“嘉，这下可好了，你的到来令我很高兴。我相信像你这样的年轻人对我这个老头子一定会助一臂之力的。可以说我们是老相识了，你在旗府里工作时我就见过，这两年在总队也见过多次。你还是我旗东部的人，对你的父亲我很熟悉，你母亲我也见过。他们都好吧？”额日德尼高兴地说着，打开了话匣子。

“您是有多年经验的老领导，而我还是个孩子，能在您手下工作我感到非常高兴，这是我向前辈学习的好机会啊！从今往后您就直呼我的名字吧。我到部队工作才两年，干的也只是文书工作，还不完全具备一个军人的资格。从今天起在您手下工作，这应该才是我做部队工作的开始。额大队长您一定要把我视为自己的孩子一样严格管教和栽培。这也是我父母和道日吉大哥的愿望。来的时候他们都让我替他们向您问好呢。”赛音特古斯如朗诵课文一般一口气流利地说来。

“我很高兴你这样说。我是个粗人，没什么文化，性格也鲁莽，急性子，以后还望多担待。这几天赶路一定累了，先休息一下，晚上一起吃饭，和你一同委派的那些军官们也都来了。”额日德尼说。

“是！”赛音特古斯起身敬礼后走出办公室。

在刘参谋的引领下，赛音特古斯来到为他安排的办公室，只见里外两间屋子，外间有办公桌，几把椅子和电话、收音机等，西墙上挂着省和本旗地图，军官的工作用具可谓应有尽有。里间上首摆放着一个单人床，床被整齐干净。顺着西墙根摆设了一个虽有些陈旧但也小巧的木箱柜，大概是为储藏生活用品和衣物、枪支等准备的。门侧有条不紊地陈列着洗漱用具和脸盆、毛巾等。

刘参谋给他倒了一杯水后告辞而去。赛音特古斯仔细环视了一圈，心想，这就是我的住所了，不知在这里住多长时间，一年，两年，三年……正想着，和他年岁相仿的、一路当了向导的警卫员巴图吉日嘎拉进来，把从德力格尔浩特带过来的书籍和手头用品等根据各自用途摆放在内外间。

“我被安排在后排15号房间，和额大队长的警卫住在一起。您有事的话拉一下那个红线，我床头的铃就会响的。”巴图吉日嘎拉说。

赛音特古斯看着他说：“我把你带到这个地方来，给你添麻烦了吧？你先待上几天看看，若不愿意可以调回总队。”

“不，您什么时候回，我就什么时候回。”巴图吉日嘎拉回答。

“父母不惦记你吗？你也想家了吧？”赛音特古斯关心地问

道。

“我想家，您不也想家吗？出来的时候我爸我妈叮嘱我一定要寸步不离地跟着您，听您的话，把您伺候好了。他们都说认识您呢。”巴图吉日嘎拉笑道。

赛音特古斯岔开了话题，问：“你把骑乘都交代好了吗？”

“交代好了。”巴图吉日嘎拉答。

“那咱俩到外面转一转吧，离开饭还早呢。”赛音特古斯说着走出门外。

军营大院前方有两层欧式建筑风格的基督教堂，一条小街横亘于外围，有零星几家商店和酒家，外围是一座土质小城墙。出了寨子往东是一片农田，周边大概是农舍，方位、形状各不相同的几座土房沉闷地静立着。向西望去，红柳、霸王木等灌木丛疯长成一片，密密麻麻地布满了西滩。再往远看，金黄的沙梁如波涛汹涌的海水般沐浴在一片落日红霞中，如一道美丽的彩虹连着天边。

且不说赛音特古斯来到第一大队工作后的见闻，先从一年后发生的一件突发事件开始说起。

那天，刘参谋匆忙地跑过来，将一个紧急公函交给赛音特古斯，“第二分队的急电，后山发生了大事！”

欲知后山发生了什么大事，请看下回分解。

【第三章】

出谋献策抓部队整训
初次用兵灭土匪毡帽

1948年春末的一个大风呼啸的日子。

守备北套的二分队发来急电："今日上午十时，从山庙东坡下来十来个全副武装的土匪，抢劫了敖日克胡山口的百姓，打死打伤了我好几个牧民。我们接到消息后立刻组织了一个加强班，由分队副队长元登带领奔赴山口包围了那帮土匪。土匪躲在牧人的房屋里负隅顽抗，双方激烈交火，我方伤了三人，牺牲两人。我们正要增加兵力，牧民们不断地来报告山上又下来好多土匪。由于情况不明朗，我们没有增加兵力。元登暂时停止了进攻，观察事态的发展。"

赛音特古斯一看到电报，对初次面对的这一突发事件不免有些忐忑不安，但很快地稳住了情绪，一面努力保持镇定，一面思考如何应对这个情况。他立刻让驻扎的几个分队队长和参谋们来大队部看电报，进行部署。

"刘参谋，你立即给第二分队发电：元登率领的一班人马待在原地继续和土匪周旋，不要进攻，但也不能放跑一个土匪。速派分队医生前去救治伤者。分队部留一班人马守候，其他人由分队长朝格吉乐率领做好截击下山援匪的准备。"

“四分队即刻起程，在两小时之内赶到敖日克胡山口南沿，封锁住敖日克胡山口及附近山口，进山的匪徒下来时给予狙击。”

“王参谋和第一分队留守大本营，负责上下联络工作。”

“五分队、大队警卫班和通信班准备跟我出发。”

“以上部署由王参谋负责向总队部及额大队长报告。”

赛音特古斯虽然对敌情不是特别了解，但他熟悉那里的地形，所以立马进行了防御性的部署。

元登按照大队的指令，停止了进攻，隐于暗处形成包围圈。

两小时之后，赛音特古斯率领人马来到被土匪占据的那户人家东面小山头后边，下了马，让五分队留守在这里做好进攻的准备，自己带领警卫班和通信班悄悄摸到第二分队隐身地，观察动静，等待时机。

在牧人家被围困了数小时的匪徒，听不到外边的动静，耐不住出洞了。先是一名匪徒从门口鬼鬼祟祟探头张望，似在查探官兵撤走了没有，见没有什么动静，便返回了屋子。过了一会儿，出来三名匪徒，向房前屋后仔细探望了一阵，又返回去了。

“不要出声，等土匪全部出来之后再突然袭击。”赛音特古斯叮嘱着，继续耐心等候。

约莫半小时后，匪徒们一个个地走出屋子，有的小解，有的整理着马鞍吊带，然后集中到屋后，向北方慢慢腾腾地离去。匪徒们连扶带抬，共有十三个人。

匪徒们走到离埋伏的官兵约二百步的地方。

“打不打？”元登低声问赛音特古斯。

“不急，等再靠近些，给他个出其不意。”赛音特古斯让大家沉住气。

元登给士兵们传话，让敌人走得更近些再开火。

二百步……一百步……五十步……目不转睛地盯着匪徒行动的赛音特古斯发出了指令：“开火！”

几挺机枪左右夹击，对土匪形成“×”状的火力交叉网，不到一分钟，十三个匪徒变成了十三具尸体。官兵们进屋内搜查，又发现两具尸体，显然是在上午的交火中被消灭的。

不一会儿传来第四分队已封锁山南口的消息。

赛音特古斯仔细观察房屋周围，看到横七竖八的以各种狰狞的姿势爬着或躺着的十来具尸体，突然有头皮发凉的感觉，一身鸡皮疙瘩犹如浑身的毛发都竖了起来要顶开衣服似的，恶心不说，心跳也加快了。他明白这是他第一次见到这血腥的场面，产生了由不习惯带来的恐惧。他来回走动，想平息一下受惊的心，又点了根香烟使劲抽了几口，也没能平息下来。尽管如此，他依然没有忘了自己的职责，暗暗告诫自己，你是一个军人，你没有担惊受怕的理由。这样，他很快便恢复了常态，淡定地面对眼前的景象。

这时元登跑过来说："队长，进屋里休息片刻吧？"

"山里到底进来多少匪徒？"赛音特古斯问了一个与元登的问话毫不相关的问题。

"不清楚。"元登随口回答。

"天一黑，你就让卓特巴带着四个人潜入山中，悄悄地抓一两个匪徒来。记住，要抓活口，尽量不要伤着，也不要惊动其他土匪。"赛音特古斯为自己刚才光顾着消灭敌人而没留下一个活口的事懊悔不已，想出了这么一招来弥补。

他命令士兵打扫了战场，收拾了土匪的枪支，把死尸堆在梭梭柴堆上准备焚烧；清理了牧人的屋子，烧了水，吃干粮充饥。

黄昏时分，四分队来急电："从牧民中初步了解，约百十号土匪进入山中，他们大概就是人们所说的毡帽匪。"

元登派出去的卓特巴他们也顺利完成了任务，抓了两个土匪回来。"我们进山不久就碰到这两个家伙在牧民吉日嘎拉家喝酒，便捉了回来。"卓特巴指着那两个被捆绑着的匪徒说。

"谢谢！你们立了大功。除了他俩没有惊动别的匪徒吧？"赛音特古斯问。

"没有。在牧民家里就他俩。"卓特巴回答。

接下来开始审问那两个匪徒。

"叫什么名字？"

"李耀光。"

"马国平。"

"哪里人？"

"五原县人。"

"我是达拉特旗的。"

赛音特古斯命令道："留下李光耀，把马国平拖出去！"

"长官行行好，饶命啊！"那个叫马国平的粗黑汉子吓得手脚直抖，胡须都扎了起来，没命地呼喊着。士兵把他拖了出去。

赛音特古斯示意李光耀坐下，继续审问。

"你们的首领是什么人？"

"我们有两个司令，一个叫杨善元，一个叫王忠祥。"

"你们通常在什么地方活动？"

"阴山以东，黄河两岸。"

"那为什么进入此山？"

"阴山南麓来了好多官兵，我们无法下山，便顺着山梁向西走，就到了这里。"

"你们总共有多少人？此次进山的有多少人？"

"平日有三四百号人。这次来了一百多个。"

"你们的两个头头都来了吗？"

"没，没有。大司令杨善元留在山上，二司令王忠祥带我们来的。"

"你们打算在这山里待多久？"

"我们哪有什么计划？有利可图就多待一阵，没有油水就打道回府。"

审问完毕，赛音特古斯命人把李光耀押下去，再审问马国平。两人的口供都一样，和附近牧民提供的消息差不多。掌握了土匪的情况，赛音特古斯思考片刻，对刘参谋说："给四分队发电，在三条峡谷口各派一个机枪班，从山口往下窜逃的土匪一个也不能放脱。给五分队发电，让他们即刻动身，穿过敖其尔敖包西口子进山到达山后，从北往南搜索推进，把土匪逼到三条峡谷口，防止他们攀山逃遁。给二分队下令，兵分两路，朝格吉乐、元登各带一批人马分别沿着西山梁和东山梁向北行进，防止匪徒向东、西两个方向突围。二分队和五分队形成合力，从东、西、北三个方向对敌人进行围歼。都记录好了吗？念一遍记录。”刘参谋念了一遍。见没有差错，赛音特古斯在上面签了字。

刘参谋给各分队发出电报后回来报告。

“我们的兵力稍强于土匪，武器也优良。但不可忽视土匪的射击技术和作战经验，他们不比我们差，还可能比我们强一些。眼下敌人在暗处，我们在明处，所以我们要把包围圈放在暗处，到最后进攻时使局势变成敌人在明处、我们在暗处，敌人在河谷、我们在高处的有利局势，这样才能一举消灭敌人，使我们的伤亡减到最少。我军狙击敌人时要在暗处，等土匪进入包围圈一百步之内的地方时集中火力，突然猛攻，这在兵法上叫作‘闪电般突击’，这样我们才能趁敌人惊慌失措之际大量地杀伤他们。我刚才的话你都记录下了吗？”赛音特古斯说。

“记录了，都记下来了。我念一遍。”刘参谋说。

“不用念了。你按照记录的内容电传给各个分队，匪徒没有发报机，所以你们可以通话。把联络的时间改为半小时一次，各分队之间如果有需要可直接取得联系。你把这几项内容传达给各分队吧。”赛音特古斯因为是第一次指挥这样的战斗，担心自己有想不到或者遗漏的地方。

春天的日子长，凌晨五点时天已经亮了。

五分队从山后向南搜索前进，在群众家三五结伴而居的匪徒们在官兵的围追堵截下四处逃散，有的被逼顺着河谷逃窜，有的死伤，有的抵抗了一阵后招架不住，便顺着峡谷往山口逃。峡谷正中聚集了约六十多名匪徒，妄图登山逃脱。他们拼命地向山上攀爬，遇到官兵的阻击，只好丢下几具尸首沿着河谷而下。四处分散的匪徒一个两个地尾随大部人马，但在两侧山上官兵的追击下伤亡不少，而集结在峡谷的匪徒仍旧在六十上下。他们完全进入了东西两侧和后边官兵的夹击圈，元气大伤，已经没有抵抗的力气了。此刻，他们唯一可以走的路就是顺着峡谷朝山口方向逃命。还好，前面似乎没有什么障碍，他们很快地沿着峡谷来到山庙西河谷下方，爬上一座小山头，和追赶而来的官兵打了一阵。小山头毕竟是小山头，聚集的人太多，不利于队伍展开，于是继续沿着河谷向山口突破。可是这显然不是什么好归宿，他们闯进了四分队的火力圈。土匪们进入包围圈约六十步的距离时，突然响起了密集的机关枪声，无情的枪弹犹如狂龙喷火似地扑面而来，刹那间二十几个匪徒横七竖八地栽倒在地，剩下的匪徒慌忙卧倒进行回击。无奈他们的长短枪又如何抵挡得了两挺凶猛的机枪？匪徒抵挡了一阵，准备掉头开溜，谁知又有机枪火力迎面扫来。前后夹攻之下的匪徒妄想避开火力，分成两股向东西两侧山坡攀爬，不料山梁上又有要命的狙击手在等候着他们。这下匪群们真的成了瓮中之鳖，趴在原地连抬头的勇气都没有了。

赛音特古斯见我方完全控制了局面，便下令停止射击，让匪徒们缴械投降。

“你们已经陷入我军的四面包围，插翅难飞了，快缴枪投降，可饶一命！”官兵中有一个汉话说得较好的人向土匪们喊话。

土匪中间有人喊道：“我们如果投降，真的不杀我们吗？”

“投降的话可饶你们不死，罪行轻微的还可以指一条生路。”

“若真是那样的话我们就投降。”有几个土匪把枪扔在地上。这时有个匪徒举枪要打那个丢枪的人，但是一抬手便把那家伙撂倒了。他原本要射那个土匪的手腕的，赛音特古斯没能稳住急速跳动的心脉，手一抖就击中了匪徒的脑门，本不想杀人却给杀了。他知道这是自己第一次开枪打人时的惊慌表现，而别人却没有看出来，只以为他是一个了不起的神枪手。

“现在还有谁反对缴枪投降的啊？”朝格吉乐喊道。

“我们投降！”匪徒们把枪都丢在地上。

朝格吉乐喊道：“扔了抢的人起来向西走十步，集合！”缴械的四十二个匪徒顺从地集合于一处。

官兵中有几人前去搜索匪徒的身子，从一个高个子、络腮胡子的人身上搜出了一把小手枪，就把他捆了起来。匪徒中有人指认，那个络腮胡子就是匪首王忠祥。

突然，从库图勒沟口方向传来炒豆子般密集的枪声。赛音特古斯把打扫战场和处理降匪的任务交代给朝格吉乐，自己策马来到库图勒峡谷口。

元登迎上来报告："有十几个土匪妄图顺着峡谷逃窜，叫我们截住给消灭了。"

赛音特古斯从两个分队中抽出四个班，分成几个小组，再次进山搜索，抓住了三三两两地躲藏于山中的十来个匪徒。

下午，赛音特古斯赶到了阿日套海，让士兵们吃饭休息，住了一宿。他派人统计了抓获的匪徒，记录了口供，把王忠祥等几名匪首和作恶多端的几个匪徒派人押送到旗里，其他的人报请旗里让他们各自返乡，自谋生路。

赛音特古斯回到大队部，写了消灭土匪的战斗报告，上报旗府和总队部。报告中写道："我们在没有任何思想准备的情况下，遭到了土匪的突然袭击，老百姓受到了不少损失，我军有十五人牺牲，十多人受伤，损失可谓惨重。由此看来，我们的战备工作存在弱点和漏洞，我们只考虑到突发事件出现的可能性，把目标放在前面，却没有想到后边会出现这样的问题，尤其是在额日德尼大队长不在家之时会发生这么大的事，是我没有料到的。虽然我们及时采取应对方法，全力部署，消灭了敌人，但毕竟有所损失，而这损失本来是可以避免的。这个责任应由我负。所幸的是全体官兵同仇敌忾，英勇战斗，绝对地服从命令，以严明的纪律和吃苦耐劳的精神战斗了两天，入侵的一百三十四个匪徒中活捉了五十三人，打伤了二十二人，打死五十九人，缴获五十七匹马、一百三十八条长短枪支，彻底平息了窜入我旗境内的全部土匪……"

几天以后，额日德尼回来了。

"听到你们和土匪作战的消息，我非常着急，有办法的话真想飞回来！我到总队提出想回来，协理对我说：'你就放心吧，你们那个孩子队长一定会打好这场战斗的。宝音阿日比吉呼说从第一大队的电报来看，他们做了很好的部署，你看了就知道了。虽说后生的话不可信，但我是相信这个孩子的。’我也相信你能打好这一仗，但心里毕竟还是有担忧。没想到你们取得意想之外的好战果。”额日德尼大队长兴致勃勃地说。

赛音特古斯仔细汇报了作战情况和今后的工作部署。

“你是好样的，男子汉大丈夫就应该是这样的。”额日德尼笑着走到赛音特古斯身边拍着他的肩膀。赛音特古斯起身站立，不知道说什么好，只好沉默。

“这是协理给咱俩的。”额日德尼说着从马褡子里掏出两把崭新的“马牌搂子”手枪，递给赛音特古斯一把。

“额大队长，说实话，您不在的时候遇到这么大的事，我真的有点心慌。但是事情迫在眉睫，又能推给谁呢，害怕也不管用，即便是小毛孩子也得充大人。如果您在就好了，我不会那样紧张的。这一次我真枪实弹地上了战场，第一次杀了人，想起来都觉得可怕。这事儿我只给您说，怪难为情的，别人跟前我可是一个大人，还是他们的长官呢。”赛音特古斯在额日德尼大队长面前像一个害羞的小孩，腼腆地笑着说出这番话。

额日德尼认真地听着他的讲述。

“战斗一开始，我看到匪徒的十来具尸体，吓了一跳，不过很快就恢复状态了。后来也没怎么担惊受怕，就是看到我军伤亡的情景，感到很吃惊和痛心。如果我们事先做好充分的准备并考虑周全，是可以避免这么大的损失的。我觉得这是我的责任。”赛音特古斯说到这里，显得很懊悔。

“打仗嘛，哪有不死伤的？不死人的战争这世上是没有的。牺牲了十五个人，这对我们来说损失是不小，但是你想想我们打死了多少个敌人，降服了多少个匪徒，这个比例你想过吗？”

“话虽这么说，但是我总觉得对那牺牲的十几个人和他们的父母有愧。”赛音特古斯依旧不开心。

额日德尼说：“这是你初次参加战斗，对我们当中的许多官兵来说也都是第一次。我们大队成立的这十来年，只参加过几次追击少量土匪的小型战斗，像这次面对这么多的土匪，一次完成侦查、狙击、追歼、围剿的大规模战役还是头一次。这对我们大队来说也是一次难得的锻炼呀！”

“额大队长说的对。”

“那你觉得我们大队的战斗力如何？”额日德尼兴奋而又认真地问道。

“从这次战役看，一是我军枪械统一，避免了子弹紧缺的问题；二是部队通信设施完善，而土匪没有通信设施，我们占据了通信方便的优势；三是多数士兵的射击、隐蔽的技能得到了提高；四是全体官兵服从指令、坚守纪律、英勇作战的精神风貌也很好。”

额日德尼大队长的脸上露出了满意的表情。“说得对。这几个方面是打仗不可缺的关键问题。这说明去年冬天我们的军事训练收到了很好的效果。”

话说去年冬天，根据旗里的决定，大队扩充了兵力，将一个分队由过去的三个班扩为四个班，并新增了两个分队。在此基础上，利用一个冬季的时间全面进行了整顿训练。在赛音特古斯的建议下，减少了列队训练，以实战训练为主，通过艰苦练习，让士兵熟练地使用自己的武器，做到眼手默契，以手为主，达到射击准确，连夜里都能运用自如的程度。另外还有加强军风军纪，服从命令，吃苦耐劳，爱护百姓不扰民，士兵尊重官长，长官爱护士兵，反对打骂体罚等各方面的训练。

军事训练由额日德尼和赛音特古斯分别负责。赛音特古斯到各分队检查指导训练，并亲自参加训练，努力做到要求别人做到的自己先做到。他的射击技术先前就有较好的基础，通过这次训练又提高了不少，能熟练使用长短枪，在每一次的射击演习中射点从不落空。此外，将各分队里老兵和新兵以适当的比例混合重组；改变了每个队混用不同口径型号枪支的情况，一个分队通用一个口径的枪；每分队设一个机枪班，大队警卫班配备了机枪、冲锋枪、手枪三个组的加强班，旨在提高各队的战斗力。

“你虽然自称是个年少的孩子，不懂得军事的新兵蛋子，但从你的提议看，都快超过精通兵法、训练有素的军官了，或者说快赶上我认识的那些黄埔军校毕业生了。”当初认真审视了赛音特古斯提出的军训整顿建议书的额日德尼很赞赏地说。

军训整顿结束时，大队又开展了军事技能评比，考查官兵的能力水平，得到前来查看的总队参谋长宝音阿日比吉呼中校的好评。那天宝音参谋长说：“第一大队的军事整顿和训练取得了非常好的成效，你们已经在总队各大队里名列前茅，成为名副其实的‘第一大队’。我要向总队和区防司令部以及王爷汇报，在全总队点名表扬第一大队，把你们的经验普及到总队。”

“对宝音参谋长的表扬鼓励，我代表大队全体官兵表示感谢。我们大队在这次的整顿和训练中取得了好成绩，这当然离不开全体官兵共同的努力。但是我们不可忽略我大队副大队长赛音特古斯上尉的功劳。他倡议了这次活动，提出了系统的建议书，在执行落实过程中亲自指导全程，实乃功不可没。他常说自己是没有军事知识和经验的小书生，我认为赛音副大队长现在已经是一名文武双全的军官了。说年龄小，的确他今年才二十三岁，但这么小的年纪有这等见识和成绩，实属不易啊！”额日德尼大队长严肃而又愉快地对宝音参谋长说。

“我知道这个赛音特古斯。一看到你们大队军事整顿训练报告，我就知道是他的作品。虽然他年纪小，军事知识也欠缺，但依靠原有的文化基础，通过自己的努力，在较短的时间里提高了军事知识，达到了一定的水平。我当然会把他的功劳上报旗里的。”宝音参谋长也对赛音特古斯充满了赏识。

这时候赛音特古斯连忙插话：“参谋长，我能否说几句话？”

额日德尼应允道：“你说吧。”

“参谋长和大队长对我实在是过奖了。一大队这次的军事整顿训练的成果是在大队长具体指导和全体官兵共同努力下取得的。这仅仅是开始。在今天的射击演示中百发百中，射中靶子中心红日的官兵，如果在战场上也能准确地命中敌人的脑袋，那才叫圆满成功呢。我只不过做了自己该做的事，如果上级不采纳我的建议，那我的建议即便正确也是一张废纸。通过这次活动，我也经历了一次系统的训练，受益匪浅。借此机会，我还要衷心感谢宝参谋长、额大队长和全体大队官兵对我工作的指导和支持。我的话完了。”说罢，赛音特古斯向大家行了个军礼。

“这次灭匪战役你组织得很好。如此部署灵活机动的战术的确不简单，对此你还有什么感想？”额日德尼收回思绪，老谋深算地问道。

“感想是有的，但我现在还没来得及认真仔细地思考呢。总而言之，将书本上学到的知识灵活的运用到实践当中，这次是一次千载难逢的机会和演练。我是在没有充分时间思考和大家交流，没有可以请示和征求意见的领导，在心情紧张却又不能暴露的情况下指挥了这次战斗，应该总结和思考的东西很多呢。”

“现在有时间了，需要坐下来仔细思考，认真研究，详细总结。这对你个人，甚至对我们全队都会有很大的启发的。”额日德尼大队长希望他能够通过对此次战斗的总结，提高对战斗指挥的认识。

赛音特古斯正在自己的工作休息室躺着看书，突然听到有人在敲门。

这么晚什么人为何事而来？请看下回分解。

【第四章】

选中主义立志奋斗
发动兵民扫清障碍

细雨蒙蒙的一个凉爽之夜。

赛音特古斯躺在床上翻阅《孙子兵法》手抄本。这本书他看了多少遍，他自己也说不清楚，闭着眼睛也可以背下来了。

突然传来“咚咚”的敲门声。

“谁啊？”他问着连忙下了床。

外边的人以低沉的声音回答：“我是马龙彪，可以进吗？”

“请进吧。”赛音特古斯说着打开门。马龙彪进屋，行了个礼。

“休息时间行什么礼啊，坐！”赛音特古斯给客人倒了一杯茶。

“深夜冒昧地造访，影响了您休息吧？请多包涵。”马龙彪低声说着坐在椅子边沿上。

“不要紧，我闲着没事躺着看书呢。”赛音特古斯边说边仔细打量对方，只见他瘦高身材，浓眉大眼，高俏鼻梁，洁白玉齿，正乃帅气的小伙子也。以前虽然见过多次，但赛音特古斯从来没有像今天这样仔细瞧过。如此帅气的男人不多见，如果穿上女人的衣服，不用化妆也是个标致的美女。

正如此这般想着，只听马龙彪说道："我也闲着没事，想找您聊聊。"

"好哇！我也为消磨时间翻书呢。都是看过的书，没什么新鲜玩意儿。您来了正好。"赛音特古斯高兴地说。

"您看的是什么书啊？"

"刚翻了一会儿《孙子兵法》。"

"从您在军营里开展军事整顿训练和指挥消灭毡帽匪的计谋里，可以看得出您是精通了《孙子兵法》的。"

"您过奖了，哪有那么神啊？略懂皮毛而已。"

他俩又聊起了家乡、出身、工作等琐碎话题。

"您是从什么学校毕业的？"马龙彪问。

"社会大学。"赛音特古斯开了个玩笑。

"社会大学？"马龙彪莫名其妙。

"上什么学呀？我六七岁开始上私塾，学了文化，后来到旗衙门边工作边学习，利用业余时间学了一些汉语文，还让寺庙喇嘛教了一点藏文——这倒没用上，而蒙汉文却对我大有用处。我先是在旗府当文书，后来，部队工作。总之，可以说是社会大学啊。"赛音特古斯笑道。

他俩一直谈到很晚，聊得很投机，大有相见恨晚的感觉。从此以后，他俩一有时间就相互造访聊天。

马龙彪来第一大队时间不长，五个月前由总队部派到这里，先是干一些杂事，后让他到赛音特古斯手下当参谋，已有两个月了。

"我的老家在鄂尔多斯，离陕北近，过往的人们经常谈论共产党的事，您听说过吗？"在一次的谈话当中马龙彪突然这样问道。

"不是很清楚，只听说过共产党和毛泽东、朱德的名字，有人称红军就是八路军，不欺压百姓，不调戏妇女，官兵平等；更多的是听国民党说他们是赤匪。"赛音特古斯平日和他共同工作学习，一起聊天，无话不谈，所以也没有把他的问题当回事。

"我明白了。上次部队整顿和训练中也有这方面的内容，比如思想和军纪方面，不是吗？"马龙彪故意把两件毫不相干的事联系在一起，不知是看他怎么说，还是有意把话题向这个方向转移。

赛音特古斯说：“你别乱说。我们这样做只是为了提高部队的作战能力，和红军的做法毫不相干。再说，我们的做法和红军相比，不是有天壤之别吗？”他的话似乎是在询问，又似乎是在提醒什么。

马龙彪以钦佩的目光注视着赛音特古斯，说：“那是，但在现有条件下您的整顿军风军纪也可算得上是创举。以我的了解，国民党的军队开展这样整顿训练的不多，他们大多数的部队也不会去这么做的。所以我觉得您的做法不简单。”

“这有什么好奇怪的？历史上李自成、洪秀全，还有曹操、诸葛亮他们不都是强调军风军纪嘛！哎，我说，刚才你不是讲到陕北的事吗，有什么新奇的消息，说来听听啊！”赛音特古斯希望听到真实的消息。

马龙彪回问：“您真的想听吗？”

“听天南海北之趣闻轶事，以打发无聊的夜晚，权当解闷而已，当然是想听了。”即便是很想听，他依然装作无所谓的样子。

“我听当地人说，陕北红军现在称为中国人民解放军，在全国各地消灭国民党的军队，占领了许多城市和地区呢。”马龙彪说。

“我也听说过这些，东北和内蒙古的东部都叫红军占领了。我在旗里就听说了，可到了这儿就成了聋子，消息不灵通了。你认为我们这里将来会成什么样子？”这也是赛音特古斯这些日子经常思考却得不到答案的问题。

“国民党灭亡的话，省里那个胖子也会跟着走向灭亡。这里的两千兵马会怎么样也可想而知啊！”马龙彪毫无保留地说出了自己的看法。

“我很好奇像你这样有文化、有胆识的人怎么会来我们这偏僻的沙漠地区。”赛音特古斯担心老说一个话题会叫别人起疑心，便插了一句，转移话题。

“我是受组织委派的，跟您一样啊。”马龙彪一语双关地答道。

又一个夜晚，他俩又聊到了一起。

“希望您今后多给我一些指点。”赛音特古斯说了一句出乎马龙彪意料之外的话。他的这句话是真心的，因为多日来的了解，他对马龙彪的见识很是钦佩和赏识。

马龙彪笑道：“您是领导，您指教我才对，我能给您什么指点啊？”

“孔子说：‘三人行，必有我师。’您的学问完全可以给我当师傅啊！”

“您太客气了。”马龙彪说。

“我们这里很快就要被共产党占领了，这个谁也能看得出来，只不过明里不说罢了。不知道那时候共产党会怎么处置我们的王爷、协理、管旗章京和我们这些人呢？就像我们上次解决山匪那样对待？”赛音特古斯把想要了解的问题直接说了出来。

“我认为不会那么简单，只要不反抗或以其他什么途径解放的话，应该是团结，不计前嫌，也不惩罚斗争，甚至还会重用呢。”马龙彪说道。

“那就是说，我这样的小侍卫交出枪械，就可以回家放羊，对吧？本来我的位置不起眼，到哪儿也无所谓呀。”赛音特古斯诚恳地说道，不过内心深处仍有解不开的疙瘩和疑惑。

“我认为大体上是这样的。但是对于像我们这样的年轻人，还有更宽广的路可以选择呢。”

马龙彪的这句话显然是引起了赛音特古斯的注意，他忙问道：“什么道路？”

“您可以跟着大长官起义或投诚。当然了也可以反抗。不过这是鸡蛋碰石头，没什么好结果的。您想想看，国民党的几百万大军没能战胜共产党，我们这区区两千兵马能反抗到哪里？此路不通。所以起义或者投诚是正确的选择。还有一条光明之路。像您这样职不高权不大，家境贫苦，没有加入过国民党或三青团，政治历史清白的年轻人，也许还可以参加中国共产党。入党以后，一来可以为家乡和人民的解放事业出一分力量，二来可以参加到祖国的建设和保卫事业中来，踏上一个光明的前程。”马龙彪直截了当地把自己的观点说了出来。

赛音特古斯也直接说出了自己的想法：“您的一席金石之言，令我茅塞顿开，不过我现在还是对共产党没有一个完整的、全面的认识。”

“我的一个熟人给了我一本关于共产党的书，您一看就明白了，不过绝不可以叫别人知道。”马龙彪说着掏出一本红色封面上印有《中国共产党章程》几个黄字的小册子交给他。

“上一次您借给我看的毛泽东的《实践论》和《矛盾论》等书籍，都深刻难懂，我以前还读过蒙古文版的《共产党宣言》和俄罗斯的《政治经济学》，读起来依旧费劲。不知这本书怎么样？”赛音特古斯说着把书揣起来。

“您所看的那些书都讲的是马克思列宁主义的基本原理，所以一开始读起来自然是很困难。如果深刻钻研，找到窍门，也不是什么晦涩难懂的文章。刚才这一本是中国共产党的党章，里面清清楚楚地讲了党的目标、宗旨，党的性质，目前的任务以及入党条件、权力、责任等内容。您回去一读就明白了。”

赛音特古斯回到办公室，在灯下彻夜通读《中国共产党章程》。一开始虽然觉得比较深奥，但也并不是特别晦涩难懂。在接下来的几天又读了几遍，越读头脑越清醒，心情豁然开朗，热血沸腾。“这个党章，我读的太迟了，如果早看到……”他内心无比激动，心想，党章是看到了，那么如何才能找到中国共产党？“马龙彪是共产党吗？我认为他是……他一定是！”他在嘴里私语着。

从那天起，他一有时间便找马龙彪说话。

二十多天以后的一个满天飘雪的夜晚，赛音特古斯揣着党章到马龙彪的住所将书还给他。

“您读了吗？”马龙彪问。

“读了，说得真好。如果真的按书上所说的去做，这样的政党才能领导政权，建设国家，让人民过上幸福的日子。”赛音特古斯在表示赞赏和钦佩的同时也透着一丝疑虑。马龙彪察觉了他的疑惑，说：“共产党和其他政党最大的区别是，他们能够说到做到。”

“和国民党相比可谓天地之别。”赛音特古斯兴奋地说。

“那您拥护党的章程吗？”马龙彪急切地问道。

“拥护，党的纲领，党的章程，我完全拥护。”说着，赛音特古斯非常严肃地背念起党纲。

马龙彪目不转睛地盯着他的举止言行，不说话。

“我能加入中国共产党么？我的条件……”赛音特古斯吞吞吐吐地问。

马龙彪反问道：“您是怎么想的？”

“我自愿加入中国共产党，为实现共产主义而奉献一切！”赛音特古斯严肃地说。

听到他如宣誓般的言语，马龙彪感到很欣慰。

“可是像我这样从小在衙门里做活，又成了军官的人，共产党要吗？唉！”赛音特古斯对自己的经历有点灰心，叹了口气。

“您听说过哈丰嘎这个人吗？”马龙彪问。

“他是内蒙古自治区的副主席呀。”

“那您和他比较怎么样呢？”

“您是说，我现在的年龄、职务和经历都没有他那么复杂，这方面不用为难，是吗？”

马龙彪满意地点点头，赛音特古斯感到放松了许多。他问：“我已经下决心加入中国共产党，但是谁介绍我入党啊？”

马龙彪答：“有愿意入党的人，介绍人自然会有的。”

“您是党员吧？”赛音特古斯沉思了片刻，突然问道。

“您看我像党员吗？”马龙彪反问道。

“我觉得就是。我怀疑您是共产党员已有一段日子了。”赛音特古斯高兴地说。

马龙彪也不再隐瞒身份，“您说是，那就是吧！对好朋友怎么能长期隐瞒呢？依您现在的觉悟，已经没有必要保密了。我是1945年在延安加入中国共产党的。来这里的任务是做党的地下工作，加快这个地区解放事业的步伐。说实话，您是我党近日要发展的目标人选之一。”

“我的愿望就要实现，我非常高兴。您就介绍我入党吧！”赛音特古斯颤着嗓子激动地说，同时握紧了马龙彪的手。

马龙彪说：“那没问题。您若真的下了决心，就写入党申请书吧。”

“我早在两天前就写好了。”赛音特古斯说着从军服左胸兜里掏出一叠纸，展开，用两只手交给马龙彪。

从此以后，他俩经常找机会畅谈党的基本理论和当前的职责任务，马龙彪继续给他看有关马克思主义的书籍。

赛音特古斯的支持下，马龙彪还在第一大队培养了十来名积极分子，以业余时间学文化为名组织他们学政治理论。

一天晚上，马龙彪来到赛音特古斯的宿舍聊天。

“关于学文习武、提拔升官、光宗耀祖，您有什么看法？”马龙彪为进一步提高赛音特古斯的觉悟，如此问道。

“父母再三叮嘱我，说他们费了好大的劲让我学上，是为了光宗耀祖。我的老师和乡亲们也都这样说，书本上也这么写着。这个观念从小在我的脑海里根深蒂固，我一直在努力学好上进，以求得一官半职，将来好光宗耀祖。”

“那您现在是怎么认识的呢？”

“我永远忘不了父母在那样艰难的情况下让我学习文化知识的恩情，父老乡亲们的想法也不能说不对，没有他们的努力也不会有我的今天。但是我现在却不能再这样认识了，不能再受封建思想的束缚。在这两个月里，我通过阅读马克思主义书籍和党的章程，认识到我们学习知识，提高思想觉悟和工作能力是为了更好地为人民服务，是为了建设和保卫祖国，是为了实现共产主义。”

“说的对。这是思想觉悟方面的一大飞跃，是从封建主义认识论到马克思主义认识论的转变。”

赛音特古斯认真地聆听着。

“以马克思主义认识论来看待这个问题，要用阶级斗争的观点去看。统治阶级的光宗耀祖和无产阶级的光宗耀祖，有本质的区别，前者是统治阶级企图延续或复辟自己的统治，后者却相反。随着我们的马克思主义觉悟和认识的提高，对这一问题的理解将会更加深刻。”说着，马龙彪的脸上露出欣慰的笑容。

一个星期日下午，四分队二班班长巴图巴雅尔走出军营，向东走了约百步远，进了兴隆商铺。

“您今天休息哪？”铺子掌柜的刘荣青点头哈腰地迎上前来问。此人约三十岁，大鼻子，灰脸，瘦高的个头，满脸堆着笑。

“刘掌柜的好，我想买点零货。”巴图巴雅尔说。

刘掌柜依旧笑容满面地说：“烟、酒、糕点、糖果，都有；布匹、面粉、油，应有尽有，您随便挑选，买多了优惠！”

巴图巴雅尔挑选了一些烟酒杂货，问多少钱。

“嗨，这么点东西呀？您拿走好了，不要钱。”刘掌柜的直摆手。

巴图巴雅尔硬要付钱，“哪有从商店买东西不给钱的道理？”

“那有啥，这么点东西，小意思啦。”刘掌柜还是不想收钱。

铺子里的雇工，一个名叫王余的约四十来岁的矮个子黄脸胖子不声不响地进进出出，似在忙乎着什么要紧的活儿。

巴图巴雅尔付了钱，给掌柜的道了谢，提着东西出了门。

他对刘荣青今日和往常不一样的态度感到很奇怪，回到宿舍和同伴们说起了此事。

“那天我去买东西，刘掌柜也说不要钱。”

“昨天我去店里，刘掌柜不在，我买了两盒香烟，那个老王也没要钱。”

“他还向我打听马参谋的情况呢。”

“刘掌柜是个很好奇的人，他经常打听我们新来的长官们的一些事儿，似乎很关心。”

“赛音副大队长刚来的时候，他也问过呢。”

“最近问得最多的是关于马参谋的事。”

“是啊，他还问我马参谋和什么人来往得多？”

“噢，这么说话就多了。老王还说马参谋说的一些话有意思得很。最近他还说了些什么？”

同伴们七嘴八舌地议论起刘掌柜和其店员的事儿，巴图巴雅尔虽感到很奇怪，但也没有将此事放在心上。

乌力杰吉日嘎拉是查干雅玛图的人，和巴图巴雅尔同住一个宿舍，两人是无话不说的好朋友。有一天晚上他说了件怪事，令巴图巴雅尔吃了一惊。

“什么？你再说的清楚些。”

乌力杰吉日嘎拉说道：“记得是前天，对，是星期天，我表兄弟八岁小孩苏依勒来我这里玩。他在部队院里玩耍的时候，听到通信班发报的‘嘟嘟嘟’声，说：‘你们这里也有这种声音，这是什么声音啊？’我问他：‘你还在哪里听到过这种声音？’他说他在夜里经过兴隆铺子时听到这种‘嘟嘟嘟’的声音。”

巴图巴雅尔问：“刘掌柜住在什么地方？”

“你不知道吗？去年冬天有一个喇嘛去了塔尔寺，他就把房子给租下了。房子离我表兄的家不远，从这儿去也不算远，大约一里地吧。”

第二天，巴图巴雅尔跟着乌力杰吉日嘎拉到他表兄家串门，通过与父子俩的谈话证实了小苏依勒说的是真话。

巴图巴雅尔没敢耽误，立刻去马龙彪处汇报了此事。

马龙彪也很惊奇，随即报告给赛音特古斯。

赛音特古斯指示侦察班秘密侦察此事。

侦察人员探知，兴隆铺子果然有一台发报机，而且每星期一、四晚上二十二时与某个机构发报联系。

赛音特古斯认真考虑如何处理此事，然后和马龙彪商议后决定搜查兴隆商铺，并报请额日德尼大队长批准。

他们从兴隆商铺和刘荣青的住所搜出了发报机、照相机、枪弹和他们与上级机关之间的往来电报文函。赛音特古斯下令逮捕了刘荣青和雇员王余。

王余承认自己是国民党中统局河套地区办事处驻查干雅玛图工作站的上尉站长张文元。

在张文元的要求下，额日德尼大队长亲自审讯了他们俩。

张文元、刘荣青两人如实交代了开展特务活动的情况，并请求给予保密。他们怀疑马龙彪和赛音特古斯是共产党，便以烟酒钱物等小恩小惠拉拢了大队士兵笋布尔，让他提供大队内部情报。

第一大队将破获国民党特务机关的情况向总队部进行了汇报。几天后总队复电："留下证据，没收发报机和武器，烧毁文件，将特务人员驱逐出境。"国民党安插在戈壁牧区军民中间的黑手被斩断了。

国民党的保密局和中统局是互不相关的两个系统，各自获取的情报互不交流，相互间保密，甚至制造假情报扰乱对方视线的事也时有发生。所以随着这个秘密情报站的破获，马龙彪、赛音特古斯的事也不了了之，无人再查。

那个士兵笋布尔被清理出部队，遣回了老家。

连日来天不见晴，早晨飘起了雪花。这是入冬以来的第一场雪。雪越下越大，越下越厚，房舍院落都成了一片白色的世界。大雪下了一整天，到了傍晚时分还不见停。

晚饭后，马龙彪来到赛音特古斯的住处，见没有别人，转身关门，走到赛音特古斯跟前，说："赛音特古斯同志，祝贺你，中国共产党绥远省委员会河套地区工委已经批准了你的入党请求。从1948年11月14日起，你就正式成为一名中国共产党党员了。"

赛音特古斯用颤抖的双手握紧了马龙彪的手，两眼满含激动的泪水。

在马龙彪的积极带动下，大队里又发展了三名中共党员。他们三人与在赛音特古斯，以及之前入党的两名党员一起，在马龙彪的组织下，利用星期天的休息时间，以到乌兰高勒镇转街为名，七人来到仙女沙漠深处的一个洼地，举行了入党宣誓。

一棵枝叶茂密的大树上高高悬挂着一面镰刀斧头图案的红旗，

六人并肩站在党旗下，举起右手，握紧拳头，跟着马龙彪进行宣誓：

“我志愿加入中国共产党，……为实现共产主义事业奋斗终生！”

宣誓仪式结束之后，大家坐在沙峰高处，由马龙彪传达了河套地区党工委关于在本旗东部一带建立党支部的决定，指出党支部目前的工作重点是第一大队起义准备工作和在进步军官中积极开展政治思想工作，积极团结和争取他们，同时在东部几个巴格贫苦牧民中发展党员，开展党的工作，加强新党员的政治时事学习和党的基础知识的学习，强化纪律和党的保密工作教育等等，并决定了相关事项。

第二天上午，额日德尼大队长突然叫赛音特古斯去他的办公室。

欲知额日德尼为何事召唤赛音特古斯，请看下回分解。

【第五章】

新春休假父老乡亲共欢愉
庙宴言逗愚富窘迫自难容

赛音特古斯走进额日德尼的工作室，行了礼，坐在对面。

额日德尼说："你来这里已经快两年了吧？快过年了，这里的情况也稳定，你的父母一定也想你了，我做主给你二十天的假，你回去过年，正月十五日我们在西岭庙庙会上见。怎么样？"

"谢谢额大队长的关照。我把巴图吉日嘎拉也带回去，让他也回家过年吧。他也是巴彦淖尔巴格的人，今年才21岁，想父母了吧。"赛音特古斯高兴地站起身说。

"好的，你自己决定吧。坐呀。"

两人又闲聊了一会儿。

额日德尼说："你那匹枣骝马走起来似乎不怎么样，最近我弄来了几匹好马，你可能没见呢。我给你一匹黑马吧。走得带劲，你要好好爱惜着骑。年轻人没个好骑乘怎么行呢？"

"这么好的马，还是大队长您自己留着骑吧。我是不管什么样的马，只要能跑就行。"赛音特古斯客气了一下。

"好马我有的是，你就别操心了。"额日德尼说着叫来警卫员，叮嘱他把那匹黑马交给赛音特古斯的警卫。

赛音特古斯从大队长的办公室出来，径直去了马龙彪的办公间。

马龙彪起身倒茶。

“额大队长准了二十天的假，让我回家过年。我去还是不去？”赛音特古斯问。

“领导给你准假，是在关心你。现在部队上也没什么事，你还是回一趟家吧。要不然会引起别人怀疑的。”

“我已经向额大队长表达了谢意，打算回去，他还给我一匹上好的走马呢。”

“回去好好过个年。一路顺风！”马龙彪说道。

赛音特古斯好些年没回家过年了。这次突然回到家，父母高兴得不知说什么好了。

在回到家的第三天，他和巴图吉日嘎拉骑着骆驼出了沙子，猎了几只黄羊。

第二天，他们俩把一只黄羊，还有问母亲要的一只羊和一些面粉、食油等，送到住在附近的孩子多、生活困难的巴音毕立格家里。赛音特古斯小的时候经常去他们家和孩子们一起玩耍。现在，比赛音大一岁的姑娘嫁到了他乡，一个年纪小一点的到寺庙上当了喇嘛，家里就剩下两个十几岁的孩子了。

好几年没见的赛音特古斯突然来到家里，还带来了这么多的食物，两位老人既高兴又感动，一时不知如何是好了。

赛音特古斯问候道：“巴吉嘎，全家都可好？”

巴音毕立格回应：“好，好！您好吗？没见你有几年了。”

“比起当年和乌音嘎、加米央他们一起玩耍的时候，已长成大小伙子啦。”巴音毕立格的妻子珠拉泰曼迪嘎笑道。

“你们的生活怎么样？孩子们能帮得上忙了吧？”赛音特古斯问。

“儿子当小沙弥，在庙里能填饱肚子。乌音嘎倒是偶尔来看望我们，还带一些肉食。您今天却给我们送了这么多的东西，吃一个春天也足够了。您的大恩大德将来只有叫孩子们报答了。”巴吉嘎恭敬地说。

曼迪嘎大妈也不住地祈祷：“愿佛祖保佑有福气的好人。”

“这么点小事不用放在心上，很快你们的生活就会好起来的。您要医治好病，这比什么都重要。身体健康了，过日子才不用愁啊！”赛音特古斯的话里暗含着即将到来的巨大变化，但他们又如何明白呢？

他俩继续行路，将黄羊肉送到布和那生家。这老两口子只有为数不多的几峰骆驼和几头羊，勉强能维持生计。老汉已过了六十岁，老太太有顽疾，家里没有劳力，日子过得也很艰辛。赛音特古斯知道他们家柴火不多了，第二天便驮了几捆干梭梭送了过去。

知道今年赛音特古斯在家里过年，父老乡亲们都高高兴兴地前来拜年问候，度过了一个热热闹闹的春节。

正月十三日下午，赛音特古斯告别了父母，和回家过了年回来的巴图吉日嘎拉二人出了门，当晚赶到巴图敖其尔家。

巴图敖其尔家早就安排好等赛音特古斯向东返回之际在家里举行新年宴会，客人也都请好了。傍晚时分，邻里乡亲们聚集了二十来号人，热闹了半宿。巴图敖其尔的岳父母达尼嘎、金吉格两位老人高兴之下拿出了窖藏多年的陈酿，摆上了整绵羯羊背子招待客人。阵阵欢声笑语伴着悠扬的长调民歌，绵绵不断。

两位老人和巴图敖其尔、乌都巴拉夫妻四人都是歌手中的高手，方圆百里的人家都称他们是“歌手之家”。

赛音特古斯虽然唱得不怎么样，但是被“歌手之家”和客人们优美的歌声所感染，也来了兴致，和巴图吉日嘎拉两人唱起了在查干雅玛图学的一首歌。逗得大家笑了起来。

“八洲须弥山上，
照射日月之光。
八般武艺于一身，
细腻智慧在心中。

东边腾起一股尘土，

那是褐色烈马的蹄尘。
内心如此忐忑不安，
唱着歌来，你多么可怜……”

第二天，巴图敖其尔和妻子乌都巴拉要去庙会，和赛音特古斯他们一同起程，到了特古勒德尔家又热闹了半天，下午才动身驰向西岭寺。

“正月十五的庙会上，
四方香客云集呀。
隐隐约约的视野中，
是安久寺迷茫的影子。”

喝得满脸通红的巴图敖其尔亮着嗓门儿唱，抽打着骆驼追上了赛音特古斯，又掉头喊道：“乌都巴拉，你也跟上来，我有话当面问你们。”

乌都巴拉笑着催赶骆驼跟了过来。

“那一年赛音来的时候，把我的话传到了没有？”巴图敖其尔问。

“什么话？”乌都巴拉问。

“你叫我给嫂子传了什么话来着？我忘了。”赛音特古斯眨巴着眼笑道。

“怎么你俩都忘了？”巴图敖其尔也似乎懵住了，眯着眼问。

赛音特古斯说：“你给嫂子传了什么话？我真的忘了。”

乌都巴拉也直笑，“赛音来了什么也没说呀！你这个醉猫，喝了点酒就管不住嘴，净瞎说。”

“你们看，那个骑青色走马的人是谁？后边还跟着几个骑骆驼的人。”巴图敖其尔突然向右手方指去，大伙儿都转过去看。

特古勒德尔说：“那个骑马的是阿巴扎，其他人看不清楚。”

“巴图哥起个歌吧，我们一起唱。”赛音特古斯提议。

“高高的山头看似遥远，
飘浮的云彩近在眼前。

年岁相仿的亲密恋人，

真情实意在我心间。”

巴图敖其尔抽了骆驼一鞭子，眯着眼睛唱了起来，却没有一个人跟着唱。

“你唱别人都不会唱的歌，只好自己一个人唱了。”特古勒德尔说。

“你们不知道呀？那我再唱一个你们都知道的。”巴图敖其尔笑着，又起了一个歌。

“富饶苍茫的大地上，

是我辽阔清爽的故乡。

朝思暮想在心中的，

是那童年的家乡。”

还是没人和唱。乌都巴拉说：“你又唱了一个别人不会唱的歌。”说着以甜美的嗓音起了一个歌头：“溜溜的红走马——”

大伙随即接上唱：

“吊足了膘儿骑乘。

相识相逢的时光

是前世修得的缘分……”

就在他们和着嗓子边行边唱时，阿巴扎他们也不示弱地唱着歌过来了：

“胸宽体胖的栗色马，

顺着肩胛有毛旋儿。

亲密无间的兄弟们，

欢聚在热闹的酒宴。”

策仁、宝音也和阿巴扎他们同来。两拨人下了骑乘，相互问候。赛音特古斯从褡裢里掏出一瓶酒，给阿巴扎和安迪嘎敬酒，然后给同行的人也都逐一敬上。很快大家又跨上了各自的骑乘，有的唱着家乡的歌，相互传递着酒瓶，边唱边饮，有的交谈说笑着。太阳离地平线还有一缰绳高的时候，他们到达了西岭庙。

西岭庙位于查干布和沙漠南梁和东梁交汇处细长廊地带。那里有长着稀疏的梭梭、冬青等灌木的小台地和沙竹绵延的荒草滩。丛生着小片高大梭梭的丘陵间的一处较为平坦的台地上，坐落着寺庙主院。这是查干布和大沙漠腹地中心地带，人们又称安久寺。从寺庙前面穿过一条大道，顺着它向东南方向，沿着长廊行七十里地就可到达东港口；向东顺着查干布和沙漠盆谷出了沙子，沿着黄河与沙漠边沿走一百多里地就能到查干雅玛图关卡；绕过查干布和沙漠南梁向西走三百多里地，就能走到德力格尔浩特，人们称其为北京路或黄道。西岭庙正是掌控这三条道的重要战略要点。

赛音特古斯住进舅舅喇嘛阿日布登格隆家，然后去了吉萨庙仓（喇嘛庙内专管庶务的机构）与先前到来的额日德尼大队长相见。

正月十五的祈愿法会当天，天气晴朗，风和日丽。上午进行晒佛仪式，喇嘛们将迈德里佛巨大的绣像高高地展开，等众善男信女环绕寺院外围拜佛之后，在寺院里举行了祈愿诵经法会。

大雄宝殿里端坐着首席喇嘛，领诵喇嘛等紧挨着各就各位。他们头戴纱帽，身披紫红袈裟，盘腿端坐于黄色毯垫或加毯木垫座上，两边铺了白色毛毡。其上首铺着毯子坐垫，让高官和有名望的人士就座，然后是众施主静坐着聆听喇嘛诵经。

庙会不光是喇嘛们念经做法事、香客拜佛祈愿的法会，它还是偏僻乡区最为热闹的娱乐聚会，所以人们尽可能都穿上最华丽的衣服来参加。富人、贵族们丝袍绸衣、珠光宝气，普通牧民也根据自家的条件，缝缝补补洗洗，穿着整洁、得体地来观庙会。

对在沙漠地区分散居住的牧民来说，来看庙会不仅仅是为了许愿拜佛，还是与一年里难得见面的亲戚朋友们相逢相聚的好机会。正月十六日这一天，似乎是为了迎合大家愉悦的心情，又是一个晴朗的好日子。

寺庙的喇嘛们念着经，敲锣打鼓，吹笛奏号，这时候头上戴着大幅面具、身穿花纹衣服、手持花棍或假蛇的四个髑髅登场，在围观的看客面前来回走动，维持场内的秩序。

带着五个孩子的“和尚汗”出场了，坐到中场边的椅子上，亲昵地爱抚着孩子们。

大黑天、吉祥天母、阎罗法王等凶神恶煞登场，戴着面具的舞者中一个手持金刚杵，一个手持大刀，还有一个手持驱魔朵马，寺庙掌堂师以及打伞、提香炉的引路队列逐一出场，环绕全场舞动了一圈又返回去了。

戴着鹿神面具的两个年轻的喇嘛舞者大踏步地跳跃着出场，做出种种高难度的优美动作，抬脚踩地，摇头晃脑，用长角勾起地上的哈达，把全场的查玛舞引向了高潮。

身着黑衣，头戴黑缨粗呢绒帽，手持金刚杵的查玛汗和几个随从一同和众凶神一样列队出舞……

最后是三十二名查玛舞者全体返场，集体跳舞，这叫呼热舞。呼热舞结束之时，他们出场时的队形返回去。查玛舞便结束了。

留在场内的几个髑髅，舞动着花棍和灵蛇道具和场边的看客开玩笑，吓唬一下女人和小孩，然后一步一回头地返回后台。

众施主和看客起身，绕着大殿转动转经轮或者进庙堂里烧香点佛灯，磕拜佛像。

庙会期间，寺庙喇嘛们在各自的家里举行茶宴，招待下榻于自家的客人或亲朋好友。寺庙管家在伊和吉萨（大堂）里举行隆重的宴会，招呼旗府梅伦巴图吉雅、参领道尔吉，以及额日德尼、赛音特古斯、旗府文书官员、各巴格总管和有名望的人士们。

酒过三巡，菜过五味。

巴图吉雅梅伦端起酒杯说："老朽首先给第一大队额日德尼、赛音特古斯两位大队长敬上一杯酒。如今这兵荒马乱的世道，我旗东部地区的太平全仰仗两位的功劳。你们大队前不久消灭了入侵我旗的"毡帽"匪徒，保证了老百姓的平安，扬我家乡威名，为此老朽表示钦佩！"虽说是寺庙新年宴会，梅伦老爷子没忘了自己辖区东部的保安工作，所以先行给两位带兵人敬头杯酒。

"这都是梅伦领导有方啊！在您的指导下，我们一定完成好自己承担的任务。"额日德尼和赛音特古斯起身接过酒，一饮而尽。

"旗府所有家住此地的官员、家乡长辈、寺庙管家等，都对保卫东部地区的平安负有责任，为此我向各位表示祝福，敬一杯新年酒。”巴图吉雅梅伦敬在场诸位，大家起身喝了酒。

参加宴会的众人，按着顺序逐一给巴图吉雅、道尔吉、额日德尼和赛音特古斯等敬酒，相互之间也敬着酒。

额日德尼、赛音特古斯两人也起身向各位敬了酒。然后赛音特古斯趁着机会挨到巴图敖其尔几人旁边，聊起了天。

挓挲的黄胡子剪得齐齐的，枯瘦泛青的眼眶上架着银边水晶眼镜以遮掩翘鼻子，头戴水獭皮帽，长毛羔皮里子的蓝缎乌奇袍上扎了黑绸腰带的玛格吉嘎尔富翁也在席上。

“这道炒肉大概是牛肉吧？”玛格吉嘎尔牙不好，注意着端上来的菜肴哪个可以吃，向身旁的人问道。

“好像是牛肉呢。巴音阿哈您丢了牛吗？为何关心起牛肉了？”赛音特古斯接住话题反问道。

“长官您说什么？”玛格吉嘎尔吃了一惊，一脸不自在地看着对方。

“您不是说过这方圆百里之地就你们一家有牛吗？这寺庙里怎么会有牛肉啊？是您给庙里献了一头牛呢，还是什么人偷了你家的牛贡奉给庙里呢？巴音阿哈一定在怀疑吧？连我也感到奇怪呀！”赛音特古斯抓住这个机会敲了玛格吉嘎尔富翁一下。

“赛音长官您还没忘了我早年犯下的疏误啊？事情过去了好几年，还请您多多包涵！”玛格吉嘎尔是聪明人，早就揣摩到了赛音特古斯的话中含义，但他口舌笨拙，一时找不出回应的措辞，便说漏了自己当年的一件丑事。

“诬陷了别人的人可以忘记过去的事，被冤枉的人怎么可能忘记呢？”巴图敖其尔从中插了一句，捅破了窗纸。

玛格吉嘎尔不停地用袖子擦拭着汗水。

赛音特古斯和玛格吉嘎尔的对话，在座的除了额日德尼，别人大都知道，他们有的发笑，有的摇头，还有的好奇地看热闹。

几年前，赛音特古斯家卖给东港的一个商人一头牛，他家的牛印记和玛格吉嘎尔家的牛印记一样，附近的人家和玛格吉嘎尔自己都知道。那个商人在路上赶着牛，半道上遇见了玛格吉嘎尔的儿子柯西格巴音，硬说这牛是他们家的，不但把牛抢了回来，还把赛音特古斯家诬告为偷牛贼。巴格总管不顾邻居人家的做证，依照吃了贿赂，替富人说好话的巴图吉雅梅伦的“只有穷人偷富人的，富人不会诬陷穷人的”这句贫富理论，最后不但将牛判给了玛格吉嘎尔，还判赛音特古斯家偷窃罪名成立。

听了巴图敖其尔的话，赛音特古斯转过脸去看，做了个鬼脸。

看到玛格吉嘎尔慌得满头大汗，巴图吉雅梅伦也吃了一惊，有点坐不住了。

“请大伙儿坐回原位，请干了我这一杯酒！”道尔吉参领听了他们的对话，怕因为过去的事弄得收不了台，便以敬酒为名打断了他们的话。

赛音特古斯连忙坐回自己的位子，端起兄长敬的酒笑着喝了。

“依我说，赛音特古斯方才趁机说的话，和参领恰到好处的敬酒，为今天宴会增添了不少乐子啊。”巴图敖其尔跟过来给道尔吉敬了一杯酒，然后眨巴着眼睛笑着说。

“跟这个明白事理的人再喝一杯吧。”道尔吉拉起赛音特古斯，三个人一起干了一杯。

西岭庙会的第二天是一个阴沉的冷天。

额日德尼、赛音特古斯他们一早起程。他俩策马并肩行驰，边走边聊，两个警卫员在一前一后行进。

“你的黑马走得怎么样？”额日德尼问道。

“这还要多谢大队长。我从没骑过这么好的走马。我们那一带有名的阿希格阿巴扎走马比起它来连影子也追不上。我在回去的路上测试过，这马走起来四条腿错落有致，像是在一条线上。好一匹走马啊！”赛音特古斯兴致勃勃地说道。

说话间，他们来到了塔岭子南面贡胡都格井西台地上。

“让我们放马赛一赛吧！”额日德尼说着一抖枣骝马缰绳，只见那枣骝马似出膛的子弹般飞快向前驰去。赛音特古斯也踩镫磕马，黑马竖起耳朵，四蹄腾空地向前飞奔，不一会儿就追赶上来。

两人并辔齐驱。

“放开让它跑！”额日德尼说着抖动缰绳，赛音特古斯也磕镫催马，两匹马较着劲飞驰而去。约十分钟后，黑马跑在了前面，枣骝马越来越慢，落在了后头。赛音特古斯见状，拉住了马缰，为了让额日德尼赶上来，放慢了速度，缓缓前行。

“比起王爷的黑鬃黄貂如何？”额日德尼问道。

“黑鬃黄貂马我只见过身影，不知道跑的如何。”

“我看你的黑马比我的枣骝马快多了。”

“还是黑马有劲。这个春节我可是出够了风头。现在把它还给原先的主人吧。”

“可别再这么说了，你就是黑马的主人啊，要还给谁呀？”额日德尼说着催马前行。

额日德尼和赛音特古斯刚回到大队，就收到旗府的紧急电报，让他们火速赶到旗里。

旗府究竟为何事传唤他们，请看下回分解。

【第六章】

临危受命任重多难
实地调研谋划对策

一天上午，风平浪静，是个明媚的晴天。

旗府上院小会议室里出奇的安静。

平日在旗府门口有两名警卫，今天在上院门口增设了两名警卫，可见此次会议的重要性。

会议室里除了协理、管旗章京、保安总队副总队长、参谋长之外，只有额日德尼和赛音特古斯二人，其他大队长都不见人影。

会议迟迟不开始，似乎在等什么人。

“除了咱俩没有其他大队的人，看来这个会议和东部的治安形势有关系。”额日德尼向旁边的赛音特古斯悄悄说道。

“差不多吧。”赛音特古斯低声回答。

在他俩说话间，协理对赛音特古斯说：“赛音特古斯啊，成熟了不少呀，有一年多没见你了吧？”

赛音特古斯起身回答：“是的，有一年半没见协理了。”

“坐。你们俩大概在好奇为什么除了你俩，其他各大队的大队长没有参加会议？不着急，很快你们就知道了。”协理笑着说。

这时候王爷从里屋走了出来。

会议室里的人都起立迎候。

“坐吧！”王爷说着坐了下来。

“有一阵子没见到赛音特古斯了，长大了。听说了你开展军训、消灭毡帽匪的事迹，你还挺出息的啊！”王爷夸奖道。

“多谢王爷的关怀。”赛音特古斯起身回话。

王爷示意他坐下。

“参加会议的人都到齐了，现在开会吧？”协理看着王爷说。

“这次会议要讨论的是我旗东部的治安形势问题。具体情况先由宝音阿日毕吉呼说说吧。”王爷开了场。

宝音阿日毕吉呼参谋长通报了情况：“根据我们的了解，内蒙古中东部原先巴德玛道日格王爷手下部分军官在日本投降后加入国军。东北三省被共产党占领后他们投降了共产党，之后又脱离，和蒙古地区部分军政人士和土匪勾结，在西窜的途中招兵买马，发展成几千人的队伍。但在共产党部队的几次追剿阻击之后受到重创，现在大概有两千多人马聚集在甘珠尔扎布的旗下向西行进。他们听说了巴王在我旗开展蒙古自治活动的消息，想潜入我旗境内。巴王知道这一情况，并且同意他们这一主张。由于我方不同意，巴王虽不明确要求，但暗地里已经在考虑让他们来这里了。在这样严峻的形势下，我们务必采取适当的措施，提防他们进入我旗。”

“关于这个问题，我们方才还讨论过。他们若要进入我旗，首先考虑的地方是东港。如果这样，形势将对我们非常不利。日子一久，他们控制了靠东边几个巴格，掌控那里的粮食、地租、羊畜以及饲料、甘草，不仅会影响到我旗的经济和税收，连商贸通道也有被切断的危险。”将稀疏的白发分叉梳理，瘦高个子，身着没有扎腰带的蓝缎袍子，约莫六十岁光景的管旗章京乌力吉巴图忧心忡忡地道出了问题的关键。

“刚才，章京把甘珠尔扎布的兵马进入东港的危害性都讲清楚了。他们果真要进来，我们能不能阻挡住，这也说不定。他们的人数似乎和我们总队的人数差不多，但是他们的作战能力可能比我们强。因为他们的主要兵力是由一部分专业军人和惯匪组成的，射击技术高超，但这部分人的数量不会太多。不管怎样，我们没有公开阻击他们入侵的兵力。再者，我们不能把所有兵力都调往东部，德力格尔浩特的守卫绝不能松懈半分。山东面的胖子阁下时刻在‘关心’着我们，一旦有机会他们便可能动手，而巴王的人马也不简单。目前的办法是，他们若不经我们的同意直接闯过来，我们可把东港让出来。将第一大队的主力拉回沙漠里，监视驻扎于东港的骑兵动静，保护我们的百姓不受流兵窜匪的掠夺，尽量对侵犯老百姓的散兵游勇给予打击，拦断供给渠道，让他们不能够安稳驻扎就行了。我们这样做的目的是不让他们在这里长久地驻扎，从而危及百姓。但是我们的行动一定要保密，不可让巴王和那伙人知道。这里不光有家乡安宁的问题，还牵涉到政治的问题。”协理说道。

“依我们目前的条件，只能是这样对付了，除此之外好像也没有什么更好的办法。当然也可以有别的办法，主要是我们的力量不够啊。额日德尼的第一大队现在有多少兵力？”王爷问道。

“第一大队五个分队，共有三百名士兵。”额日德尼站起来回答。

“参与秘密军事行动，额日德尼的名声太大，说起他无人不晓，连巴王的人都说他是条好汉呢。额日德尼亲自行动，他们会轻易察觉。我们要物色一个既不暴露身份，又能给对方有力打击的这么一个人委以重任。前两天协理、章京、宝音阿日毕吉呼我们几个人再三考虑和商量，才下决心，决定把这个重任交给赛音特古斯。他虽然年轻，但计谋不少，在我们的大队长里头是年纪最小的一个，也是唯一一个指挥过实战的指挥官。由于他名气尚小，知道和认识他的人相对少，不会引起各方的注意。最重要的是我们相信他的稳重细致、聪明伶俐、谦虚谨慎。三国时刘备失荆州，为报关公被杀之仇，率领几十万大军进攻东吴。孙权对抗了几次均不敌，无奈之下答应送还夫人，归还荆州，把杀害关公和张飞的凶徒交出来，请求双方和解，刘备没有答应。孙权在走投无路下，不顾众将臣的反对，起用了小书生陆逊，扭转了战局，取得胜利。这个故事想必大家都知道，孙权在那时候能够重用陆逊，我们今天为何不能起用赛音特古斯呢？赛音特古斯，你有接受这个重任的胆量吗？”

王爷突然发问道。

赛音特古斯慌忙起立，不知所措地向额日德尼望去。

额日德尼以充满信任的目光朝他点了点头。

“感谢王爷、协理和章京长官们对我的信任。首先我必须声明，我没有陆逊那样的聪明才智，但我坚决服从王爷的命令，为家乡和百姓的安危，即使舍弃性命，也要完成所肩负的任务。”赛音特古斯在情急之下没有慌乱，充满自信地表达了决心。

参加会议的人们，有的点头赞许，有的以心神不安的目光看着他。

协理和王爷低声谈论着什么。

“赛音特古斯啊，这个任务王爷已交给了你，你也当众接受并表了态，所以这东部的事情就托付给额日德尼你们俩了。而你的担子更重，王爷和我们都相信你能完成好任务。刚才王爷讲的三国故事的意思你要好好想通想、明白。你仔细考虑一下东部防范工作的具体措施，我们下午再谈。你还有什么话要说吗？”协理说。

“我……”赛音特古斯站了起来，刚要说话，协理示意他坐下说。

“具体措等施我仔细考虑好后再进行汇报吧。现在我先报告几个问题请示决定。”赛音特古斯说着，看了额日德尼一眼，又看了协理一眼。

额日德尼点了点头。

协理也点了点头，示意他继续说。

“去年，第一大队为增加四个分队征了两百名士兵，训练了五个月之后，因解决不了经费问题，临时把他们打发回去了。现在正是用人的时候，最好把这一批人正式吸收进来，恢复四个分队。一般的武器没问题，我们从毡帽匪手里缴获的一百多支枪，再加上几挺机枪和迫击炮，把各种子弹给得充足些，就够了。士兵骑乘不够用，若是没有马，骆驼也行啊。”赛音特古斯一口气说道。

王爷说道：“你说的这些都是事关大局的重要问题。还有什么，都说出来。”

“第二，关于组织民兵。我的想法是，组建由西岭庙、敖包图寺喇嘛和附近巴格的牧民组成的六个民兵队。武器、骑乘和衣服都没有问题，旗里只需提供粮食和弹药就行。第三，希望旗里为我们配备几部电台和发报人员，再提供一批帐篷。我的话完了。”

“您认为如何？”王爷问协理。

“我先说吗？”协理问。

“您先说。”

“嗯。我认为这几项都是事关当前紧急形势的实际问题，理应都给解决。”

“好吧，都答应你的。现在，赛音特古斯接受了我们的任务，你所提的条件我也都答应了，这东部的事务就靠你们了。当然旗里会全力支持你们，额日德尼也会成为你的后盾，给你提供帮助的。”王爷看着赛音特古斯，眼神里充满了信任与期待。

下午，天突然变得灰蒙蒙的，腾起一股黄风沙尘。

额日德尼、赛音特古斯二人到总队部见了宝音阿日毕吉呼参谋长，谈论如何落实上午会议上所定的事项。

这时候协理从外面走了进来：“我正要找你们几位说事呢，正好都在这儿啊，那就在这里说吧。”

他们几个连忙起立，迎接协理入座。

待协理坐下，大家也都各就各位。

“王爷同意派巴日夫为第一大队副大队长，名字排在赛音特古斯之后。”协理说。

“这怎么行呢？他比我年长，而且还是黄埔军校毕业的高才生，在部队上工作的时间也比我长，我当中尉的时候他已是上尉了。”赛音特古斯说。

协理说：“你消灭了一百多个敌人，而他一个没有。这个不谈了，已经决定了。与此同时，第一大队新增四个分队，会缺少分队长。组织民兵不能只靠巴格达木尔（巴格负责人），最好是派一些部队上的人去帮助他们。第一大队自己解决不了的旗上可以适当给予扶持。武器弹药和其他事项请宝音阿日毕吉呼参谋长尽快给予落实。除此之外你们俩还有什么问题吗？”

接下来又谈论了一会儿，基本上议定了所提事项，协理就先行告辞了。

“我这里有几把好枪，你们俩一人挑一把吧。”宝音参谋长说着打开铁柜拿出几把手枪给他俩看。

“谢谢参谋长！”额日德尼说着，选了一把枪牌撸子。

赛音特古斯请求道：“我不怎么喜欢手枪，您可不可以给我找一支卡宾枪？”

宝音参谋长说：“手枪你随便挑一把。卡宾枪我也有，新新的，没用过，我不用那玩意儿，就送给你吧。”

“谢谢长官！”赛音特古斯选了一把小型左轮手枪。

宝音参谋长笑道：“我不是说过不要说什么谢字了嘛！”

“是。我不再说什么谢字啦！”赛音笑着答道。

听着他俩的说笑，额日德尼也跟着笑了起来。

第一大队会议室里。

额日德尼、赛音特古斯和新派来的那个大花眼上架着墨镜、自然卷的淡黄头发向后梳着、个子高挑的副大队长巴日夫上尉，以及各分队队长、大队参谋等围着长方形条桌就座。

额日德尼大队长正在讲话：“刚才我传达了旗里的会议精神。现在具体部署我大队的下一步工作：一、建立西岭庙支队，驻扎西岭庙。副大队长赛音特古斯兼任支队队长职务。二、大队所属三、四、五分队归支队管辖，大队警卫班、电信班、后勤科、侦察班一分为二，分别由大队和支队管辖。三、新建立的四个分队分别命名为六、七、八、九分队。六、七分队驻扎大队所在地，八、九分队将驻扎西岭庙进行训练。组织民兵的工作一并开展，统一交由支队管理。新兵征招和组织民兵的工作由巴日夫副大队长负责，要在半月之内完成。四、支队电台除了与大队和各所属分队联系之外，可直接与总队联络。

对以上部署，赛音特古斯还有什么补充的？”额日德尼结束了讲话。

“服从额大队长的命令。从大队分出的各班组准备在这两天出发，第四、五分队在五天之内出发，按时到达西岭庙。我奉额大队长之令要先去那里，支队各班组和那生参谋、王辉参谋随我两天后出发。刘文山参谋和后勤科的几个人明天赶赴西岭庙，和寺庙管理喇嘛先行接洽，商议安排部队驻扎营地和舍宿事项。”赛音特古斯部署好了支队的行动计划。

会后，赛音特古斯到额日德尼的办公室，对组建西岭庙支队和工作任务的事项进一步进行了确定。

“你到了那里之后，仔细观察以东港为主的黄河西岸地形，要尽快掌握，思考敌人从哪个方向进来以及应对措施，准备几套作战方案。这你比我清楚，这里就不细说了。既要认清对方，又要认清自己，双方的情况在不同条件下都会发生变化的，你要做好应对准备。”额日德尼叮嘱道。

“额大队长的话我一定牢记在心。”赛音特古斯说着，认真思考着大队长说的“既要认清对方，又要认清自己”这句话。认清自己，不是那么简单的问题，“双方的情况在不同条件下都会发生变化”，这里包含着深刻的内涵。在外因的影响下内因也会发生变化，包括自己。额大队长真不简单，虽然文化水平不高，但在多年的工作经验中积累了从书本上学不到的学识。如果能够明智地认清事物的内因……

“你在想什么呢？”额日德尼见赛音特古斯陷入了沉思，好奇地问。

“我在想您刚才的话里所包含的哲理呢。”

“我的话里能有什么哲理啊，只是把需要注意的一些想法说给你听罢了。”

“不是的，您所说的认识自己和别人的寥寥数语中包含了深刻的哲理，事物的内外因和它们相互影响的道理是唯物主义的哲学认识论呀。”赛音特古斯说着，以钦佩的目光注视着额日德尼。

“你把我抬得过高了，你这么一说我反倒搞不清楚自己所说的意思了。”额日德尼笑道。

赛音特古斯也笑着说：“额大队长今天的话可真幽默啊！”

“嘉，不说这个了。我认为我们这一次的对手比什么‘毡帽匪’、‘独立队’和‘马家军’可能更要危险，所以要非常认真细致地研究部署作战方案，要做到没有丝毫的漏洞。但是如金无足赤一样，我们的方案不可能达到十全十美，我们只能尽力而为了。不要怕做得不够完善，我们有疏漏的地方，同样敌人也不会万无一失，关键在于谁能够利用好自己手中的牌，打好主动仗。你说是不是啊？”额日德尼说。

“今天我从额大队长的言语中懂得了许多认识论的逻辑，真是‘听君一席话，胜读十年书’啊！”赛音特古斯的话里充满了钦佩之意。

“我哪懂什么哲学和逻辑呀？嘉，不说这个了。你有事就来电，我们多保持联系。”额日德尼打断了话题。

“是！额大队长如果没有别的指示，我明天一早就出发。”赛音特古斯行了礼，告辞而去。

欲知赛音特古斯到西岭庙后如何进行防卫部署，请看下回分解。

【第七章】

驻古刹以防不测
清东港暗设计谋

黄土飞扬、冷风萧萧的春季一天，挎着的机枪、冲锋枪和长短枪的全副武装的十几名骑兵列队行进，顺着横亘于云雾中的塔岭梁南边小径向西打马疾驰而去。这是旗保安第一大队西岭支队在奔赴防卫目的地西岭庙的途中。

赛音特古斯斜坐在黑走马背上，慢悠悠地跟在他们后边。那生、王辉、巴图吉日嘎拉等几人跟随其后，在他们后面有骑马、乘驼牵着驮载驼队的约三十多名士兵。

他们赶了一整天路，夜里十点多到达西岭庙。提前两天到的刘文山参谋等在该寺喇嘛管事及东港巴格达木尔的配合支持下已经安排妥了官兵的住宿地。

贡楚格达日吉林寺（即西岭寺的正名）主寺喇嘛加米央丹巴、掌堂师普仁来二人在第二天上午来到大吉萨堂会见赛音特古斯。

“我部近日接受了一项紧急任务，需要驻扎于贵寺，将给你们添不少的麻烦，我们做的欠缺的地方还请你们多多包涵。”赛音特古斯说。

“旗里的事就是我们寺庙的事，有什么客气的。只是寺小僧少，房院狭窄，多有不便。有什么事我们会全力配合的。”加米央丹巴主持说。

普仁来掌堂师也说："你们驻扎于此是为了保护僧俗大众，对我们也是依靠。关于组建喇嘛兵的事我们已经号召参加过训练的喇嘛从今天开始报名，几天之内大概能组建起来了。"

"那真是谢谢你们了！"赛音特古斯说着，和两位喇嘛又谈论了一会儿。

这时东港巴格首席达木尔毕力格图和达木尔朝格宝音走了进来。

"听说大队赛长官率兵驻扎我们西岭寺，我们很高兴，部队上需要多少房屋我们都可以悉数解决。新兵征集事宜我们已经按照名单派人去通知了，保证能按时到达。"浓眉相连，两眼有神，中等身材，高鼻宽额的约莫四十多岁的毕力格图首席达木尔说。

赛音特古斯说："多谢你们的积极配合。我们的部队在你巴格范围驻兵防守，目前虽在西岭庙、东港两地驻扎，我想不久就有可能在敖包图庙、诺颜敖包、萨门达等地都派兵驻守。我们的工作肯定会给你们带来诸多不便，但我们的军队、政府及地方都有保卫家园、保护百姓的职责，理应相互支持配合，共同对敌。你们若有什么事，可与东港三分队电台联系。"

接下来几人又闲聊了一会。

主持喇嘛加米央丹巴解释寺名来由："因为这是信奉喇嘛教的寺庙，其真名叫'贡楚格达日吉林'，是藏语，俗称'西岭庙'或'西岭寺'。"

赛音特古斯说："对，我在旗府里当差的时候在档案文书里看到过。"

"哦，您知道啊。"加米央丹巴主持说道。

"我还听说这寺庙的创建者是安久公爷。"赛音特古斯说。

普仁来掌堂师接过话茬："据说是安久大人用自己的银子建了这座庙。"

毕力格图说："关于安久大人，赛长官一定是很清楚吧。安久公是我们家乡的历史名人，他的子孙后代和亲戚们还在呢。这座寺的现在的主人便是安久公的小儿子全普勒喇嘛嘎（喇嘛嘎为尊称），住得离您家很近，您可能认识吧？”

“认识。我也是本地人，虽然对这一切知道的不是太多，但大概知道一些。安久公也不算是很早的人，去世也就几十年光景吧？”赛音特古斯说。

普仁来说：“是的。您知道的不少。”

支队指挥部安置在大吉萨的内院，外院安排了第四分队。第五分队安排在栋克尔吉萨，在朝克沁殿（大雄宝殿）正门上方楼层里安排了一个班，主要任务是观察远处的动静和寺院街道的情况。

军粮需要骆驼驮运，时间来得及，不成问题。倒是马的饲草成了大问题，只好用马车或牛拉的勒勒车从下套地区拉运。

赛音特古斯带着几名参谋和侦察员、通讯员、警卫等若干人员，先去了东港。

行走在东港街巷中视察地形，看到驮盐的一列列驼队，听着叮咚的驼铃声，信步于岸边又看见黄河上来回游动的帆船，赛音特古斯在心旷神怡中不觉诗心澎湃，以低沉的声音朗诵道：

“沙河相连水陆港，
蜿蜒街巷商贸旺。
逆顺荡波千艘帆，
满载重驮万驼峰。”

毕力格图赞道：“没想到赛队长还是一个诗人呢，这诗做得真好！”

“总管过奖了。我哪是什么诗人，只不过是随口念出来的几句拙词而已。我们在旗府的时候有时也写一些闲诗解闷呢。”赛音特古斯有点不好意思地说。

赛音特古斯出了东港，沿着黄河西岸走了几天，仔细观察从东港往上一直到哈日浩特之间的地形，并对在什么地方可驻兵、什么地方可打埋伏、紧要关头什么地方可以撤退等认真地做了记录和绘图。

赛音特古斯还召集三分队和东港巴格达木尔一起讨论怎样腾出东港，如何安置那里的老百姓和畜群，骑兵进驻东港之后如何加强侦察工作等问题，并制定了初步的措施。

从归属支队的三个分队里分别抽出一名队长或副队长，大队派来的马龙彪、巴图苏和等人组建新兵培训组，由马龙彪担任组长。新兵训练工作按时开始，按照赛音特古斯提出的“首先使用好枪，学会保护自己”的思路进行了艰苦的训练。这一批人去年冬天已经通过了基础训练，所以这次训练没有遇到什么困难。经过二十天的训练，虽说正步走得不是那么顺溜，但已经能很好地使用手中的枪瞄准射击了。

新兵分成两个队，继续训练，以备急需。新组建的第八分队队长由马龙彪担任，第九分队队长由巴图苏和担任，为此特地举行了两分队成立仪式，通报了额日德尼大队长任命令，进行了授枪仪式。

赛音特古斯在成立仪式上发表讲话：“两个新分队今天正式成立了。我大队新增建了四个分队。我们为什么要扩兵呢？是为了保卫旗乡和人民大众。谁如果胆敢侵犯我们的故土，对老百姓造成伤害，我们就要和他战斗。这是我们当兵的人最神圣的任务和职责，请大家牢记这一点！”

春季一个难得的晴朗日子。

赛音特古斯在上午的时候出了军营，向北刚拐了个弯儿，就碰见了去确木吉尔喇嘛家给母亲抓药的巴图敖其尔。

“你什么时候来的？”

“母亲得了病，刚来。”

“现在病情如何？”

“好多了。”

“乌德巴拉嫂子好吗？”

“好，她好像很挂念你呢。”

“挂念，为什么不来看我呀？”

"春天忙季，忙碌于羊群家务，出不了门吧。"

"乡亲们都还好吧？"

"都好着呢。"

"有什么消息见闻？"

"噢对了，乌兰其其格问你好呢。"

"她们有的问候，有的牵挂，而为何一个也不来看我呢？"

"我回去后让她们来一个。"

"算了，跟你开玩笑呢。"

"我可没开玩笑，让乌兰其其格过来给你洗洗衣物有什么不可？"

"哪有军人把人家姑娘带到兵营住宿的？"

"那有什么！"

"嘉，废话少说。你是从衙门浩特大地方来的，那里有什么新鲜事？"

"巴王来了之后，从东部地区先后来了许多王公，协理、司令、葛根活佛及男男女女，大约来了好几百人，分散住在德力格尔浩特喇嘛僧侣人家，街道上也出现了身着各种服饰的人。"

"巴王是个什么样的人？"

"身着蒙古服饰，脸上也透着蒙古汉子豪情的蒙古人，显得很精神，有气魄。听人们说，他是一个誓要一辈子为光耀蒙古民族而奋斗的人。"

"可是他却选错了道路。"

"你是说他和日本人走得近吗？"

"你说准了命脉。他……"

"他们将来会如何选择？"

"我问你呢，你反倒问起我来了。他们平时做什么呢？"

"这我怎么知道啊？刚召开了'蒙古自治预备会议'，他们在散发通告，说是巴王，还有什么阿王和我们的王爷被选为预备会议主任和副主任了。"

"噢。"

“巴王前些日子为了给蒙古自治运动取得支持，专程去了广州，旗里也有人陪同前去了。”

“这倒是个新消息。”

“好像是巴王一回来就要召开蒙古自治大会。”

“还有呢？”

“刚听说的最机密的消息，毛泽东进入北京召开新的政治协商会议，准备占领全中国。”

“这可是个大消息。”

“这话你可不能乱说啊。”

“还有什么消息？”

“听说蒋介石下了台，李宗仁接替了他。”

“你给我提供了不少新消息，多谢你！”赛音特古斯说道。

“你说，巴王的自治运动会有什么结果？”

“能有什么结果？最后的挣扎罢了。”

“你认为他们会坚持多久？”

“多则一年，不会太久的。”

“你说得轻巧，难道他们自己不知道么？”

“知道又能怎样，只能破釜沉舟了。好比宰杀牛羊时刀子已架在脖子上了，还要挣扎一番，不到黄河不死心啊！”

“听你的口气，俨然一个先知先觉的大师一般。”

“巴图兄过奖了，小弟不敢担当啊。”说着两人大笑起来。

“听旗府有些官员私下嘀咕，说是巴王后面还要来许多追随他的部队，不知是真是假？”

“这可能是真的。”

“如果是真的，那可就麻烦了。”

“当然，而且还是个大麻烦。”

“那我现在问你一件事情。”巴图敖其尔说。

“问吧。只要是我知道的，都告诉你。”

“你们的这么多兵马驻扎在庙里，又征了这么多新兵，是想干什么啊？现在新兵老兵大概有几百号人了吧？”

“我从查干雅玛图带来了一百多人，在这儿又新招了一百多人。几座寺庙和巴格组织的民兵也有二百人以上，加起来有几百号人吧。你说我现在像不像一名军官啊？”

“那自然，对我们来说你已是大官了。你召集这几百个人在这里做什么呢？”

“在训练呢。”

“训练做什么？”

“为打仗做准备。”

“真要打仗啊？”

“那也说不准。”

“跟谁作战啊？”

“这也说不准。”

“这也说不准，那也说不准，是军事机密吗？”

“这回叫你说对了。”

赛音特古斯、巴图敖其尔喝着茶、抽着烟杂七杂八地聊天，说得正高兴呢，只见一个士兵气喘吁吁地跟在巴图吉日嘎拉后面进来，行了礼。此人是电信班的班长杨民忠，他给赛音特古斯送来一份夹在硬皮文件架中的电报，是来自总队部的急电。

电报内容如下：“告知第一大队及西岭庙支队：旗府再三研究巴王所提出的甘珠尔扎布所带领两千人马进驻我旗的要求后，根据当前局势和我们的能力条件，同意让他们暂时进驻从东港往上到乌兰毛都的黄河沿岸地区。对方人马估计四月初抵达。请你们尽快考虑如何把当地居民及其财产、羊畜迁移到安全的地方，及早做好准备。为了加强防止他们向西深入，将第三大队的二、三分队安排驻扎在敖包图庙和苏力图，临时归你支队管辖。其他事项均按原先决定执行。”

赛音特古斯看完电报，签了字还给工作人员。

“是什么重要的事情啊？”巴图敖其尔问道。

“重要是重要，可也不是特别紧急的事。我还可以和你谈论一个小时。”赛音特古斯内心虽然很着急，但是不想让巴图敖其尔看出来，便装作轻松的样子回答道。

巴图敖其尔是个聪明人，怎会不知赛音特古斯的脾性。他看出了对方的心思，“你很忙，我就不打扰了。我还要去见一个喇嘛呢。”说着起身告辞。

“那好吧，正好我也要出去，以后有时间再聊吧。”赛音特古斯也起身和巴图敖其尔一同出门，巴图吉日嘎拉已等候在院门口。

赛音特古斯急匆匆地走进办公室，思考刚才的电报。

“从东港往上到乌兰毛都的黄河沿岸地区”是牧户最为集中、羊畜多、水草丰美的好地方；“迁移到安全的地方”，“及早做好准备”，“四月初抵达”，能相信吗？“防止向西深入”，保证德力格尔浩特的安全，其实就是自己做主不能叫别人掌控的问题……

他如此这般思考了很久很久……

西岭庙大吉萨主厅，各分队长、相关几个巴格的达木尔、支队几位参谋等聚于一堂，有的抽烟，有的低声交谈。额日德尼和赛音特古斯走了进来。

大家都坐定后，赛音特古斯环视了一周到场的人，对额日德尼低声说：“额大队长，开会的人都到齐了，开始吗？”

“今天的会是支队召开的会，你主持吧，我列席旁听就可以了。”额日德尼说。原来他看到旗政府的急电后连夜出发，马不停蹄地赶了一夜，天亮时分才赶到这里。

“现在开会，我先说说。旗上的电报大家已经看到了，根据上面的指示精神，我们考虑做以下部署。从东港往下到阎王鼻，往上到三道坎一带沿黄河西岸的牧户带着家中珍贵财物向查干布哈沙漠中心以西迁移，骆驼、骡马等骑乘也都迁出去。青壮年男子一人留一个骑乘，有枪弹的把它隐藏好，继续留在原地放牧。电报说甘珠尔扎布的兵马四月初抵达，但具体何时到来谁也说不清，与其到时候被动，不如趁早安排。所以搬迁时间就定在这个月的二十号之前，请大家抓紧。现在我们一个个地讨论决定，你们有什么意见想法尽管说。”赛音特古斯看着大家说。

“要搬迁的居民都是我们巴格的牧民，搬迁任务重，所以及早行动才好。除了牧民之外还有一批农民和少量的商贩，他们也一样搬迁吗，或者原地不动？”东港巴格首席达木尔毕力格图问。

有人提议一样搬迁，有人认为没有必要。

“我们叫群众搬迁是为了减少他们的损失，但全员搬走势必会引起别人的怀疑。牧民搬走一部分，可以对外说他们是通场移牧去了，别人不会起疑。而农民和商贩就没有通场移牧的道理了。所以，农户里可选出几个可靠之人把农户家贵重物品转移保存，对商贩也可采取这种措施。我们要做好搬迁工作，不能让别人看出来。大家看呢？”赛音特古斯说了自己的想法，征求大伙的意见。

大家都没有别的意见，这事就算说定了。

赛音特古斯说：“三分队继续留守东港，在骑兵进驻之前的两天内撤出，过龙首梁，驻中大梁。你们的主要任务是配合回民自卫军，帮助他们做好东港被占前的准备工作。撤退后的工作是做好侦察情报。有困难吗？”

“没有困难，一定完成好任务。”三分队宝音吉日嘎拉队长起立回答。

“五分队要在五天之内起程，进驻诺颜敖包后沙漠，侦察沿河上游的情况，并做好战备，要做到在半个小时内能够作战。给你分队增加两门排击炮。你队还有什么意见吗？”

“没有，坚决执行命令！”五分队巴特尔分队长起身回答。

赛音特古斯转身对额日德尼大队长说：“部署完毕，请额大队长指示。”

“方才的部署我完全同意。大家要以十分负责的态度完成各自的任务，一丝一毫也不能马虎。我们这个大队建立已有近十年了，直到去年才真刀实枪地干了一仗。但这次我们面对的是比上次的还要强大的对手。当然，不打是最好的，但打不打不由我们单方面说了算。我们的任务是：第一，不能让甘珠尔扎布的兵马深入德力格尔浩特方向；第二，要保护好人民群众的生命财产。如果对方的行动危及这两个底线，我们就要毫不犹豫地对他们开战。这个要求请全体官兵务必要牢记。”额日德尼说。

赛音特古斯补充道：“从明天开始各分队的电报在支队内部统用我们内部的密码，与大队和总队联系时依然使用原先的密码。但我们的任务和具体作战方案不可用明语表达。如果发生什么意外，宁可放弃发报机，也必须烧毁密码簿，不能出任何差错。”

欲知甘珠尔扎布的骑兵占领东港后将发生什么情况，请看下回分解。

【第八章】

驻军不抵退龙首梁
散匪无阻进东港镇

1949年3月25日。

下午四点时分，赛音特古斯在龙首梁的西谷下了马，让随从人员留下，只带了巴图吉日嘎拉和那生两人登上梁顶，来到头天夜里从东港撤出来的第三分队布置于梁顶的隐蔽哨所后面，藏在灌木丛背后观察动静。

龙首梁又称龙头岭，是沿黄河西岸地势慢慢缓升，南北走向的高高的沙梁。从东港向西望去，犹如一条卧龙，沙梁南头的几座沙峰犹似张开嘴的龙头，从港口到沙梁半腰有一片长满沙鞭的茂密丛林，常年被西北风吹得形成面朝东的峭壁沙梁子一层叠一层的，远远望去，就如同龙的鳞片般重叠着，很是壮观。连着那一片丛林，往上是一片生长着沙蒿、沙蓬和猪毛草的坡地，再往上生长着茂密的灌木丛、野蒿和沙葱的绿幽幽的梁子仿若挺着脖颈的龙脊一般壮观，绵绵相连的丘陵如龙背起伏在视野，而梁子另一头向北拐弯的灌木丛生的沙峰犹似向西甩过去的龙尾。

从东港往上有水、陆两条路，无论走哪条路都经过哈日浩特直通省城。往下穿过河岸各巴格，通往河套和包头。东渡黄河，有通向鄂尔多斯六旗，并抵达榆林的大道。向西有穿越龙首梁到达旗衙门的黄道。龙首梁正是位于这六条通道交叉口并能够控制东港的战略要地。

前几天赛音特古斯收到电报：“甘珠尔扎布的约两千人马已进入鄂尔多斯境内，估计本月底将进入我旗。”

甘珠尔扎布的兵马通过哈日浩特渡口向西渡过黄河，沿着河西岸向北行进，于昨天夜里到达哈日根图、哈日套海等地过了夜。西岭庙支队打探到这个消息，三分队按照原定计划连夜撤出了东港，上了龙首梁。

赛音特古斯的望远镜里已看到了甘珠尔扎布的兵马从沙嘴子出来，几十批人马一批批走过，大约持续了一个多小时，有时放一两下枪。傍晚六点半左右，他们先头的人马进入东港，一个小时之后才消失于视野。

甘珠尔扎布的骑兵占领了东港。

东港沿黄河之岸的街道是各色商铺和饭馆等集中的本地最为热闹的地方，一排大小不一、高低不平的商店，招牌琳琅，身着蒙古服饰的人、头戴白帽留长须的老者、用黑纱蒙着面的女人、持鞭骑马的牧民、牵拉着驼队的阿音钦汉子、赶着牛车马车的各色人等在平日里来回流动，热闹非凡。大街东南边，黄河激流泛着红波向东呼啸着流去，起帆的船舶和载人的小筏子往来穿梭。商铺里布匹鞋袜、烟酒副食、肉菜水果等日常用品应有尽有，尤其是在冬春季节赶远途驼队运输的阿音钦汉子们将驮来的盐货卸在后街盐仓院子里，来此购买家用品和给亲人的礼物。他们还下馆子打打牙祭，有人还喜欢喝上它几两，以消解长途跋涉的疲顿。这片街区除了商店、饭馆和旅店，还有中医门诊店和理发店等。南街可听到黄河纤夫们高声和喝的号子声，而北街上不分昼夜传来驼队叮咚的驼铃声。对于这辈子听惯了这两种声音的南北街居民来说，它无疑是一种悦耳动听的美妙音乐。

甘珠尔扎布的兵马进入东港小镇时，当地居民们虽有心理准备，但依旧不放心，关闭了门窗，从墙洞、夹缝或窗眼里偷偷观察动静。顽皮的儿童们有的爬在屋顶，有的攀上大树，隐蔽于枝叶之间偷窥。

大街小巷，农民房屋，到处狗吠鸡叫，不得安宁。那些士兵进了东港后先是占据了公所，后占领商房，最后强行占据老百姓的房屋，吵吵闹闹了大半夜才安静下来。

东港巴格首席达木尔毕力格图、达木尔纳木德格二人第二天一大早来到原巴格政府办公大院甘珠尔扎布的司令部，参谋长吉雅接待了他俩。

“参谋长您好！”毕力格图一进门便问候道。

“参谋长好！这是我们东港巴格首席达木尔毕力格图，我是达木尔纳木德格。”纳木德格介绍道。

“两位阁下好！”吉雅起身问候。

毕力格图、纳木德格二人坐在了吉雅示意的椅子上。

“贵军进驻我东港巴格，我们表示欢迎。但我们巴格沙地多草场少，虽有蒙、汉、回人杂居，但人口少，是一个经济落后、生活穷苦的地方。我们祈盼着贵军的资助，而没有能力帮助你们，还望尊贵的长官多多包涵。”毕力格图以官方口气表示了欢迎，又诉苦说难，透露了帮不了什么忙的意思。

而吉雅却很兴奋地说着他们的意图：“贵地长官来会见，我很高兴。我们的军队跟随巴王为实现蒙古民族高度自治，甚至为复兴圣主成吉思汗建立而后又支离破碎、四处分散的蒙古大汗国而尽心尽力，全力以赴。无论我们在东蒙古还是西蒙古地区，我们的目的是一样的。”

“是的。”毕力格图听着对方的一番论道，也不好说什么，只好嗯啊地应付着。

吉雅又说：“赤党，也就是八路，现在很厉害呢，你们听说了吧？”

“没听说过什么八路九路的。”

“我们东北地区都叫八路军给占领了，你们这儿倒挺平静的。往西整个西北地区还是老样子，风平浪静啊。”

“是的。”

“我们来这里的目的就是协助巴王和你们的王爷为蒙古民族的复兴事业奉献力量啊。”

“是的。”

谈话在如此这般的应对中进行着。

吉雅想起昨夜饿着肚子过了一宿的事，旁敲侧击地问：“听说你们这是个富饶美丽的地方，所以我们才来到这里，是吧？”

“说是那样说的，是个地域辽阔、矿藏丰富的地方。所以山那边的省对这垂涎了几十年，日本侵略军也曾把黑爪伸到这边来。但这里的百姓却不是孬种，为了保护家园，宁可掉头，也不肯卑躬屈膝。”毕力格图首席达木尔的话中有话，说得委婉客气，真不愧为名副其实的“快语智叟”。由于他有文化，足智多谋，伶牙俐齿，所以乡亲们封了他这个称号。

“我军初来乍到，人生地不熟，东边被黄河拦断，西边有荒凉的红沙横亘，粮食、饲草的问题如何解决？贵方是如何考虑的？”吉雅不再说那些远大的抱负和宏伟目标，直接说出了眼前遇到的具体问题。

“参谋长刚才说的都是实话，但这是个大问题，不是我们这样的小巴格达木尔所能解决的事啊！”毕力格图说。

“阁下说的也是。可我们的队伍这么多的人在这巴掌大的地方如何获取军需得以生存？现在我们有两个要求，一是请贵巴格向我军提供粮食，你们若有困难尽快向旗里汇报；二是我们要派人去旗上，还请你们的人带路。”吉雅直接摊牌了。

毕力格图沉稳地说：“我们提供粮食的能力，容我往上汇报。至于派向导，我们商量一下，等找到合适的人就通知你们。”

“这可是战乱时期的军事要务，绝不可怠慢！我想阁下一定也明白这一点吧！”吉雅的口气强硬起来，如同给下属下令般耀武扬威地说。

毕力格图并没有吓住，依旧彬彬有礼地说：“我是地方一名普通的公务人员，虽不知道军中规矩，但也粗略懂一点时局气候。但看我们这里目前还算稳定，没什么战乱不战乱的。请参谋长原谅我这么说。上述两条我会按照先前所说的去办理的。”

说完，毕力格图和纳木德格二人告辞，吉雅一直把他俩送到大门口。

赛音特古斯在中大梁的三分队帐篷里听了毕力格图会见吉雅的情况汇报，对他答复的话感到很满意。

毕力格图问：“方才这两个问题怎么回复才好呢？”

赛音特古斯说：“第一个问题就这么回答：‘供应粮食的事已报旗里，我旗的粮食也都是从外地农区购进的，旗里也没那么多的粮食，但可以先解决一部分，就是时间上稍缓缓。从德力格尔浩特出发的驼运队到达东港最少要用十来天呢。’这样说可以吗？”

毕力格图说：“行，就这么答复。那第二个问题呢？”

“您就说：‘省方出动大部队进阿格鲁图山搞备战，不知是真备战，还是声东击西。为此旗里也派出大队人马封锁了山西各要道。所以从这里要去德力格尔浩特，要么取道河套，绕过查干布哈沙漠，从罕乌拉山麓走，这条路最快也需要半个月。要么你们原路返回，顺着黄河西岸再向南拐，经过省城，攀越阿格鲁图山从金门进入旗境到达德力格尔浩特。’这样答复，您看如何？”

“好，好，您说得非常好。两天之后我去东港就这么给吉雅答复。”毕力格图赞许地说。

赛音特古斯说：“那好，您就看着办吧。”

甘珠尔扎布的部队进驻东港之后各方面都陷入困境，头头们聚在一起开会，商量如何对付眼下的困难。

东港关卡大院上房中厅里摆着一张大方桌，师长甘珠尔扎布、副师长仁钦尼玛、吉日木图、参谋长吉雅四人端坐在方桌四边，桑热、呼布钦巴特尔、道日巴、达尔嘉等团长和后勤处长宝音楚格拉等人有的盘腿坐在大炕上，有的靠坐在靠墙叠放的被褥上。

“我军进入东港以后缺少粮食、饲草，遇到很大的困难。我们虽然向旗里请求给予资助，但是石沉大海，犹如狐狸等着公牛卵蛋自己掉下来而饿死，我们不能在这里干等啊。现在我们该怎么办？你们有什么办法说说看。”那个叫甘珠尔扎布的长着络腮胡子，身着国军将领服的大汉子扫视了一圈说。

参谋长吉雅首先介绍眼前的困难：“我军以及路途中吸收的人算起来总共有两千来号人，一天的伙食少算也要六担米，我们带来的粮食大概够吃二十天左右。这地方虽然不缺蔬菜，但是肉类非常紧缺，问题越来越严重了。”

“不管我们为谁服务，首先要填饱肚子吧。我们在东部起事为的是什么？”

“只是为了吃饱肚子，还有起事的必要吗？”

“我们举旗造反，是为了蒙古大众啊，这谁都知道。”

“为蒙古大众，就是为了蒙古人的自由而战，对吗？”

“自由？自由不就是为了自由自在地吃喝玩乐，随心所欲地行走江湖嘛！可是我们现在不要说什么自由了，连肚子都填不饱，这叫什么事儿啊？”

“不用着急，我们没有的别人有啊，别人有就等于我们也有啊！你们说是不是呀？”

“兔子不吃窝边草。我们怎么可以抢驻地的老百姓呢？”

“那是吃饱的兔子。”

“就是这个道理。求着得不到就抢过来，活人哪有饿死的道理？”

“这也不是什么新法子，我们一辈子抢过来了，难道现在要‘放下屠刀，立地成佛’不成？！”

众人如此这般争论不休，谁也没有说出什么好办法来。

“光说些没用的话有什么用呢？”

“把没用的话说完了剩下的不就是有用的话了嘛！”

“这句话倒符合哲学逻辑，有点意思。”

这时候，中等个子，红脸黄须，身着日本军曹服装的仁钦尼玛副师长说：“依我之见，首先派人去向巴王汇报情况，就算不说远景也得说说这大半年的生存问题吧？我们当下急需一个合适的驻地和提供军需的部门啊。第二，要派人到哈日浩特以南农业区收购粮食，以解决眼前的困难。就算是兔子吃窝边草，就算是我们要抢，看这个地方的样子能有多少东西够我们用啊？”

“此话有理，就这么办吧。参谋长你看派什么人去？”甘珠尔扎布说。

吉雅：“依我看，达尔嘉团长带一个排去黄河上游农区收购粮食如何？”

达尔嘉：“好的，我走一趟吧。”

“达尔嘉团长先做准备吧，等我们这里的事都安顿好了再走也不迟。”吉雅的目光游走在手中的笔记本上。

达尔嘉说道：“那我等候参谋长的旨令吧。”

“去面晤巴王的人一定要选一个可靠之人。”吉雅看着甘珠尔扎布说。

“看参谋长的眼神，似乎是要让我本人去。好吧，我去。都嘎尔、道日吉两位高参跟着我去，好商量事项。这里的兵士就由副师长仁钦尼玛、吉日木图和吉雅参谋长三人负责管理。”甘珠尔扎布看着他们几个说。

吉雅：“还有一件事。”

甘珠尔扎布：“说吧。”

“那我先说说，请大家琢磨琢磨。”吉雅正要说，那边有个叫吉日木图的挺着肥胖的大肚子，身穿蒙古袍，腰里松松地缠着黄腰带的大汉粗鲁地说：“有话就说，有屁就放，还什么琢磨琢磨的。”

“副师长的嘴里……尽是臭话……”吉雅笑道。

吉日木图：“谁像你，说话似念经，有的话听也听不清楚。有什么事快说啊！”

吉雅：“我认为，我们这么多的人聚集在这个小地方，不仅生活上不方便，万一有个突发事件也很危险哪！”

吉日木图笑道：“让你直说你还拐弯抹角的。”

吉雅："我不是在说嘛！"

吉日木图笑着："我光听了琢磨的事，没想到被琢磨的事。"

甘珠尔扎布正色道："大伙听吉雅讲，其他人不要说话。"

吉雅说："从这往西六十里地的沙漠边缘有一处居住着五六十户人家的村落，叫西村。从这往东北二十里地的地方还有一处约一百来户人口的村庄，名字叫作……"他顿了顿，戴上眼镜看笔记本，"噢，叫东村，那里房屋较多，可驻一个团的兵。西村规模小一点，可驻一个连的兵。这样形成三足鼎立状态，出了事可以相互有个照应。再说东港的紧张、拥挤状况也可得到改善和缓解。"

"吉雅公的这个提议非常正确。"说话的是个头高挑端正，宽额浓眉，身着国军服装，脚蹬高筒皮靴的汉子呼布钦巴特尔。

"吉公你看如何？"甘珠尔扎布转身询问吉日木图。

"我看可以，吉雅这次说得好，没有像往常那样念经。"吉日木图说着朝吉雅笑。

"那就这么定下来吧。谁去东村啊？"甘珠尔扎布问。

多数人沉默无语。

"没人去，那我去吧。"呼布钦巴特尔开了口。

吉雅赞许道："呼团长去是再好不过了。"

甘珠尔扎布又问："那西村派哪个团的人马？"

"桑热团长可否派一个连的人去啊？"吉雅看着浓眉大眼、高鼻梁扇风耳、嘴方须短、肩宽胸阔，身着日本军服，头戴国军帽的高壮汉子桑热说。

"好的，就派根登的连去吧。虽然只有八十几个人，但作战能力还是挺强的，应该没什么问题。"桑热接受了任务。

三分队安插在东港和各村的密探先后向西岭庙发来密电。

"约三百个骑兵出了东港向东出发。"

"呼布钦巴特尔团的三百多人进入东村，占据了两座教堂和民房。"

赛音特古斯看到密电，通知各分队继续打探情况，一有新情况立即报告。

三分队来电：“今晨有一个八十多人的骑兵连，在连长根登带领，全副武装地出了东港向西去了。”

欲知根登的兵马此行干出什么事来，请看下回分解。

【第九章】

根登兵两扰百姓
龙彪军初剿土匪

一队骑兵，有的穿着陈旧的国军服，有的穿着各色蒙古袍，一小部分人身着日本军服或警服，还有人披红戴黄的喇嘛僧人，骑着马、骡，带着长短枪支，一大早从东港出发，提缰催马，顺着黄河西岸向南一直走到一处高高的沙坡向西掉转方向，行走在一片生长着密密麻麻沙竹黄蒿的荒漠草滩上。前面有十来个骑马的人边走边观察地形。

一个圆眼浓眉、翘鼻大个儿，身着被风吹日晒得发黄的淡绿色军装的军官，斜坐在马背上，放眼扫视四周。此人便是上尉连长根登，是这一帮人的头儿。只见他左顾右盼着，不知看到了什么，突然来了兴致，以低沉的声音唱道：

“出生在包王的旗里
布达林参领的女儿
聪明伶俐的森德尔
从小长得水灵灵呀
出生在瑟王旗里的
斯钦参领的女儿
十八岁的森德尔

美丽动人的一朵花呀……”

根登很有兴致地唱着歌走在队伍前头。这一班人走了半天，下午日头偏西的时候进了西村。一时间狗吠猪叫鸡飞小孩子哭，闹腾了好一阵才消停下来。

根登的人马进入西村后的第五天。

在根登所住的王财主家里。排长敖其尔胡依格走进来：“长官有什么指示？我们已准备好启程。”

“你们快去快回，‘抓到屎，多也是臭，少也是臭’，尽量多弄些粮食、酒肉和钱财来！”根登叮嘱道。

“嘉！”敖其尔胡依格行了礼出门而去。

敖其尔胡依格率领二十几名骑兵出了西村，顺着黄河西岸草滩向南飞驰。去年的黄草在寒风中如水波般起伏，新长的嫩草如碧绿的地毯展现在视野，偶尔有一两群羊星星点点洒在原野上，洁白的绵羊在阳光下似闪耀在绿松盘中的明珠一般令人赏心悦目。草地西边一座座高耸的沙峰如金色的山脉般壮观俊美。

坐落于草滩中部吉利毛顿一带的牧民乌云德力格尔一家，有妻乌仁嫂、老额吉淖尔吉玛、小姑娘苏雅拉其其格四口人，放牧着五十多峰骆驼、近百只羊，是个勉强度日的普通牧户。前几天按照巴格达木尔的要求，乌仁嫂和女儿赶着驼群转移到沙漠中去了。

太阳照在佛龛上的时候，西邻的一个叫道尔吉宁布的五十多岁的瘦高个儿汉子来到乌云德力格尔家。

“您好吗，扎尼嘎额吉？”道尔吉宁布一进门张开双手朝前微微俯身向坐在火撑北边的淖尔吉玛大娘问好。

“老不死的身子骨还算硬朗。顿德阿哈也还好吧？有什么新鲜事啊？”

“一切都相安无事，还是老样子。”

就在两位老人喝茶聊天之际，乌云德力格尔从外面慌慌张张地跑了进来：“从东北方向有一队骑马的人直奔而来，像是军人。”

“阿弥陀佛，发生了什么事？听说巴王的部队驻扎在东港，是他们的兵么？要不就是我们额日德尼恩盖的士兵吧？”淖尔吉玛扎尼嘎大娘双手合掌地祈祷。

“不像是第一大队的士兵。可是穿军服的和穿袍子的都有枪，是一伙兵。”乌云德力格尔举着望远镜从东边哈那墙眼里望着那伙不速之客。

“那大概就是东港的驻兵了。我家几峰骆驼昨天回到了河滩上，他们不会抢去吧？”道尔吉宁布心神不宁地说。

“不会吧，蒙古兵怎么会抢蒙古人的东西呢？”乌云德力格尔安慰道。

他们仨从哈那眼里目不转睛地盯着来人看，似见了狐狸的兔子般喘着粗气，小声议论着。

一会儿那些士兵分成了两拨人马，一拨儿去收赶在西河滩草地上吃草的牛羊群，一拨儿来到牧户外面下了马。

乌云德力格尔家门口来了三个人。他们从马上跳下来，在毡包围绳上拴了马。

乌云德力格尔迎出门，和客人们问候完毕，将几匹马牵到拴马桩上拴好。

“大娘您好哇！”一个红脸小伙子进了屋，随后一个持枪的黑脸壮年汉子和一个紫褐色脸庞的矮个儿小伙子跟了进来。

“你们好！路上顺利吧？看样子是远道而来的蒙古族兄弟吧？”淖尔吉玛额吉说着，满是皱皮的手微微发抖。

“嘉，各位好！马儿一路顺风吧？请上座！”道尔吉宁布早已腾开位子，坐到火撑东边和来人打招呼。

“什么马儿驴儿顺不顺风的？没看见我们是骑马来的吗？！快煮肉拿酒来！”红脸小伙子不耐烦地大声叫喊。

乌云德力格尔心一沉，掩饰着内心的不满说：“青黄不接的春季哪来的肉呢？酒倒是有两瓶。我给你们做干肉丁饭吧。”

“把干肉弄成肉丁有什么味道？没有现成肉的话就赶紧宰羊！先把酒拿上来！”那个黑脸汉子叫嚷着。

“春天的瘦羊有什么好吃的？宰了也熬不出好汤。”乌云德力格尔说着从外屋拿来五斤的塔状瓶子的酒放到桌子上。

红脸小伙子命令道："快杀羊煮肉！瘦羊的肉汤里多放些盐，煮的咸一点就好吃了。"

乌云德里格尔和道尔吉宁布只好到外面从家养的羊里宰了一只，在一口大平底锅里煮了一锅肉，忙得不可开交。

屋里的三个不速之客空腹饮着人家窖藏多年的陈年老酒，不大一会儿便喝得脸红脖子粗了。

"这是好酒！"

"说的是。看这稠黏的色泽和这个劲道，似是多年的陈酒哇！"

"这酒真带劲，好酒呀！"

这几位喝完酒，然后把人家的箱柜都打开，推倒了佛龛，祭祀用的粮食、供碗里的水以及佛灯油和经文洒了一地，从哈那墙眼里吹进来的风把经文纸吹散得到处都是。

一番翻箱倒柜之后，他们把较好的衣服不分男女都收拢起来，用丝绸腰带裹上，又从一只匣子里搜出了用红绸布包着的十五枚银圆。

"不要动那个，那是送我到德力格尔浩特看病用的钱，孩子们积攒了好几年的啊！"淖尔吉玛大娘张着手臂拼命地抢夺。

"你奶奶的！"红脸小子一脚踹倒了淖尔吉玛大娘。

在屋外煮肉的乌云德力格尔听见母亲的呼叫声，跑进来扶起了老人，让母亲靠着墙坐下来。

黑脸老夫喊叫着："快把肉端出来！"

看着这伙歹人如此无礼的举动，乌云德力格尔内心腾起一股怒火，两眼似冒火星，一脚把一锅肉连同火撑子踢翻在地。那伙人见状从屋里跑出来，抓住乌云德力格尔，捆在拴马桩上。

黑脸汉子把扣倒的锅翻过来，将灰土、沙子中的肉捡起来用凉水洗了，几个人趁着酒兴吃得津津有味。

下午，三个恶人将抢得的物品打了包，又杀了几只羊，驮在两峰骆驼上离去了。

等这伙土匪走了，道尔吉宁布到拴马桩上给乌云德力格尔松了绑，然后回到自己家里，发现看家的四眼大花狗中了枪喘着粗气躺在门口。屋里箱柜被砸烂，衣物被扔了一地，打碎的锅碗七零八落，酸奶也洒了一地，粮食、饲料和被褥等都不见了。

巴音吉日嘎拉老汉为了阻止土匪抢走他家仅剩的半口袋大米，在争夺中被对方踢倒在地，摔断了胯骨，伏在地上痛苦地呻吟着。

蒙医元丹曼巴珍藏的各种草药和制好的粉药撒的到处都是，显然也是叫土匪光顾了。

几天前躲入沙漠的宝日呼肯、夏日呼肯姐妹两人跟着老猎人巴图敖日格勒前去探望吉利毛顿的家，刚走近河边，突然听见枪声，三人慌忙跳下了骆驼，站在沙洼里听动静。

巴图敖日格勒老人指着西边一座高高的沙丘说：“你们俩快跑到那座沙丘上，躲在后面，看看河滩方向的动静，千万不能叫人看见，快去快回。”

两个姑娘攀上那座沙丘顶上朝河滩方向望去，只见自家和别人家外面都有鞴有马鞍的马，有持枪的人进进出出。草地上有一批持枪骑马的人追赶着骆驼和羊群。两个姑娘看得惊呆了，竟然忘了隐蔽，叫土匪看到了。

在草滩上追赶几峰骆驼的土匪副排长根普日勒在马背上用望远镜东看西看，看到了在沙丘顶上穿着绿袍头、缠红纱巾的两个姑娘，连忙叫上身后的一个随从向沙丘方向奔去，连骆驼也不顾了。

两个匪徒不停地鞭打着马，嘴里不住地叫唤：“姑娘，姑娘！”

两个姑娘看到有两个骑马的人大呼大叫着朝她们奔来，吓得慌慌张张地跑下来，告诉老猎人巴图敖日格勒。

老汉也急了，“不听话的傻丫头，这下有麻烦了吧！你们快骑上骆驼跑进沙漠里，我来对付那两个家伙。”

“我们仨一起跑吧。”

“大叔一个人留下怎么行呢？”两个姑娘不愿让老人独自留下。

老汉生气了，“还磨蹭什么呢？快走呀！”

姐妹俩只好先行离开，向沙漠深处奔去。

巴图敖日格勒老汉在一处高高的沙坡后面隐蔽起来。

两名歹徒驱马进了沙漠，追赶前方骑驼疾奔的两姐妹。

“姑娘，姑娘！”

“别害怕！我们是好人！”

“我这儿有金戒指呀！”

“别跑，哎，让哥哥抱一抱啊！”

歹徒流声流气地叫喊着打马狂奔，无奈那马儿没跑过沙地，越跑越慢，最后跑不动了，连步行也不行了。

两个姑娘早已没了踪影，土匪只好原路返回。

隐在沙坡后面用望远镜观望动静的巴图敖日格勒老汉突然看到在草地西边有一个头戴绿色头巾、身着蓝袍的年轻媳妇抽打着骆驼拼命向沙丘方向奔驰，三个骑马的人在后面追赶，眼看就要追上了。

巴图敖日格勒老汉急忙瞄准跑在最前面的快马，不料心跳加速，手抖得厉害，准星定不下来。几十年打猎的生涯中猎杀无数的狐、狼、黄羊和兔子，只有最初几次有过这种情况，四十多年后再次出现这种心神不安的状态，令老汉惊诧不已。他明白这是第一次把枪口对准人和马的缘故，心想，我现在要射击的对象不是普通的人马，他们比吃人的恶狼还要危险，于是内心逐渐趋于平静，再次瞄准、射击。只见那匹马扑地冲倒在地，把背上的主子硬生生地摔了过去。紧随其后的两人停下来，跳下马，把倒地的同伴扶起来。

这期间那个骑骆驼的女子已绕过沙梁不见人影了。

巴图敖日格勒老汉也下了沙坡，骑上骆驼，隐入沙海深处。

根登的兵马抢劫掠夺吉利毛顿一带百姓的消息很快传到了西岭庙。据各路密探和巴格达木尔们的查访统计，共有二十多户人家遭到抢劫，衣物、钱财等值钱的东西和几十头牛、骆驼，六十多只羊被抢去，数人被打，有五人受伤。

赛音特古斯立即向大队部和旗里汇报了吉利毛顿的牧户遭到抢

劫的情况，检讨了自己没能事先防备的过失，思考防备土匪再次掠夺的办法。

旗府方面向巴王提出了强烈的抗议，要求他们的人不再做出这等事，但对方却以一句“不知道有这样的事情发生，我们立刻查实，严惩不贷”应付了事，再没有下文了。

西岭庙分队收到了来自总部的电文：“离骑兵队较近的人家尽量搬移到沙漠里，我军要抽出主力保护老百姓生命财产的安全，不能给甘珠尔扎布的兵马在东港长期落脚的机会，同时也要隐蔽自己，不可让对方察觉。”

赛音特古斯反复研究吉利毛顿一带人家遭到骑兵抢劫掠夺的情况及旗上发来的电报，认真思考如何保护百姓的安宁，将土匪驱逐出境的对策，几乎到了茶饭不思、夜不能寐的地步。保护百姓，驱逐顽匪，这两样任务虽然不容易完成，但总会有办法的。但是又不能暴露自己，如何是好？直面交锋，一下就暴露了自己，这不可取。那么还有什么更好的办法？赛音特古斯茶饭不思，觉也睡不好，既没有开会，也没有找人谈论，大部分时间在住处或院内转悠，有时攀上屋顶或环绕寺院散步。突然，“兵不厌诈”这个成语闪电一样闪过脑海。这个成语我背得滚瓜烂熟，怎么就没想到呢？谎话假象谁不会造啊？对，对，就这样。但是，以谁的名义？不能用省方的名义，他们不仅不相信，可能还会追查。阴山土匪，似乎行得通，不过还是不行，他们离我们太远，而且他们也没那么大的实力。除此之外还有谁？阿格鲁图山的郭栓子？嗯，“郭司令”，我看行。名义上是国军，干的却是土匪的营生，山高路险，势力也不小，很合适。

赛音特古斯松了一口气，来到院子里伸个懒腰，尽情地呼吸着梭梭气息弥漫的新鲜空气，把整夜闷在胸间的混浊气息吐了出去，感到舒坦了许多。

根登进驻西村后霸占了王财主年轻貌美的小媳妇，一边享乐快活，一边掠夺百姓，抢得了不少粮食肉畜，过着富足、舒适的日子。虽然很得意，但仍不满足，正如尝到甜头的乌鸦欲罢不能。一天下午，他把排长乌力吉巴达尔乎叫到屋里下达了任务。

“是，我一定按照您的指示办。明早我带领二十个士兵到达嘎顺乌素，从那里的百姓家中多征收一些粮食、羊畜和钱财，定将满载而归。”乌力吉巴达尔乎满口答应着接受了任务。

乌力吉巴达尔乎当即来到米其特庙驻扎地，向士兵们传达了连长的指示，准备第二天一早出发。

西村密探丁宝山下午到清真寺看他父亲大阿訇丁荷尔萨，在寺门口遇到看门的回族老汉马占光。马老懂蒙古语，将骑兵们相互间谈论的话告诉丁宝山。消息来得太突然，丁宝山不敢怠慢，当即返回，上了龙首山向第三分队报告了情况。

赛音特古斯看到第三分队的报告，叫马龙彪过来看了探报，说：“明天一早您率领第八、九两分队和东港巴格民兵队埋伏在嘎顺乌素东西两边的沙子里，待土匪抢劫老百姓时从两边夹击，消灭他们。老马，您看如何？”

“我没有意见，一定完成任务。”马龙彪起身答道。

“就咱俩的时候用不着这么客气。你要注意，一是要把我军的服装番号都换成国军的；二要尽量少杀伤土匪，尽量活捉。”赛音特古斯说。

嘎顺乌素和吉利毛顿隔着几座沙梁，这里居住着三十多户人家。

马龙彪连夜让东港巴格的民兵抵达嘎顺乌素，把多数群众都转移了，留下民兵等候土匪的到来。

乌力吉巴达尔乎的人马临近午时攀过了沙梁，进入嘎顺乌素草场。

挺着将军肚，腰带靠下扎着宽大的袍子，二十响的两支德国手枪交叉插在腰间，在枣红马背上稳坐的乌力吉巴达尔乎用望远镜观察着四周的动静。放羊的牧人，在井口饮畜的人，骑着马赶牛马的人，还有从房屋烟囱里冒出来的阵阵炊烟，这一切显得很安静。

“烟囱冒着烟，大概是在做午饭呢。你们两三个人一组入户，将粮食、钱财、羊肉等物品都收起来，自己也吃饱喝足好好休息一下，待到下午四点钟集中返回驻地。”

士兵们立即四散开来，在牧场上追赶牛羊，进入人家翻箱倒柜地弄出了很大的动静，搅得百姓不得安宁。

牧民宝音巴图的老奶奶尼勒海宁嘎老毛病犯了，起居多有不便，留在了家里。土匪砸箱破柜时老人急得阻拦论理，被土匪捆在毡包围绳上了。

朝格吉日嘎拉的几峰骟驼来到水井上喝水，土匪前去抓骆驼却没抓住，一怒之下开枪打死了一峰。几个人不会剥骆驼皮，也不知如何将四肢解下来，正急得四处张望，看见朝格吉日嘎拉从屋里出来，忙喊道：“你，快过来！”

“来了，来了。”朝格吉日嘎拉骑上骆驼驰到跟前，只见几个人杀了他家的一峰骟驼，正在忙乎着肢解呢。

朝格吉日嘎拉见状，拉住骆驼缰绳，一时愣在了那里。

“还愣在那里干什么？快下来把皮肉分开呀，头和皮都给你吧！”一个匪徒大声喊道。

“去你妈的！”朝格吉日嘎拉骂了一声，掉头就跑。

“什么？该死的，还学会骂人了你！”一个匪徒说着举起枪就朝他开了一枪。

朝格吉日嘎拉拼命地跑，突然骆驼叫飞来的子弹打中了，一个踉跄扑倒在地，背上的主人也跟着摔了出去。

“是你的骆驼跑得快，还是我的子弹飞得快？若再跑就把你的脑袋开了瓢。快给老子把这驼肉给卸了！”两个歹徒跑过来用枪顶住他，指着一旁胸口冒着血的骟驼叫嚷道。

他怎么能够亲自动手活生生地肢解自己心爱的骑乘呢？匪徒看到他一动不动地站在那里，便用枪把子、皮鞭和皮带劈头盖脸地殴打，只打得他口鼻流血，满脸红花，奄奄一息地躺在地上。

布仁特古斯的屋里来了三个土匪，正在翻箱搜柜，埋伏在里屋的民兵突然跳出来把他们都捆了。埋伏在巴图家的民兵把窜进屋来的三个土匪轻而易举地逮住。有的土匪在人家享用着酒肉，在毫无防备的情况下叫人收了枪支，被招待者给绑住了。

两个匪徒看见沙丘边上有几峰骆驼在吃草，打马奔到跟前，突然看到一处沙梁上站着两个穿着绿袍头戴红纱巾的一模一样的姑娘。两人也不顾骆驼了，连忙朝着姑娘的方向追赶过去。奔到沙梁脚下，两个姑娘不见了。两个匪徒想绕道攀上沙梁，没想到埋伏在梭梭林中的民兵早已拉好了绊索等着他们，一举将他俩抓获。

在沙滩边缘追逐几头牛的几个匪徒刚攀上一座沙坡，发现了马龙彪的伏兵，正要掉头逃窜，就成了西岭庙支队枪口下的第一批祭品。

分散在各个人家抢夺财物的土匪们听到沙梁上传来的枪声，大吃一惊，连忙聚集到一起，连抢到手的牛肉、骆驼肉及粮食也没来得及带走，慌慌张张地向东逃窜，很快就被民兵包围了。结果，两名顽匪被打死，以排长乌力吉巴达尔乎为首的五人缴枪投降。

马龙彪将抓获的那些人关在牧人房屋中，并电告赛音特古斯。

在他们后面暗中跟随而来的赛音特古斯立刻让马龙彪过去在沙漠边上见面。

“今日的战斗是我们和甘珠尔扎布的第一次战斗，你们安排得周全，所以获得成功。对那些被俘获的人，你们没有暴露自己的真实身份吧？”赛音特古斯说。

马龙彪答：“除了民兵他们什么也不知道。见到我军的几个土匪当时就让我们给消灭了。”

赛音特古斯说：“眼下的任务，一是处理土匪，二是妥善安置我方死伤的军民。”

马龙彪、东港民兵队长苏依拉和与赛音特古斯一同前来的首席达木尔毕力格图几个人认真听着他的部署。

“由毕力格图达木尔负责俘虏们，苏依拉带领十个人看守，等录了土匪的口供，签字画押之后，连人带马匹、枪支都押送到东港交给吉雅，把驻扎西村的根登的一连两次派兵抢劫老百姓的情况仔细汇报，把我群众伤亡情况和所损失的财产统计数目交给他们，以巴格政府名义提出强烈的抗议，让他们保证再不犯这样的事。对于这样的安排你们有什么意见？”赛音特古斯看着毕力格图说。

“我赞成这个决定，一定完成您交代的任务。”毕力格图回答。

“好不容易抓到了几个土匪，还没有好好惩罚他们就这样给放回去，不是太可惜了么？”苏依拉闷闷不乐地说。

“说的是。苏依拉说的有道理。”纳木达格达木尔附和着。

马龙彪却不这么认为。“我认为这样的安排是正确的。我们虽然把他们放了，但是在政治上获得了大的优势，它将为我们今后的工作打开一条通道。”

“请长官们放心，我一定听从老总管的话，完成任务。”苏依拉对刚才的话感到冒失，当即表了态度。

“老马说得很对，我们这样做，在道义方面占了上风，为我们今后的斗争占据了主动权。”赛音特古斯强调。

太阳下山时，毕力格图、苏伊拉赶着俘虏们从嘎顺乌素出发。乌力吉巴达尔乎等十八人全部两手交叉捆在胸前，两脚从马肚下面拴在一起，将后一匹马连在前一匹马上，依次排列成俘虏马队，前面有人引路，后边有人断后。他们有时候颠步小跑，有时候慢下来，偶尔下马休息一会儿。他们啃着干肉，喝着凉水，赶了一夜的路，从大沙漠后边绕过西村，第二天上午进了东港，径直来到骑兵司令部的大院门口下了马，让门卫通报吉雅。

“门外有持枪的老百姓捆绑了好多人，要求面见参谋长。毕力格图总管也在其中呢。”门卫进来报告。

吉雅说：“让毕力格图进来，其他人不要放进来。”

毕力格图进入吉雅的办公间。

“阁下，您好啊！”吉雅仿佛没听到外边的情况似的，稳坐在办公桌后面打招呼。

“参谋长您好。给您汇报一件事：我们巴格近日出了件大事。我让当地民众自卫兵围捉了闹事的人送交贵军来了。”毕力格图首席达木尔站在原地说。

“阁下请坐，您坐啊！发生了什么事？是什么人犯了何事？您自己不处理送到我们这里来啦？”不知吉雅是真不知道，还是装不知道。

“十天前发生的事参谋长应该还没有忘了吧？昨天，西村根登的一连又派兵抢劫了嘎顺乌素一带的牧户，给当地老百姓带来巨大的灾难。他们打伤好几个牧民，弄死驼羊数十头，还打死我民兵两人，打伤三人……我们忍无可忍，只好拿起枪反抗，和他们交了火，打死三个士兵，其余的抓回来了，现在就在院子外头。您看是由您来处理，还是由我们处理？”毕力格图严肃地说。

“我没听说有这等事发生呀！我们出去看看吧。”吉雅说着向门外走去，毕力格图也跟着来到院门口。吉雅扫了一眼，在被捆绑着的人中一眼认出了乌力吉巴达尔乎，便走近跟前问怎么回事。他的回答和毕力格图的说法差不多。

“根登的士兵做出这等无法无天的事，给贵巴格百姓带来祸害和灾难，为此我非常痛心。请您向受害的群众转达我的歉意。我一定将此事报告师长，严厉惩处闹事者。”吉雅说。

“对于贵军打死打伤我巴格百姓、抢劫羊畜财物的罪恶行为，我们表示强烈的抗议。这是两次抢劫事件中老百姓所损失的财产统计，我们要求贵方照价赔偿。”毕力格图说着将一张表格交给吉雅。

吉雅：“阁下提出的要求，我一定向师长们报告。”

毕力格图义正词严地说：“希望贵方尽快惩处根登在派兵抢劫百姓的恶行，给受害百姓一个公正的交代。”

“从东港出发的三十多名骑兵去了上游。”赛音特古斯看过第三分队的电报，陷入了沉思。他们要去哪里？去省城吗？或者是去德力格尔浩特？带枪的人马如何通过那条路呢？是在找粮食么？或者想去什么地方抢劫？这许多问题在他的脑海里一一闪过。

他立即命人向驻扎于诺颜敖包的第五分队发了电报：“对沿河向上游而去的骑兵队的行动进行侦察，及时汇报情况。”

连日来，关于这支骑兵队行动情况的侦察报告不断地送到西岭庙。

“南去的骑兵过了三道坎，到达城镇边缘，留下十人看守枪支和马匹，其他人进了哈日浩特镇区，四处购买粮食。”看到第五分队发来的情报，赛音特古斯心想，如果让他们在我旗的地盘不得安宁，必须切断他们的供应渠道。但他们如何将那么多的粮食运进来？水路，还是陆路？他走出屋子，在院子里边溜达边思索。

没多久赛音特古斯返回屋里，让刘参谋过来。

赛音特古斯对他说：“请让四分队的乌日图、八分队的马龙彪、九分队的巴图苏和以及王辉、那生他们都过来，马上。”

马龙彪他们几个都到齐了。

“甘珠尔扎布的人马从农区征购粮食，我们该怎么办？你们有什么好办法？说来听听。”赛音特古斯征求大伙儿的意见。

谁也没吭声，都在思考着怎么回答。

“我说一句吧。我认为，他们一定会把征购的粮食向北运回来，我们在半道上截住，把粮食给夺了。”那生打破了宁静，说出自己的看法。

马龙彪接着说：“我赞成。如要把他们赶出我旗境，一定要切断他们的粮食供应。至于如何截夺，还可以研究，想出更周全的方法才好。”

巴图苏和：“他们只有三十来号人护运粮食，我们派出两个分队就够了。”

乌日图：“如果他们从东港派兵接应怎么办？这个不能不考虑。”

大家七嘴八舌地提出了好多建议。

“半路拦截对方的粮食，须解决两个问题。一是他们如果白天赶路晚上停宿怎么办？二是正如刚才乌日图说的，东港出兵接应怎么办？我们应该好好考虑一下对策。”马龙彪看着赛音特古斯说。

那生：“我想，我们可以选择一个合适的、有利的地形对他们的运粮队进行突然袭击。当然，最好是夜间，但是白天也没什么可担心的。东港若派兵接应，我们也可以派一队人马进行截击。”

乌日图：“这个办法行，其实就是这么回事儿。赛队长制定一个方案，我们执行就是了。”

听了他们的话，其他人也点头表示赞同。

“你们的想法很好。几个人的建议合在一起，就是一个完整的作战方案。我得到了很好的启发和鼓励。我们今天的会议是研究决策的会议，也可以说是智者的聚会。我们先不出具体方案，刚才说的话你们也不要向外传。谢谢大家。”赛音特古斯高兴地说。

话分两头。达尔甲受吉雅的指派，带了一队人马去了农区购买粮食。

欲知吉雅派出去的人马在购粮途中会遇到什么情况，请看下回分解。

【第十章】

鼻子梁伏兵夺粮
黄河岸失策退兵

达尔甲率领的二十几个人，三三两两地分散开来进入哈日浩特，开始四处购买粮食。这地方虽说是农区，但一下子购买大量的粮食也不是一件容易的事。他们白天走乡串户，从附近乡村和镇区收集粮食，晚上集中起来存放于隐蔽处，第二天照旧重复头一天的活。

驻诺颜敖包的西岭庙支队第五分队的探察人员将那伙人的行动及时侦探汇报于支队。

哈日浩特东街口的“东来顺”饭馆里，商人打扮的黑络腮胡子壮汉，身着汉式短褂的瘦小黄脸男子，还有一个穿着中山服手持扇子的光头胖子围坐在大圆桌旁，上了几道热菜冷盘，悠闲地喝着酒。

有人掀开门进来，是一个中等身材黑脸青年人。只见他穿着两边胳膊肘部打着补丁的蓝布短袄和宽长破烂的黑裤，腰间扎着一根麻绳。店小二请他坐到置于屋角的一张没有人的桌边。

“我刚在船上搬装粮食，累得全身发汗，我能否坐到打开的窗户边的那张桌子后面凉快凉快？”年轻人操着一口山南边的方言说。店小二便让他坐到那三个喝酒的客人旁边一空席位上。

“客官要什么？”店小二问。

“一盘酱牛肉，三两白酒，一盘炒尖椒，半斤米饭，一碗鸡蛋汤。”黑脸年轻人点了饭菜。

先前的三个食客照旧夹菜、吃肉、喝酒、抽烟，以东部蒙古方言交谈着。

“这几天东奔西跑累得够呛，今天好好喝上它几盅解解疲乏。”

“我们来了十几天了，还要待多长时间啊？”

“快了，再有三天就差不多了吧。”

“整天来回奔波，太熬人了。但是吃住的条件倒比我们那儿强多了，多住上几天也不碍事。”

“达掌柜的昨天也这么说来着。”

“这地方的姑娘倒是挺俊的。”

“只是看看罢了。”

“过个眼瘾也好哇。”

“没有银子呀，要不然……”

“嘉，喝酒吧。这儿的菜有些辣……”

黑脸小伙子静静地听着他们的对话，不声不响地喝酒，大口大口嚼着肉。

络腮胡子他们几个越喝越热乎，话也多了起来。

他们就这样各吃各的。

年轻人先吃完出去了。

“他们继续在哈日浩特周围各城镇乡村购买粮食。”赛音特古斯仔细看着五分队发来的电报。这样的电文他不是刚看到，近一周几乎天天能收到。他哪里是在看电文，他是在酝酿着作战方案呢。

赛音特古斯将伏兵夺取骑兵队粮食的作战方案电报大队和总队，请示可否。

总队复电：“同意。”赛音特古斯正高兴呢，又收到大队额日德尼的来电：“请放心大胆地去实施你的计划，后方不用担心，我赴西岭庙替你看家。”这下他彻底打消了后顾之忧。

骑兵队购运粮食的工作和西岭庙支队夺取粮食的准备工作各自

紧张展开。

“我方密探打听到对方的交谈，似是三天以后返回。”五分队新的电文传到。

赛音特古斯带着支队的那生、王辉两位参谋和警卫、通信班的几个人，以及四分队的人马，来到诺颜敖包的后沙梁。

当天下午五点半时，五分队送来最新的密电：“骑兵队运粮的七十多辆马车、牛车在三十多名武装士兵的护送下于今日下午两点半通过了三道坎，大约明天中午进入我旗境内。”

赛音特古斯看了来电，思考了许久，觉得自己的作战方案不用再修改了，于是将两个分队的队长传到自己的帐篷里，开始进行夺粮的部署。

“第四分队埋伏在大沙鼻子梁北坡，等运粮车队过来，靠近了再打。要集中所有兵力，向车队开道的人马开火，争取在首轮交火中消灭其多数，不要放脱一个活人。注意不要伤到车夫。乌日图队长，有什么困难吗？”

乌日图：“没有问题，一定完成任务。”

“五分队埋伏在小沙鼻子梁西洼里，等运粮车队过去后听到前面的枪响立即开火消灭跟在车队后面的人员，一个不留。要注意，千万不可在大沙鼻子梁的伏兵之前开火，也不能慢拍子。巴特尔队长，有问题吗？”

巴特尔：“没问题，保证完成任务。”

“你们两队人马要收起部队军徽，从战斗开始到结束都不许用蒙古语交谈。全歼土匪后由五分队负责将粮食运到乌素图河谷，给每车车夫两袋粮食作为报酬，让他们回去。告诉车夫，我们是阿格鲁图山郭司令的人马。将山里的粮食交给敖包图的喇嘛兵，用毕力格图的驼队运到萨曼达，让喇嘛兵宗对带着十个人留在那里看守，你们在原地待命。第四分队清理战场，收拾敌人的枪支弹药，把尸体埋了，然后进入沙漠，于明晚赶回西岭庙。离开战场时把我们带来的河州刀、白帽子之类的物品分散扔在那里，做出不小心遗失的假象来。对这个安排大家有什么意见？”赛音特古斯每部署一次任务，都要征询大伙的意见。

“没有问题。”

“没意见。”

“遵命！”

几个分队长几乎同时回答。

“那生有什么要说的？”赛音特古斯转身问。

那生：“没什么说的，我完全同意。”

赛音特古斯又问：“毕力格图什么时候来？”

那生：“他明天夜里带着驼队到乌素图河谷接应。”

“那好。现在你们进入各自的岗位，完成各自的任务。刘参谋负责将此次部署情况报告大队和总队。”赛音特古斯说着从口袋里掏出了一根烟点着，没吸几口，又陷入沉思。直到烫了手，才把烟头扔在地上。

达尔甲一行用了半个月的时间才好不容易收购到二百五十多石粮食，雇了七十多辆马车和牛车搬运。运粮车队趁着夜深人静，离开哈日浩特，按原路返回。

达尔甲带着二十来个人在车队前面开路，剩下的十来个人断后。

“我们这次的出行大有收获，大概能解决全军一个多月的需求吧。”参谋巴拉登道尔吉兴致勃勃地笑着说。

连长松热扎布驱马靠近达尔甲说：“这全是达尔甲团长的功劳啊！回去后说不定荣升副师长呢！”

一个叫苏日钦嘎的瘦黑汉子说：“这次收购了不少粮食，俗话说：‘只要不饿肚子比什么都强。’应该给达尔甲团长记头等功才是啊！”

“说功劳，大家也都有份。如果我真如你们所说荣升副师长，兄弟我也亏待不了你们，每个人都适当地提拔使用，以示大伙的劳苦功高啊！”达尔甲自己也对此次的收获感到很满意，兴高采烈的，似乎已经当上了副师长。

"我们也仰仗团长的扶持啊！"

"团长，不，是副师长，您的大恩大德小弟铭记在心。"

"为团长两肋插刀也在所不辞！"

他们争着向达尔甲表示忠诚，生怕落了后。

"我们光说空话有什么用？"

"那你说怎么办？"

"我们给团长敬酒如何？"

"好哇！祝贺团长荣立大功，敬一杯酒！"一个黄脸男子从怀中掏出早已准备好的一瓶酒恭敬地递给达尔甲。

"如今的境况，谈论功劳有什么用呢？还不如喝酒解忧！酒是好东西，既是尊贵的饮品，又可增添快乐，解除烦恼。大家都来喝一点吧。"达尔甲说着接过黄脸男子的酒喝了一口。

"嘉，喝吧。"

"好酒，真乃好酒。"

"是纯正的粮食酒哇。"

"今朝有酒今朝醉。"

这帮人等的就是达尔甲的一句话，一听他叫大伙喝酒，每人掏出了一瓶酒，各喝各的，好不快活。

他们为此次的收获而得意忘形，一路碰酒交瓶，说下流话，唱色情歌曲，在半醉半醒中消磨着时光。

"号令十万大军，
收复欧亚两洲；
率领二十万大军，
征服南北两国……"

只听一人用破锣般的大嗓门唱着蒙古军征服欧亚时唱的歌。

一灰白脸的年轻人斜骑在马背上，手里握着一瓶酒，以清澈的嗓音唱道：

"蓝绸缎的被子，
翻过来呀翻过去。
哥妹咱俩睡觉呀，

等别人入睡了之后……

红绸缎的被子，

翻过去呀翻过来。

哥妹咱俩盖上呀，

等别人入睡了以后……”

又有人唱道：

“四个轮子的车子，

想去哪里就去哪里……”

带着醉意的歌声，有粗有细，有长有短的，各自唱各自的，杂乱无序。

有的人在闲聊瞎侃。

“现在吃的东西是有了，只是缺个姑娘。”

“兔子不吃窝边草，不是限制我们不许乱来嘛！”

“那还不是四眼吉雅的破规矩。”

“前天我在南山脚下的一个乡村里看到了一个漂亮的小妞。只是在人家的地盘上，两手空空……”

“那你给我说呀！我手里有东西呀！”

“给你说了，那还有我的份儿吗？”

“哈、哈、哈……”

“你连人家的屁都没闻到，还怜香惜玉呢。”

“别人的东西跟你有什么关系，你吝惜什么呀？”

“哈哈哈——”

他们越喝越兴奋，酒劲高涨，话语也越来越多，一个劲地喊叫，似乎这世上除了他们没有别人了。

运粮车队慢悠悠地走到了大沙鼻子梁脚下。

突然，从前面沙坡传来机枪、冲锋枪、长短枪密集的开火声，立刻有好几个人从马背上滚落下来。还未反应过来，几颗手榴弹就在他们中间炸开了，刹那间又有十来个人倒下，剩余的几个人慌忙下了马，有的趴在地上，有的躲在马后边反击。

虽然他们都是有战斗经验的兵油子，但暴露在凹地的二十来个人，又怎能够抵挡得了五六十个人从高处集中倾泻的火力呢？不到十分钟，就都回了老家。

跟随在车辆后面的十来个人听见前面的枪声，吓得惊慌失措，还来不及弄清发生的事，就遇到更猛烈的袭击，连反击的机会都没有，就跟着前头的死鬼兄弟们下了地狱。

沙鼻子梁的枪声停了。

乌日图长出了一口气，转身看见赛音特古斯站在自己的身后。

“您什么时候来的？”乌日图惊讶地问。

赛音特古斯笑道：“这是什么话啊？我早就在你的士兵中间呀。当你用张飞般洪亮的声音喊‘五十步，打！’的时候我就趴在你后面呢。你没有看见吗？”

“光顾着前面了，别的什么也没管。”乌日图搔着头答道。

两分队人马从后边包围了车队，把战战兢兢地躲在车下的车夫唤出来：“你们受惊了吧？不用怕，我们是郭司令的部下，刚才消灭的是一股入侵的土匪。”一个操着山南边口音的人说。

车夫们惊魂不定地说：“上天保佑！吓死我们啦！”

回族车夫在祈祷：“啊，真主保佑！”

刚才喊话的人对他们说：“你们继续赶车上路，到乌素图河谷把粮食卸了就可以回去了。给你们每人两袋粮食作为报酬，好吗？”

“多谢长官，我们愿意为你们效劳。”

“感谢不杀之恩，还赏了我们这么多粮食，真是大恩人哪！”车夫们高兴得一个劲地说感激的话。

巴特尔率领分队人马保护着运粮车队向山谷方向前进。

四分队在乌日图的指挥下清理战场。他们把匪徒和马的尸首掩埋在沙子里，收了枪支，还把几顶白帽和回刀散弃在路边。

准备截击东港援兵的人马也撤回来了。

东港，仁钦尼玛、吉日木图、吉雅和几个参谋如热锅上的蚂蚁般急作了一团。

仁钦尼玛：“达尔甲他们走了有二十三天了，按照预定的日期早该到了。奇怪，不会发生什么意外吧？”

吉雅忧心忡忡地说道：“也许出了什么事，得查一查。”

吉日木图：“达尔甲把我们积攒下的一半的银子给拿走了，他若出个什么事，可就把我们给害死了。”

吉雅：“我有一个想法，不知可行不可行，请两位长官斟酌。”

吉日木图接过话茬：“有话就说，有屁就放，什么斟酌不斟酌的？”

“瞧你又放臭话了，我这不是正要说吗？”吉雅说着瞪了对方一眼。

仁钦尼玛说：“我们还是听听吉雅公的话吧。”

“我的意思是，选两个人化装成牧民，顺着达日甲的踪迹查探，如果发生了意外，定会露出一些蛛丝马迹的。除此之外没有别的办法，即便派了兵也进不了山南的省境。”吉雅看着他们俩说。

仁钦尼玛：“老吉，你看如何？就这么定了吧？”

吉日木图：“行，就先这么办吧。”

吉雅思索着：“那派谁去好呢？”

“嘉，那是参谋长的事，跟我们没关系。”吉日木图说着打起了哈欠。

吉雅笑道：“吉长官的烟瘾又犯了吧？”

吉日木图笑着说：“可惜您没有这个口福啊！”

吉雅派出去的两个便衣探子走了十来天，断断续续了解到了一些情况，虽不是太明确，但基本上可以证实达日甲他们已经出了事。

吉雅理了理所探到的情报，向两位副师长汇报了情况：“根据我方密探所了解的情况，可以证实达日甲他们已经出了意外。一、二十天以前在该旗边境不远处的沙鼻子梁沙漠里传出激烈的枪声，持续的时间不长，附近的牧民和过路的人都听到了，可证实这一点；二、据一些车夫讲述，运粮车队是进了山，把粮食卸下之后才返回去的；三、袭击达日甲的人马说自己是郭司令的部下，还给了车夫每人两口袋粮食；四、沙鼻子梁附近直到最近还散发出难闻的臭味，很多人可证实这一点；五、我们的密探在沙鼻子梁沙坡东西洼里捡到好几顶白帽子和回回刀。综合以上情况，可以断定，达日甲的人马征购到了大量的粮食，用牛车和马车运到鼻子梁沙漠一带时遭到了突然袭击，无一人幸免，粮食也全部叫人抢去了。”

听了吉雅的这番推断，仁钦尼玛和吉图木图二人惊得目瞪口呆。

“我还找东港的毕力格图谈了话，他说在本旗范围内没有什么势力强大的土匪，只有在阿格鲁图山的省、旗交界处盘踞着郭栓子的近千名武装土匪，省里几次派大军征剿都没有成功，最后采取招安的办法，给了匪首郭栓子一个‘剿匪司令’名号，使暗匪变成了明匪。以此看来，达日甲他们八成是遇到了郭栓子的土匪。”吉雅给自己的推断又增加了更为确切的依据。

仁钦尼玛、吉日木图二人依旧沉默不语。

“噢，听毕力格图说，在阴山深处还有一伙‘毡帽匪’，有几百人，但他们平常不会到这边来。去年有一百多个土匪进入北山，叫第一大队给消灭了。”吉雅补充道。

仁钦尼玛、吉日木图二人还是沉着脸不说话。

“哎，你们两个怎么啦？难道嘴里塞了黄瓜么？”吉雅对他俩的沉默感到很惊讶。

“唉！达日甲走了就走了，就算是告别了这罪恶的世界，不是坏事。只是把我们给害苦了呀！”仁钦尼玛说着直摇头。

吉日木图喘着粗气：“仁长官也学着吉雅念叨起经文了吗？就算你说的有道理，可我们的这两千名官兵吃什么喝什么呢？”

吉雅说：“我认为我们这次遇到不测的主要原因是运粮队走了旱路。牛马车每天只能走几十里地，给人趁机下手的机会。我们应从此次事件中吸取血的教训，照照镜子，引以为戒。”

吉日木图打断了他的话：“你有什么好办法就快说出来吧，还照什么镜子啊？照不照镜子，谁还不知道这个道理？”

“我这不是在说呢嘛！您别着急。我们可以再派人去购买粮食，这次我们选择走水路。水朝下流，水流湍急，一是快，二是山匪肯定没有船。”吉雅说。

“但愿这个方法行得通。吉雅公是聪明的人，多想几个高招吧。我是没什么信心了，如果这次再有什么闪失，我们在这个地方可就待不下去了。”吉日木睁圆了双眼、摇头晃脑地说。

团长桑热说：“我提一个建议。”

仁钦尼玛：“你讲。”

桑热说：“我们费了老大的力气购买的粮食却叫山匪给夺了去，再去一次要花多长时间花多少银子？以我的愚见，部队最需要的是粮食，有了粮食什么也不怕。但却不能只用一种办法，要采取各种方法找粮食。你们派人去购买粮食，他们走他们的。我可以出动一个连的人马去寻找一些吃的喝的来，虽然不能解决大问题，但可以补充我们的伙食呀！”

“不可，千万不可！俗话说：‘兔子不吃窝边的草。’我们若是公开明抢，就无法在这个地方立足。”吉雅坚决反对。

“你那个道理只适用于吃饱了的兔子，对于饥饿的兔子，不要说窝边的草，就是窝里的草也得吃啊！”

“你们忘了根登的事了吗？哪怕是短期驻扎，我们也要考虑在这里平安、稳定地落脚。”

“让士兵们吃饱肚子，就是最大的稳定。”

“找到粮食是最重要的，用钱买到的，武力抢到的，都是人参般地珍贵啊！”

众人各抒己见，争论不休。

吉雅认真聆听着大家的争论，似乎在想着什么，一会儿摇头，一会儿又点头。

“桑热的话还没说完吧？”仁钦尼玛的眼里闪过不易察觉的一丝光亮，似乎对桑热的提议很感兴趣。

桑热说：“就是这么个话，我说完了。”

“吉雅公，您看如何？”仁钦尼玛转向侧面问吉雅。

吉日木图笑道："吉雅的嘴怎么啦？怎么像母牛的屁股一样夹起来了？"

"好吧，既然你们都不想考虑明天的事，我何尝又不想一时的饱饭啊？就这么办吧。"吉雅说着伸手拿起吉日木图嘴里的烟，猛地吸了几口，叫烟气呛得咳嗽了起来。

大家都不声不响地望着他，看他如何部署。

"我们现在似乎是真的到了为了粮食什么办法都要试一试的地步了。从政治的角度来看，桑热团长的这个办法其实是断不可采取的下下之策。但目前尚无更好的出路，这个法子倒成了解决临时温饱问题的一个不得已的办法。但我们万万不可像根登一样鲁莽行事，公开明抢，也不能暴露是我们干的。具体做法，一是接受任务的士兵要装扮成山匪的模样，以郭栓子土匪的名义进村，不可说蒙古语，也不可采用蒙古人的举动；二是要去的地方是离山匪很近的该巴格最大的村落吉仁艾力，要尽量多地收取粮食、钱财、肉类和羊畜骑乘；三是为了防止遇到山匪，由一个连的兵进村完成使命，同时还要派一个连的兵在一定的距离内跟随保护，以防不测。"在自己的决策遇到挫折，众官兵面临饥荒的严峻现实面前，走投无路、一筹莫展的吉雅在百般无奈下同意了自己以往一直反对的做法，而且还要自己来部署和完善，令他哭笑不得。看得出来，他在部署任务的时候闷闷不乐，情绪十分低落。

头顶扣了铁锅似的漆黑的夜里，伸手不见五指，雨越下越大。

半夜时分从东港出来一队骑兵，每一匹马嘴上套着饲料袋，牵马的人不吸烟，相互间不说话，顺着河岸向南悄悄行进。

一小时以后，又有一队人马从东港出发，顺着先前人马的足迹悄然消失于夜色中。

东港向上约六十里地的黄河西岸，靠着查干布哈大沙漠边缘有一个村落，官方称其为南村，但方圆百里的人们都习惯于称呼"吉仁艾力"。据说是由于这里离东港有六十里地，所以取了这个含有"六十人家"之意的名字，也有人说很久以前这里住着六十户人家，所以有了这个名字。吉仁艾力村有蒙、汉、回等民族的一百多户人家居住，多数人家种庄稼，有的人家牧羊，少数人家以水上运输为生。

现在，吉仁艾力村的人们，被一阵枪声从睡梦中惊醒。

从东港先行出发的骑兵队的八十多个人在黎明前时分进入吉仁艾力村。他们一进村，鸡鸣狗叫声此起彼伏，小孩儿哭啼声、打骂斗殴声和锅碗破碎声不绝于耳，偶尔夹杂着枪声，动静很大。

匪徒挨家挨户搜索，粮食、钱财、衣物，能拿的都拿，拿不了的就打破砸坏，为保护财产而抵抗的三十来个人遭到了殴打，十多个人受了伤。骆驼牛马羊等牲畜被抢去了几百头。

村里的密探杨兵卫趁乱悄悄出了村，骑上拴在田边的马拼命地跑进了沙漠，赶到离吉仁艾力最近的马龙彪分队报告情况。

马龙彪立即电报西岭庙支队，派东港巴格民兵先行赶到村里救助遭难的百姓，自己准备带领分队人马起程。

赛音特古斯收到吉仁艾力村遭遇土匪洗劫的电报，考虑片刻后迅速做出了决定。

“请刘参谋立即给马龙彪发急电：郭栓子的土匪不曾来过本巴格地区，如今在骑兵师进驻的情况下更不可能来袭。这一定是东港的骑兵借助郭匪的名义干的。你队尽快与就近的民兵队一道赶赴查干呼图勒坡准备迎击，等土匪北返时进行突袭，一个也别放走。你们若能坚持阻击两个小时，那生的三个分队可以从后边截住他们。你们一定要竭尽全力全歼敌人。不要忘了你们是打着郭司令的旗号与‘郭栓子土匪’作战。同样内容的电文同时传给那生。”赛音特古斯对一旁的刘参谋叮嘱道。

赛音特古斯部署好作战方案后准备和两个分队的人起程。

天麻麻亮的时候，土匪撤出了村子。

马龙彪率领第八分队和科勃尔民兵队飞速行进，在太阳升起的时候比匪徒抢先一步赶到查干呼图勒坡，把骑乘安顿在后盆谷里，简单地布置了一番，等着阻击土匪。

半个小时后，匪徒出现了。约莫二十个人赶着牛羊牲畜在前面开路，后边是载有货物的骑乘，多数士兵跟在后头护送。

消灭土匪的先行队，阻击后边的大队人马两个小时应该没有什么问题，只是那生的队伍要穿越五十里地的大沙漠，能及时赶到吗？这期间敌人如果增派援兵呢？

马龙彪虽有诸多的疑问，但又觉得以赛音特古斯的决策能力和计谋，应该没问题的吧。

敌人已经逼到了眼前，马龙彪没有足够的时间继续思考，收起了心思，目不转睛地盯着步步临近的敌人，嘴里念着“五百米”，“二百米”，“一百米”，“五十米”，等敌人走到三十米的时候，他抬手一枪，队伍最前面的一个土匪从马背上滚落。接着，一颗颗子弹呼啸着朝敌人飞去，手榴弹也在土匪中间爆炸了。只几分钟时间，土匪先头部队多数被歼，剩下的人以沙丘、草丛和死马做掩护，激烈地反抗着。

此时敌人的后续大队迅速向前，占据了有利的地形开始了火力攻击。

马龙彪正在组织火力进行阻击，突然北坡的观察哨向他发出了紧急信号。马龙彪将阻击任务交代给副队长，自己带领科勃尔民兵队上了北坡，用望远镜望去，只见从东港方向有近百名骑兵飞驰而来。

在做阻击敌人的简要部署的同时，马龙彪在认真思考着眼前的情况。我方只有五十来个士兵和四十来个民兵，加起来还不到对方的一半，而且敌人在战术和经验方面也占上风，我方已陷入被敌人两面夹击的境地，很快就要被包围……不行，这样打下去很危险，即便不会全军覆没，也要遭受很大的损失。想到这里他的后背突然感到发凉……在这样的局面下，不要说要等那生他们两个小时，连半小时都难以坚持，现在最好的办法就是以最快的速度撤出战斗。

马龙彪无论怎么想也没想到比这个更好的办法。他把战场上的突变及自己退兵的意见电报赛音特古斯。

南坡的战斗越发激烈，敌我双方的损失也越来越惨重，北边的敌人也逼到沙梁上。

“打！”马龙彪一声令下，民兵们一齐开火，最前面的二十多个骑兵纷纷倒下。土匪虽然对突然来临的袭击惊慌不已，但很快就稳住了阵脚，飞快地跳下马，趴在地上进行还击。

双方的交火持续了一阵，谁也没有再往前移动。然而民兵的死伤人数明显在增多。

民兵的武器和射击技术比起对方差远了，马龙彪看在眼里，急在心上。他和民兵队长商量对策，在集中火力和敌人对抗的同时思考如何从战斗中撤出。他担心支队不同意撤兵的要求，但“将在外君命有所不受”，敌人目前尚不了解我方实力，所以不敢贸然进攻，但这只是时间的问题。趁敌人还未缓过神来，我们要赶紧转移。主意一定，他立即指挥人马悄悄向侧面撤出，退进大沙漠里。

看到自己的两队人马成功地撤退到沙漠里，马龙彪悬着的一颗心才算放下来，长吁了一口气。

土匪不明情况，搞不清楚到底发生了什么事，加上又吃过“郭栓子土匪”的亏，没敢深追，便会合了两队人马后兴高采烈地满载而归。

马龙彪见后边没有追兵，便一边让士兵们休息，一边打开发报机和支队取得了联系。看到赛音特古斯发来的“速撤进沙漠”的电文，马龙彪一直担忧的心终于平静下来。

三个小时后，赛音特古斯率人来到沙漠深处看望受到重创的部队，然后又去了吉仁艾力村，慰问和安抚遭难的群众。

赛音特古斯致电总队和大队：“……南村的一百五十八户人家遭到土匪的抢劫，损失惨重。我一分队和民兵队阻击土匪，消灭十五人，打伤约二十人，但我方牺牲十七人，十四人受了重伤。遭受如此重大损失和失败的主要原因，一是我方侦察工作不力，没有及时发现土匪的行动；二是在敌情不明的情况下我做出错误的决定，使我方遭受了重大损失。幸有马龙彪分队长在战场上根据敌情果断采取了正确措施，才避免了更大的损失。我的失误使军民受到重大损失，我对此感到非常的懊悔和沉痛。为了惩戒渎职者，奖赏有功之臣，恳请上级给予我严厉的处分，重赏马龙彪。”

额日德尼连夜赶到西岭庙，严厉批评了赛音特古斯的错误判断和决策。额大队长越说越生气，就差骂娘了。赛音特古斯不声不响地盯着地板，任由大队长发火。

过了一会，额日德尼的声音逐渐缓和，从座位上站起来将赛音特古斯拉住，示意其坐下。

“东港有三名侦察员，但在大雨倾盆的深夜都睡得死死的，谁也没有发觉有这么多匪徒人马出动，这说明我方侦察工作水平低，责任心也不够强。从战斗部署来说，我完全没有想到敌人会派出两队人马前后照应，相互解围。这两方面是我们此次失利的根本原因。”赛音特古斯十分懊悔地说。

额日德尼的气消了，安慰赛音特古斯不要气馁，鼓励他从失败中吸取教训，再接再厉，把工作搞上去。

之后，赛音特古斯命八分队和科勃尔民兵队前来西岭庙集合，进行补充、休整。

总队来电：“希望西岭庙支队从此次事件中吸取教训，加强继续拼搏的信心和战斗力，更好地完成使命。为了明确赏罚分明的制度，以便在今后的工作中借鉴，给赛音特古斯记过一次，马龙彪晋升为上尉。特此告知。”

西岭庙支队中对此次失利和赛音特古斯受处分之事有不同的看法和议论。因民兵伤亡过多，民兵内部有人开始担惊受怕，一些民兵的家人产生了不愿再让丈夫或儿子参军的想法。额日德尼和赛音特古斯针对这个情况积极采取措施，努力把大家的注意力转移到如何防范土匪上来。

东港骑兵师的仁钦尼玛、吉雅几人在晚餐上吃着从吉仁艾力村抢来的食物，吃肉喝酒好不快活。酒足饭饱后，几个人顺着黄河岸边散步。

“师长走了快有一个月了，我们是不是派人向他汇报这里的情况？”吉雅无精打采地说。

仁钦尼玛说：“先不急。等第二次的行动结束后一并汇报也不迟。”

吉日木图笑道：“给他们汇报了又能怎样呢？”

吉雅说：“总比不汇报强罢。”

“桑热这次弄了不少东西回来，我们的行动也没有叫当地的人发现，收获不小啊！”仁钦尼玛高兴地。

吉日木图说：“这次都归功于桑热的胆识和吉雅的机智呀！”

仁钦尼玛说：“还有您吉日木图公的支持啊！”

吉雅笑道：“吉公现在也会说两句文绉绉的话了。”

仁钦尼玛也笑着说：“这也是吉雅公教导有方啊！”

“我不会像吉雅那样说一些三思、明鉴之类的话呀。”吉日木图跟着笑。

吉雅说：“不会说三思、明鉴之类也不要紧，只要不放臭屁话就行了。”

吉日木图说：“悉听遵命，一定不辜负吉雅公的教导。”

吉雅问道说：“那我们要不要再派人购粮？”

吉日木图说：“那是参谋长的权力，您说了算。”

吉雅说：“我这不是向二位长官请示么？”

仁钦尼玛说：“吉雅公您就看着办吧。”

欲知吉雅第二次派人购粮的行动会不会成功，请看下回分解。

【第十一章】

牤牛岛龙彪驾舟沉匪粮 柳树滩赛音伏兵灭援军

西岭庙支队大院里，赛音特古斯和几个战士在说笑。

这时刘参谋跑过来将一个文件夹交给了他。

是三分队的情报："四十多名骑兵从东港出发逆流而上。"

"通知三分队和五分队继续暗中侦察，及时报告对方的行踪。"赛音特古斯说着将文件夹交还给刘参谋。

等那几个战士走了之后，赛音特古斯独自一人在院中散步。他的脑子里依旧写满了问号。他们是不是照旧按着达日甲的路线派人执行相同的任务？不，不会的，他们不会那么傻。他们的粮食应该是快要用光了，这是狗急跳墙吗？事情不会那么简单吧？他们应该是派人在达日甲之后进行了侦察，他们听过那些车夫和毕力格图说的话后，应该不会怀疑达日甲是叫郭栓子的土匪给端了。如果那样的话，他们为什么还要走那条路？是无奈中采取的法子吗？不，一定不是……常言道："最危险的地方是最安全的地方。"或许他们以为不会再出事，才又一次冒险使用这个办法。但是用牛车运粮太慢，车队也拉得长，不容易护卫。这个情况他们不会想不到的。与其顺着河岸用牛车磨叽，不如用船运输用船运可以多装粮食，而且顺流而下，速度快，白天黑夜都可赶路。这可比陆地运输强上百倍。山匪没有船，但山南各村里有的是船……大概就是这样吧。这个办法虽然聪明，但未免小瞧了对手。我们可以将计就计。他们是网中之鱼，而我们是空中的飞鹰，谁能战胜谁，让我们走着瞧吧。赛音特古斯进了屋。

甘珠尔扎布的人马第二次南下的数日后，第三分队和第五分队陆续来电。

“他们继续行进。”

“他们把马匹和武器留在二道坎西边的沙子里，留了一半人看守，其余人朝哈日浩特方向去了。”

“他们在哈日浩特和附近的村落里购买粮食。”

赛音特古斯把各分队队长和民兵负责人叫来部署任务。

“东港的粮食快见底了，他们情急之下派人到农区收购粮食。我们已经抢了他们第一次购进的粮食，岂能轻易放过第二次？他们虽然走的是老路，但我们不能用老办法。至于采用什么方法，等确定了他们从什么路回来再决定。”赛音特古斯喝了一口水，接着说，“第三分队副队长毕力格带领两个班留守中梁，仔细观察东港的动静，若有异常情况，及时报告。宝音率领第三分队的另外两个班和西岭庙喇嘛兵守卫西岭庙。第四分队和阿日别立巴格民兵队到萨满达驻扎。八分队和东港民兵队到诺颜敖包驻扎。敖包图的喇嘛兵到诺颜敖包和第五分队会合。各分队明日出发前往指定地点等待命令。民兵和喇嘛兵要听从各分队队长指令。你们都听清楚了吗？”

“知道了！”各分队队长异口同声地回答。

赛音特古斯问：“各民兵队有什么困难？枪支子弹、粮食、生活用品等方面有什么问题就直接说。”

“没有，这两天都给解决了。”

“现在我们只希望早一点接受任务，没有别的要求。”

各队负责人都表示没有什么困难。

赛音特古斯率领支队所辖几个班和几名参谋同马龙彪的八分队一同出发。

一片片的乌云向南飘移，偶尔滴落几滴雨。在这个凉爽的傍晚，赛音特古斯和马龙彪二人坐在诺颜敖包后边的一座较高的沙丘上说话，这时刘参谋送来了五分队的侦察情报。

“敌人从哈日浩特购买了大量的粮食、肉和蔬菜，装在十多个船上，准备在明天早上出发。”

赛音特古斯说：“吩咐五分队加强侦察，一定要搞清楚运粮船何时进入我旗境内。”

“是！”刘参谋说完朝帐篷跑去。

“走吧，到帐篷里有光亮的地方说话吧。”赛音特古斯说着起身，马龙彪也跟着从沙丘上走下来。

“老马，抢夺运粮船的任务交给您，如何？”赛音特古斯进了帐篷，喝了一口水，然后问马龙彪。

马龙彪说：“从西岭庙出发时我就想承担这个任务。我一定完成任务。”

赛音特古斯说：“老马，你率领部队坐船渡过黄河西支流，登上大、小牤牛岛，把船隐藏在芦苇丛中，把人马埋伏在茂密的草丛里，杜绝任何动静和火光。等运粮船一到，你们从两个岛上同时开火，将敌人全部消灭，收了武器弹药后把粮食沉到水里去。开火时火力一定要集中，不等敌人反应过来，就将其消灭，这样才能减少我们自己的损失，保证最后的胜利。你看有什么问题吗？”

马龙彪说：“没有问题，一定按照您的吩咐完成任务。”

赛音特古斯又对刘参谋说：“请刘参谋仔细记录并通知下去，第五、第四两个分队和临时所辖民兵，共四个队，由那生带领，埋伏在布日嘎森滩西边沙丘。如有东港接粮船的援兵前来就截住他们，等上游的战斗结束的信号发出之后迅速撤出战斗，退进大沙漠。九分队及其所属民兵在沙鼻子梁后沙丘里埋伏，等候命令。”

太阳落山时，马龙彪令东港巴格民兵队埋伏在黄河西岸，他自己带着分队分坐几艘船登上了牤牛岛。

夜里十点时，从上流传来说话声，有隐隐约约的灯光。继而有划船声和在黑暗里闪烁的烟头，众多船只似一列列驼队接踵而至。

马龙彪屏住了呼吸，紧紧盯住越来越近的船队。约三十米近的时候，他举起手枪击灭了第三个船上的灯，运粮船只两边的大、小牤牛岛上四挺机枪同时喷出火焰，士兵们扔出的手榴弹在船上接二连三地炸开来，枪声、爆炸声、喊杀声、哀叫声此起彼伏，多数敌人不知道发生了什么事就上了西天。

第一时间发觉情况不妙的敌连长都嘎尔扎布，慌忙拉了自己的弟弟佟呼尔扎布和船舱里的几个土匪跳进水里，游到河岸上，在草滩里爬行了一会儿，爬上一处小高地，钻进密集的草丛里躲了起来。

马龙彪的士兵全力开火，把船舱里剩余的敌人都消灭了。

赛音特古斯在西沙梁上观看战斗情况，等战斗接近尾声之时从沙梁上下来，正好走到了都嘎尔扎布隐藏的小高地。黑夜里，暗处的都嘎尔扎布先行开了火。走在最前面的赛音特古斯连人带马摔倒在地。身旁的两名警卫一个掉下了马，另一个也人仰马翻地倒了。其余人慌忙跳下马围在赛音特古斯身边。只见他一跃而起，命令道："警卫班赶紧占领那个小高地，消灭隐藏的敌人！"

巴图吉日嘎拉、刘参谋等人摸了摸赛音特古斯的身体，发现没有受伤，只是袖口处有两个弹孔，他所骑的马胸口和脑袋中弹，没救了。警卫班的一名士兵牺牲，一匹马受了伤。

马龙彪指挥岛上的士兵跳，上船收了枪弹，把粮食沉入河底。突然从河西岸传来机枪声，马龙彪转身对格日勒图副队长说："你带领两个班到岸上消灭隐藏的敌人。"

当格日勒图赶到时枪声已平息，小高地里的四名匪徒被赛音特古斯的警卫班消灭了。

马龙彪清理战场后坐船到河岸，向赛音特古斯简要报告了战况。

"什么？伤了一个，牺牲了两个？警卫班也牺牲了一个人，这次的损失不小……"赛音特古斯说。

马龙彪说："牺牲了三个战士，损失是不小。但我们消灭了敌人的三十个人，把他们的二百多石的粮食沉到了河里，这个胜利不是一个小胜利啊！"

“说得对。这次的胜利，关键在于粮食。敌人两次运粮计划都落空了，在东港的处境越来越难了。自古兵家注重粮草，是千真万确的。”赛音特古斯说。

“还有一个问题，看守马匹的十来个敌人怎么办？”马龙彪问。

“哦，我忘了告诉你，已经派九分队去了，现在大概已经解决了。”赛音特古斯说。

他俩正说着，九分队副队长图门吉日嘎拉来了。

“情况怎么样了？”赛音特古斯不等他开口先问道。

“报告，我们分队在小沙鼻子梁上埋伏，看到远处查干陶鲁盖半坡上有火光。派人去查看，原来是敌人放了马匹，做饭喝酒。我们立即从三面包抄，到三十米的地方时他们依然没有察觉。头一轮开火中杀伤了多数敌人，但又遭到这伙人的强烈抵抗。他们隐蔽在沙丘后面负隅顽抗。我们用火力压住对方，就快要消灭他们时，突然从我们背后的沙梁上传来密集的冲锋枪声和长短枪声，巴图苏和分队长和三名战士牺牲了，还有两人负伤。我们立刻兵分两路，分别围歼。消灭沙梁上的敌人时，我们的又有一名战士牺牲，一人受伤。我队以五人牺牲、三人受伤的惨痛代价才消灭了敌方的十二个人，缴获了冲锋枪一支、长短枪十一支、战马四十七匹。我们本想给对方一个突然袭击，没想到反而遭到敌人的突袭。我们只看到了火光和明处的敌人，却没想到沙梁后还有暗藏的敌人，才导致如此大的损失。这都是因为我们不小心的缘故。”图门吉日嘎拉汇报完毕后低头无语。

“消灭区区十二名土匪的小战斗中竟让我们失去了我部杰出的指挥官、分队长巴图苏和中尉。安息吧，战友！您的英名将永垂不朽于故乡大地。”赛音特古斯让警卫员们打亮手电，将安静地躺在担架上的巴图苏和的帽子向下拉了拉遮住了眼睛，脱帽默哀，泪流满面。全体指战员们都跟着敬礼。赛音特古斯转身拿过巴图吉日嘎拉手中的卡宾枪朝天际发射了一梭子弹。

“这对你来说也许是丧失了警惕性，没有小心谨慎的缘故，而对我来说不仅仅是缺少了警惕性的问题，而是麻痹大意、轻视敌人的缘故。我没有考虑周全。出了这样的问题，责任不在你在于我。”赛音特古斯感到万分地懊悔。

刘参谋送来那生传过来的情报：“东港的一百多名骑兵走近了我们的阻击阵地。”

赛音特古斯见了来报，来回踱着步，思谋对敌人的援兵采用什么样的战术。他突然转过身来对马龙彪说：“百十来号人的话，干脆消灭了他们吧！”

“好！”马龙彪果断地回答。

“打！”格日勒图也说了一句。

图门吉日嘎拉请求作战任务：“对，要打！让我去断了他们的后路。”

赛音特古斯说：“既然你们这么有信心，我也有了决心。但这是我们经历的最大的一场战役，所以必须认真考虑，合理使用我们的力量。”

马龙彪说：“是的，您安排，我们执行。”

赛音特古斯说：“那生的四个分队完全可以阻击敌人。请刘参谋给那生发电，通知他全力阻击，在保护自己的同时尽可能地多消灭敌人。”

赛音特古斯继续部署战斗。

“图门吉日嘎拉副队长，我同意你的要求。你带领九分队和科勃尔民兵队，以最快的速度神不知鬼不觉地转到敌人后面，突然发起进攻，你们现在就动身吧。”

“刘参谋，您通知那生，让第五分队从沙梁一侧进行袭击，把敌人逼到河岸，尽量多地歼灭敌人。”

“老马，您那儿现在有多少只船？”他转身问马龙彪。

马龙彪说：“我们原来的五只船加上刚才缴获的十只船，共十五条船。”

“你怎么——”赛音特古斯差点说出“这么罗唆”四个字，忙转了话题，“老马，你率领分队分批上船，每条船配备一支机枪或冲锋枪，以最快的速度行进，待下游的枪声趋于激烈的时候用蒙古语大声说笑喊叫、点灯抽烟，慢慢朝下游划去。等河岸的敌人靠近，全力开火，再给敌人一次突然的打击。敌人撤退的时候，你们从船上下来追击敌人。我想我们以两倍于敌人的兵力从四面夹击，就算他们再有经验、再狡猾，这次也逃脱不了。不过我方也许会有大的损失的，这个情况不能不注意。”

“那我们现在就出发么？”马龙彪问。

“老马，你现在就起程吧。”赛音特古斯握紧马龙彪的手。

马龙彪一本正经地说：“您不可过于靠近敌人。您是这场战役的总指挥，要明白这是作战的需要、战场规则和组织纪律。”

赛音特古斯对马龙彪说：“嘉，请你放心，我一定会小心的。”

马龙彪行了礼，带领人马出发了。

赛音特古斯和随从们上了马向东驰去。

从东港出来接应运粮船的丹毕道尔吉团长，留着稀疏的黄胡须，扇风大耳上架着的深色墨镜遮住了独眼。他身着国军中校制服，一派趾高气扬的样子。他率领一百多人，一路上畅通无阻，饿了吃，累了休息，半夜时分走到一处横亘于前的沙梁子。突然从对面沙头上传来几挺机枪的怒吼声，走在最前头的几十名骑兵应声而倒。

“大伙儿下马，趴在地上！”丹毕道尔吉喊着，慌忙从马背上跳下来，趴在地上向对方还击。双方对射了几分钟，虽胜负未分，但是丹毕道尔吉早已看出来局势对自己不利，双方实力已失去了平衡。对手在暗处，自己在明处；对手在高处，自己在光秃秃的荒滩上；对方早有预谋，而自己毫无准备；对方起码有六七挺机枪集中火力猛攻，自己的士兵却只有两挺机枪、几支冲锋枪，其余全是长短枪……消耗的时间越长，自己的损失就越惨重。

丹毕道尔吉一边对抗，一边思谋着从战斗中脱身的办法。突然，他发现来时的路已被对方一拨人拦断。他只好兵分两组，向两个方向应战。

可是没过多久，西面沙丘上又冲出来一批兵马从侧面开火，形成三面夹击的态势。丹毕道尔吉的队伍腹背受敌，身后是河，完全没有了突围的希望。

丹毕道尔吉想了想，把剩下的几名连长叫到身边："现在情况十分危急，我方士兵死伤过半，士气低落，我们只有最后一搏了，是生是死就看这一回了。前方的敌人火力比我们强几倍；沙丘上的火力稍弱些，但我们没有进入沙漠的条件；断了我们退路的兵力少说也比我们多一倍吧。这三个方向我们都没有突围的可能，现在唯一一条可突围的路就是后方敌人和沙丘上的火力交界处的中间地带。我们全力从那里突出重围。二连打头阵，三连断后，行动要迅速，火力要集中。"说完，他们立即着手准备突围。

丹毕道尔吉率部利用夜色开始行动。他派一班士兵向沙丘方向猛攻，引开对方的注意力，三分钟以后集中全部火力掉头朝九分队和五分队中间的缓冲地带不顾死活地冲锋。五分队在黑暗中来不及辨明对方的真实意图，使得那边丹毕道尔吉的突围进行得比较顺利。然而正当他们快要突围出去的时候，图门吉日嘎拉的人马及时加强兵力守住了阵地。丹毕道尔吉的两次进攻都被打退，只好停止了进攻。

正在这时候，从河流上方传来船队行驶的声音，不一会儿丹毕道尔吉看见灯光和烟头的火光，还听到了说话声。

"你们是什么人？"船上的人用蒙古语喊话。

丹毕道尔吉喊道："我们是东港的骑兵队。你们是什么人？"

"噢，您是丹毕道尔吉团长吧？我们是东港出来购买粮食的部队啊！"船上有一位民兵战士早些时候曾在东港街上和丹毕道尔吉擦肩而过，记得他的口音，现在连蒙带猜地问了这么一句，恰好歪打正着。

"怎么不见你们的贡其格团长？"丹毕道尔吉的疑心还没有完全消除。

船上的人回答："不好意思，丹团长，我们贡团长喝多了酒，正躺在船舱里休息呢。"

丹毕道尔吉又问："你们在路上没遇到什么麻烦吗？"

"没有啊。你们这是和什么人打呢？"船上的人边回答边问。

丹毕道尔吉："我们前来接应你们，却遇到不知道是从哪里来的兵马的三面夹击，正招架不住呢。遇到了你们，这下可好了。"

船上的人问："你们有多少人？"

丹毕道尔吉回答："来了一百多号人，现在大概只剩下四五十个人了。"

"那你们快上船吧。"

"马匹怎么办呢？"丹毕道尔吉问。

船上的人催促道："把马匹丢了，你们赶快上船呀！"

"快上船！"丹毕道尔吉一声令下，士兵们聚集到一块向船只方向跑来。船也靠近了岸，岸上的人有的已经跑到水里了。这时船上的机枪、冲锋枪突然开火，跑在最前面的二十来个人瞬间就消失在水中。丹毕道尔吉知道上当了，气得举起二十响的匣子枪朝船上射击，这时一颗子弹击穿了他的胸膛。骑兵队剩余的士兵见大势已去，纷纷弃枪投降。

当然，对这一次的失败吉雅是不会甘心的。

欲知他用什么办法第三次购粮，请看下回分解。

【第十二章】

论功过赛音晋级
开粮道吉雅用计

“我部动用四个分队和民兵自卫军三个队的人马连夜作战，全歼了甘珠尔扎布部队运粮队四十二人，前来接应的一百一十六人中除了缴枪投降的二十七人之外，其余八十九人被我军消灭。另外，沉没敌方粮食二百多石，缴获一百一十二匹马，少量机枪、冲锋枪，长短枪一百六十五支，获得了可喜的成绩。然而我方有二十二人牺牲，二十九人负伤，损失惨重。究其根本原因，是我们在夺取并沉没敌人的粮食之后和他们的援兵交。当时，我不愿放掉到嘴的肥肉，贪图更大的胜利，才导致这个结果。牺牲了这么多宝贵的生命，我感到无比的痛心。”赛音特古斯的这份报告被额日德尼一字不动地转到总队部。

“这次战斗是西岭庙支队成立以来最大的一次胜仗。打仗必然会有损失。但是我们用二十二人的牺牲换得了消灭一百三十一个敌人的胜利，从这个比例来看，这是一个很大的胜利。牺牲人员的后事、伤员的医治和处理俘虏等事将由大队负责解决，你们要百尺竿头，更进一步，再接再厉，争取更大的胜利。”大队给赛音特古斯如是复电。

“西岭庙支队通过两次的夺粮战斗，切断了敌人的供应渠道，使之难以继续在东港生存下去。我们对你们取得的胜利表示祝贺。王爷为此很高兴，特地给赛音特古斯晋升一级职务，以奖励他作战指挥有方，取得重大胜利的功劳。希望他再接再厉，再立新功。请你们尽快上报对作战有功的官兵的奖励意见。”旗府和保安总队的这份来电在第二天传到了西岭庙支队。

“你看看，人家在检讨自己的过失，上级却给嘉奖。别人流血牺牲，我却沾了他们的光得到了晋升。唉，世上的事说不清楚啊！”赛音特古斯说着将刚收到的电文交给马龙彪看。

赛音特古斯的脑海里闪现出那些牺牲的战士们的形象——

那生的部队在开战之始的几分钟内给了敌人重创，消灭了对方几十个人。但是对方很快就下马，以草丘、水沟、草丛和骑乘作为屏障进行了反抗。为了更好地打击敌人，缩短作战时间，减少我方的伤亡，他们将原先的阻击阵型改变为半月形，从两翼向前推进。敌人的一挺机枪压住了他们右翼的进攻，令他们抬不起头来。这时四分队二班的班长巴图巴雅尔带着几个人利用夜幕悄悄从沙梁一侧摸下来，夺下敌人的机枪，杀伤了十来个敌人，打开了前进的路。然而，他却被敌人的子弹射中，把鲜血洒在故乡金色的沙漠上。俗话说：“富人不敌一夜风暴，英雄不敌一颗子弹。”巴图巴雅尔是巴音浩图格尔巴格普通牧民之子，参军三年多，两个月之前由马龙彪、赛音特古斯二人介绍，加入了中国共产党。家里有父母和十几岁的弟弟，还有结婚才两年的妻子和刚满周岁的幼儿。今春，他的妻子抱着孩子来部队探亲，巴图巴雅尔怀抱着儿子幸福地微笑，那喝着母乳和驼奶长大的白白胖胖的小家伙眨巴着两只可爱的眼睛，伸出白螺一样洁白的小手抚摸着爸爸的脸……那温馨的场景清晰地展现在赛音特古斯的脑海里。

“你在想什么？”马龙彪见他沉思不语，便问道。

赛音特古斯说：“我在想巴图巴雅尔和那些牺牲的战友们。”

马龙彪严肃地提醒道：“打仗总会有流血牺牲，您不必再对此过于自责，而要考虑如何彻底地消灭敌人，为死难的战士们报仇。不要忘了，您是这场战役的总指挥啊！”

“谢谢您的提醒。您所说的我也知道。只是思绪老是摆脱不出来。”赛音特古斯说。

“您太激动了。从古到今，没有哪一次革命不是付出巨大的代价才获得最后胜利的。我们必须正确地看待，否则会影响作战的。从这次的奖赏情况来看，王爷和协理虽然表面上和巴王、甘珠尔扎布他们有往来，但已下了决心和他们对抗，以图早日将甘珠尔扎布的军队驱逐出境。”

“你说得非常正确。”赛音特古斯说。

马龙彪说：“您应该接受嘉奖，再立大功。这样才能为党和家乡人民做更多的事。”

“老马，您的这些话给了我莫大的安慰和启迪。我一定正确认识这些问题，为党和人民竭尽全力地工作。您放心吧！谢谢您！”赛音特古斯的话里充满了激动之情。

西岭庙支队从各分队编外人员和民兵中补充了一些人员，从缴获的武器中挑选了一些好的替换自己损坏的武器，并将部队进行轮休，为下次作战做积极的准备。

几天以后，旗里委派了副章京巴图、总队副参谋长乌力杰吉日嘎拉等前来慰问参与战斗的指战员。额日德尼也来了。

赛音特古斯把慰问团安排在活佛拉布隆院住宿，吩咐西岭庙的主持人员好生安顿这些人的饮食起居。

驻西岭庙的五个分队和六个民兵队的负责人参加的会议上，巴图章京说：“第一大队西岭庙支队全体指战员和几个巴格的民兵，对驻于东港的甘珠尔扎布的部队给予了有力的打击，保护了家乡和老百姓，为此王爷、协理和旗府官员们感到欣慰，对你们的功劳进行了嘉奖，本人奉王爷的旨令前来向你们表示慰问。下面公布旗府和保安总队的决定：

一、对在此次保卫家乡和百姓的战役中立了功的战斗英雄马龙彪、那生等十二名分队队长、副队长分别晋升一级。

二、追认在战斗中牺牲的指挥员为战斗英雄，对其家庭每户补偿抚恤金二百块银圆。对重伤人员每人补偿一百块银圆，轻伤者每人五十块银圆。其余的由大队负责，奖金由旗里拨给。

三、从旗军库里给西岭寺支队拨给银圆两千块、牛十头、绵羊五十只、酒十坛。”

然后，总队副参谋长乌力杰吉日嘎拉起身宣读了晋升嘉奖令，分别颁发了奖章和军衔，把上边奖励的钱物及牛羊畜交给他们。

赛音特古斯把跟着巴图章京一同前来的巴图敖其尔领到自己的住处，两人谈论了一宿。

巴图敖其尔说：“我还真没有想到你到了部队上能立这么大的功。”

“放在这个岗位上，谁也能够做得到吧？”

“我不相信谁都能做到。”

“当然自学和个人努力也很重要。但是不管你多么努力，如果没有这个岗位和机会也白搭。您可能不知道，我到部队上以后读了多少本军事著作。有的再三阅读研究，有的还背了下来，下了很大的功夫。这倒是起了大作用。同时还要感谢甘珠尔扎布和巴王，如果他们没有派兵驻扎东港，我学的那些东西又有什么用呢？”

“真不简单！”

“在牤牛岛北沙坡上我的袖口被子弹打穿，两颗子弹击中了我的骑乘，我连人带马倒在了地上，这你没有听说吧？”赛音特古斯正说着，巴图吉日嘎拉进来给他俩倒茶水。

听了他的话，巴图敖其尔吃了一惊，“什么？多危险啊，你可得小心哪！”

两人交谈着，不知过了多久。巴图敖其尔想说什么，却发现赛音特古斯打起了呼噜。

东港甘珠尔扎布的部队剩余物资和粮食日益缺少，补充的渠道完全被切断，生存的条件越来越差。

甘珠尔扎布去了德力格尔浩特还未归来。吉雅他们慌乱不已，几乎每天在吵吵嚷嚷。

“我们还有多少粮食？够多少天？”仁钦尼玛问。

“按照目前每日伙食减半的标准来算，还能应付半个月。”后勤处处长宝音楚格拉回答。

吉日木图问：“我们的存款还剩多少？”

宝音楚格拉回答：“两次购粮后，现在只剩了八千块。”

吉日木图问：“还有什么？”

宝音楚格拉回答：“还能有什么？只有百十来斤大烟。”

仁钦尼玛问：“现在我们用什么法子补充粮食呢？”

“从巴王到师长，还有蒙古地区其他王公都看重这个旗，都网开一面，努力争取他们的支持。所以我们不可以在该旗境内抢掠，不然我们最后连落脚的地儿都没有了。上游有省方重兵把守，我们也不能冒犯他们。下游仍是该旗的地盘，再往下亦有众多汉兵把守。剩下的唯有河那边的一方，是我们要争取的对象，再过去就是共产党的地盘。我们获取粮食的渠道有两种，一是投靠任何一方取得供给，但这不是我们所考虑的问题，是巴王和师长们的事。其二就是我们先前走了两次没有成功的路。”吉雅全面分析了当前的形势和问题。

“您的分析全面而又深刻，我们现在所处的环境就是这样的。”仁钦尼玛的话里充满了钦佩的口气。

吉日木图慌忙说：“分析是分析对了，但最要紧的是填饱肚子啊。不管谁怎么研究，也不能不管肚子。到底采取什么办法呀？吉雅公您就出个主意吧。”

吉雅说：“办法倒是有一个，就怕你们没有胆量。”

吉日木图说：“有屁快放！还来劲了你？”

吉雅笑道：“呸！这才是放屁呢。”

仁钦尼玛说：“吉雅公，快说你的计谋，别人少打岔。”

吉雅说：“我们两次逆流直上都遭受了很大的损失，那条路由郭栓子的土匪把守，我们小部兵力是可能突破他们的。如果我们顺流而下，必经额日德尼的防线，他们是不可能阻拦我们的，他们也没有那兵力。话虽这么说，但我们这次依旧要用强大的兵力保护自己，我们再也承受不起那样的损失了。”

"要不再试一次？"仁钦尼玛说。

"不是试，这次的方案已敲定。一、出一个团的兵力进行押运；二、给额日德尼致电，通知他配合护运，即便他们不给予保护，也不至于抢夺我们。"

吉雅的这个方案令仁钦尼玛感到很满意："这个办法较为全面，我看挺好。"

吉日木图依旧缺乏信心，"第二次出行时吉雅公不是说最危险的路是最安全的路，结果在原路上还不是重蹈覆辙，出了意外？"

"我猜不出是什么人预先想到了我们的人马会走原路，真想见他一面呢。"吉雅的话里夹杂着一丝懊悔。

仁钦尼玛问："那么这一次派谁去呢？"

吉雅征求意见："这次由宝音楚格拉处长亲自带队如何？"

宝音楚格拉说："可以，我亲自去，这是义不容辞的使命。但是谁来保护押运呢？"他觉得购粮的事容易，最要紧的是安全问题。

"请二位师长决定，我想由呼布钦巴特尔团长率团前去就可以了。如果还不放心，随后再派元登的团作增援。"吉雅说。

仁钦尼玛很赞同，"行，就这么吧！"

"那就先这么着吧，如果还不行，我也可以带兵去救援。这一次无论如何也不能再出差错了。"吉日木图说。

额日德尼收到驻东港骑兵师发给第一大队的电报，在向总部汇报的同时将电文转交给赛音特古斯，让他回电告知处理意见。

赛音特古斯看了电文后思考了很久。他们明地里购粮，我们不能明着阻挠，暗中阻击的兵力也不够。他想起巴图章京上次来西岭庙时悄悄对他说过"巴王与省方商讨改编骑兵队，移驻于黄河以东的事项，基本上快达成协定了"。在这样的情况下，除了对他们网开一面，他没有其他更好的法子。他对比研究各方的情况后定下主意，回复。"他们这次采取的方法可谓高明之策，令我大队陷入被动。他们此次明着行动，定会用强大的兵力保护粮食，我们如果动了，双方的矛盾就会明朗化，引起大规模的冲突。这样，不仅会演变成全旗范围的大问题，甚至会使省方有了可乘之机，不排除他们以调解之名进兵我旗的可能。一旦敌人断粮，逼得他们公开抢掠，将会对我军民造成非常不利的局面。我的意见是，这一次我们不阻拦他们的购粮行动，我们用别的办法打击他们。”

额日德尼收到电文仔，细阅读分析之后，觉得除此之外没有更好的办法，便把电文转发给总队部，同时让副队长巴日夫看，“巴日夫，你看赛音特古斯的建议如何？”

“这个建议虽好，但过于强调了敌方的力量，把一场围绕护粮和夺粮的小范围的斗争说的过大了。至于演变成全旗范围的战争，或者省方插手的预测，都是杞人忧天，还不把胆小的人吓死啊！”巴日夫说。

额日德尼问：“那你认为如何解决这个问题呢？”

巴日夫说：“我还没有考虑好这个问题。但我们已经两次夺了他们的粮食，这一次如果把他们放脱了，那前两次的努力岂不是白费了劲，失去意义了么？”

额日德尼问：“你认为我们这次依然要夺取他们的粮食吗？”

巴日夫说：“可以这么说。不过不用动西岭庙支队，您给我两个分队，我把敌人第三次的征粮全都给他烧了。”

“您的想法不无道理，但就目前局势和旗里的大政方针来说，赛音特古斯的意见也是有道理的。我们已将他的建议转报旗上了，且看旗里如何答复。”从巴日夫的话里，额日德尼听出了他不服赛音特古斯的心理和过于轻视敌人的情绪，但不便于直说，只好以“有道理”、“不无道理”两个词搪塞了过去。

“关于对骑兵购粮的事，王爷和协理完全同意，你们提出的意见照计划行事。”两天以后总队回复了电文。

额日德尼立即将总队来电转发于赛音特古斯。他将电文交给巴日夫，说：“旗里同意了赛音特古斯的意见，叫我们照计划执行。”

“已经这样了，只能服从命令。”巴日夫说道。

“就按你说的，这次不动用西岭庙支队，由你带领第六分队侦察他们的征粮行动，并给他们做样子让他们看到我们在帮助他们运粮。你看怎么样？”额日德尼看着巴日夫问道。

“没意见，一定完成任务。”巴日夫毫不犹豫地接受了任务。

额日德尼叮嘱道：“如果遇到什么事，及时来电告知。”

“是！”巴日夫笑道。

第一大队致电东港骑兵师，说在自己防区内派兵配合护卫他们的运粮行动。

第一大队副大队长巴日夫上尉根据额日德尼的指示，带领第六分队从查干雅玛图出发，在黄河西套外围顺着查干布哈大沙漠绵延起伏的沙梁西坡向东行进。

巴日夫的队伍在套海淖尔以上、阎王鼻以下的地方侦察了三天，什么也没有发现。第四天中午时分，他们一股发现五十多人的骑兵沿着河西岸向上行进。十分钟以后，十多个满载货物的帆船逆流而行，顺着风向，依靠人拉风推，缓慢地前行着。

“五十个人开路，又有不知其数的人马在后边看护的船只不是那么容易抢的，比在上游截路还要难。”巴日夫自言自语道。

“若只是这一伙人，也成不了什么气候，但是他们后边肯定还有人。”六分队的王国成也低声说。

二十分钟过去了。“出来了。”站在后边的一名警卫说。

这一班人马大约和走在船只前头的那一班人马一般多。

“现在都出来了，开路的和断后的总共不到一百二十个人。如果我们事先安排好，也能夺了他们的船。到嘴的肉叫舌头给推出去了！”巴日夫对放脱了运粮船感到懊悔，但口气明显变弱了。

“现在我们也走吧？”王国成说。

谁也没有说话，又过了十来分钟。

“嘉，我们也回吧。”巴日夫说着起身。

“瞧！又出来一批人马。”刚才的警卫说。

“别出声！”巴日夫说着又卧在地。

“十二……二十五……七十八……二百……二百二十二……哎

呀！这一批居然这么多人！”巴日夫很吃惊。他放下望远镜，停止了数数儿，犹似破了洞的皮口袋般泄了气。

额日德尼这一次派巴日夫侦察敌情的目的就是要让他从事实中吸取教训，希望他以此改正平日骄傲自满的作风。果然此次行动让他长了不少见识，不得不承认赛音特古斯分析问题的远见卓识。但他是不是从心底里服气呢？这个就说不准了。

东港的骑兵师集中主力购粮，由巴日夫副大队长执行侦察“保护”任务，使得西岭庙支队有了短暂的休整期。赛音特古斯利用这难得的机会，再三推敲、斟酌了早就想好的消灭驻扎于西村的根登部队的计划，向大队发报的同时给西村的秘密侦察员布置了仔细侦察敌情的任务。

欲知赛音特古斯进攻西村的战役结果如何，请看下回分解。

【第十三章】

那生军突袭西村驻兵
呼布钦质疑南山土匪

额日德尼收到攻打西村的计划，立即指示七分队前去西岭庙，归属支队调遣。

赛音特古斯召集各分队队长安排部署消灭驻扎于西村的骑兵队的作战方案：“根登是甘珠尔扎布的部队进驻东港以来对我百姓进行抢夺、骚扰、祸害的首要人物，他所犯下的罪行不可饶恕。这一个多月的时间我们没有动他，是在等待机会。现在条件已经成熟，要趁此机会消灭他。具体部署是：那生率领三分队和九分队，在明天夜里十二点悄悄进入西村，消灭睡梦中的敌人。兵法中的所谓‘出其不意，攻其不备’，就是这个道理。兵力方面是没有问题的。不打一枪地解决敌人三处哨兵，在敌人的发报机还来不及发报之前抢下来，是这次战斗的关键所在。你们要认真研究部署，选派几个手脚利索的人完成任务。对此你们有什么意见吗？”

那生说：“没有意见，一定能完成任务。”

赛音特古斯说：“要在最短的时间里结束战斗并撤退！”

“没问题！”

“请您放心！”

“一定服从命令，把任务完成好！”

那生、图门吉日嘎拉、宝音等人都站起身答道。

“马龙彪率领八分队、四分队、回民自卫队、东港民兵队和阿日别立巴格民兵队，明天夜里埋伏在东港和西村中间的宝日丁吉格台地，阻击从东港支援西村的人马。西村的枪声一停就立即撤出战斗进入沙漠。敌人如果不出援兵，那么你们就不能开枪。有什么意见吗？”赛音特古斯说着抬头看那几个分队的负责人。

马龙彪见几个分队和民兵队的负责人都在点头，便站起来说：“我们一定完成任务！”

“巴特尔率领五分队、敖包图庙喇嘛兵、科勃尔民兵队，明天晚上埋伏在龙首梁南端，等马龙彪的人和敌人援军交上火后迅速绕到援兵后面从背后进行攻击。马龙彪撤退的时候你们也要同时退出来。有问题吗？”赛音特古斯问。

“没问题，坚决完成任务！”巴特尔回答。

那生的人马在龙首梁西坡上等待着夜幕的降临。夜里十点钟，那生向两个分队吩咐说：“从现在开始不许说话抽烟，不许让枪械和工具发出声响。”然后悄悄来到西村东洼地里，把马儿串联在一起拴好，埋伏了下来。

夜，十一点五十分。

赛音特古斯在那生的队伍后边面朝西坐着，思谋着敌人的哨兵位置会不会有什么变化。

西边小土丘上朦朦胧胧地青色光亮闪烁了三下又灭了。

看到刚才派去的三组人马解决了敌人哨兵后发出的信号，那生飞快地起身，埋伏的士兵们也如见了猎物的猎狗般一个跟着一个向前跑去。

那生悄悄进入王财主的院子时，东厢的屋子都漆黑一片，只有上房西头的屋子亮着灯。那生推了推宝音，他立即指示几名机枪手封锁了东厢房。那生摸到亮灯的窗前，从屋里传来一男一女低声说话声。

“我这几天让你陪我睡觉，你家老头愿意吗？”

“他当然愿意了。”

“这有什么愿意的？”

“您住在我家里跟我搞在一起，那老家伙很高兴能保住自己的房屋畜、群和钱财。”

“那他就不为你痛心吗？”

“钻进钱眼里的富人只关心自己的财产，别说失去老婆了，就是失去了娘亲也不痛心呢。”

那生让两名士兵守在窗外，自己带了几个人走到门口时，屋里的人还在说话。那生一脚踢开了门，用枪指着对方的头低声喝道：“不许动，也不许叫喊！若反抗就地要你的命！”

“长官饶命！”方才说话的男人直打战。

“你是什么人？”那生一边问，一边伸出手将枕头底下的手枪抽出来插在腰带上。

“我是东港骑兵师连长根登。”躺在床上发抖的男人颤抖着答道。

“快起来把衣服穿上。”那生呵斥道。根登战战兢兢地穿衣服。一旁的女人用被子蒙住了头，却把光屁股露在了外面。

那生喝道：“把被子拉上！”那女人慌忙钻进被子，一个劲地发抖。

“我们是国军郭司令的队伍，你现在赶快下令叫下房的士兵缴枪投降。你们若老老实实的就饶你一命，国军还可以招安你们。”赛音特古斯说着从外面进来。根登被他的话吓住了，咚地跪在地上，“长官饶命！我愿意给士兵下令缴枪投降！”

赛音特古斯又问：“你们的发报机在哪里？”

根登说：“在外面最边上的屋子里，已经坏了好几天了。”

看到赛音特古斯突然进来，那生吃了一惊，忙喊道：“您赶快撤出这个院子！”

就在那生将根登拖出屋子让他下令缴枪之时，东厢的屋子里突然传出枪声，又有手电的光亮闪动。

原来，宝音带人踹开房门控制了那些士兵，正挨个儿收枪，有一个人突然赤身裸体地跳起来扑向墙上的枪支，分队副队长毕力格一枪毙了他。

“郭司令的国军来招安我们了，大伙儿都把枪交出来，不许反抗！国军会饶我们一命，愿意当兵的继续留在部队里。”根登站在院子中央大声喊话。

被堵在被窝里的士兵们听到根登的喊话，毫不怀疑郭司令将他们收编在自己的队伍里。有人还满不在乎地想，土匪跟随土匪，能有什么呀？不一会儿院子里就站满了披着被子的、穿着短裤的和光着身子的人。

那生把王财主院子的事交代给宝音处理，自己带着根登朝清真寺奔去。突然清真寺东厢房顶上的机枪射出一梭子弹，打破了夜的宁静。当他们靠近清真寺大院门口时，图门吉日嘎拉跑过来报告敌情：“报告！西厢北屋的敌人大概是被外面的枪声惊醒了，不到两分钟便持枪跑了出来。我方守在院门口的和东厢房顶的机枪同时开火，从屋里跑出来的十来个人没来得及喘口气就见了阎王。南屋的敌兵虽然没有跑出来，却从门窗里向东厢房顶的我方机枪手猛烈开火，打伤了机枪手苏日图。射手助理敖云巴图情急之下把受伤的战友推开，拿起机枪对准南屋窗口射出了一梭子弹，把对方的火力压了下去，枪也打哑了。我们正要进去搜索，你们就来了。”

那生命令根登：“快，照着前面的话下令！”

根登乖乖地照办了。

根登的喊话起了作用，从北屋陆续走出来十三个人，从南屋走出十六个人。

战斗结束了。从消灭敌卡哨兵算起，先后持续了四十二分钟。支队有两人受伤，击毙二十四名匪徒，俘虏五十七人，缴获马六十九匹、冲锋枪六支、机枪两挺、长短枪五十三支，还有发报机和数量可观的子弹和手榴弹等。

安排在宝日丁吉格阻击援兵的人马不费一枪一弹回来了。

参加战斗的支队战士们在返回的路上唱起了歌。

“味道鲜美的奶酒，

盛在碗里多么清澈。
心心相印的恋人，
看在眼里多么清纯。
一壶一壶的美酒，
倒在杯中多么清澈。
两心牵挂的恋人，
看在眼里多么清纯。”

听到前面的队伍在唱，后边的一队也不示弱地唱了起来：

“和煦的那个春天，
风调雨顺的季节。
要居住的春营地，
充满了肥沃的气象。
归去的路途如此遥远，
任由马儿缓缓行驰。

金色的那个秋天，
细雨蒙蒙的季节。
想要居住的秋营地，
一片肥沃的家乡。
归去的路途有点遥远，
任由马儿悠悠行驰。”

当他们唱着凯旋的歌儿回到西岭寺时，天才蒙蒙亮。

西村战役之后的第四天，额日德尼来到西岭寺。

“你们突袭西村的敌人据点，在很短的时间里消灭了敌人的战报我已上报总队。这次战斗中你们巧妙设计闪电攻击，打了敌人一个措手不及，而我方几乎没有损失。这一回你表现出了一个指挥者应有的胆识、果断和英勇的作风，树立了良好的形象。”额日德尼高度评价了西村的战斗，给予赛音特古斯充分的肯定和表扬。

“额大队长把我夸得过头了。我们的胜利主要是指战员们服从指挥、英勇作战的结果。”赛音特古斯谦虚地说。

额日德尼说：“这次战斗的一个特点是事先部署了兵力，预防敌人出动援兵。虽然没有用上，但这个思路是对的，这样才能保证取得最后的胜利。”

赛音特古斯说：“这次我们在西村只用了两个分队的兵力，为阻击敌人的援军部署了八个队的官兵和民兵，还把七分队作为预备队以防不测。当时我想，敌人就是派出一个营的兵力支援西村我们也能够阻挡住他们。”

额日德尼说：“对，只有考虑周全才能保证最后的胜利。”

他们两个说了很多，心情也很愉快。

“听说你的黑马被打死了，现在骑什么呢？上次我光顾了问你受伤与否，忘了骑乘的事。”额日德尼突然说。

“您给我的黑马还活着，作战的时候我不骑它。那次战斗中我骑的是原先的枣骝马，可惜死在了沙场，是跟随了我几年的好伙伴呢。”赛音特古斯不无遗憾地说。

“哦，是吗？看来你真的很爱惜那匹黑马呀。但是你好像爱马胜过爱自己，上次你的马被打死的那场战斗，就算是偶然的事件，但这次你混在士兵中间走到最危险的地方就是不恰当的鲁莽行为。你把作战部队分为三个队，分别让那生、马龙彪、巴特尔他们指挥，这是非常正确的，可是为什么你自己亲自走进敌人住的院子里？我把全大队三分之二的战士都交给了你，你的任务是指挥他们和东港的驻兵对抗。你那天的最合适的位置是龙首梁，或者是宝日丁吉格台和西村的中间地带。从今往后请你一定要注意，以后你如果离开西岭庙去什么地方，要电告大队部。如果你再次擅自离开指挥岗位走到战斗一线，我一定会处分你。这是纪律，明白吗？”额日德尼严厉地批评了他。

“谢谢额大队长的批评，我认识了自己的错误。当我进入匪首根登住的屋子，那生因吃惊而大声让我出去的时候，我就开始觉察到自己错了。但是还没有认识得这么深刻。我只想自己是一名指挥员，自己不冲在前头，又怎能指挥别人前进？这种想法只是把自己看成一名作战部队的负责人，而忽略了自己是全军的指挥官。另一方面光考虑如何在战斗中锻炼自己了，这是个人英雄主义的又一表现。”赛音特古斯诚恳地接受了额日德尼的批评，并进行了深刻的反思和自我批评。

“还有一件事要问你，上次抢夺粮食的事推到了郭栓子身上。西村的事怎么办呢？”额日德尼问。

“关于这个我已经考虑过了。吉雅肯定会对西村的事件开展调查。我们已经派毕力格图给吉雅透露：‘郭栓子的匪兵进入西村抢劫了我许多村民，但驻扎在那里的根登没怎么反抗，双方交火之后一些人被打死了，一部分人马和匪兵一起失踪了。我们相信和依赖你们的部队，却受到如此重大的损失。西村以外靠山脚和沙漠边缘的牧民们也遭到了土匪的洗劫。’我想这件事大概会这样过去的吧。”赛音特古斯回答。

“那么，又推给郭栓子了吗？”

“难道这样做有什么不妥吗？”赛音特古斯吃了一惊。

“这样挺好，解决得很巧妙。”额日德尼表示很满意。

东港骑兵师的头头们还在吵吵嚷嚷。

“宝音楚格拉处长这次从河套弄过来二百多石粮食，呼布钦巴特尔的兵一路保护，没有出一丁点的差错。你们二位立了大功，我要上报师长对你们进行嘉奖。额日德尼又出兵为我们探路。这都是吉雅的智谋啊！”仁钦尼玛说。

宝音楚格拉说：“感谢仁长官的关照和表扬。这次我们运回二百一十七石粮食，可以保证一个多月的需求。若是省着用，两个月也是够用的。现在有了粮食，是不是可以把部队食物提供一半的标准再提高一些呢？”

吉日木图说：“应该是可以的吧，先把肚子喂饱再说。”

“弄到粮食不是一件简单的事，我们失败了两次后才成功了一次。我的意见是，把目前伙食供一半的标准先提高到百分之七十的标准，等巴王和师长与省方达成协议之后我们才能恢复全部供应，也许还能改善得更好呢。”吉雅思考着说。

“你们俩出去找粮食以后我们这里出了一件大事：驻扎在西村的根登连全军覆没了。”吉日木图的声音微微发颤。

“什么？根登出事了吗？”呼布钦巴特尔感到很吃惊。

“是的。他的死活目前还不清楚呢。”仁钦尼玛说。

呼布钦巴特尔又问道：“根登的连虽然人不多，但也不会那么容易地全军覆没吧？应该不会的。当时他没有来电吗？”

吉日木图说：“没有，大概没有来得及发报吧。”

呼布钦巴特尔好奇地问：“是什么敌人，这么厉害？”

吉日木图说：“都说又是那个郭栓子干的。”

仁钦尼玛说：“出事之后我们派人去西村进行了解，那里的老百姓都说郭栓子的匪兵在夜里闯进来，和根登的人马交上了火，好些人被打死，多数人跟土匪走了。他们还说村子里的多数人家遭到土匪的洗劫，有的人挨了打，有的人被抓去了。”

“东港巴格总管在西村出事的第三天来汇报了那里的情况，他的说法和西村村民所说的完全一致。除此之外，毕力格图还反映该巴格黄河上游靠山的村落和沙漠边缘的牧人家都遭到了抢劫。他还指责我们的兵马驻扎在村里却不全力和土匪作战，反倒跟着匪兵跑了。”吉雅说。

“这么说又是郭栓子干的好事。他依靠阿格鲁图山的天险耀武扬威，这我们可以理解，但是出了山还这么张狂，不是很奇怪吗？”呼布钦巴特尔依旧在怀疑这件事。

“这个问题我也在怀疑，但找不到比这更好的其他答案。郭栓子是个有名的匪首，省方也没能镇压了他，最后只好收编于国军的名下。从此来看他不仅仅是一个依靠深山天险的匪徒。除此之外，这一带没有什么能够和我们对着干的势力，省方只会利用我们而没有必要消灭我们，我们对他们只有好处没有坏处，所以他们一定不会跟我们过不去。阿旗一方正在和巴王建立友好关系呢，即使有矛盾也不会招惹我们，惹恼或逼急了我们，对他们没有任何好处，反而会有害处，这一点他们也清楚。就算他的部下跟我们对着干，最有可能和具备如此实力的也就是额日德尼了。可是从他出兵为我们护粮这个举措来看，他们绝不会在上游抢我们，到了下游再保护我们，没有这个道理呀！”吉雅的这番分析显得全面而又系统。

“吉雅公的话非常有道理。除了郭栓子的土匪，没有和我们作对的势力或有必要那么做的敌对者，我认为您说的就是这个意思。根登没有进行有力的对抗，死了几个人，其余的跟着土匪消失了，这句话可以理解为根登他们向土匪投降了。但是根登会那么容易向山匪缴械投降吗？我们又不是不了解根登，我对此很不理解。”呼布钦巴特尔还是充满了疑惑。

吉日木图说：“对此我们也是怀疑的，但是找不到比这更好的答案。”

“根登虽然是一个有胆量的汉子，但是当他遇到比他强大的敌人，而且除了投降没有别的活路的时候，谁也不敢保证他一定会宁死不屈。生命对每个人只有一次，失去了就再也找不回来了，这个道理谁也明白。”吉雅依旧用他坚持了一辈子的哲学解释根登失踪的。

吉日木图说：“关于根登的事我们和桑热团长讨论过。”

呼布钦巴特尔问：“桑热团长怎么说？”

吉日木图说：“他也很怀疑呢。”

仁钦尼玛说：“我们虽然对根登的消失有所怀疑，但找不到充分的证据，所以只能以后再调查了。”

“西村现在没有驻军了，是继续派兵驻扎呢，还是把那个村子让给土匪呢？”吉日木图问。

“我的意见是……”吉雅说了一半便停下来不说了。

欲知吉雅说了什么，且看下回分解。

【第十四章】

朦胧夜毕力格拦路袭击灭敌探
阴雨天特古斯化妆进港窥匪首

吉雅说："在西村派少量兵马驻守，怕又出什么意外。多派一些兵力，房屋不够用。暂时看看情况再说，怎么样？"

其他人谁也没有说话。

东港骑兵师没有再派兵进驻西村，又要提防郭栓子的再次侵犯，因此针对东港上游的活动基本上停止了。河流下游因为有额日德尼的第一大队把守着，他们也不敢轻举妄动，一切还算循规蹈矩。

骑兵师的头领们虽然约束本部士兵，但那些人又怎会听话呢？这些平日习惯了抢掠的兵痞子们才不管那些束缚。长官们注意的是政治影响、处境，而兵痞们只知道今朝有酒今朝醉，管它三七二十一。

他们有的三五成群或十人二十人地结队出行，偷偷地溜出去抢掠或寻欢作乐。西岭庙支队各分队打探到这种情况，给予了打击，消灭了不少危害百姓的散兵游勇。骑兵师的中下层军官们也略知溜出去的散兵迟迟不归的原因，但大都装作不知道地悄悄压下了。支队各分队消灭匪徒，把牲畜和财物归还给百姓时也不出声张扬。

七分队副队长敖其尔率领两个班在龙首梁东麓夜巡时遭遇出门抢掠的二十名匪徒，交火一个多小时，双方都损失惨重，最后匪兵窜逃，敖其尔收兵。匪徒死了五人，伤了四个，官兵三人受伤，九人牺牲。

“我们决不能进行这样的战斗。战斗中必须保护好自己，以最小的损失给予敌人沉重的打击。这种给我方造成大的损失的战斗是不值得去打的。连这个最起码的道理都不懂，怎么去指挥作战呢？”赛音特古斯如此想着，内心充满了焦虑与苦恼。

“我们在黑夜里突然遭遇匪兵，毫无准备，所以就这样了。”格利格想减轻他们的责任和心理负担，从一旁开脱道。

“无准备的仗难道不能不打吗？既然没有准备，为什么还要和敌人打一个多小时的消耗战呢？为什么不撤退呢？从今往后决不可以再打这样的仗。牺牲的那些人都是我们的兄弟，我们有保护他们生命的职责，却没有随随便便让他们牺牲的权力。”赛音特古斯说着，眼里有泪水在转动。

赛音特古斯给大队写了一份报告，要求撤销敖其尔分队副队长的职务，并恳求给自己处分。

大队同意给敖其尔处分，没有给赛音特古斯处分。

在龙首梁朝东港方向侦探的三分队副队长毕力格，发现有二十来个土匪顺着沙漠荒丛边向北行进，立刻派一个人向分队报告情况。然后他率兵下了梁，将一个班留在敌人返回的路上准备阻击，另一班人马分成两组埋伏在敌人来路两旁。

敌巡逻队在太阳离西山头一缰绳高的时候原路返回来。俗话说“猎食的狗啃骨头”，这伙人可能在后村捞到了一点油水，有的边走边吃喝，有的相互说笑着，有的唱着色情小调儿，毫无警觉地走进了毕力格布置的口袋里。等到敌人距离四五十米时，毕力格他们突然开火，子弹、手榴弹扑头盖脸地扣下来，顷刻间有十来个死尸横七竖八地躺在了地上。连长宁布也上了西天。剩下的一干群龙无首的匪徒在三面夹击下只好举手投降。

毕力格在敌我双方势均力敌的情况下突袭敌人，整个战斗只用了五分钟。

赛音特古斯对这次战斗给予高度赞赏，上报大队批准，将毕力格提升为中尉，担任分队长，并总结他们的作战经验在全大队通报、学习。

午饭后，赛音特古斯在工作室翻阅书籍。

“好消息！”刘参谋送来一份电报。

“通知第一大队和西岭庙支队：巴王和骑兵师首领甘珠尔扎布与省方多次交涉，刚刚达成了协议。即驻扎于东港的甘珠尔扎布部队由省里，收编为国军新编第七旅，军饷、衣物、粮食和武器等均由省里提供，移驻黄河以东的河东一带，以防共产党的军队。这样，他们大概很快要离开，你们要防备他们临走前再次抢劫掠夺百姓的财物。如果他们明目张胆地进行抢掠活动，你们要尽力给予打击，保护百姓不受损失。他们如果循规蹈矩，就不要去惹他们，东港巴格可对他们进行慰劳、欢送，送一些牲畜、肉食和酒，表示出友好的态度和礼节便可。”

看到总队的来电，赛音特古斯说：“刘参谋，赶快通知各分队、民兵队负责人和东港的毕力格图他们来我这里，以便传达上面的精神，部署防卫工作。”

刘参谋走了之后，赛音特古斯一边思考着，一边在笔记本上时不时记录着什么。

开会的人都陆续到来，赛音特古斯向他们点头致意。

刘参谋传达了旗上的来电。他们有的低声交谈，有的喜上眉梢，有的人则沉默不出声。

赛音特古斯说：“甘珠尔扎布的骑兵进驻东港正好两个月了。在这两个月里，我军民几乎没有睡上安稳觉。以后的形势虽难以预料，但我们暂时可以过上几个月太平的日子了。但是现在高兴为时还早，我们还要防范他们在离开之前大肆抢掠。敌人在这两个月里没有进行公开的抢掠，并不是他们‘放下屠刀’‘立地成佛’了，而是因为‘兔子不吃窝边草’的缘故。但现在情况不一样了，他们可能会突然发难，也可能会看在巴王的面子上不轻举妄动。无论什么情况我们都要有所准备，坚决保护老百姓的生命、财产安全。对此大家有什么意见和建议可讲出来。”

大家沉默不语。

宝音打破了沉默。“我说说我的想法吧。我认为，不管他们临走的时候做不做抢掠财物，危害百姓的事，我们都要做最坏的打算，做好应对的准备。敌人惧怕郭栓子的实力，不会把目标放在河的上游，所以我们的预防重点要放在河的下游。他们所驻扎的东港和东村我们不便于防卫，除了这两个地方，他们的目标可能会是宝日陶鲁盖一带。”

“宝音说的没错。我们应该把主力集中在宝日陶鲁盖方向，同时将上游的牧民和西村的百姓赶快迁移到沙漠中，把那些地方空出来。另外还要妥善安置好宝日陶鲁盖一带的牧民。”巴特尔说。

马龙彪说：“两位讲的都有道理。我们要把他们可能经过的道路附近或可能会掠夺的地区人畜都搬空，把兵力悄悄集中在重点方向才是上策。”

“至于我的工作嘛，一是让各家各户躲开匪土可能的骚扰，二是在他们临走前说几句好听的话，送上十头绵羊和一百斤酒就行了。”毕力格图简单明了地表态，话语中透着他的能言善辩和机灵精明。

“还有什么建议？”赛音特古斯问。

“有话就说嘛！”

没有人再说话。

“刚才大家讲得很好，提出了很好的建议。就按你们说的办吧：一、毕力格图总管就按照您所说的两条去完成就行了。二、将上游的人家和牲畜都迁移到沙漠中，把值钱的东西藏起来，下游宝日陶鲁盖一带的牧民可秘密搬迁。三、人畜迁移工作由毕力格图总管负责，通知苏海图巴格的同时请该巴格军民协作完成。这项工作从现在就开始，五月二十号之前要全部迁移到沙漠中。四、为应对形势的变化，我部队要提前做好作战准备，妥善安排住宿之地。三分队留守西岭庙，加强龙首梁一带的侦察工作。那生率领五分队、九分队，科勃尔、敖包图、阿日套海、回民民兵队，驻扎于奇日嘎、苏布日嘎图等地等候命令。马龙彪带领四分队、八分队和敖包图庙、西岭庙喇嘛兵，驻扎于苏海图、珠日肯等地等候命令。七分队明天返回查干雅玛图，驻苏力图的分队人马调回敖包图庙侯令。以上的部署大家有什么意见？”赛音特古斯一口气部署了工作，征求大伙的意见。

“同意！”

“没有意见！”大家异口同声地回答。

赛音特古斯说：“刘参谋，你把上述部署上报大队请示。大家散会。”

第二天上午，额日德尼回电：“完全同意你们的新方案。七分队返回后，守卫宝日陶鲁盖的任务由我们这里完成。”

东港骑兵师师长甘珠尔扎布回来了。仁钦尼玛、吉日木图、吉雅等人聚集在盐卡上房里聆听师长带来的好消息。

甘珠尔扎布说：“我走了有一个多月了，这期间你们遇到了很多困难，让大伙儿辛苦了。我真想飞回来，但是那边的事没有理出头绪，脱不开身。现在好了，问题都解决了。一是蒙古自治政府就要成立，巴王亲自去广州争取中央政府的支持。二是我部驻扎的这个旗条件极差，部队供给困难。巴王与我和省方谈判了多次终于达成协议，省里同意接收我部，改编为国军新七旅，按两千人的编制供应粮食、武器、军饷、衣物等全部军需。条件是把我军从这里移驻到黄河以东的河东地区，以防备共军。我们答应了这个条件。因为目前我们最需要的是保证军需供给，防备共军对我们来说不是什么新玩意儿，我们从东北来这里时不也这样干的嘛！我带来的新消息就是这些。你们有什么意见吗？”

“我们完全拥护巴王和师长的决定。一是我们的军需有了保障，二是还能和共军对抗。”仁钦尼玛说。

吉日木图说：“我也同意。仁钦长官说的对。我们和共产党势不两立，除此之外什么胖主席瘦司令，谁给我们提供保障我们就跟着谁。有奶便是娘，这有什么，先有了生存保障再说。不行了，大不了再反出去，这对于咱们也不是什么新鲜事儿。”

“吉雅公有什么意见呀？您可是我们的诸葛大师啊！”甘珠尔

扎布说。

吉雅说："巴王和师长决定的事情我们能说什么呢，只能说如何落实罢了。我想这两天应该召集团长开会，传达这个决定，稳定军心，做好出发的准备才是。"

在甘珠尔扎布召开团长会议的第二天，吉雅召见了毕力格图。

"我们部队在你们东港驻扎了两个多月，郭栓子的土匪给我们造成了很大的损失。我们在这驻军也给你们添了不少麻烦。从我个人的角度来说你我已成了好朋友，以后无论到哪里我都不会忘了您。现在我以官方的身份向尊贵的阁下通报一件事，目前我军两千人的供需问题是最大的问题，所以巴王和师长与省方达成了协议，决定将我军移至黄河以东的河东地区。我们在七天之后将从东港撤走。"吉雅说。

"贵军在东港驻扎以来遇到很多困难，这都是山匪干的，我们也和你们一样受了不少损失。如今你们要走了，我们也没有权力留你们。你们的兵多马壮，我们地少人稀，没有办法给你们提供任何保障。我和吉雅长官通过多次的打交道成了熟人，不知以后还能不能见面？这可真是说不上啊！如今贵军要离开东港了，我们为了表示心意，特献上绵羊十只和一百斤酒，礼轻情意重，请长官务必收下。我明天就给您送来。"毕力格图，又和吉雅闲聊了一会儿才告辞。

毕力格图快马加鞭地前往西岭庙，向赛音特古斯汇报。

"您看吉雅是不是一个很聪明的人？"赛音特古斯突然问了一个题外的话。

"我不知他究竟有多聪明。他手下有一个叫布仁纳木吉拉的参谋，是哲里木蒙古人，我每次见吉雅时都通过他见面的。见的多了就混熟了，有时我给他一瓶酥油或几包烟之类的，说起话来也没有什么忌讳的了。我听他说吉雅是他们部队里最聪明、最有智慧的人，古今中外、文武礼道没有他不知道的。"毕力格图说道。

"那你们说过那次夺粮事件没有？"

“说了。第二次依旧走老路是因为什么‘最危险的地方就是最安全的地方’，这是吉雅说的。后来他还说在郭栓子匪兵里头也有知道他的计谋的人，不知是何人。这些都是布仁参谋告诉我的。”毕力格图简明扼要地回答。

“关于吉雅，他还说什么了没有？”赛音特古斯来了兴致，他对吉雅这个人产生了浓厚的兴趣。

“哦，他还说吉雅原先是一个什么旗的公爷，说话文明，修养好，从不骂人，也不说下流脏话，对他赞赏有加呢。”毕力格图把所听来的关于吉雅的情况都一五一十地告诉赛音特古斯。

他们二人的话题从吉雅身上移开，谈到一些实际问题。

“您什么时候到东港送慰劳物品？”

“我给吉雅说明天就去。”

“他说什么了吗？”

“在我说送慰劳品的时候他没有说什么，只是微笑。”

“你们几个人去送礼品？”

“有一个赶羊的人就行了。”

“两个人赶羊，算不算多？”

“那也不必。”

“我想跟您一块去，去看看那个吉雅是个什么样的人。”

“你去那里干什么？要去也得向额大队长报告吧？”

“不用给额大队长说，他知道了就不让我去了。您就让我跟着去吧，求您啦！”

“这……”毕力格图看到赛音特古斯的脸上浮现出向长辈乞求什么的那种孩子般渴望的神情，不忍心再拒绝他，不由地点了点头，表示同意。

他们俩接下来仔细商定去东港的事。

第二天是个阴天，还偶尔落几滴雨。

布仁纳木吉拉在门口迎候，将毕力格图、赛音特古斯二人引进吉雅的办公间。

赛音特古斯跟在毕力格图后面，举目观察吉雅。只见吉雅中等身材，略显苍白的脸上布了些许的皱纹和老年斑，稀少、斑白的头发向后梳得亮亮堂堂的，身着深蓝色的中山服，戴一副高度近视镜，显得非常精神、干练。

毕力格图、吉雅二人相互点着头，以老习惯问候入座。

“这位是刚来的东港巴格文书特古斯。”毕力格图向后转身，用右手指着赛音特古斯给吉雅介绍道。

“长官好，向您问安了！”赛音特古斯向吉雅微微点头以表问候。

“好，好，看起来是个好小伙子。今年有多大了？”吉雅又似问好，又似问话地说了这么一句。

赛音特古斯如实回答：“今年二十五岁了。”

毕力格图将前来慰劳之事说了，把礼单交给吉雅。他拿起来看了看交给布仁纳木吉拉，让他收起来。

赛音特古斯到院子里把赶来的绵羊和带来的酒如数交给布仁纳木吉拉，然后又进来站在毕力格图的后面。

吉雅用手指了指，让他坐在毕力格图下方的椅子上。

“我军驻扎在贵巴格，给你们添了不少麻烦，你们还如此慰劳，真是不好意思。”吉雅客气地说。

毕力格图说：“参谋长不用客气，我们只是略表心意而已。这点东西微不足道，连塞牙缝都不够呢。”

“多谢毕力格图阁下。今天又认识了一个新朋友，很聪明精干的小伙子，不错。”吉雅挑话说。

赛音特古斯说：“谢谢长官的夸奖。小的我今天能见到尊贵的长官您，感到十分荣幸。”

“毕力格图阁下是个大聪明人，有勇有谋，妙语连珠，是个难得的人才，可惜上面没好好用，浪费了人才。特古斯看起来也是一个聪明伶俐、谈吐不凡的精明小伙子。能让这样的人做秘书，也算是体现了毕力格图阁下慧眼识人才的能力啊！”吉雅这么几句话把他们两个全夸了。

毕力格图说：“参谋长大人把我老汉夸得太过了。”

赛音特古斯说：“尊贵的长官夸我们毕力格图总管夸得对，我们总管真是一个很有本事的尊者。长官只见了几次面就看出来了，您的一双慧眼也不简单哪！但是您夸我的话还真是过奖了。在长官面前没大没小地乱说了一气，请多多包涵。”

“你瞧你反过来把我俩给夸了，看来我对你没过奖啊。”吉雅大笑道。

赛音特古斯也跟着笑了。

坐得久了怕不合适，赛音特古斯偷偷地给毕力格图使了个眼色。

“参谋长是忙人，我们坐得太久，打扰您的工作了。”毕力格图说着起身要走。

“小意思，做个纪念吧。”吉雅从抽屉里拿出“炮台”牌香烟，给他俩每人一条。

毕力格图说：“谢谢参谋长。”

赛音特古斯说：“多谢长官。”

他俩从吉雅处告辞出来，根据赛音特古斯的意思到东港两条街上看了看，在沿河街上饭馆吃了炒揪面片，然后驰马返回到西岭庙。

要知甘珠尔扎布的兵马如何从东港撤出，请看下回分解。

【第十五章】

青沙岗战匪巴日夫求救兵
阎王鼻被困巴特尔举白旗

东村呼布钦巴特尔的营地。

“我军在这两个月每日的伙食只有以前的一半，现在有的兄弟们说，都快离开这里了，‘兔子不吃窝边草’的规矩也该破一破了。”团参谋长崇拉说。

“兄弟们说的对，但是师长官们嘴头守得紧，没有发话。不过我们可派少数人偷偷干一票啊。”团长呼布钦巴特尔也表示赞同。

崇拉说：“少数人出去有危险哪！”

“我们这儿是河流下游，离阿格鲁图山远，郭栓子的势力到不了这儿。”副团长伊如勒图说。

“我们骚扰此地百姓的话，额日德尼能不问不管吗？”连长巴图敖日格勒也表示担心。

崇拉说：“所以，人少的话决不能出去啊！”

“要么就不干，要干就干大的，反正多偷少偷都是偷。”三连长尼玛扣说。

“我带上全连的人出去干一票。我不怕额日德尼，先捞些油水填饱肚子再说。”二连长朝格巴特尔趾高气扬地说。

崇拉挑唆道：“朝连长亲自去，那没什么可担心的。”

朝格巴特尔说：“一定要选好目的地，没有油水的小地方千万不能去，不然就白费力气了。”

“附近一带有什么可捞财的地方啊？”伊如勒图嘀咕道。

巴图敖日格勒说：“有油水的地方应该有吧。”

崇拉说：“这附近没有。从这里往东北八十里地的一个叫宝日陶鲁盖的地方，周围几十里地，约有百十户牧民居住，听说苏海图巴格的富人多数集中在那里呢。”

“那就好。我明天一早起程，后天夜里返回来会来得及吧。团长有什么指示？”朝格巴特尔起身说。

“去吧，‘上有法规下有盗’，就说的是这个吧。小心点，即使找不到财路也要把命带回来啊！”呼布钦巴特尔揶揄着叮嘱道。

朝格巴特尔率领七十多名土匪大清早从东村出发，沿着黄河北岸和查干布哈大沙漠之间绿油油的草滩快速行进。

在骑兵师进驻东港之前，这里的牧民都已经转移到沙漠深处了，所以这片水草丰美的牧场变得寂静、冷清，看不到人烟。

朝格巴特尔率兵出了东村的消息通过三分队的电波不断地传到大队部和西岭庙支队。

“上午从额力森套海向北过去了。”

“中午过了阎王鼻梁向东北方向去了。”

“下午四点左右过了宝日陶鲁盖南梁向北去了。”

额日德尼看到电报，思考了片刻，在大队部会议室里召集各分队长，进行了战斗部署。

“匪首朝格巴特尔带领七十来个人今晚进入宝日陶鲁盖。虽然那里的老百姓和牲畜大部已经转移了，但还有一少部分没有转移。这是匪军在临走前的一次抢掠活动，危害性可能更大。我们一定要减少老百姓的损失，保护家乡，消灭这伙匪徒。”额日德尼说。

“他们今晚定会在宝日陶鲁盖过夜。宝日陶鲁盖一带的人家住得分散，土匪若分散住宿在牧户家里，就不能一举消灭他们。我想今天夜里我们派两个分队人马埋伏在宝日陶鲁盖丘陵的青沙岗，在他们明天返回之时突然袭击，可把他们消灭在青沙岗的后坡上。我可以带两个分队前去。”巴日夫虽然没有实战指挥经验，但有一定的理论知识，所以提出了一个可行的办法。

“我看可以，你去吧。两个分队一百多人，人数方面远远超于对方，我们的武器也不比他们差。”额日德尼充满了信心。

“是！”巴日夫起身立正道。

额日德说：“如果充分利用好地形、掌握好土匪的实际情况的话应该没什么问题。”

巴日夫问：“那么我带哪两个分队去呢？”

额日德尼环顾周围，“你们哪两个分队想去呢？”

“六分队愿意前去。”

“一分队愿意前去。”

“让七分队去吧。”

在场的三个分队的队长都请求上战场。

额日德尼说：“一分队和六分队去吧。”

“我们现在就准备出发。额大队长还有什么指示？”巴日夫问。

“你们，”额日德尼想说什么，又不说了，“你们别着急，时间还早，做好充分的准备再出发。”

巴日夫和两个分队队长给额日德尼行了礼告辞而去。

“把刚才的部署通知赛音特古斯副大队长。”额日德尼吩咐身旁的王参谋。

一小时后，赛音特古斯复电：“已获悉大队的部署。根据大队的部署，我们改变了原先的计划，在阎王鼻布置两个分队和两个民兵队埋伏，以防敌人援兵。巴日夫副大队长的人马若遇到什么意外，可直接与我联系，我部可及时给予援助。如果敌人数量太多，我们还可以以两个分队和两个民兵队的力量切断敌人的来路，从后面袭击他们。如果出现上述情况，巴日夫副大队长可在消灭了对方之后从阎王鼻后边向西掉头，移到敌人的西面，把他们逼向河边。妥否，请额大队长指示。”

大队很快给赛音特古斯复电："你们的方案很全面，而且考虑到了后面的几步，非常正确，同意。巴日夫这边由大队通知，你们相互间可直接联系。"

巴日夫带领两个分队连夜行进，埋伏在宝日陶鲁盖的青沙岗，等待敌人返回。

清早七点钟，十来个匪徒按原路返回，但多数人还没有出来。巴日夫想，消灭这些人很容易，但会惊动后面的敌人，会延长战斗时间，增加伤亡。但是敌人已经来到面前，不打也不行了。于是当土匪走到离他们三十米的地方时，巴日夫一声"开火！"令下，只见那十来个人顷刻间人仰马翻，许多人还未来得及开枪就见了阎王。

从宝日陶鲁盖东边人家出来的三十来个匪徒看到前面一股人马遭到了伏击，立即停止前行，利用附近的几座沙丘进行抵抗。

巴日夫的人马与敌人的距离不到三百米，双方交火后谁也没有占到便宜，枪声逐渐微弱下来。

巴日夫思考了一会儿，下令："第一分队的道日格副队长带两个班向敌人冲过去！六分队集中全部火力压制敌人，支援冲锋队。巴图毕力格队长组织本队其他两个班准备在道日格后面冲过去！"

宝日陶鲁盖的青沙岗后坡是个长着稀疏沙竹和零星草丛的斜坡，没有可隐藏的地方，两个班向前冲了没多远，就有分队副队长道日格在内的五人牺牲，另有八人受伤，只好退回来。

见道日格就这么死了，巴日夫跳动的心几乎从嘴里蹦出来，话也说不上来了。

"这样进攻不是办法，我带兵从沙岗南边下去，绕过西沙梁，从敌人的后面偷袭，到时候你们从这边进攻，便可全歼敌人。"失去亲密战友的巴图毕力格虽然免不了紧慌和悲伤，但在这紧要关头强打起军人的精神，寻找战机。

"好吧，你快去。"巴日夫犹豫了片刻，却又想不出更好的法子，便同意了巴图毕力格的建议。

“宝日陶鲁盖的西路又出现了敌人。”六分队的王国成队长说。大伙转身一看，果真有二十来个人牵着骆驼赶着牛从那边出来了。

“巴图毕力格，稍等等！”巴日夫说着用望远镜里仔细观察敌人的动向。

这股敌人也都下了马，丢下牛和骆驼，占据有利的位置，向他们开火。

经历了短暂的惊慌后，巴日夫稳住了情绪。他思索片刻后，对呼格吉勒图说：“你赶快给赛音特古斯副大队长发电：我们在宝日陶鲁盖的青沙岗阻击一伙敌人，不想从宝日陶鲁盖左右两侧的路上出现了两批土匪。他们占据有利地形与我们对抗。我们如果向前冲，地形对我们不利；绕到对方后面，路途太远。如果你们派兵从敌人后面包抄，我们前后夹击，定能消灭他们。”

巴日夫的人马和两股敌兵隔着一小片草地对峙，谁也不敢前行，偶尔放空枪，相互观察，等待时机。

赛音特古斯的复电很快来了：“致巴日夫副大队长：我们已经在阎王鼻沙梁上布置了四个分队兵力的阻击敌人，现在派兵去宝日陶鲁盖要用半天时间，不太实际。我的建议是你们赶快退出战斗，让敌人过去，然后悄悄地跟随在他们后面，等他们在阎王鼻梁遭伏击的时候，你们从后面进攻，便可大功告成。妥否请回话。”

巴日夫反复看着那份电文，虽然对赛音特古斯的建议心有不服，不想听从他的部署，但又苦于没有比这更好的办法。他正陷入沉思，突然又被敌人的枪声惊醒，于是赶紧收起心，果断地给赛音特古斯回电，表示同意他的方案，然后率兵撤出了战斗。

朝格巴特尔的兵在宝日陶鲁盖青沙岗后边的小草滩遭到阻击，正进退两难的时候，突然对方阵地上枪声停止，无声无息了。朝格巴特尔派了几个人前去探察，发现了对方已经顺着他们的右侧向宝日陶鲁盖方向撤退了。朝格巴特尔便召集了士兵，自己带领五十来人在前面开路，后面由十来个人保护抢来的牲畜，将五十几峰骆驼连成几个驼队，赶着三十来头牛继续前行。

他们一伙人缓慢前行，快到中午的时候来到南端与黄河水相连的阎王鼻梁跟前。

他们下了马，有的爬行，有的拉扯着马缰绳，踉踉跄跄地爬到离沙梁顶还有二三十米的地方，还未来得及喘上一口气，突然从上边响起了密集的机枪声，顷刻间就有一半人死伤。

朝格巴特尔举目观察附近的地形，聆听从沙梁顶上呼啸而来的枪声，凭着自己在国军、伪满军、巴王蒙军和土匪中所经历过多次战役的经验，知道今天遇到了强劲的敌人。于是他在最短的时间里收拢起剩余的三十个人，从高高的沙丘上滚落下来，想和后面的牵骆驼赶牛群的同伙会合。就在他们从沙梁上撤退之时，又有一些人在沙梁顶上喷下来的枪火和手榴弹的爆炸中丧了命。

朝格巴特尔似乎已经不知道害怕了，他只想着活命。活着的人有机会从金碗里喝甘露呢，只要保住了命，还缺金子么？他一个劲地向着后方爬行，好不容易爬到一处可以藏身的沙堆子后面，避开追命的子弹，不敢探出身子。

但是后边的情况也不妙。许多骑马的士兵包围了那些赶牛牵驼的人。

前后道路全部被拦断了，现在就是插翅也难飞了。朝格巴特尔明白自己已经走投无路，必须尽快做出决定了。

最终，朝格巴特尔把手中的枪扔在地上，从衣兜里掏出一块白色的手巾，高高地举过头顶，对于他来说投降不是什么新鲜事。做土匪的时候他投降了伪满军队，日本投降后他投降了国军，东北解放之时他又投降了共产党的部队，后来又反了水。现在向蒙旗的蒙古军队投降，也不是什么稀罕的事儿啊！想到这里，他的心情舒畅多了。

看到白旗在风中舞动，剩下的土匪都把枪掷在了地上。

阎王鼻梁沙峰顶上，赛音特古斯、巴日夫两个多日不见的两个战友在战场上相会，高兴得拥抱在一起。

“我没有认真分析情况，也没有全面考虑阻击的办法，使得没有达到围歼敌人的目的。尤其是在没有屏障的平原进行冲锋，为我军带来重大损失……”巴日夫对自己的错误进行反思和批评。

“现在不说这个。胜败乃兵家常事，善于总结经验、吸取教训就好了。”赛音特古斯握着他的手说。

“两位长官，现在我们该怎么行动呢？”作为阎王鼻梁四个分队的指挥，马龙彪问。

赛音特古斯看着巴日夫说：“巴副大队长您说。”

“赛音副大队长您已经有了安排，还是您说吧。我什么也不知道呢。”巴日夫实话实说。

“那么，我就直说吧。一分队调一班人将土匪抢来的这些牛、骆驼和财物送回宝日陶鲁盖，交还给各自的主人。一分队其他人将缴获的马匹、武器和俘虏押送到大队部。这样可以吧？巴副大队长有什么意见？”赛音特古斯说着转身问巴日夫。

“我没意见。”巴日夫回答。

一分队领命去执行任务了。

“马龙彪队长，您的四个分队原地休息，等候阻击敌人的援兵。刚才你们埋伏在沙梁南坡袭击了北边来的敌人，现在你们埋伏在沙梁北坡阻击来自南面的敌人吧。敌人到底来不来，什么时候来，来多少个人，这些现在都说不清楚，但是我们一定要设想敌人要来，而且会来的多，所以一定要及早做好充分的准备。”赛音特古斯看着巴日夫、马龙彪说。

“是！”马龙彪应道。

巴日夫点着头。

“巴副大队长，您是回大队部呢，还是留在这里帮我打敌人的援兵呢？”赛音特古斯说。

“我和六分队一起留下来参加战斗吧。这是我难得的一次机会。如果敌人的援军来了，那就太好了。赛音副大队长，有什么任务就尽管交给我吧。”巴日夫高兴地说。

“巴副大队长能留下来我很高兴。请刘参谋致电大队部：我们在阎王鼻梁上围歼了抢掠宝日陶鲁盖一带百姓的土匪，以朝格巴特尔为首的十四个人投降，其余五十八个人被消灭。我们派了一个班人马送还从百姓处抢来的骆驼、牛、财物等，将缴获的马匹、武器及俘虏交由第一分队押送到大队部。我们在这里等候敌人的援兵前来，一直会埋伏到明天晚上。请额大队长指示。此致！巴日夫、赛音特古斯。”

巴日夫连忙说：“别的我都同意，只有一点，要么不写我的名字，要么把我的名字排在赛音副大队长的后面。赛副大队长才是这次战役的总指挥啊！”

赛音特古斯说：“名字的前后排序有什么关系呢？”

“不行。”巴日夫坚决不同意。

“那就按照巴副大队长的意思写吧。”赛音特古斯说。

“把科勃尔民兵队归六分队，埋伏在那边高耸的沙梁西坡，等敌人被阻击在阎王鼻梁下，又被北边的火力逼得向西退去时迎面打击他们，把敌人挤向河边。如此安排怎么样？”赛音特古斯指着西面沙梁问巴日夫。

“好的，对这个安排我没意见。我带那两个分队去吧。”巴日夫说。

“您亲自去的话我就放心了。”赛音特古斯说。

“那我们现在就走吗？”巴日夫又问。

“现在走也可以。敌人到来还早着呢。你们早去了可以仔细观察地形。您自己决定吧。”赛音特古斯笑道。

“那我们还是早点儿去吧，反正留在这里也没什么事。我走了。”巴日夫说着给赛音特古斯行了礼就要走。

“我通知五分队，让科勃尔民兵队过去。”赛音特古斯说着送巴日夫起程。

巴日夫和六分队人马动身前往西边沙梁。

赛音特古斯、马龙彪二人和众士兵一起在阎王鼻梁上吃着干粮，喝着凉水，午餐算是对付过去了。

“老马，您认为呼布钦巴特尔会出兵增援朝格巴特尔吗？”赛音特古斯问。

“我想派援兵的可能性很大。呼布钦巴特尔的团有三百多人，把七十多个人丢了，他不可能不问不管。否则他就要从团长变为营长了。”马龙彪笑道。

赛音特古斯说：“我也觉得敌人会派救兵来。”

马龙彪说：“我也是。”

赛音特古斯说：“那我们就继续在这儿等吗？”

马龙彪说：“我们还是照原先的计划等一等吧。敌人来了，我们就消灭他们；不来呢，我们就回去，什么损失也没有。”

“朝格巴特尔约定的归期应该是今晚。到明天早晨如果还没有消息的话，他应该是会派人去接应的。这么推算，敌人的援兵应该是明天下午才能到这里。实际情况是不是这样呢？”赛音特古斯像是问马龙彪，又像是在自言自语。

马龙彪说：“照此推算，我们应该让我们的士兵们吃上一顿热饭，好好睡上一觉。”

“这只是我的分析而已。至于休息睡觉，夏天的时候在阵地上也可以的。倒是必须让战士们轮流休息好，吃上一顿热饭。”赛音特古斯说。

欲知在朝格巴特尔后面来不来援兵，请看下回分解。

【第十六章】

援前军呼布钦兵败骏马岭
遵协议甘珠尔撤出东港镇

朝格巴特尔出发后的第三天早晨。

“朝格巴特尔出发已经两天了。走的时候约定好返回的时间是昨天晚上，按常理在夜里十二点之前该回来的，但现在已过了早上八点钟。怎么办哪？”崇拉问。

“他带了七十多个人走的，占我团兵力的五分之一。我们如果丢下他们不管，我们的力量势必会减弱。”伊如勒图说。

“我们派兵侦察吧。如果他们被敌人阻拦围困了，我们可以去救他；如果出了意外，我们也可以探明情况啊。”崇拉提醒道。

“我们去了七十多个人都没有回来，看来是遇到了强劲的敌人。”伊如勒图说。

“这个强劲的敌人是谁呢？是额日德尼吗？但是这两个月额日德尼一点也没有侵犯我们呀，现在有什么理由跟我们对抗呢？”

“那个时候我们没有侵犯当地老百姓，现在就不同了。这次我们抢劫了人家百姓，他们有保卫旗东部地区安全稳定的任务。在他的管辖区内老百姓的生命财产受到危险，他能不管吗？”

“额日德尼的兵力全部加起来不超过二百人，而且他们分守四个据点，能够集中行动的人马连一百人都不到。”

“那我们的七十个人如果遭到额日德尼一百个人的阻击，不仅不能突围，说不准还叫人家给消灭了呢。”他们各抒己见，争论不休。

“大家所分析的都不无道理。总之，朝格巴特尔没有按时返回来，一定是遭到额日德尼的兵马阻拦。但额日德尼有能力阻拦却没有能力消灭他们。朝格巴特尔遭到拦截回不来，我们必须赶快把他们弄出来，时间久了更加危险。你们的分析大概就是这样，我说的对吗？”呼布钦巴特尔简明扼要地概括了大家的意见。

“团长说得很对。”

“团长分析得正确，就是这个意思。”

“团长真乃高人，我们说了这么多还没说清楚的事叫您几句话就概括了。”

“所以说呀人家是团长嘛！不然我们几个都当上团长了。”一伙人七嘴八舌地拍起了团长的马屁。

“好了好了，少说废话啦！现在听我的指令：巴图敖日格勒连长带着自己的连队在一小时之内出发，沿着朝格巴特尔的线路前进，找不到活人死尸也要找回来。在你出发一个小时之后我和阿尤勒贵连长一起出发。你们尽管前进，后面有我们呢。我们也会放心地前行，因为前头有你们。现在散会，紧快做好准备，一小时之后出发！”呼布钦巴特尔布置了行动任务，大家各自散去。

第三分队连续发来敌情信息。

“八点时分一百多个骑兵从东村出发，沿着河西岸的大路向北行进。”

“又有百余人的队伍从东村出发，顺着先头人马的足迹向北去了。”

赛音特古斯收到第一份电报，心想我们没有白等，饿了两天，终于等到送到门口的肥肉了。他的心情大为舒畅。

收到一小时之后传来的第二份电报，赛音特古斯方才放松的心又提起来了，又陷入沉思。在阎王鼻梁下消灭前面的一百来人没什么问题，但后面的百十来号人怎么办？先头的一批人如果能在一个小时里，不，在四十分钟里消灭的话，后面的也可以消灭的……但是一百多人的作战部队在四十分钟内如何能够消灭得了？如果兵分两路，敌人二百多人，我们的兵力也是二百多人，就算能够包围，不但不能全歼敌人，还有可能让前面的敌人逃脱。前面的人马无论如何也不能放开，后面的虽然没有消灭的把握，但我们不去动一动他们，他们还是会来的……阎王鼻梁上用不着那么多的兵，把四分队调出来，从那生的队伍里再调一个班交给乌日图，可以暂时阻击一会儿后面的敌人。对，就这么办！赛音特古斯自言自语着一跃而起。

下午四点钟的时候巴图敖日格勒率领全连的一百多个人来到阎王鼻梁前边的小草地，抬头一看，只见连着黄河岸的一座高高的沙峰耸立在眼前，南北通行的人只能走沙梁北岭的一条路。巴图敖日格勒让队伍停在草滩上，对一旁的排长布和宝音下令道："你带上你的人马先上坡，小心沙梁顶上有伏兵。"

"是！"布和宝音，带了自己的三十来个人来到沙坡前，下了马，开始向沙梁上爬。爬到离梁顶约三十步的地方，突然梁顶上响起了枪声，接着有手榴弹丢下来，最前面的十几个人在刹那间就横七竖八地躺在原地不动弹了。布和宝音立刻让剩下的十几个人就地卧倒，正要向沙头组织反击，不想对方的火力来势凶猛，不等他们抬头就把他们送上了阎王殿。

巴图敖日格勒看到先头人马在沙梁半坡腰被突如其来的袭击给全部消灭了，大吃一惊。前路被阻断证明朝格巴特尔已经遭遇不测了，他们没有再前进的必要了。即便前进也过不了面前的这个沙梁。现在以最快的速度原路撤回才是上策。想到这里，他立刻下令上马，往回疾奔。

马哪有子弹快呢？没跑二十步，已有十几人从马背上滚落下来。巴图敖日格勒一伙人不顾死活地拼命向前跑，刚到小草滩南边，沙梁上几挺机枪同时响起，又有二十来号人马扑到于地。

经历了短暂的惊慌失措之后他们飞快地跳下，找地隐身，朝沙梁方向开火。地形明显不利，子弹和手榴弹如天上倾泻而下的冰雹子一样落在头上。

巴图敖日格勒的一连虽然武器精良，而且有作战经验，但被对方的火力压得头也抬不起来，伤亡不断地增加。这时，一队兵从阎王鼻顶冲下来，断了他们的后路。巴图敖日格勒他们顾首顾不了尾，死伤剧增，已经招架不住了，而这时候从西边的沙梁上又有一拨人径直冲过来，把他们的阵型从中截为两段。巴图敖日格勒的残兵在力量悬殊的情况下遭到三面包围，断为两截的两批人马相互间不能救援，更谈不上联手作战了。巴图敖日格勒率领剩下的三十来个人全力向东突围，想和另一拨人马会合，但没能成功，又损失了十几个同伙。

阎王鼻梁上的枪声渐渐稀疏下来，趋于平静。

呼布钦巴特尔率领百余人队伍在巴图敖日格勒一行出发一小时后起程，沿着先头人马的足迹马不停蹄地走了四小时二十五分钟，来到被称为骏马岭的沙峰上，靠近了乌日图他们的阻击阵地。乌日图的队伍突然从沙峰上猛烈地向他们开火，飞泻而下的枪林弹雨中，十来个土匪中弹倒地。而呼布钦巴特尔又岂是一般的土匪？他立刻定住了心，指挥兵马隐蔽在芦丛、沙丘和河柳等屏障后面。他明白自己遇到了敌方强劲的火力阻击，这说明前天出发的朝格巴特尔的队伍可能已全军覆没，先头出行的巴图敖日格勒一行亦可能被消灭或者被围困，失去了逃脱的机会。如果自己不赶快撤退的话也将遭到灭顶之灾。想到这里他感到浑身在发抖，急忙地下令撤退。

呼布钦巴特尔率先上马向南逃去，其余人也跟在后面拼命逃窜。他们狂奔约二十里地，见后面没有追赶的敌人，稍稍宽了心，但仍旧马不停蹄地奔跑着。

阎王鼻梁战役结束之后赛音特古斯抬起左手看表，正好五点钟，歼灭巴图敖日格勒匪徒的战斗进行了一小时四十分钟。如果没有乌日图的半路阻击，呼布钦巴特尔听到阎王鼻梁的枪声准会加快行进速度，在阎王鼻梁的战斗打到一半的时候赶上来给予救援。如果那样，能不能全歼巴图敖日格勒的匪徒还真说不准。不管怎么样，到嘴的肉又丢了一块，可惜得很呢！赛音特古斯如此这般想着，下令打道回府。

当赛音特古斯他们从阎王鼻梁返回来时天已蒙蒙亮。步入队部大院时看到额日德尼在内院门口等候着，赛音特古斯慌忙立正行礼。额日德尼拉着他的手进了屋。

坐下来之后，额日德尼叫警卫员端来茶水，自己点了一根烟，扭头看赛音特古斯，只见他枕着桌子睡着了。

额日德尼怕吵醒他，把一块线毯悄悄地披在他身上，出了门，轻轻把门关上。

“好孩子，真是个好孩子，比我年轻时候强十倍。才二十五岁，媳妇也没娶呢。累了，过于辛苦了，累坏了。”额日德尼自言自语着，不知是心疼还是高兴，脸上挂着微笑。

“赛音特古斯在上房睡觉呢，你让巴图吉日嘎拉守住门，任何人不许进去。告诉门口的警卫，不许旁人在门口叫喊。”额日德尼给警卫叮嘱了一番，进了后厢房，命人给总部致电：“西岭庙支队在黄河下游的阎王鼻梁一带与抢劫宝日陶鲁盖地区牧民的东村骑兵师及其后援兵数次交战，消灭了一百九十九名敌人，前去救援同伙的骑兵师团长呼布钦巴特尔闻风逃脱。”

又叮嘱道：“做一顿热饭给从战场上返回来的战士们，然后叫他们好好休息。”

赛音特古斯一觉醒来，收拾好毯子，拿起桌上的茶杯大口大口地喝。巴图吉日嘎拉听见屋里有动静便进来看。

“我怎么睡在这里？”赛音特古斯问。

巴图吉日嘎拉说：“您和额大队长说着话就睡着了，额大队长给您披好毯子，让我守在外面，他自己去了西房。”

赛音特古斯找到额日德尼，像个做了错事的孩子般低着头说：“真对不起，不知道怎么就睡着了，请大队长批评我吧。”

额日德尼和气地说："坐吧，你太累了。"

"我这才两个晚上没睡好觉，就经受不住了，年纪轻轻就熬不了这点累，真叫人害臊啊！"赛音特古斯埋怨自己。

"看到你睡着了，我就出来给总部致电，汇报了这次战役的情况。还安顿炊事班的人给从战场上回来的指战员们做一顿热饭，让大家好好休息。现在你来了，你亲自安排吧。"额日德尼笑道。

赛音特古斯说："谢谢大队长的关心！"

额日德尼说："你们在几天里消灭了抢掠宝日陶鲁盖地区百姓的东村敌匪二百人，这个战绩和上次的夺粮战役一样出色啊！"

赛音特古斯："也可以这么说吧。他们来这里已两个月了，现在就要撤走了。我们先后和他们交火大小十来次，消灭了他们的四百九十八个人。这其中以我们公开的名义作战的唯有此次的阎王鼻梁战役。现在他们不光惧怕'郭栓子'，还惧怕'额日德尼'和'阎王鼻梁'这两个名字了吧。郭栓子的'威名'是我们在敌匪中传播的。而这次阎王鼻梁战役是我们直接与他们骑兵师中最有名的呼布钦巴特尔一伙斗智斗勇的战斗。战斗第一阶段消灭了朝格巴特尔的七十多个人，第二阶段消灭了他们的援军先遣部队巴图敖日格勒的百十来人，后来又消灭了二十来个援兵，呼布钦巴特尔一伙都逃脱了。我军牺牲二十九人，受伤四十六人，损失也不小。等敌人撤离了，我们要好好总结这两个月的工作，重点是吸取教训，提高我军的作战能力，以适应不断变化的时局。"他的这番话更像是这次与骑兵营作战的战斗总结。

额日德尼首肯道："你说的对。"

赛音特古斯说："听毕力格图说，甘珠尔扎布明天就要从东港撤兵了，我们也要做好送行的准备吧。我已经安排三分队和民兵三个队的人马注意防范敌匪抢掠诺颜敖包一带的沙漠地区。现在大概已经占据了有利地形，派了哨卡和侦察人员了吧。等明天骑兵师的全体人马从东港起程之后，我们调一个队暗地跟随在他们后面，直到他们出了我旗边境，我们的任务才算完。额大队长和巴副大队长有什么指示？"

额日德尼说："我没意见，就这么安排好了。"

巴日夫说："跟踪送行的任务交给我吧。"

"你想去就去吧，我不拦着你。如有什么新情况请及时报告。这次的行动是最后的一次行动，千万不要虎头蛇尾，在牛尾巴上折断了刀子啊！"额日德尼说道。

巴日夫说："我知道了，一定完成任务！"

赛音特古斯说："巴副大队长去真是太好不过了。"

巴日夫问："赛音副大队长还有什么具体要求？"

"您率领五分队、六分队和敖包图、西岭庙两队喇嘛兵，神不知鬼不觉地暗中跟随在他们后面，如果发现他们有人成群结队地离开大部队，把人数及时告知诸颜敖包的马龙彪，同时暗中跟住他们，如果他们进沙漠，你们就前后夹击，消灭他们。敌人如果直接过境，我们就不去惹他们。这是我的初步想法，两位长官你们看行不行？"赛音特古斯说。

巴日夫说："我就照您说的去做。"

额日德尼说："行。人不犯我，我不犯人；人若犯我，我必犯人。"

"明天我们从龙首梁看着甘珠尔扎布的部队从东港撤离，等他们走了之后再进东港吧？"赛音特古斯看着额日德尼问道。

"好的，你安排吧。"额日德尼说。

此时毕力格图进来和他们打招呼问好。

"我和吉雅有约定，明天早上去东港送别。长官们有什么指示没有？"毕力格图问。

"不行。你们的约定是在阎王鼻梁战役之前说的，现在他们正在恨我们呢，你去了不好吧？"巴日夫说着又看了看额日德尼和赛音特古斯。

"赛音特古斯，你看着安排吧。"额日德尼没有说具体意见，不知是表现他的精明和老谋深算呢，还是在考验赛音特古斯的智慧和胆识。

赛音特古斯说出了自己的看法："正如巴副大队长说的一样，

我们的人现在去可能有危险。但是我认为总管还是去一下比较妥当。一是我旗和骑兵师上层的关系还没有破裂，表面上还处于蜜月状态，眼下他们不敢把旗政府方面的人怎么样；二是吉雅虽说是敌首之一，但他是一个说话算数的人，绝不会食言；三是阎王鼻梁战役是额日德尼和呼布钦巴特尔之间进行的掠夺和反掠夺斗争，他们不会公开挑明这件丑闻；四是阎王鼻梁是苏海图巴格的地盘，和东港巴格没有关系，您装作什么也不知道就好了。”

“赛音副大队长的话有道理，我倒是没想这么多。”巴日夫首先改变了态度。

毕力格图说：“听了赛音队长的分析，我更觉得我应该去。”

“这是一件大事，牵扯到我旗的名望和总管大人的安全，不可掉以轻心。额大队长您看如何？”赛音特古斯征求额日德尼的意见。

“赛音特古斯分析得很正确，我们解决问题不能只看表面，还要研究分析更多方向的原因和可能性，才能做出正确的选择。毕力格图，您就放心地去吧。”额日德尼说。

额日德尼、赛音特古斯一行趁着夜色从西岭庙出发，在顿达图克木盆地下马休息。第二天大清早他们攀上龙首梁观察东港的动静。

三分队向前行进，埋伏在荒漠边缘。

到了早晨七点半。

三分队的电文不停地从荒漠边缘传来：

“敌军第一批约一百人向西出发。”

“又有一批约二百人的队伍随后起程。”

“更多的人马，约五百多人出发。”

“有一批人马，约三百人……”

“……三百人……”

“又有一百人出来……”

额日德尼、赛音特古斯在望远镜里看不清到底有多少人，但能看到总共出来了几批人。

九点半了。

再没有人出来。

又过了半个小时。

三分队来电："东港的驻兵一个没留地都出来了。"

赛音特古斯说："立刻将消息传给巴日夫副大队长。"

很快巴日夫回电："我们已经跟在他们后边了。"

"那我们现在进入东港吗？"赛音特古斯转身问额日德尼。

额日德尼起身说："走吧。"

额日德尼、赛音特古斯率领人马从龙首梁东边下来。

"迎着朝阳向东望，
鄂尔多斯六旗紧相连。
沿着东方看过来，
浑浊的黄河翻波浪。

毡包天窗往上看，
是松柏参天的故乡。
顺着门口往前看，
是清水长流的故乡。"

不知是队伍里谁先开头唱的，刚开始有一两个人用低缓的声音唱，后来大伙儿都高声和着唱了起来。

额日德尼一行走进东港街头时，毕力格图、宝音等人迎上前来。骑兵师原先的办公点已经简单地清扫整理完毕，额日德尼他们就在那里落脚。

"你们察看了整个港口了吗？"额日德尼问。

"我们都仔细察看了，驻扎东港的骑兵师多数已经撤离了。"宝音回答。

"什么？还有留下来的人么？"

"有。十二名受伤的士兵和十六个妇女儿童留下来了。"

"这倒是一个新问题啊。"额日德尼说。

毕力格图说：“又是一个棘手的事。”

“这下又要给总管大人添麻烦了。”赛音特古斯也笑着说。

额日德尼问：“送行的时候，让毕力格图受惊了吧？”

毕力格图答道：“没有。正如赛音队长分析的那样，吉雅什么也没有说，还像以前那样友、好热情呢。”

额日德尼说：“甘珠尔扎布的部队撤走了，我们回来了。要做的工作很多。赛音特古斯，你是年轻人，你先说说看。”

“好的。请刘参谋先给旗总队致电：甘珠尔扎布的部队一千四百多人今天早晨全部撤离东港，沿河岸往南进发。我军四个分队在后面暗中跟随，三队人马沿沙漠边缘行进，预防匪军抢掠百姓。他们一旦出了旗境，我们将不再跟踪，临时在边界驻兵防守。我部今日上午十时进驻东港。”赛音特古斯说完看着额日德尼。额日德尼点头表示同意。

“总管，您赶快恢复巴格关卡，开始工作。通知迁入沙漠的百姓们可以回来了。”

“三分队照旧驻守东港，帮助巴格关卡维持秩序。”

“东港回民自卫队暂时不要解散，一方面各自干各自的事，另一方面做好随时集合的准备。西岭庙、敖包图寺的两队喇嘛兵也不解散，让他们都回各自的寺庙一边念经，一边保护寺庙，并做好随时集合应急的准备。其他巴格的民兵都解散了，该干什么干什么，日后需要召集的时候再集合。”

“东港的盐业和其他商贸、水上运输业务必须尽快恢复。”

“先说这些工作。额大队长和总管有什么意见和指示吗？”赛音特古斯一口气说了这么多，征求额日德尼和毕力格图的意见。

“我没意见。毕力格图有什么要说的吗？”额日德尼问道。

“我没有意见，遵照执行。”毕力格图回答。

“哦，还有一件事儿。他们撤出时留下的那些伤员的治疗和妇女儿童的安置问题，请总管和旗里联系，取得指示后给予妥善解决。”赛音特古斯补充道。

毕力格图说：“好的。”

额日德尼说：“我也同意赛音特古斯刚才的建议。他们来这里给我们制造了多大的麻烦啊，临走的时候还把一堆烂事留给我们。但有什么办法呢？是人嘛，总要救的。”

午饭后，他们沿着黄河岸边散步，观赏东港的景色。

赛音特古斯触景生情，随口朗诵道：

“北疆男儿披甲盔，
安公故土扬神威。
假名山贼隐行踪，
撼动顽敌驱魔鬼。

大漠人民遭掠抢，
举刀跃马旌旗亮。
谁敢造孽定灭之，
保家安乡盼曙光。”

额日德尼听了，赞赏道：“你的这首诗好像是在说过去的两个月的事情。我不懂诗，但觉得这首诗说得很明白，容易听懂。”

“赛音队长的这首诗很好地总结了我们这两个月来的战斗，赞扬了我军民，揭露了敌匪的罪恶行径，表现了战斗的结局。您不仅善于指挥战斗，还满腹经纶，文章、诗赋、妙句哪一个都不弱啊！”毕力格图的话里充满了钦佩之意。

他们虽然交口称赞赛音特古斯的诗，但又怎能完全领会诗中所包含的更深层次的内涵和暗示呢？

“老总管过奖了。我只是随口表达了自己内心的感受罢了，哪能达到您所说的水平呢。”赛音特古斯笑道。

“没有过奖，确实作得好哇！”毕力格图说。

赛音特古斯一转身，看到刘参谋匆匆忙忙地赶来，将一份电报交给他，“旗里来的电报！”

“又有什么大事了吗？”额日德尼问。

欲知电报内容，且看下回分解。

【第十七章】

总结经验恢复港里秩序
分析时局调整党内关系

额日德尼他们收到旗里发来的电报：

“告知第一大队：两个月来你们英勇作战，给予敌人有力打击，保护了地方百姓。为嘉奖你们的功劳，将第一大队大队长、梅伦额日德尼提升为副章京级梅伦，大队副大队长赛音特古斯提升为副佐领，晋升少校。其他立了战功的指战员由大队列名上报。希望你们戒骄戒躁，再接再厉，为保卫旗乡百姓尽职尽责，不辱使命。此致！札萨克达理扎布。”

甘珠尔扎布的部队撤走后的几天里，额日德尼、赛音特古斯、巴日夫、毕力格图他们坐镇东港，休整队伍，总结战事，安置百姓，为恢复东港正常的生产生活秩序而忙碌着。

东港的天气，犹似军民欢喜的心情一样晴朗明媚，难得的一个好天气。

额日德尼在东港卡所主厅里召集了全大队分队副队长以上的军官们开会，讨论了一整天大队今后的工作。

“根据目前的形势需要，为了观察马家军的进退动向和甘珠尔扎布一伙的动静，暂时保留西岭庙支队，管辖三、四、五、八、九分队。其余的都驻扎查干雅玛图。我大队在黄河上游驻五个分队，下游驻四个分队。各分队分别驻守，各自为营，避免在紧要关头来回调兵，发生远水解不了近渴的情况。对于这个安排大家有什么意见？”额日德尼问。

“对总的部署我没意见。我认为一支部队长期待在一个地方，虽说有熟悉地形、人脉较多等优势，但也有不少的弊病。适当地分批交流比较好。”赛音特古斯看着额日德尼说。

“对！你说，这次调换哪几个分队？”额日德尼问。

“这个我倒没有考虑过。不过可以先调换第二、三分队，这两个分队一个在东港，一个在北套地区驻扎了很久。八分队在沙漠里待了两个月，让他们去查干雅玛图，由六分队驻扎在敖包图庙，让从德力格尔浩特来的两个分队返回去怎么样？其余的可以慢慢调换。”赛音特古斯说。

“好的，就按你说的办吧！”额日德尼表示同意。

赛音特古斯以调防为名义，轻而易举地达到了让马龙彪靠近大队，以便开展党的工作的目的。

额日德尼又问：“巴日夫副大队长有啥意见吗？”

巴日夫答：“没有意见。”

“赛音特古斯，你不讲一讲这次同敌人作战的经验教训吗？”额日德尼要求他说一说。

赛音特古斯说：“这几天我也思考了，但还不够成熟。现在就讲吗？”

“我们开一次今天这个规模的会也不多见，你还是说说吧。大家都想听吧？”额日德尼这么一说，与会者的掌声热烈地响起，都欢迎他给大伙儿讲一讲。

赛音特古斯起立给大家敬了个礼，然后坐下来说：“额大队长让我讲，那我就讲一讲吧。这两个月我们和甘珠尔扎布的部队大大小小打了近十次仗，但是没有什么激烈的战斗，我们基本上都轻易地战胜了对手。究其主要原因，一是敌人在明处，我们在暗处，多数战斗都是对方在毫无防备的情况下遇到我们的伏击，等他们搞清楚发生了什么事的时候已经死伤过半。这种战斗往往是一开始我们就给予敌人重创，形成敌弱我强的局面，保证了我方的胜利。出现这种局面的原因是每一回的战斗中对方的人几乎没有一个活着回去的。除去呼布钦巴特尔的一团人马，情况大都如此。他们损失了那么多的人，却不知道跟什么人在打仗，还以为是郭栓子郭司令的人干的。二是在敌强我弱的情况下，每一次的战斗都是经过了再三的深思熟虑之后进行部署的。下棋的人在思考了三步棋以后的布局后才动卒呢，而我们要思考好四五步棋以后才可布局。这样，虽说敌人总的力量比我们强大，但每次战斗中我们的力量总会比对方强几分，所以我们以最小的损失给敌人造成最大的损失，取得最后的胜利。以西村的战役为例，虽然我们的力量暂时比敌人强大，但我们出动了几批人马，将主力放在阻击敌人的援兵上。敌人遇到了突然袭击，失去了主心骨，连个电报也没来得及发出。我们安排的阻击援军的部署落空了，此举看似徒劳无功，但万一敌人派出了援兵，而我们没有预防的话，进攻西村的我军会被敌人夹击内外，大家想一想我们会陷入什么状况？我们不可学诸葛亮的空城计，因为我不是孔明，吉雅也不是司马懿。我们不仅要在战斗时这样思考，在遇到每一个大问题时也要这样。”

“对，说得很好。你们要用心听。难得能听到这么生动、易懂的课程。你接着往下说。”额日德尼说道。

“多谢额大队长的鼓励。我想我们今后的敌人，很可能还是甘珠尔扎布这一伙人马，马家军现在没有精力和时间和我们作对。但是甘珠尔扎布再次返回来的可能性很大。马家军一旦丧失作战能力或省内全线告急的时候，他们一定会再次进入我旗境内的，我有这种预感。因为他们的巴王在我们这里，我们的王爷也还兼任着他们蒙古自治政府的副主席。我们这个地方较为偏僻，国民党的势力薄弱，共产党也管不了，当前还是难得的人间天堂。但愿我的这种想法是错误的，可是时局不是按着我们的愿望变化、发展的。如果他们再次进入我旗，依旧是要从我大队的防区进来……这个问题我已考虑很久了，和额大队长也交流过意见……”赛音特古斯说。

额日德尼说：“我也是这么想的。现在我们要使用什么战术呢？方才我们讨论了相关有关部署，除此之外还有什么好办法啊？”

“眼下也没有什么好办法。但这个问题不是我们一个大队的力量所能解决的，必须报请旗里制定防御计划才好。”赛音特古斯说。

王参谋送来一份旗总队部的来电：“第一大队额日德尼、赛音特古斯近日内来旗汇报东港作战情况和对有功劳的官兵进行嘉奖的意见。因王爷要亲自听取汇报，所以请你们认真做好准备。”

额日德尼说：“旗里唤我和赛音特古斯，所以我们得赶紧起程了。大队工作由副大队长巴日夫负责。西岭庙支队的工作由谁代理比较好，赛音特古斯你定吧。”

赛音特古斯问：“那生负责怎么样？”

“我看可以。”额日德尼说。

赛音特古斯去了第八分队见了马龙彪。

“让我去下套的事赛副大队长处理得非常好。”马龙彪满意地说。

“书记安排的任务我能不办理吗？”赛音特古斯笑道。

马龙彪说：“您这次到了旗上，抽空与旗地下党取得联系，汇报这里党的工作，并商量一下把我们的关系从河套转到旗里，归旗党组织领导。”

赛音特古斯问：“我如何才能找到党的秘密组织呢？”

“您找到第二小学的王怀成，说：‘我从东港来，您的一个朋友给您捎了一句话。’他问：‘是龙岗吗？’您就回答：‘不，是龙兵。’他再说：‘是问我病情吗？’你就说：‘不是，是祝贺你们取得的成就。’暗语对上了他才会和您交谈。他一定会让您见到旗里党的秘密机关负责人的。”马龙彪说。

“那如果旗里不让我回来，另行安排工作怎么办？”赛音特古斯想起那次宝音阿日毕吉呼说的“完成战斗任务返回旗上”那句话，便问道。

“目前我党的工作重点是加快全旗和平解放的步伐，尤其是在军队中扩大党的组织，把起义准备工作作为重中之重。所以如果旗里安排您到等同于目前工作岗位或更重要的岗位，您应该去。”马龙彪说。

赛音特古斯说：“好的，我知道了。这里的工作有您在，我没什么好说的。还有，那天我们讨论过的那几个同志我们可以尽快吸收进来。”

马龙彪说：“他们有的我已经交谈过了，目前都参加了秘密学习，达到条件的可先吸收。我俩先介绍那生和巴图吉日嘎拉，这两天抓紧时间解决。这样对您的工作也有利。”

赛音特古斯说：“他们俩的条件已具备了，帮我做了许多工作而且没出什么事。巴图吉日嘎拉嘴严实，可靠，父母都是劳动牧民，阶级觉悟也提高了不少。那生的情况您了解，我就不说了。”

马龙彪说：“他的文化程度还可以。把有一定文化的年轻人发展到党内来对今后的工作将发挥更大的作用。”

赛音特古斯说：“他是从旗蒙校毕业的学生。从该校毕业的学生在旗军部和政府工作的很少，在牧民中却很多。注意关心培养这些人，可以成为我们今后工作的骨干力量。”

“您这样认为是很正确的。我们不仅要考虑当前的解放事业，还要考虑以后的建设事业啊！”马龙彪高兴地说着，又补充了一句，“明天您忙，这事儿就交给我办吧。”

赛音特古斯叮嘱道：“我走了以后您，多注意安全。”

“这您不用操心了。”马龙彪说，“这次您和额大队长一起去，您可以做他的思想工作啊！额大队长对您很信任，这两年您的所作所为让他非常钦佩。不光是额大队长，全大队的人都崇拜您，尤其是军官，他们没有不服您的。”

“不服气的人至少也会有几个吧？如果都崇拜一个人，那不成神了么？”赛音特古斯打断了他的话笑着说道。

马龙彪说：“有是会有的吧。您这么年轻就到了这么高的职位，不酗酒闹事，不接近女色，不打骂手下官兵，对每一个人都很公平。做到这点真不容易，我也非常钦佩您。您的用兵计谋更是无人不称赞。昨天的会上您又讲了一堂很好的军事课。额日德尼大队长都夸您讲得好呢。”

“额日德尼大队长总是夸我，今天他的这个毛病好像传染给您了。我这也算是第一次听到党的领导这样夸我，令我很高兴。”

“这不是夸你，是中肯的评价。需要的时候您站出来召唤一声，多数的官兵都会响应的。”

“马书记，我上次问过您一个问题，今天还想再问一次。这两个月我两次晋升职务，军衔跟额大队长一样了。虽然这是暂时性的，但不知对我以后的事业有没有什么影响？我不能推托，只能接受。”

“不怕，会有好的影响。一是可以为现在的工作发挥重要作用，二是对解放以后安排工作也有好处。”马龙彪的这句话让赛音特古斯吃了一颗定心丸。

“谢谢您！”他同马龙彪告了别后踏上新的旅程。

额日德尼、赛音特古斯、刘参谋和两名警卫员一行五人出了东港，早起晚宿，跑了五天，傍晚五时左右才到达德力格尔浩特。他们入住位于城外的“兴太和”旅店，吃了晚饭。

“我太累了，现在休息呀。”额日德尼说着进了自己的房间。

“刘参谋您也休息吧。”赛音特古斯说着进了自己的房间，换了衣服，然后和巴图吉日嘎拉上了街。

赛音特古斯穿着一身家乡的蒙古袍，头戴礼帽，戴着深色眼镜，手持淡白色的扇子。他们出了旅店向南转，过了三道桥，走到第二学校校园后面的教职工宿舍。找到了王怀成老师，说出暗语，接上了头。他们商定两天以后的下午两点在城门外的大树下见面，之后赛音特古斯告辞而去。

额日德尼、赛音特古斯几人吃了早点，出了旅店，顺着街道进了城。

赛音特古斯两个月以前虽然来过一次，但没有来得及上街观景就回去了，今天这么仔细一看，这城里的变化挺大的。过去很少见的身着宽大蒙古袍的人，还有穿着西服、把头发梳得光亮的陌生人明显多了起来。

额日德尼和赛音特古斯顾不上仔细看这一切，加快了脚步径直进入保安总队大院，去见宝音阿日毕吉呼参谋长。

“额大队长和赛音特古斯你们俩在路途上劳累了吧，这两天就好好休息。你们汇报工作的事我给协理说，看安排在什么时候，我再通知你们。”宝音参谋长说着对赛音特古斯笑道，“赛音特古斯经历了两个月的战斗，脸上的孩子气没了，显示出了一点成熟男人的样子，脸也似乎晒黑了，人更是瘦了不少。额日德尼队长很会培养、锻炼人啊！”

“参谋长过奖了，赛音特古斯凭借自己的聪明才智和艰苦努力锻炼了自己，立了功。这是协理和各位长官你们慧眼识人、善于用人的结果啊！”额日德尼委婉地回答。

宝音阿日毕吉呼笑着说：“上次额日德尼大队长来的时候我不是说过赛音特古斯是‘活诸葛’嘛！那年让他到第一大队的时候，我还担心他在您的手下能不能适应呢。现在看来我显然是多虑了。”

“我受到王爷协理和参谋长的嘉奖并不仅仅是靠我个人的努力，更是你们信任我，放手让我一搏的结果。其实，不管什么人在这个岗位上，都是有可能出成绩的。上级在两个月之内给我晋职了两次，我感到很惭愧。”赛音特古斯说着低下头看脚尖。

“还是在于你自身的条件和个人的努力啊！叫你们俩来的原因是王爷想专门听取赛音特古斯关于东港保卫战的情况汇报，你好好准备一下给王爷汇报吧。”宝音阿日毕吉呼说。

额日德尼、赛音特古斯起身准备告辞。

宝音阿日毕吉呼说：“赛音特古斯稍留一会儿，我有话对你说。”

额日德尼起身向宝音阿日毕吉呼行了礼，告辞而去。

赛音特古斯把额日德尼送出了门返回来。

“你坐下喝茶。”宝音阿日毕吉呼说着给赛音特古斯倒了茶。

“你们的老队长上个月来的时候逢人便夸你，王爷和协理都听见了。这一次的第二封电报也送给王爷和协理看了。”宝音阿日毕吉呼说。

赛音特古斯说：“发那封电报时我不在场。那天从战场上回来跟额日德尼大队长说话的时候我睡着了。他不但没有责怪我，还派警卫看护，自己出来发了电报。”

“难怪电文是以他自己的名义发来的。”宝音阿日毕吉呼说。

他俩又聊了聊分别以后发生的事。

“巴日夫到了那里后表现怎么样？”宝音阿日毕吉呼问。

“据我所知，表现很好。他一到那里我就去了西岭庙，他留在查干雅玛图负责大队的工作，我俩见面不多。他两次带兵参加消灭抢劫宝日陶鲁盖的匪徒的战役，作战非常勇猛。虽然作战经验欠缺，但理论功底不薄，好好锻炼一定会成为一个优秀的指挥官。”赛音特古斯回答。

宝音阿日毕吉呼又问：“额日德尼对他的印象如何？”

“这个我倒不太清楚，额大队长也没有对我说过什么。”赛音特古斯实话实说。

“你想回来吗？”宝音阿日毕吉呼突然问道。

“我服从参谋长的安排。”赛音特古斯笑着回答。

赛音特古斯按时到约定的地方，王怀成老师在那里等着他。

他俩沿着城南门外流淌的乌力吉沐仁河流北岸向东穿过一片绿茵，不一会儿来到一处碧水湖。

赛音特古斯儿时和伙伴们一起玩耍的这座湖边，花草、蝴蝶、小鸟、密林和大树都显得那样熟悉和亲切，使得他情不自禁地朗诵起来：

“七色嫣红扑鼻芳，

五彩妩蝶满眼翔。

轻柳下垂映碧水，

和风拂面分外爽。”

两人沿着湖南边走到东岸时，有一个浓黑眉毛、戴着眼镜、体态微胖、中等身材的打扮成铺子掌柜模样的约莫四十岁的男子背着手在草地上悠闲地散步。王怀成走到男子身边，用手指着赛音特古斯低声说道：“李书记，这是赛音特古斯同志。”然后转身对赛音特古斯介绍道：“这是旗党工委筹备组书记李岩同志。”

李书记和赛音特古斯二人握手相见，交谈起来。

李岩说：“你们在条件极其艰苦的荒漠地区开展工作，给予敌人有力的打击，对此我们非常钦佩。”

赛音特古斯谦虚道：“我是一个旧军人，又是一个入党不久的新战士，许多道理还没有来得及深刻领会呢。”

“目前的形势发展迅猛，解放军最迟将在半年之内解放山前的省，到那时候德力格尔浩特也应该是同时解放。我们眼下的工作重点是团结以达理扎布王爷为首的旗军政上层，和平解放这个地区，加速将本地区少数民族人民从压迫剥削中解放出来的进程。但我们这方面的工作才刚刚开始，还没有深入到军政上层。您是本旗最早的党员之一，第一大队党支部又是在军队中第一个成立的党支部，省里已同绥远党组织取得联系，将你们支部的关系转到旗党工委筹备组。今天我们俩的见面就是这个新的工作关系的开始。”李岩说。

赛音特古斯高兴地说：“如此甚好，马龙彪在我来的时候也是这么说的。”

李岩说：“目前我旗党的工作重点是团结争取军政上层内一切可以团结的力量举行和平起义，部队工作尤为重要。您是旗军政界的新贵，已经引起了上中层的高度关注。歼灭巴王匪兵的胜战更是赢得了人们的钦佩。”

“李书记过奖了。”

“您在这儿待多长时间呢？”李岩问。

“说不准，可能还要住几天。”

“眼下旗党组织有一个工作计划，王怀成同志会给您送过去的。您看了后有什么意见尽管提出来，可以根据您的意见进行修改。”

他俩就目前的形势和党的工作交换了意见，聊得很投缘。

“您有事的话就找王怀成，我们尽量少见面为好。您的名声愈来愈大，可能会引起国民党特务的注意，您一定要小心。”李岩提醒道。

“我的警卫巴图吉日嘎拉是党员，我有事的话让他找王怀成。”赛音特古斯说。

李岩说：“嗯。我看您最好想办法回到旗上来。”

欲知赛音特古斯能不能回到旗上工作，请看下回分解。

【第十八章】

王爷听取东港战况奖功臣
旗府确定沿河防御强备战

赛音特古斯来到旗府大院原先工作过的政务处，见到巴图敖其尔他们，正说笑着，只见道日吉、巴图乌力杰、敖日格勒几个人从里屋走了出来。

“各位老师可都安好？”赛音特古斯迎上前去弯下腰来恭敬地问候。

“好，好！你是什么时候来的？为何不到家里坐坐？”道日吉以兄长慈祥的目光看着他问道。

赛音特古斯说：“我来两天了，昨天一天在总队部度过，本来想今晚去拜访您的。”

“大家都坐下来，让赛音特古斯副佐领给我们讲一讲东港的战斗情况，好不好？”副参领巴图乌力杰这么一说，屋里的其他官员和文书、见习生等都拍起掌来，欢迎他讲。

大伙儿都要求他讲一讲，尤其是旗府的几位参领和佐领都极力催促，赛音特古斯不讲也不行了。

“其实也没什么好讲的，既然各位老师和大伙儿要我讲，那我简单地汇报一下吧。”赛音特古斯开始介绍东港的作战情况。

他介绍战况的时候，听众越来越多，屋子里都坐不下了，有的站着听讲。

“东港战役前后持续了两个月。这次战役的基本特征是敌强我弱。他们有两千多人马，我们的部分加上民兵却不到五百人。但是我们有人民群众的支持，他们给我们传送情报，饲养马匹骑乘，有的人家还送来羊畜和肉食。军人家属来部队探亲的时候，叮嘱自己的孩子或丈夫好好打仗，不要恋家。士兵中请假回家的人也很少。当然我们的士兵中也有逃避战斗、怕死的人，逃兵或者撒谎请假者也不是没有，但毕竟是极少数。无论如何，当土匪侵犯老百姓的时候，我们所有的士兵都会义无反顾地保卫家乡和人民群众，和敌人英勇作战，决不退缩。

“我们还有查干布哈大沙漠这个天然屏障。敌人把它视为活物不能踏进去的魔鬼之地，吓得不敢深入，他们在东港驻扎了两个月，连龙首梁也没有上去过。我们利用沙漠，依靠群众，而他们躲避沙漠，骚扰百姓，老百姓对他们是又怕又恨。我们的队伍在战斗中学习战斗，边战斗边学习，吸取经验教训。各位老师都知道，我以前别说打仗了，连枪口都没有朝别人指过。当初我开枪打死几个毡帽匪，恶心了好几天。我们起初消灭敌人的几个人、一个班，后来开始消灭一个排，逐渐壮了胆。鼻子梁沙漠夺取敌人的粮食，牤牛岛上击沉土匪的粮船之时都消灭了几十个敌人。西村战役中我混在士兵中间进入敌方连长的睡觉的房间，继而又进入兵营，受到额日德尼大队长严厉的批评。额日德尼大队长是个厉害的人，批评别人一点也不留情面。但这也是我进步的一个原因，虽然挨了批评，但我也很高兴。如果看到错误不给指出来，还一个劲地瞎表扬，是没有什么好处的。

“我们像啃肉骨头一样将战斗一点一点地推进，逐步打开局面。在截击敌人粮船的时候我们派了一个分队，六十个人。但为了保险起见，又派出五个分队的兵力埋伏在途中，以阻止东港的援兵。击沉粮船之后东港派出一个连的援军进入我军阵地，这时候我们的信心倍增，四面夹击消灭了这个连。敌人在放弃东港之前打破了他们所谓‘兔子不吃窝边草’的规矩，派出一连人马去抢劫苏海图巴格最富裕的宝日陶鲁盖一带人家，后面又派出一个连的兵跟踪保护，最后敌方有名的土匪头呼布钦巴特尔亲自率兵前来支援。我们在阎王鼻梁沙漠进行了两天的战斗，消灭了对方二百多人，打得呼布钦巴特尔抱头逃窜。

“宝日陶鲁盖及阎王鼻梁战役是以我们大队的名义进行的战斗，之前的几次战斗都是借用郭栓子的名义迷惑敌人，使得那个郭司令的名声在敌人中间很响亮，甘珠尔扎布的兵再也不敢深入东港以南的地区。”

“我们和甘珠尔扎布的部队作战两个月，共消灭对方五百人。我方也牺牲了五十多人，伤残八十多人，损失也不小。”

“关于东港的战役，大致情况就这些，汇报完毕。”

赛音特古斯说到这里，告一段落，大伙儿纷纷鼓掌祝贺。

赛音特古斯起身给大家行礼。

敖日格勒佐领问道：“你没有进过军校，到部队时间也不长，是怎么学会打仗的？”

赛音特古斯答道：“我在参军之前不知道打仗是怎么回事，这个大伙儿都知道。我只是从《三国演义》的故事里略知战争的概念。到了部队上以后的这两年，旗总队部里工作不是特别忙，我把阿哈乃大哥给我的《孙子兵法》从头到尾反复阅读，有的词句由于翻译的缘故看不懂，又从别人那里找来汉文原版的书对比着念才明白一点其中的道理。然后再次重读《三国演义》，似乎和以前读过的不一样。此外，我还向军官们借来黄埔军校的课本进行自学。但主要的还是在战斗中学习战斗，一边学习理论一边将它实用到战斗中而已。”

“不简单，这样学以致用真不简单。”巴图乌力杰说。

“我，一个什么也不懂的小毛孩在大家的关照下担此重任，有幸取得了一点成绩，获得职务晋升、大好名声和众人厚爱，令我感到十分惭愧。说实话，就是现在我依然愿意在旗府大院各位先生的手下当一个文书。父母不知为我操了多少心，担惊受怕的，点了多少佛灯念了多少佛经呢。”赛音特古斯笑着说。

巴图乌力杰淖木根阿哈说："这也是实话。但依目前动荡不安的局势来看，旗里不会让你离开部队的。"

敖日格勒乌嘎乃说："你到了部队，不但学会了打仗，也学会了说话。"

"乌嘎乃老师过奖了。打仗的事我是迫不得已学了一点，至于说话我原来就会说呀。"赛音特古斯笑道。

道日吉也笑道："我看你跟别人斗嘴辩论的本事倒是长进了啊！"

"我没有本事和别人斗嘴辩论，尤其是在各位老师面前更不敢。只是和乌嘎乃老师一起待的时间长了，说话比较随便些。老师的脾性没有变吧？"

"说你是穿着开裆裤来的可能过头了，你来的时候大概就是十来岁吧？从那时起到现在又过了十几年，流鼻涕的小娃子长成了英雄好汉，成了重任在肩的军官。即便这样，我们的老脾性都没有变，谁不知道谁啊！"敖日格勒依然笑呵呵地说道。

"在我旗的历史上，据说在最初的三个王爷的时代打的仗最多。近百年里发生了回民起义、东军事变、德力格尔浩特沦陷等重大事件，打仗有胜有败，但一次消灭敌人几百号人的大胜仗是从来没有过的。你带着五百士兵和两千敌人对抗，两个月内消灭了对方五百个人，创造了我旗历史记录。你是安久公爷家乡的人吧？我旗的英雄以东部的居多，阿哈乃也是东部的人吧？"巴图乌力杰笑眯眯地说。

"此一时，彼一时，又怎能相比？再说赛音特古斯，就像古人所说，一个'手无缚鸡之力'的秀才，学得书本上的兵法，自己动脑筋思考，再加上机遇和运气，取得如此骄人的成绩。他说的对，如果额日德尼亲自指挥战斗，让赛音特古斯驻守雅玛图关卡，那么他又如何能立这么大的功呢？"道日吉说。

巴图乌力杰接过话茬："我听说当时认为额日德尼的名气太大，敌人容易觉察到，所以没让他在一线作战，另外找寻一个名气不大但有本事的人，最后找到了赛音特古斯。据说是协理直接提了他的名字，王爷便同意了。”

“听说你在东港战役之前来过旗里，我问巴图敖其尔，他也不知道。有这事吗？”道日吉问。

“是的。额日德尼大队长和从西岭寺庙会刚返回到大队，旗里就来电叫我们来一趟。我们正月二十四日来到旗上，只参加了一天的会议，接受了任务便回去了。时间紧迫，也就没与你们见面。”赛音特古斯回答。

由于很久没有见面，又听到许多新鲜见闻，大伙儿聊得很开心，不知不觉到了下班的时间。

旗府会议室。

下午两点，赛音特古斯跟随宝音阿日毕吉呼、额日德尼进入会议室时，协理、管旗章京乌力吉巴图，副协理朝格敖日格乐，副章京巴图和几位梅伦、参领等人已在会议室等候。

额日德尼、赛音特古斯二人给众人行礼问候，然后各自坐下。

“赛音特古斯呀，把你调到部队上还真是弄对了。你得到了发挥专长、展示才华的机会。如果待在政府大院里，你依旧是一个上传下达、抄抄写写的文书而已。年轻人，你现在还会说你不愿意吗？”协理以充满怜爱的目光注视着他。

“多谢协理大人和诸位长官的关怀和提携！”赛音特古斯起身说道。

“这孩子我在他小的时候见过，后来到政府大院当文书的时候经常能看到他。年纪轻轻的，没想到有这么大的能耐和胆识。达尼嘎真是会识人用人啊！”乌力吉巴图章京赞不绝口。

“人们都说你是‘活诸葛’，你自己是怎么看的？”副梅伦松布尔达来突然问道。

“不，我不那样认为，别人这么说我只不过是开个玩笑罢了。我只是王爷帐下的一名普通文书，在你们的培养、教育下成长，投身于军营，怎么能和诸葛孔明相比呢？”赛音特古斯回答。

“这话也对。别人夸你一句，你千万不可得意忘形，把尾巴翘起来。”松布尔达来笑道。

这时候身着中将军服的达里扎布王爷从西边的里屋走了出来。

与会的全体人员都起身迎候。

“都坐吧。”王爷说着径直走到赛音特古斯跟前。

“我们的功勋英雄还好吗？劳累了吧？看你瘦了不少啊！”王爷拍了拍他的肩膀，目光在他脸上停留了好一会儿。

赛音特古斯连忙站起来说：“托王爷的福，一切都安好。卑职祝福王爷安康！”

“你坐吧！”王爷说着坐到了自己的座位上。

“今天会议的主要议程，是在东港和敌匪作战、保护了家乡父老的第一大队副大队长赛音特古斯副佐领汇报战况。”协理说着扫视全场，王爷微微点头。

赛音特古斯站了起来。

“坐下说吧。”王爷说。

赛音特古斯简明而系统地介绍了东港作战情况，将鼻子沙梁截夺粮食；牤牛岛上击沉敌粮船，消灭对方援兵；突袭西村顽匪；阎王鼻梁围剿劫匪，成功阻击敌人援兵等等主要战斗生动灵活地叙说了一遍，王爷带头鼓起了掌。最后他总结了战胜敌人的基本经验，分析了当前的时局，提出第一大队今后的防卫重点和组织民兵队伍的建议，结束了汇报。

“赛音特古斯的汇报有血有肉、有声有色，但是他所做的要比他说的还要好。英雄战胜了强者，机动灵活地与比自己的力量强大几倍的敌人作战，消灭了等同我方人数的敌人，这是我旗最近这些年前所未有的大胜仗。在此我向赛音特古斯和参加战斗的所有指战员表示衷心的感谢！”王爷说着起身鼓掌。

与会人员全体起立鼓掌。

赛音特古斯起身立正，向大家敬礼。

“协理有什么要说的吗？”王爷问。

协理说道：“第一大队，尤其是以赛音特古斯为队长的西岭庙支队在这两个月里英勇作战，保护了家乡和父老乡亲们。在第一大队征兵训练之时赛音特古斯要求士兵‘不怕站不直，就怕射不准’，‘既要消灭敌人，又要保护自己’，‘只要自愿前来的，不要被捆来的’，这对在紧要关头快速训练士兵投入到实战起到了重要的作用。他还对士兵提出了‘不侵犯百姓，不骚扰妇女’，‘长官要爱护士兵，不打骂体罚；士兵要服从长官，遵守军纪’等诸多要求，这在实战中起到了良好的作用，使得官兵勇往直前，不畏艰难。赛音特古斯自己也勇敢地向前冲锋，还受到了额日德尼大队长严厉的批评。他挨了批评还对额日德尼心生感激。他们之间这种和谐的关系保证了作战的顺利进行。有人对我说：‘你们那个小伙子讲的话像是共产党说的，有亲共的嫌疑。’这是什么话？难道走得四平八稳却不会打枪射击，侵犯百姓、欺负女人、打骂士兵才是我们国军的部队？这不等于在骂自己吗？三国时期曹操骑的马踩踏了百姓的农田，他割发为戒，传为佳话。那么他也是共产党吗？我们各大队都应该向第一大队学习。但是眼下还不能说东港战役，要保密。作战有功的额日德尼、赛音特古斯两人已嘉奖晋升，除此之外根据第一大队报上来的意见，已决定对十四个人给予嘉奖并晋升职务。赛音特古斯汇报的第一大队防卫计划我看可以通过。其他具体事宜由总队参谋处与额日德尼、赛音特古斯协商解决。上述建议妥否，请王爷审定。”

大家静默了一阵子。

乌力吉巴图章京首先打破沉默，“协理说的我完全赞成，请王爷定夺指示。”

“大家还有什么要说的？”王爷问。

没有人说话。

“那就这么定下来吧。奖励有功之人，重用有能力的人，是全旗的工作需要。这里不需要考虑年龄的大小、职务的高低，不能束缚住自己的手脚。只要是立了功或展示了能力都可以重用。”王爷说着走到赛音特古斯身边拍了拍他的肩膀。

赛音特古斯忙起立。

“我旗应该多出些像你这样的年轻人。但是唯有你脱颖而出了，好好努力吧！”王爷说。

第二天上午，宝音阿日毕吉呼将额日德尼、赛音特古斯叫到办公室谈话。

宝音阿日毕吉呼说：“旗里决定给第一大队几挺机枪、少量排击炮，以及一批冲锋枪和子弹，还有二百五十套军服和两千块银圆。但这两天恐怕来不及领取，有的还在省城呢。”

赛音特古斯说：“多谢参谋长。”

宝音阿日毕吉呼说：“不用谢我，这都是协理的意思。”说着，突然又想起了什么，“噢，还有一件事，协理几天以后还要和赛音特古斯谈话，让你等候消息呢。额日德尼大队长是等几天呢还是先回呢？您自己决定吧。”

额日德尼说：“那我还是先走吧。回去抓紧落实会议决定和王爷的旨令，加强大队的防卫工作。赛音特古斯留下来，办完事后把旗里给的武器、钱物等带回去就行了。”

额日德尼、赛音特古斯从总队部出来回到旅馆，就大队目前的工作交换了意见。

“目前我大队防卫重点还是要放在我们那天讨论的和昨天的会上汇报的那几条上。”额日德尼说。

“我想，这方面没有问题。但我认为最好能搞清楚协理有什么具体的要求和指令。”赛音特古斯说。

额日德尼说：“协理找你谈话可能说的就是这事儿。”

赛音特古斯干脆地说：“不是吧，如果说这个应该和我们俩人谈呀，为什么单独和我谈呢？”

额日德尼说：“那咱俩去找找协理？”

赛音特古斯说：“您过去直接去找过协理吗？我是没有过，只是在送达文书的时候去协理的办公室，不谈其他事。”

额日德尼说：“有时候也去汇报工作，但是非常少。我总共去过他家三次。”

赛音特古斯说：“那就没问题，我们今天晚上就去家里找。”

吃了晚饭，额日德尼、赛音特古斯去了协理家，敲开了门。

开门的是警卫敖其尔。

“敖特根阿哈您好啊？”因为是老乡，赛音特古斯先和敖其尔打招呼。

敖其尔说：“好，好，两位大队长安好？”

“协理在家吗？”赛音特古斯问。

“在呢。”

“麻烦敖特根阿哈通告一下。”

“好的。”敖其尔进去不久又出来，“请进。”

额日德尼、赛音特古斯进屋向协理问安。

他俩和协理面对面坐着，接过敖其尔端来的茶。

“你们俩这么晚过来一定有什么事吧？”协理问。

“今天我俩去了总部，宝参谋长说上面给了我大队许多枪支弹药和衣服钱物，我们非常感谢协理。听说协理还有事要找赛音特古斯谈，我们商量后决定我先返回大队，赛音特古斯留下来。我打算明天一早就走，所以今晚打扰您休息，特来这里看还有什么指示。”额日德尼说。

协理说：“额日德尼大队长先回去也行。我和赛音特古斯想商谈一些小事情，也不是什么特别重要的事。这两天我也很忙，两天以后才有时间跟你交谈。你先和朋友们轻轻松松地玩上几天吧。”

“关于东部地区的防御工作，协理有什么指示？”额日德尼问。

“昨天的会议上讨论过了，基本上就按你们的计划办吧。我想你们的主要目标还是甘珠尔扎布的部队，你们要做好准备以防他们返回我旗。首先，你们现在的九个分队约五百人，不算少了，等于其他大队两个大队的人马了。你们要好好总结作战经验，大力提高全军的作战能力。其次，要抓紧时间做好民兵的组织工作，先行训练培养。按照赛音特古斯的‘不怕站不直，就怕射不准’的要求抓紧练兵。给你们发的钱款里包括训练民兵的支出。你们就以先前已经组织起来参加战斗的那几队民兵为基础，平时让他们回家忙活，需要的时候再把他们集合起来。”

“协理的指示我们一定牢记，坚决执行。”额日德尼说。

“那赛音特古斯有什么话要说吗？”协理问。

“在东港的敌人撤离之后，额大队长和我们召集了各分队队长进行了讨论。如果省内发生战事，骑兵师一定不会参与。他们不会在那儿滞留很久的，但也没有别的地方可去，唯一可去的地方就是我旗。这里有巴王的蒙古政府，而且社会稳定，资源丰富，所有这一切对他们来说是具有吸引力的。所以他们迟早会进入我旗境内的。”赛音特古斯回答。

协理首肯道：“你说的很对。”

赛音特古斯又补充道：“我认为没有来不来的问题，只是迟早的问题。协理刚才的指示非常正确，提高我军战斗能力，训练民兵都是为了应对这一情况。我是这么认为的，不知对不对。”

额日德尼从旁说道：“在大队的会上，赛音特古斯也分析了这一形势，大家都统一了认识。”

“刚才赛音特古斯对甘珠尔扎布的部队进行了很细致的分析，做出了合理的预测。你们大队的防御工作就按照你们的思路部署，但目前必须保密。对于共产党的防御我们可以明着说，但对他们的却不可随便乱说，要做好保密工作。”协理叮嘱道。

额日德尼、赛音特古斯看时候不早了，起身给协理行礼后告辞而去。

欲知协理究竟要对赛音特古斯说什么，请看下回分解。

【第十九章】

协理内府赛音谈时局
学校大院李严定方针

细雨蒙蒙的一个清爽午后，赛音特古斯来到乌宁乌日德协理府上。等他坐下来，协理说："我想和你说一件事。"

赛音特古斯默不作声地听着。

"我要跟你说的是非常机密的事，你首先要保证保密。"协理说道。

"请协理放心，这两年我在部队上工作，指挥作战，深知保密的重要性。我会守口如瓶，什么事也不会透露出去。"

"我相信你才跟你交谈。听额日德尼说你对时局有自己独立的思考和见解，我也知道你是一个凡事会动脑筋认真思考的人，但是这事不仅仅是你我的安全问题，而是牵涉到全旗几万老百姓的大问题，所以不得不小心。你如果能起誓不会把我们的谈话内容泄露出去，我才会跟你商谈。"

赛音特古斯从协理今天不寻常的言谈举止中大致猜出了他要讨论什么话题，心想找上门来的事又怎能绕过去呢，于是起身毫不犹豫地发誓道："苍天大地明鉴，我若是泄露了协理所说的事情，万箭穿心，不得善果！"

"哎，也不必用这么毒的话起誓嘛！"协理充满信任地看着他。

“能否保密，协理不用担心。第一我会以生命保守秘密，第二我会舍命完成您的命令。”赛音特古斯说。

“目前的时局非常严峻。北京、东北、内蒙古地区都被共产党占领，甘肃、宁夏也只是时间的问题了。国民党政府转移到了广州，蒋介石下野，代总统李宗仁在北京和共产党进行和平谈判。一些军政要员已经开始准备后路，巴王带领部分蒙古王公建立了所谓的‘蒙古自治政府’，给我们添乱。我旗一些人也跟着瞎掺和呢。”协理说着喝了一口茶。

赛音特古斯认真聆听着。

“我旗的情况你也知道。在目前的情况下我们应该采取什么措施，是每一个有政治头脑的人都在思考的问题。你对此怎么看？你认为我们应该怎么办？你尽管说，我也不会透露给别人。这间屋里除了你我没有别人，天知地知你知我知，我若泄露了机密就如同你所起誓的那样。”协理说。

赛音特古斯慌忙站了起来。

“坐，坐吧，随便讲啊。”协理鼓励他。

“我，一个小人物，恐怕没有资格说这么大的事儿，再说我也说不清楚。但协理让我说，我就谈谈自己的想法吧。依我的拙见，像我们这样的人，无论在哪里，无论谁掌朝政，都无大碍。但对于王爷和协理你们来说，如果离开家乡和父老乡亲，就好比离开了水的鱼一样。跟着巴王向北深入沙漠戈壁，甚至如他们所说投靠境外的某个国家或向西穿越青藏高原进入尼泊尔、天竺等地，都是一条没有希望的黑暗之路，也是一条灭亡之路。请原谅我这样斗胆乱说。”赛音特古斯说着看协理的反应，只见协理很认真地听呢。

“不，你讲得很好，接着说下去。”协理说。

“如果去台湾，明摆着是在别人的勺子底下端着碗讨生存，像你们这个级别的人在这个国家有多少？多了去了！巴掌大的岛上能容得下多少人呢？谁来养活呢？带过去的金银财宝能保证一辈子的生活吗？这是明摆着的问题，谁都能看出来啊。”说到这里他停顿下来不说了。

“你喝茶。抽烟的话不必客气，慢慢说。今天我没什么事，你说的这些我很感兴趣，说吧说吧。”协理说。

“依我之见，去台湾和北逃一样是一条不明智的选择，此路不通。以我们的力量，要对抗国民党的几百万以美式装备武装的军队都打不过的共产党，犹如以卵击石呀。姓马的，还有巴王，都是鸡蛋，一敲就碎。我说得有点太随便，在您老面前失礼了。”

“是我让你随便讲的嘛，你怎么说都没关系，老夫不会怪罪你。何况你讲得这么好。我明白你的意思了，那就是在家乡静观其变，等候变革。这正合了我的意了。从你的这些言辞来看，不能再说你是个毛孩子了。你不但能够发挥聪明才智带兵作战，在政治方面也有自己独到的见解。可惜的是我们许多有经验的老夫子们还没有如此的觉悟呢。你认为我们当前应该怎么办？”协理希望他说得更具体一些。

赛音特古斯说：“就这个问题，我不敢说三道四。”

协理说：“不要紧，你大胆地说。现在说谁对谁错为时还早。”

“我说的不敢，不是怕说错了话，而是还没有经过认真思考，怕说的不够系统完善。”赛音特古斯担心自己直接发表意见会引起对方的怀疑，小心谨慎地留了一手。

“不碍事，你说出来我们可以商量嘛！”协理希望他说得再深一点。

“我认为，国民党的灭亡是不容置疑的了，看出这一点的人亦不在少数，只是眼下不敢明说罢了。长江以南的半壁江山也难以保住，就算国民党占据南方做最后的挣扎，也抵挡不住历史的潮流。北方很快就会全部被共产党占领，就说我们相邻的这个省，姓马的要么投降，要么出逃。巴王除了出逃，没有别的路可走。”

“这样的形势下我们该怎么办呢？”协理问。

“我们只剩两条道路可以选择。”赛音特古斯回答。

“哪两条路？”协理迫不及待地想听他怎么说。

"一是守住家乡静观其变，等待变革。解放军进来的时候我们不抵抗，缴械投诚。这虽然是一条出路，但它是消极的做法，没办法的时候才可使用。另外一种选择是最积极的也是唯一的正确出路，那就是下决心和国民党政府决裂，拥护共产党，和平起义，迎接解放。这也是一条最光明的坦途，是上策。我下了很大的决心，在您的鼓励下说了这番可能要掉脑袋的话。要责要罚协理您看着办吧。"赛音特古斯说着拿起杯子喝了两口茶。

"你说的没错。我们是在研究问题、探讨办法，何来的责罚？你的这番话拿到外面说的确是掉脑袋的言论，但你我不是起过誓嘛！我佩服你的计谋和胆识。当年姓马的攻打德力格尔浩特，王爷在省城被软禁的时候，我若是有你这样的胆量和智谋的话一定可以转变当时的被动局面的。"协理以欣赏的目光注视着赛音特古斯，伸手拿了一根烟递给他。

两人抽着烟、喝着茶静静地坐了一会儿。

"我们如果选择和平起义这条路，那我们给谁说呢？你说的话人家会相信么？这个问题该怎么解决？"协理问。

"决定出路是大问题，如何走是小问题。决定了前者，后面的一定会有办法的。究竟用什么办法虽然我现在说不上来，但肯定是有办法的，对此我充满了信心。"

"听你的话，我倒觉得有些问题需要我们研究。一是如何打通关节和联络的问题；二是如何解决姓马的和巴王的反对和阻挠。"

听协理关心这两个问题，赛音特古斯觉得他不反对和平起义。于是他鼓足信心说道："我以为最重要的是先决定走哪一条路。之后再解决其他问题。对此我们可采取下面这个办法：派人和共产党取得联系，表明我们的决心，争取他们的同意。这个问题不难。"

"不难？我们怎样才能寻找到共产党？"协理问。

"那么大的一个政党，那么多的军队，占据了大半个国家，怎么会找不到呢？"赛音特古斯随口说道。

"说的也是。就算这个问题容易解决，那下一步呢？你接着说。"

“我们最要紧的是要找到共产党中央或以后管辖我旗的相关组织。为防止马、巴两方的阻挠，起义准备工作一定要非常秘密地进行，千万不可让马、巴及国民党特务察觉，不能叫他们抓住什么把柄。”

“一个马胖子，一个巴王爷，一个国民党特务，这三个虽都是我们的主要提防对象，但目前对他们的哪一个也不能明着说是我们的敌人。这就是所谓的政治啊！”协理感慨道。

赛音特古斯和协理谈了半天，基本上了解了协理的心思，心想这为团结上层王公，完成党的和平起义任务开了一个好头。

“关于时局我也有着跟你一样的想法，但是考虑得没有你这么系统和详细。听了你的话，我真是犹如茅塞顿开，恍然大悟，也增添了信心。”协理笑着说。

赛音特古斯说：“关键是能够统一王爷和军政上层人物的意见。如果王爷和您二人的意见统一了，所有问题将迎刃而解。”

协理说：“我曾旁敲侧击地试探过一些人对这个问题的看法，但是他们没有一个人说得像你一样周全。”

“您今天先是强调了保密的事，要不然我哪有胆量说这些话啊？！再说没有您的鼓励和启发，我的看法也达不到这程度呀。我们是一步步地深入才达成最后的共识的。”赛音特古斯说这番话的意思是，他原先并没有这种想法，这种想法是今天和协理谈话时才产生了的。

协理没有起疑，只是十分满意地说：“说这样的话不仅需要有勇气的，而且头脑也要清醒。不然想不出这么好的点子的。”

“像协理这样的头脑清醒、足智多谋、有胆有识、果断干脆的人在全旗能找出几个呢？全旗的官员及老百姓没有不钦佩敬仰您的。”赛音特古斯壮了胆夸起了协理。

“你倒是把我给夸了。你说找不出几个人，你不是一个嘛！”协理说着笑了。

“像我这样的人纵有千万个又怎能和您相提并论呢？”赛音特古斯的马屁拍得很自然，说完自己笑了，协理也笑了。

他俩接着又闲聊了一阵子。

“饭好了！”一个十七八岁的姑娘进来给协理说。

“我走了。”赛音特古斯说着起身告辞。

协理拦道：“这是什么话？你就是走了，不是去别人家就是去兵营，干脆吃了饭再走吧。”

赛音特古斯笑了：“是，恭敬不如从命！”

“你是越来越像秀才书生了，别人说你是‘活诸葛’，我今天才相信了。”两人说笑着走进餐厅。

协理坐了八仙桌正中席位，赛音特古斯坐在右手边，两人正说着话，协理夫人乌德巴拉金吉格进来了，赛音特古斯赶紧起身问候。

“这是我旗最年轻的副佐领，文武双全的赛音特古斯。”协理介绍道。

“哟，介绍什么呀？我先前不知道你和什么人说了半天话，但赛音特古斯我是认得的，是我们道日吉的堂弟呀！”协理夫人笑着说。

“对，对呀！我俩谈了半天，统一了认识。来，预祝我们所讨论的事顺利成功！干杯！”说着协理端起杯子一饮而尽。

赛音特古斯站起来也把酒喝了。

吃着菜肴，协理又端起了杯子：“为祝贺赛音特古斯当上了副佐领、荣升少校而再干一杯！你是我旗历史上最年轻的副佐领，二十五岁的文书和侍卫是有的，但没有过二十五岁的副佐领。嘉，把酒喝了吧。”

“这都是协理您提携和关心的结果。”赛音特古斯起身喝了酒，并给协理和夫人回敬了酒。

乌德巴拉金吉格接过他敬的酒，问：“你今年二十五岁了？”

“是的。”

“有孩子吗？”

“没有。”

“还没有结婚呢！”协理插了一句。

饭后，协理、赛音特古斯二人在客厅里边喝茶边说起了前面的话题。

“我看我身边的这些人，没有一个像你这么有智谋并且会把话说到点子上的。你如果愿意就回到旗上来吧，我向王爷建议把你调任为总队副参谋长如何？”协理突然说道。

赛音特古斯起身回答：“服从协理的命令！”

第二天上午，赛音特古斯找到李岩，汇报了和协理谈话的情况。

李岩很高兴：“这件事儿您办得漂亮，您说的完全合理。”

“我们交谈了很久，我认为协理肯定不会参与巴王的任何活动，更不会跟着巴王走。”赛音特古斯较为详细地介绍了协理的情况。

“你说的应该没错。”李岩说。

“东港战役其实就是协理布置的，他是不会去台湾的。我说的水和鱼的比喻他很赞同。”赛音特古斯似乎在强调前面所说的。

“你和协理讨论的这个问题是当前我们工作的重中之重。这个工作你要毫不松懈地去抓下去。但是……”李岩似乎有些犹豫着。

赛音特古斯静静地听着。

李岩说：“但是……需要想办法尽快把您调回来。”

赛音特古斯把自己可能要调动工作的事告诉李岩。

“如此甚好，调您到旗上工作的事看来能够轻松地解决。这对您在旗军政各阶层里开展工作，团结和争取他们都会起到非常重要的作用。他们现在非常重视您，尤其是鲍协理。您为这一工作开了好头，往后就全力以赴地完成它吧。我们的和平起义工作迈出了成功的第一步。”李岩今天显得格外兴奋。

“我几天后回第一大队交代工作，然后再返回来。对那里的工作您有什么指示？”赛音特古斯问。

“那里有马龙彪，不用愁。只是有没有办法让他当上大队副大队长呢？”

“办法会有的吧。我想分两步走，我先向额日德尼推荐，等他们俩熟悉后，以后的事就水到渠成。”赛音特古斯说道。

宝音阿日毕吉呼把赛音特古斯叫到办公室，将一份区防司令部的任命书交给他。

“兹任命赛音特古斯为旗保安总队副参谋长。司令：达里扎布。”

看到任命书下达得这么快，几天前就从协理那里得知了这一结果的赛音特古斯还是很惊讶，他立正道：“多谢参谋长的提携！能在您手下工作是我的荣幸，是我学习提高的好机会。”

“坐吧。这是王爷和协理的决定。我也很高兴。祝贺你！”看到赛音特古斯很高兴的样子，宝音阿日毕吉呼笑着祝贺他。

赛音特古斯说：“那我去大队部把物品送下，交代了工作再回来。”

“你快去快回，协理好像还要给你分派重要任务呢。”

“还有一件事想求您。”

“什么事？”

“旗里给的那些物资我怕路上有闪失，请您派一个班人马护送好吗？”

“好吧。你尽快做好准备。”

“是！”赛音特古斯行了礼想告辞。

“你稍坐，我有话对你说。我想协理让你赶快回来，一定是想和你讨论眼下的时局问题吧。”宝音阿日毕吉呼说。

“不会吧？这么大的事，怎么会跟我这样的人说啊？”赛音特古斯装作一副很惊讶的样子。

“协理要谈什么，我们怎会知道呢，只不过是猜测而已。不说这个。你对目前的时势有什么看法呢？”宝音阿日毕吉呼问。

“参谋长高看了。目前的时局是大问题，比东港防御的事不知要大多少，不是像我这样的普通人所能说得来的。当然，每个人对时局变革都可以有自己的观点，但是如果不能确切掌握形势的变化，既便说了也说不到点子上，这就是所谓知己知彼的道理。您说是不是这个理？关于目前的时局，我除了城门口的黑板上的消息以外什么也不知道，所以什么也说不上来。瞧我跟参谋长随意乱说了一气，请多包涵！”赛音特古斯不太了解宝音阿日毕吉呼的政治态度，所以说得含糊其辞，观察对方的态度。

“你说的没错，我倒没有考虑到这一点。我身边有一些目前国内战况和形势的内部简报，你拿去看看，不许给我弄丢了，也不许给别人看。我给你说的这两个‘不许’你可要记住了。”他打开铁柜取出两份折叠的文件交给赛音特古斯。

赛音特古斯接过随手翻看，是《目前时势研究》、《各战线战况简报》、《西北地区战况简报》等他以前从未见过的资料。

“谢谢参谋长对我的信任。”

“你把这些东西拿去好好看看，临走之前要还给我。那时候咱俩再谈谈，好吗？”

“好的。”赛音特古斯见参谋长不但提供了资料还急着和他讨论时局，觉得对方很信任自己，便答应看完了再谈谈。

第二天，赛音特古斯将借阅的资料交还给宝音阿日毕吉呼。

“你看了这些，对时局有所了解了吧？”宝音参谋长问。

“从这些材料里大致可以了解一点时局，但不知这些材料反映的情况有多可靠？”赛音特古斯对那些简报的真实性怀有疑问。

“说它百分之百是真的，也不可信，但肯定可以参考吧。比如它说西安失守，那一定是真的。说国军损失了十万，就不一定了，也许是二十万呢。说消灭了共军两万人，也许只是两千人。我想这些简报做个参考是没问题的。”宝音阿日毕吉呼中肯地分析道。

赛音特古斯说：“是啊，我也是这么想的。”

“那你看了它们，对目前的时局有什么看法？”

“我可以随便说吗？就怕说错了，脑袋也没了。”

“我就是想听你随便说的。空洞的、表面上的高谈阔论哪儿也能听得到啊。在我这儿你无论怎么说都不会掉脑袋的。”宝音阿日毕吉呼笑道。

“那我就说一说自己读了简报后的一点心得体会吧，也许说的不对，请您指正。东北地区、内蒙古已被共产党占领。他们在北京已经着手进行建国的准备工作了。现在西安也失守，兰州、银川也不会坚守太久吧？国民党好像只剩下长江以南的一片区域了。为了保住这片区域，他们把政府也转移到了广州。这都是简报上说的。以此来看，国民党很快将失去北方，全力保护江南地区。但是以前三年的形势相比较推理，他们的这个愿望不会实现。他们最后将失去大陆所有领地，跑到弹丸大的台湾岛上去吧。这是大的趋势。不说全国，单说北方全境被共产党占领也为期不远了，那时候我旗也跑不掉。我们能去哪儿啊？迟早叫人家占领。”

“这是毋庸置疑的，你接着说。”宝音阿日毕吉呼想了解更具体的情况，希望他把问题讲得更透彻一些。

“我旗该怎么办？从资料上分析，我们将面临三种情况：一是和马胖子、巴王他们联合对抗共产党，最后肯定会失败；二是当共产党到来的时候，缴械投降；三是向傅作义将军和郑东国将军学习，举行和平起义。除了这三条路没有别的选择，而且选择这三条路的权力就在王爷、协理和你们几个人身上。第一条路是走向灭亡之路，第二条路是不得已的情况下才走的路，第三条路才是对王爷、协理和您及众官员和广大老百姓都有利的光明大道。”赛音特古斯说。

“你说得很清楚、明了，这些材料我都看了，但是理解得没有你这么系统。你不愧是一个‘活诸葛’呀！今日让我领教了，佩服，佩服！这下我明白了，你在作战时也是这样认真研究思考，才能取得胜利。”宝音阿日毕吉呼发自内心地表示着钦佩。

赛音特古斯被夸得不好意思了，说：“我的见解也都是引用了简报上的资料，不知道对不对。但是这第三条路无论在什么情况下也是最正确的选择，对此我充满信心。”

宝音阿日毕吉呼说：“你说的这些我基本上是同意的。但是眼下对谁也不要说，静观其变吧。”

赛音特古斯说：“好的。那我这就告辞了，回来以后在您的手下工作，有的是时间，有什么事可以随时交流。”

宝音阿日毕吉呼说：“嗯。那你一路顺风，快去快回。”

赛音特古斯起身行礼告辞而去。

欲知赛音特古斯与协理和宝音阿日毕吉呼讨论的和平起义之事会有什么进展，请看下回分解。

【第二十章】

借酒宴谈论政治形势
办业校培养进步青年

一个阴沉的夜晚，下着淅淅沥沥的雨。德力格尔浩特南门外的“仙客来”酒店里，闪烁着汽灯的光亮。当赛音特古斯进来时，巴图敖其尔等几个老乡朋友们都已到了。

“今天我们库热图的哥们儿相聚于此，特摆酒席祝贺赛音特古斯荣升为副佐领。现在，我先给赛音特古斯敬一杯祝福的喜酒吧！”年纪最长的特古勒德尔第一个站起来敬酒。

大伙儿都起身和赛音特古斯碰了杯，把酒喝了。

“第二杯祝贺赛音特古斯取得的胜利！”特古勒德尔说着举起第二杯。

“这个算什么提议啊？我们应该为家乡的平安、老百姓的幸福而干杯！这样就全都包括了。”赛音特古斯说着和大家碰杯，一饮而尽。

“我在这里向你们表示由衷的感谢。从我们库热图地区出了这么多的人才为家乡做事，是值得高兴的事情。以我来说，我今天所取得的成就是和各位的关照和帮助是离不开的。这几个月虽然和你们中的多数人没见面，但得到了巴图敖其尔大哥无微不至的关怀。那时候无论你们谁替我去当差，都会得到这种关怀的。这令我非常感动。比如那一次巴图敖其尔大哥到东港看望我，当时突然来了一份急电，急得我真想立马就出去，但又舍不得离开大哥。巴图敖其尔大哥是个聪明人，猜到我有了急事就找了个借口离开了。这种事儿很多呢，我真诚地感谢你们啊！”赛音特古斯举杯敬给大伙儿，大伙儿都喝了。

“这次立了这么大的功，行政职务升了两次，为何军中职务没给提升呢？”

“以此来看，可能要调回旗府的吧。”

“兼任佐领和副佐领职位的人在部队里是没有的。”

“非也，非也，当今的乱世怎么能叫‘活诸葛’离开部队呢？”几个朋友们都七嘴八舌地猜测。

“你们若喝了这一杯酒，我就让你们看一个消息。”赛音特古斯卖了个关子，大伙各自端起酒喝了。

“嘉，我们都喝了，你快说。”

“我们没有追究他说的话就喝了，不会上了当吧？消息都是听的，哪有看的？”

“说也好，听也好，看也好，都是消息。你就快说了吧。”

“这次不仅晋升我为副佐领，还继续让我留在部队上呢。”赛音特古斯说。

“这算什么消息？”

“你骗我们喝了一杯酒。”有人真的以为上了当。

赛音特古斯笑着说：“你们不给我说话的机会呀！”

“那我们不说话了，你说。”大伙儿安静下来。

“我不是说让你们看一个消息吗？”赛音特古斯起身脱下了穿在外边的军雨衣，挂在椅子上。

“你什么时候成了少校？”朋友们好奇地问。

“和副佐领职务一并给的。”赛音特古斯答道。

“有这么年轻的少校吗？”

“王爷的世子不也是少将嘛！”

“那是假的，耍着玩罢了。”

“那你现在不是和额日德尼大队长一个级别了么？”

“我们的赛音特古斯真的要飞黄腾达啊！”

“我们家乡过去最大的官是副梅伦级而已，没有再大的了。”

“那是闲职，只是一种待遇称号罢了。副佐领可是真正的实职。”

“不是还有佐领么？”

“过去我们库热图出来的人最高军衔是上尉。”大家高兴地说笑着，自豪感油然而生。

“好了好了，不要做无谓的比较了。再说你们也没有说对，我们家乡最大的人物不是安久公爷嘛。”赛音特古斯说。

“嘉，喝酒吧。”巴图敖其尔端起了杯子。

“我说几句话吧。在各位的帮助下我二十五岁便当上了旗府副佐领，又成为一名少校。也有人说我在我旗的历史上创造了新的纪录。不管怎样，我知道这不简单，对我来说也是到了巅峰。再往高也做不了佐领或者中校。现在的这个职务也不知会担任多久，但不会超过年底或明年春天吧。你们的那个笔贴式、保希呼职务也一样。副佐领、笔贴式都是早已灭亡的清朝的官名，少校是国民党的军衔。国民党一半多的土地如今都叫共产党给占领了，北京、西安也都失守了，在这种形势下我这个职务有什么用处？得不到的时候想得到，得到了又怕不牢固，害怕失去。与其这样，还不如没有。我们身处大变革的时代，大家都年轻，有着无限光明的前途。”赛音特古斯侃侃而谈，然后端起面前的酒喝了。

“时局会发展成什么样呢？”

“在目前这种形势下我们该怎么办？”

“你说的很好，接着说下去吧。”大家都对他的话感兴趣。

“国民党很快会灭亡的，马胖子和巴王也将跟随着消亡。用不了几个月，我们这里也得解放。那时候你我的职务还能留下来么？因为都是好朋友，我今天就把心里想的都说了。如果泄露出去，可是要掉脑袋的呀！”赛音特古斯说完看着大家。

“您放心吧，我们决不会向外传。”

“您的一席话说得我头脑似乎清醒了许多啊！”

“说呀，接着说下去。”大伙儿催促着他往下说，迫不及待地想听他还说些什么。

赛音特古斯给大伙儿敬酒，又说了一些风趣的话逗大家笑。然后，接着先前的话题说：“我相信大家，才说这些话。我前面说过的局面很快就会出现的。在这种情况下，为了家乡的父老乡亲，也是为了自己不遭受战乱之苦，我们不能去做一个腐败的、即将灭亡的政权的陪葬品。我们要为建立新的国家奉献一分力量，以便将来更好地为人民服务。”赛音特古斯拿起巴图敖其尔刚点好的香烟吸了两口，“但是目前这样的话对谁也不要说，亲戚也不行。大家照旧各自干各自的，心中有数就行了。”

“我还是没听明白。你能说得更清楚些吗？”巴图敖其尔说。

“这就够清楚了，还怎么清楚啊？”宝音接过了他的话茬。

“那你说说看，看你怎么说清楚。”

宝音说：“依我的理解，一是国民党、姓马的军阀、巴王爷他们很快就要灭亡；二是我旗将被共产党解放；三是我们不能跟随要灭亡的人自讨苦吃，要欢迎共产党，为解放事业出力，以后为人民大众服务。这么清楚的话，您怎么听不明白呢？”

“这样说就清楚了。赛音，你说宝音说的对吗？”巴图敖其尔问。

这会儿雨越下越大了，把夜笼罩在雨的世界里。

“哎，每次喝酒或聊天的时候都提到的乌兰其其格，今天怎么没人说了？”赛音特古斯想停止讨论政治，为转移他们的注意力，插了这么一句。

“赛音，过去我们一说起乌兰其其格你就不乐意，今天怎么自己先提出来啦？一定有什么事情吧？”巴图敖其尔眨巴着眼笑道。

“这事儿和那事儿有关联，用那事儿把这事儿……”策仁语无伦次地说了一大堆事儿。

“你说的话是什么意思啊？”特古勒德尔感到莫名其妙。

“哦，我知道了。赛音特古斯今天提到乌兰其其格，要么是自己可能喜欢上了协理家的小姐，怕我们知道，于是抛出乌兰其其格想转移我们的视线——这就是策仁所说的那些事儿；要么就是他真的想乌兰其其格了，想让我们说说呢。你们说是不是啊？”巴图敖其尔说。

“您到底在说什么啊？我还是没搞明白。策仁又说了一大堆莫名其妙的话，你们都醉了吗？”特古勒德尔谁的话也没听明白，在一旁干着急。

“赛音特古斯，你最近经常出入协理府干什么哪？不是追着人家小姐跑吧？”巴图敖其尔直接问道。

“嘿，您这是像在跟踪别人哪！我因公事去了协理府几趟，你们就别瞎猜了。”赛音特古斯笑着说。

“谁会跟踪你呀？如果不是那样，你为什么还不娶媳妇？”巴图敖其尔反问道。

策仁插话道：“现在我们说正事儿吧。我们的那个，她现在还没嫁人呢，大概是在等你吧。您最近没有见到她吗？她是越长越漂亮了，都已超过她姐姐了呀。”

“您说的是谁呀？”赛音特古斯故意问道。

“明知故问，就像是牧羊人问羊圈里白白圆圆的是什么东西？”巴图敖其尔笑道。

“我不知道你们都在说什么啊？”赛音特古斯继续装糊涂。

“还能说谁啊，乌兰其其格呀！”宝音说。

“我刚才不是说你们今天为什么不说乌兰其其格了，你们却不直说，绕了这么大的一个圈子，把我都绕糊涂了。”赛音特古斯笑呵呵地说。

特古勒德尔说：“我也在中间给你们绕晕了。”

策仁说：“巴吉嘎也上了他的当。刚才您是头晕了，但赛音特古斯可没晕啊！”

赛音特古斯笑道：“策仁的话像谜语一样把大家绕晕了，他若当喇嘛，定能成为一个古西（喇嘛学位名称）喇嘛。巴图敖其尔大哥上次去西岭庙，说是让嫂子或者乌兰其其格去我那里照顾我的日常生活，后来却没了下文。”

巴图敖其尔辩解道：“不是你说的不用了么？怎么反而是我的不是了？”

“我怎么能直接说让嫂子来照看我呢？我不过是客气了一下罢了。”赛音特古斯大笑起来。

“那你现在回东部，我跟着你去，让你们俩见面吧。”巴图敖其尔说。

“上次特古勒德尔大哥跟我去的，现在巴图敖其尔大哥也要随我去，不知道想干什么？”赛音特古斯看着他俩笑道。

巴图敖其尔说：“特古勒德尔他是怕自己的小媳妇见到赛音特古斯，所以跟着前去的。我是想让你们俩见面，他和我的出发点不同。”

“巴图敖其尔和赛音特古斯说着说着为何把我夹在了中间？赛音特古斯说得对呀。”特古勒德尔的话里含着向巴图敖其尔报复之意。

“特古勒德尔大哥那次跟我一起回老家真的是怕我和嫂子见面才跟去的么？您刚才这句话是在承认有这事儿吗？”赛音特古斯开玩笑地说，大家哈哈大笑着热热闹闹地喝了一杯酒。

雨还在下着。三道河河水翻滚，街道上一片泥泞，行人逐渐稀少。他们几个走出馆子，踩着泥泞，费了好大周折才回到各自的住所。

第二天，天逐渐放晴，一轮红日从向南飘移的云层中间放射出强光，雨后的德力格尔浩特被洗去了灰尘，显得格外干净、美丽。

赛音特古斯在旅店里吃了早点，出了院子，穿过街道西边的檐廊到达头道桥，在那观望着四周。

马家军官兵、巴王的亲信们和普通百姓，在大街上来来往往走动，给古城增添了别样的景致。

看着这一切，赛音特古斯突然有些生气。刚开始他也不知道为什么生气，后来他的目光又回到大街上，才明白是眼前的这混杂无章的人流导致他生气。如果不改变这种现象，如何将红旗高举，让人民大众过上自由幸福的日子？想到这里赛音特古斯心潮澎湃，热血沸腾，暗自下定决心，一定要改变这个面貌，否则怎么向党和人民交代？

赛音特古斯继续前行，进入城内旗府大院门口的警卫室，派了一个士兵把宝音找来，两人一起朝旅馆方向走去。到了旅店，他俩就目前时局进行了讨论，以保护人民群众的安全、躲避战争苦难为题，生动地结合马克思主义和阶级斗争的观点，一直谈到中午时分。

宝音是巴图敖其尔的表弟，在旗蒙校学习结业后刚刚进入旗府机关做实习文书。小伙子今年才十九岁，家境贫寒，为人老实，有胆子，说到做到，从不半途退缩，是个路见不平不惜拔刀相助的热血青年。去年他在牧区给一户人家帮牧，有两头羊叫狼给叼去了。那户人家虽然没有责怪他，但他心有不甘，从邻家借了一支枪顺着狼的踪迹废寝忘食地跟踪了两天两夜，终于打死了那匹狼，剥了皮交给了羊的主人。从这件事可见小伙子是一个什么脾性的人。赛音特古斯从小和他在一起长大，对他很了解，所以今天特地找他谈了一番话。

宝音用心聆听着赛音特古斯的话，高兴地表示他愿意拥护共产党，为人民服务。

赛音特古斯："你如果愿意的话，就成立一个政治学习小组，以学习文化为名义用业余时间学习怎么样？"

"好的。但是什么人来讲课呢？"宝音问。

"授课的人由我来物色。参加学习的人一定要保证不会泄露课上听到的内容，做到对外保密，这是首要的条件。其次，要物色那些职务不高，家境一般，和达官贵族和富人阶层没有什么来往的人。和贵族和富人有关系的人也不是不能物色，但是我们的工作还处于刚起步阶段，需要谨慎一些。学习小组先学习汉语文，中间夹授政治内容的课程。"

"好的。我先物色一批人，征求他们的意见，将愿意参加学习的人员名单交给您审核，然后再组织实施。"宝音说。

宝音在赛音特古斯从西岭庙返回之后找他，将愿意参加学习班的人员名单交给他看。

“先物色了二十三名学员。以二十岁到二十五岁之间的，原先在蒙校学习，现在暂无工作或在德力格尔浩特做劳工的青年人为主，以您提出的要求为标准，并征求得本人的意愿，筛选了好几次最后才定下来这些人。您审核以后再定夺。”宝音说。

“我看可以。”赛音特古斯仔细看了名单后退还给宝音。

宝音非常认真地负责起学习班，经常和赛音特古斯安排的授课老师联系沟通，掌握学员的思想波动，将他们的言论、观点及时反馈给老师，为课程的内容和学员的思想相结合发挥了积极的作用。

首期的学习班用了两个月的时间，结业的时候宝音等八人加入了中国共产党。这批党员是旗党组织在德力格尔浩特具有一定文化水平的蒙古族青年中吸收的第一批共产党员。

第一期的学业结束后，在八、九月份宝音又组织了第二期的学习班，又有六人被吸收为中国共产党党员。加上第一大队官兵中吸收的十二名党员，已经有二十六名党员了。这批人成了日后全旗各条战线上的党的工作主力军。他们中间有的成为总队副总队长、大队正副队长或教导员，有的当了副旗长或者在各部、各大局任部长、局长，有的担任苏木书记或苏木达等重要职务，为全旗的社会主义革命和社会主义建设发挥了积极的作用。这是后话。

他们中间有的人为家乡的平安、百姓的幸福献出了自己宝贵的青春和生命。在东港的战役中夺了敌人的机枪、一口气消灭了十二个土匪后英勇牺牲的战斗英雄巴图巴雅尔是入党才三个月的新党员。消灭郭栓子的土匪时牺牲的宝音德力格尔是用一支枪捕获了七个敌人的战斗英雄。在古日古勒湖追剿桑热残兵的战斗中牺牲的策仁道日格是在一个基点上击毙八个敌人的神枪手。他们为了家乡和人民的平安不惜流血牺牲，为共产主义事业献出了宝贵生命，他们的功勋传奇将永远地铭记在家乡人民的心中，永垂不朽。

欲知赛音特古斯回到东部地区后又发生了什么事，请看下回分解。

【第二十一章】

谈时局赛参谋长西调衙门府
迎革命额大队长东布防御阵

擦亮的镜子般明亮的夏季一日，太阳刚出来天就热起来了。

赛音特古斯身着袖口绣有黄条纹的深绿色校级军服，肩上戴着一朵闪光的白花，军腰带上别着小手枪，斜斜地骑在驮着毛毯面马鞯子的大黑马背上。警卫巴图吉日嘎拉身着佩有少尉肩章的小军官服，将一支二十响的匣子枪和一支崭新的卡宾枪交叉地背在肩上，骑着一匹黑枣骝马不紧不慢地跟在后面。

“你们俩活像一对双胞胎兄弟，真帅气啊！”巴图敖其尔久久地凝视着他俩，情不自禁地赞叹道。

“我算什么帅呀？再说，您说了也不能算，姑娘们说了才行呢。我们的巴图吉日嘎拉才是帅小伙子呢。”赛音特古斯这么一说，巴图吉日嘎拉羞得低下了头。巴图敖其尔为自己方才的话得意地嘿嘿笑着，催打着骆驼前行。

策仁向后挺着腰坐在大枣红骡子上，和赛音特古斯并驾齐驱。

巴图敖其尔一伙跟着先头的一列驮载的驼队和护送的一班骑兵，慢腾腾地走在他们后面。

赛音特古斯一行白天行路，晚上休息，一路有说有笑的，走了六天，平安到达西岭庙。

赛音特古斯给额日德尼致电告知自己回来了，复电说明天到。

额日德尼在第二天下午来到西岭庙。

赛音特古斯汇报：“我们所商定的事都已落实，还请了兵护送过来。”

额日德尼：“你留在德力格尔浩特办成了大事，我得好好谢谢你啊！”

“额大队长现在也说起谢谢了，太客气了吧！”赛音特古斯笑道。

“该谢的还是要谢的。现在我们第一大队拥有了几个大队的装备力量，同时任务也加重了。”

“我还有一件事要向您汇报。上面决定把我调回总队部，让我交代完这里的工作赶紧返回呢。”

“嗯。这也早在我的预料之中。你如果在这里，对我乃至对全大队都是有好处的，但是你到了旗上发挥的作用会更大。”额日德尼虽然没有表示出过多的吃惊，但言语间充满了不舍之情。

“我不愿意离开第一大队，尤其是您。您没有拿我当小孩子看，委以重任，使我得到了锻炼的机会，才有了我的今天，对您我是感激不尽啊！”

“这都是你通过自己的努力取得的成绩，关我什么事啊？噢，总队调你回去如何安排工作呀？”

赛音特古斯从公文包里拿出调令交给额日德尼。

“这工作对你可能是最合适的。我老头子也替你高兴啊！”额日德尼说着将调令交还给他。

“多谢额大队长。”赛音特古斯说。

“那你几时走呀！”额日德尼问。

“最晚在一个礼拜之内要走的。”

“在你临走前我们讨论一下嘉奖立功人员的事和大队今后的防卫重点。”

“好的。”

“本想等你回来后在大队部召开会议。现在为了节省时间就在这儿开吧。”

“我也想这几天有空的话跟您说说话交流意见，想听听您的批评意见和建议，不知您意下如何？”

“那我们明晚交谈吧。不过不是什么批评意见，只是敞开心扉，交流心得罢了。”额日德尼说。

西岭寺活佛拉布隆院是该寺最好的建筑，是为专供上级寺院活佛高僧的住宿下榻而建的。不知活佛高僧们下榻过几回，平日里都锁着门。偶尔旗上来的官员，也安排在这里。今年寺庙里驻军之后，额日德尼来了，有时候也住在这里。

拉布隆院五间上房各有东西两边的里间，两侧厢房各四间。黄色琉璃瓦顶，向南伸出的屋檐和柱子都有七彩油漆绘制的装饰花纹，统体为青砖结构。屋内墙壁和天花板都贴着鲜艳的彩纸，地板都是油光的木地板，院子全用清一色的砖头铺垫，院门口两座威武的石狮朝南挺立着。

主屋正中摆有八仙桌、高靠背的两个大椅子。桌上有几盘肉菜和油炸的黄河鲤鱼、大虾等，杯碗筷子也都摆好了。

额日德尼、赛音特古斯二人进屋对坐。

“咱俩一边吃菜喝酒，一边交谈吧。”额日德尼说着端起了杯子。

天南海北地闲聊了一会儿，额日德尼又举起杯子：“祝贺你晋升到重要岗位！”

“在您的手下工作了一年多，得到您无微不至的关心帮助，受益匪浅。古人云一生难得一两个知己，虽说在您的领导下干的时间不是很长，但我一辈子不会忘记的。现在要暂时离别，在此特地敬您一杯酒，以表感激之情。”赛音特古斯起身敬上一杯酒。

额日德尼接了酒一饮而尽，并向赛音特古斯回敬了一杯。

“我今天像吃了豹子胆似的，斗胆想给您说一件事，但还是没有足够的勇气。我认为您是我的知己，所以还是想说给您听。”赛音特古斯犹豫不决地说，看似还有一些胆怯。

额日德尼说道：“平日里你有什么说什么，今天怎么扭扭捏捏的？看样子你要说的是很机密的事情，这屋子里除了你我没有别人，你就随便说吧。我是个为了知己不怕两肋插刀的人，这你又不是不知道。”

赛音特古斯：“眼看时局很快会有大的变化。国民党与共产党斗争的最后结果似乎将以前者的失败和后者的胜利而告终，这也很快会有眉目的。清朝灭亡、民国成立的时候我旗并没有发生大的变化，您的梅伦章京和我的副佐领都是清朝的官职，一直沿用到了现在。但是不久将发生的变革不会是这个样子的。我们个人的事小，保护家乡父老的生命财产免遭战火、土匪和散兵游勇的危害，是我们应该考虑的事。额大队长对此有什么看法呢？”

“我知道，你所说的这些都是肺腑之言。这些变革会不可避免地到来，这我也想到了。你我的前途也必然会发生变化。我们这巴掌大的地方怎能抵挡得住时代的洪流呢？”额日德尼陷入了沉思。

赛音特古斯：“您说得对。”

“在这种形势下我们该怎么办？你是怎么想的？”额日德尼问。

“这个我也说不好。但是我想，即将发生的变革谁也阻挡不了。这不光是我一个人的想法，别人也会想到的吧。就算我们精忠报国，我们给谁尽忠？为欺压剥削我们蒙古地区、蒙古族人民的大汉族主义的代表者国民党吗？对即将灭亡的国民党政权，我们有什么尽忠的理由和义务？倒是盼望着他们早日灭亡才是真的。今天我斗胆说了这些，就算是戴着帽子给信任的佛爷磕头了。您说是不是这么个道理？”

“你说得对，就是这么个理。”

“目前我们要做的工作，一是按照我们先前已商定的那样加强防御工作，保护老百姓的安全；二是做好应对时局变革的准备。”

“前面的我知道，后面所说的准备工作指的是什么？”

“您难道没有想过这方面的事吗？”赛音特古斯反问道。

“你又不是不知道我，即便想了又能想出什么有系统、有条理的东西呢？你我都是军人，我想，等解放军来了，我们不抵抗缴枪罢了。你说的准备工作指的就是这个吧？除此之外还有什么呢？”额日德尼说。

“这也是干脆话，但不是积极的做法，是没有办法的情况下才使用的办法。但比起反抗之后失败投降这一下下之策，它还算是中策吧。”赛音特古斯为了引起对方的注意，把话说了一半就不说了。

“什么？还有什么上上策吗？”额日德尼问。

“解放大军到来的时候可采取三种办法。前两个已经说了，都不是什么良计妙策。这上策是，接受共产党的领导，举行和平起义，迎接解放军。”赛音特古斯说着看额日德尼的反应。

“这上策有什么好处？”额日德尼希望他说得再清楚些。

“要说这上策的好处，得先和中策相比较才更加清楚。下策是反抗，我们已知道这个办法不行。中策是投降，这比反抗要强些。但想想我们让毡帽匪和甘珠尔扎布的士兵投降的时候，让他们举着手，被人用枪指着脑门押送。那滋味一定不好受，没有人愿意那样。不要说我们自己不愿意，就是我们手下的官兵也不能叫他们受那个罪呀！所以最好的办法还是我们所说的这个上策。不用反抗再失败投降，也不用缴枪当可耻的俘虏。举行起义当解放军，军官依旧是军官，战士还是战士。听说傅作义将军和其他举行起义的国民党将士们的情况大致如此。以此看来，和平起义是我们唯一的上策。”赛音特古斯说着朝额日德尼微笑。

“如果真是这样，这不失为一条上策。但是起义的时候一个省或最小也应该有一个旗的规模才好，像我们这么一个区区几百人的大队，也就是一个营的人马，能行吗？”额日德尼依然有所疑虑。

“是的，您说的很对。说起一个省，马胖子那样的人一定不会有和平起义之心，他们会进行反抗，最后要么投降，要么逃窜，除此之外他们没有别的路。但是我旗不一样，完全可以举行和平起义。但是目前还有阻力和干扰。我认为情况就是这样。”

“有什么阻力？”

“我想有三方面的阻力。一是驻德力格尔浩特的马家一个团的兵力和他们的后台依靠——山东面的十几万大军。”赛音特古斯说着，端起面前的酒喝了。

“那第二条呢？”额日德尼催促道。

“甘珠尔扎布的一千五百人的骑兵师。我们一旦起义，巴王他们北边和西行的道路将被截断，所以他们定会拼命阻挠。”

“那第三条呢？”额日德尼迫不及待地问。他的注意力完全被吸引过来了。

“至于前两条，虽然目前对我们有所干扰，但将来会顺其自然地迎刃而解，不会有大碍。比如，省城解放时他们自然会被消灭。其后甘珠尔扎布的土匪失去落脚之地，必然会前来我旗。这您也知道。前两个阻挠只是时间问题。第三个阻挠来自我旗内部。我旗高层，尤其是王爷和协理的意见相统一是最为关键的，其次军内的思想认识统一也很重要。”

“对，这样那样的阻挠，说起来前两者是外因。主要问题是我们内部的问题，关键是王爷和协理统一认识。对呀，这么思考就对了。”额日德尼也统一了认识。

“王爷和协理统一认识应该不难，随着时局的变化他们的认识自然会统一的。军内您已经有了这样的认识，这将会把第一大队的认识统一起来。第一大队占我旗总队兵力的四分之一，占的分量很重。您看，这样分析问题可以吗？”赛音特古斯问。

“这么说是可以的。”额日德尼对此很有信心。

“从我俩今晚的谈话来看，我可不可以认为您同意这三种策略中的上策？”

“是的。我认同这上策是最好的出路。”额日德尼坚决地说。

“那我旗如果执行这上策所说的，您和我应该服从吧？”赛音特古斯追问道。

“当然。可以这么说。”额日德尼的回答毫不含糊。

“好，我很高兴我们俩关于时局达成了统一的认识。咱俩再干一杯吧！”赛音特古斯举起了酒杯。

“我的认识能跟上你就行了。嘉，喝酒！”额日德尼举杯而饮。

“额大队长您太谦虚了。”

“不，不是谦虚。咱俩就这么说定了。出现什么重要情况你一定要告知我，拜托你了。”

“我怎么和您联系呢？”

“这好办，你把情报交给孟克宝音，他不会开启信封的。”

“最好是用电报联系，这样会更快捷。”

“那样不利于保密，更危险。”

“您说的也对，以后再说吧。我来想办法，好吗？”

“可以。但要小心。”额日德尼对电报联系没有把握。

两人又碰了一杯酒。

“你走了以后我还跟什么人谈论心里话呢？你不走就好了。但是去了那里你的作用会更大，我不拦着你。”额日德尼的心情很矛盾。

“额大队长，我给你介绍一个人，这个人的认识和智谋超我十倍呢。”

“哪里有那样的人？”

“有，就在您的眼皮子底下。”

“眼皮子底下？谁啊？即便有，我也不认识，如何能谈论这等事情？”额日德尼不怎么感兴趣。

赛音特古斯故意卖了个关子：“这个人您认识。”

“谁呀？”额日德尼好奇地问道。

“马龙彪。”

“马龙彪？”额日德尼不知是在问话，还是在表示惊奇。

“是的，他头脑灵活，思想认识似乎跟我们也差不多。您若遇到什么要紧的事就跟他商量，他一定会给您出谋划策的。”赛音特古斯极力推荐。

“我知道他的聪明机灵，尤其是在东港战役中他率领新兵打了一场漂亮仗。然而他毕竟是外来的人，不可相信啊。”额日德尼还是有疑虑。

"虽然他是外旗的人，但是可以信任他。他为了蒙古民族，为我旗的蒙古人一定会出一份力的。"

"好吧，我不怀疑你见人识人的能力。"

"额大队长完全可以信任马龙彪。我非常相信他，您不必怀疑他，我用我的人格来担保。"

看到他说的如此果断，额日德尼笑道："你这么说，我不得不相信了，而且只能是信了。"

"额大队长您可以亲自跟他谈一谈，到时候您就知道了。"赛音特古斯说。

夜很深了。不知道什么时候下起了雨，他俩只顾着说话，直到从打开的窗口飞进来的雨滴打湿了他们的衣服，才知道下雨了。

在西岭庙召开的第一大队的会上，按照额日德尼、赛音特古斯两人商定的计划，把第一大队的兵力集中在加强以东港为中心的东部地区防御工作上，必要时组织民兵等事宜进行了具体部署。

会后，额日德尼、巴日夫二人陪同赛音特古斯视察了东港。

毕力格图老总管在东港关卡上招待了他们。酒宴上赛音特古斯举杯敬毕力格图，赞扬他和土匪上层吉雅结识为朋友，用智谋良计与敌人周旋的功劳，感谢他为家乡的平安出了一份力。毕力格图也回敬赛音特古斯，夸奖我旗出了赛音特古斯这样的好小伙子，为家乡带来了荣耀。

巴图敖其尔、策仁二人转了几个巴格完成了公差任务，正要从东港返回，毕力格图执意要他们留下等候赛音他们，一同参加晚宴。

在闲谈时，毕力格图无意中说出赛音特古斯和吉雅会面交谈的事，令额日德尼大吃一惊。

"什么？赛音特古斯见了土匪头目吉雅吗？"额日德尼这么一追问，毕力格图后悔失了言，不知道如何回答好了。

赛音特古斯见状，连忙说："这都怪我，我应该接受额大队长的批评，跟老总管没关系。"

"我谁的责任也不追究，要追究责任，也在赛音特古斯而不在毕力格图。毕力格图乃一巴格首席达木尔，怎能阻止旗上的副佐领、少校军官呢？不过，既然此事已过去，今天又是酒场，谁的责任也不追究了，只听听发生了什么事就行了。”额日德尼笑着说。

“那我可说了。那次我赶着羊，带着酒去东港慰劳即将撤离的骑兵师，还带了装成文书的赛音特古斯见了吉雅，通过谈话还得到了吉雅的一通夸奖呢。”毕力格图将那次的经过仔细说给大伙儿听。

大家听了，有的称赞赛音特古斯的胆量，有的说这样做太冒险，有的一笑了之。

“我从老总管的嘴里多次听说了关于吉雅的言论，并且在战斗中对他的战术用了反计，所以一直想找机会会会他，所以就去了。这是我的错，我太冒失了，请额大队长批评吧！”赛音特古斯说着起身走到额日德尼跟前敬了一杯酒。

“如果在当时发现了，一定会严厉批评你的。”额日德尼笑着接过酒杯喝了。

“嗯，这还要感谢老总管的保佑呢。”赛音特古斯说着朝巴图敖其尔吐了吐舌头，看着毕力格图笑。

第二天，额日德尼、赛音特古斯、巴日夫几个人商量，现如今就算甘珠尔扎布的兵马再来，额日德尼也不用担心自己声名在外，所以额大队长亲自驻守西岭庙，支队日常工作由马龙彪负责，大队日常工作由巴日夫负责，按部就班地开展好各项工作。

晚上，额日德尼、赛音特古斯、马龙彪几个人在活佛拉布隆院又交谈了半夜。赛音特古斯没怎么说话，主要是额日德尼和马龙彪在谈，就当下时势政治、风云变幻以及应对措施、大队防卫重点等问题交换了各自的意见，结果和前日与赛音特古斯达成的意见基本上相同，八九不离十。有分歧的地方赛音特古斯直抒自己的见解和看法。马龙彪因为是第一次和额日德尼谈话，显得有点拘束保守，额日德尼后悔自己没有早一点跟他交谈。

额日德尼将一份电报交给赛音特古斯：“协理叫你赶快回去呢！”

欲知协理为何事叫赛音特古斯回去，请看下回分解。

【第二十二章】

非常会议王爷决定起义
委以重任赛音准备南行

热风吹拂、乌云在远天密布的一天下午。

协理府会客厅。

赛音特古斯进屋拜见协理。

“听宝音阿日毕吉呼说你回来了，想见一见你。”协理说。

“我到总队参谋部报了名，具体做什么工作还没有定下来。”赛音特古斯说。

“工作先不急，我有很多事要和你商量。但这两天我另有要事，所以先把和你商谈的事告诉你，你想想怎么办。你带笔记本了吗？”协理问。

“带了。”赛音特古斯从右上兜里掏出一本小笔记本准备做记录。

“你坐这里。”协理指了指自己办公桌后面的椅子。

协理把主要的内容简略地梳理了一下，让赛音特古斯记下来：

“王爷和旗军政主要人士就‘脱离国民党政府，拥护共产党的领导，全旗举行和平起义迎接解放军’的主张基本上统一了认识。在这样的形势下需要确定以下几个问题该如何解决：

“一、如何与共产党取得联系？

“二、何时宣布起义？

“三、如何对付马家军的驼马征赋？

“四、怎样防备马家的部队，尤其是驻扎德力格尔浩特的这一团兵马？

“五、巴王的蒙古自治政府怎么办？河东地区的驻军开过来，我们怎么应付？

“六、如何提防姓马的和国民党安插在德力格尔浩特的特务活动？

“以上问题我们要认真研究，商定解决的具体措施。你先考虑一下，我们找时间专门讨论。”

赛音特古斯：“这有些问题，我也吃不准啊。”

协理：“你说得再清楚些。”

赛音特古斯很为难地说：“确定解决问题的办法，如果搞不清楚实际情况，怎么能盲目地下结论呢？比如敌军的人数、武器、防地等，若不掌握这些情况就不能部署战斗。一样，我一点也不清楚这里的军队及特务的情况。”

协理：“哦，知道了，所谓‘知己知彼，百战不殆’是也。不了解情况又怎能提出办法呢？我叫宝音阿日毕吉呼给你提供详细的资料吧。”

赛音特古斯慌忙说：“不行，不行，哪有上级给下级提供资料的道理？”

“不要紧，我替你取回来。”协理说。

“还有，我的具体工作也早日分配吧？”赛音特古斯期盼地望着协理。

“你别急，我和王爷商量商量再说吧。”

“没有别的事了那我先回去了。”赛音特古斯给协理行了礼告辞而去。

两天后的又一个阴天，协理把赛音特古斯叫到家里，把一封盖有“绝密”字样印章的密封牛皮纸袋交给他。

“这是你要的资料，千万不能丢失或泄露。”协理叮嘱道。

“我那里保密条件差，只好寸步不离地带在身上了。”

“什么？没有给你配备保险柜吗？”协理惊讶地问。

“工作都没安排呢，哪来的保险柜呀？”赛音特古斯突然觉得这句话说得不太妥当，不好意思地吐了吐舌头。

“嗯，给你安排工作的时候保险柜也一并就送到了。”

“知道了，刚才随口乱说，请您谅解。”

“没关系，你的工作已经确定了，即分管总队应急工作，你可直接与我联系。”

赛音特古斯进入工作室，连夜看完了协理交于他的最新资料，并在深思熟虑之后列出了五条解决协理所提问题的解决意见，第二天将此方案给李岩书记过目并修改之后，正式向协理进行汇报。

协理补充修改了其中的某些内容，准备向王爷汇报。

旗府第一会议室。

王爷、协理、管旗章京、梅伦、参领和总队副总队长、参谋长等十二名高层人士参加了会议。

赛音特古斯以总队负责应急工作的副参谋长身份参加了会议，汇报了自己准备好的建议：“王爷、协理及各位长官，根据目前形势及所存在的问题，提出以下几点应对措施的建议，请审议。一、关于和平解放的问题。旗王爷和协理率领全旗军政界人士和军民举行和平起义，脱离国民党反动政府，拥护共产党，迎接人民解放军。为此，首先派我方代表寻找并联系到共产党西北地区领导机构，把我们的起义事项告知并征得同意。其次，我们的内部尤其是在高层中间要统一认识，也就是说在王爷的旨令下统一行动。再次，起义的时间和省城的解放同时进行。太早了会遇到敌人的阻挠，晚了就失去起义的意义了。二、关于提防马家军的问题。一方面是驼马征用问题，可以以旱灾严重为由推托，向后推上两个月就行了。二来为了提防马家军溃散之后制造混乱，旗境内从阿拉腾欧德到扎哈布日都一带的边防线都封锁起来，派兵守住重要塞口，由总队合理部署兵力，给哨卡士兵提供武器，并组织民兵，加强自我防御，派专人负责。三、关于巴王。首先找借口避开矛盾，减少麻烦。具体措词是‘我旗参与蒙古自治各项活动有诸多不便，受制于省府及蒙古自治政府双方的夹缝中进退两难。我们如果要脱离省里归蒙古自治政府管辖，省方绝不同意’。我们以此为托辞，尽量避开正面冲突。虽然眼下完全脱离不开，但可以适当拉开距离。其次，预防驻扎于河东的新七旅是一个非常棘手的事。先由第一大队为第一梯队进行重点防御，具体事项随后专门研究确定。四、关于加强德力格尔浩特的防卫工作。除了第一大队之外的四个大队要充实编制，从三大寺庙征集适当数量的喇嘛兵。德力格尔浩特的防御重点是提防马家散军抢劫老百姓，还要警惕新七旅的卷土重来。必要的时候将城外的粮食、金融机构等移进城内，在城外堡垒安排军队。上述不成熟的意见请大家审议。”赛音特古斯结束了发言。

“有什么意见吗？”王爷问。

“赛音特古斯说的对。和平起义之事要和共产党取得联系并征得同意。不然我们单方面的主动不会产生效果。同时还要保密，姓马的、巴王、国民党的特务，哪一个也不能叫知道。要脱离巴王的蒙古自治政府，会引起他们的怀疑，这个需要认真研究。”乌力吉巴图章京说。

“和平解放是最正确的路子。寻找到共产党，表明我们的决心是非常重要的，必须选派一个合适的人去。”道日吉参领说。

副章京巴图接着说：“这个人应该是能够代表王爷和旗党政军，有能够准确表明意图的口才的人，最好是精通汉语，因为要穿过马氏势力的占领地进入共产党占领的地区，所以还得是能够应对一切路途艰险困难的有勇有谋之人。”

“巴嘎乃所提的三个条件非常正确，我再加一条，即所派出的使者还要具备通过交谈明察秋毫的能力，了解共产党对我们的态度，以及他们是否真心与我们团结的意愿。”巴图乌力杰补充道。

协理认真聆听着大家的发言，若有所思，便说道：“赛音特古斯，我问你几句话，你想好了回答我。”

赛音特古斯静静地聆听着。

“找到共产党后说什么、送什么？”协理问。

“这个问题很值得考虑，赛音特古斯你说说看。”乌力吉巴图附和道。

“这个我没有考虑过。但我想，说我们平常说的那些话就可以了。比如，介绍我们的自然社会状况，我旗是坐落于我国北方边境的、以沙漠戈壁为主的、缺雨少水的贫困牧区，是地域辽阔，但人口少的少数民族聚居区。政治方面，在国民党的大汉族主义压迫下，在马家军阀的统治下抬不起头，长期进行反抗也没有丝毫的改观。今年巴王又从东北来到这里，给我们带来了巨大的压力。我们没有能力直接反抗，只好表面上顺从、暗中抵制。如今，面对新的形势，我旗王爷、协理和军政要员们多次研究商讨，一致决定脱离国民党反动政府，拥护共产党，举行和平起义，迎接解放军。这就是我们的目的。我认为，把这一切说出来，就够了。”赛音特古斯说。

“你还没有说完吧？”协理催促道。

“是的，还要继续说吗？”

“说下去，全说了。”协理说道。

“要说的主要内容大概就这些吧？话是怎么说也可以的，但是要讲究艺术。要注意对方的身份级别、兴趣特点等情况，灵活地讲述。最好不要说一些死记硬背的词儿或看着笔记照本宣科。至于送什么东西给他们，我认为有王爷和协理亲笔签名的和平起义文书就可以了。不用再送什么礼物。”赛音特古斯说。

“那么这个代表派什么人去合适呢？你想过没有？”协理问赛音特古斯。

“这个我也没想过。我同意巴嘎乃章京他们的意见，即以身份、口才、智谋、能力这四个方面的条件选人就可以了。”

又有一人问：“那用什么办法脱离巴王的自治政府？”

“这好办。就像我前面说的那样，我旗是原本不属于内蒙古的特别旗，现在归省里统治。省里不放我们，我们若归属两方管理将会非常不方便。这个理由比较有说服力，不怕他们怀疑。其实他们现在也怀疑我们，只是尚没有兴师问罪的借口，也没有征服我们的实力。他们在阎王鼻梁挨了打，明知道是额日德尼的部队干的，但他们知道自己为什么挨了打，所以忍气吞声地忍过去了。现在也不过如此罢了。”

“事情并不是这么简单，他们举着‘振兴蒙古民族’的旗号，所以公开和他们对抗的话在政治上会带来不利影响，这你考虑过没有？”笋布尔问。

赛音特古斯听了这句话，偷偷看了协理一眼，只见协理向他点了点头。

“‘振兴蒙古民族’的旗号不只是巴王一个人举着，在王爷庙乌兰夫也举着‘振兴蒙古民族’的旗帜，将内蒙古四十九个旗中的三十多个旗统一起来，建立了中国共产党领导下的内蒙古自治政府已有两年多了。要振兴蒙古民族难道只靠巴王一个人吗？”听赛音特古斯这么说，大多数人点头首肯，也有少数人摇着头。

“巴王一生为了蒙古民族而奔波操累的功劳怎么能否定呢？在王爷庙成立的那个自治区是共产党建立的政府，它的好坏现在谁能说得清呢？”笋布尔提高声音说这句话的时候眼睛一直看着王爷。

别人没有说话，静静地听着、思考着。

“梅伦章京的这番话……”赛音特古斯故意说了一半，看王爷的反应。

王爷看着他说：“赛音特古斯没有说完吧？”

“巴王的‘振兴蒙古民族’旗帜和共产党领导的自治政府是根本性质不同的两类问题，是好是坏自有各自的历史和实践在证明着，这是毋庸置疑的。梅伦您说是不是这样啊？”赛音特古斯转身看着笋布尔梅伦说。

“巴王为蒙古人的权益呕心沥血地奔波，这一切是有目共睹的，怎能和你新近才听说的事相比较呢？年轻人不明事理地信口开河是不可取的，更不能蹬鼻子上脸，把尾巴翘到天上。巴王吃过的盐没准比你吃过的饭还多呢！”梅伦笋布尔说这番话的时候呼吸明显加重了。

“我们是在研讨问题，所以参会的人员都可以讲述自己的观点，畅所欲言。赛音特古斯你把你的意思都讲完，不要有什么顾虑。”王爷说着环视了一圈，看大伙儿的态度。

“好的，我接着说完。巴王很早就打着‘振兴蒙古’的旗号，想博取国民党的支持，但没能成功。后又投靠日本人也没能如愿。如今又向快要灭亡了的国民党再次求助，还是没有得到满意的答复。听说最近为取得支持还和美国的什么机构联络，不知道会有什么结果。这样的旗帜，谁跟着它谁倒霉，不会有什么好结果。在日本侵占时期，王爷、协理和各位长官都没有跟随他，在政治上不仅没有给我们带来不利影响，还产生了好的效果吧？现在王爷、协理和大伙儿都拥护共产党，准备脱离国民党反动政府、和平解放全旗的时候，我们不拥护共产党领导的民族自治政策，还谈什么别的旗帜？正如王爷刚才说的，我们这是在研讨解决问题的办法，可以畅所欲言，只有这样才能达成共识。如果我说错了，请王爷、协理和诸位前辈批评指正。”

“我同意赛音特古斯的这番话。我们如果要举行和平起义，就不能怀疑共产党建立的自治政权。等到和平解放以后，我旗也可能建立这样的政府呢。”乌力吉巴图章京说。

笄布尔不再说话了。

王爷对协理悄悄说着什么。

“赛音特古斯在负责总队应急工作的这短短时间内考虑了很多问题，尤其是在今天会议上提出来的都是经过深思熟虑后系统地整理出来的意见。对此大家还有什么意见吗？”协理问。

与会者都沉默无语。

“既然大家都没有别的不同意见，那我们就这么定了。一、我旗决定脱离广州反动政府，拥护共产党的领导，举行和平起义。考虑各方面的条件和可能性，特委派赛音特古斯为我旗代表去寻找共产党及解放军西北区的领导人，取得联系，进行沟通。和平起义文书请王天文秘书赶快起草出来。这里的准备工作由乌宁乌日德协理全面负责抓紧准备。坚决做好保密工作，一丝一毫都不可泄露。二、现在是非常时期，为保护人民群众的生命财产安全，防备土匪、散军的工作已经做了部署，就按照赛音特古斯今天所说的由总队负责落实。至于巴王，我们先做好思想工作，最好是共同迎接解放。目前暂时不要冒犯他。”王爷说。

当天晚上，赛音特古斯以上街吃饭为名出了城，来到“仙客来”饭庄见了李岩，汇报了旗政府会议的情况。

李岩饶有兴趣地问：“那您是怎么想的？”

“我想了两套办法，一是直接的，一是间接的，绕弯子的。”赛音特古斯打起了哑谜。

李岩：“具体说说。”

赛音特古斯：“直接的办法就是我直接把您介绍给协理认识，让你们面对面。间接的法子，就是我去西安寻找西北区党组织和军队领导。”

李岩：“这两种办法都没有危险。但是如果使用第一个方案，你和我就都暴露了，都处于明处了。我倒不要紧，主要是对您不利。您在暗处所发挥的作用比在明处的要好。”

赛音特古斯：“那我还是南下吧。”

李岩：“我把你介绍给省党组织吧，从那里可以取得指示和联系的渠道。派王怀成去省会，让他找您联系。”

第二天，赛音特古斯去见宝音阿日毕吉呼，商量南行的事宜。

“不知此次为何派我去？我好像不太合格，不知能不能完成任务。”赛音特古斯故作谦虚。

“除了你没有更合适的人啦！巴图章京所说的身份、口才、智谋几个条件也都是指你而说的。这是王爷和协理的明智之举，我相信你能圆满完成任务。”宝音阿日毕吉呼说。

“您的话给了我信心。我还想带几个人同行。”

“没问题，我也不会让你一个人走的。你想带谁走就带谁，需要什么尽管带足。”

“谢谢长官。我想带那生、巴音吉日嘎拉、刘明怀、巴图吉日嘎拉他们几个，再加上三名能射会打的士兵，一共七个人就够了。”

“好，好。那三个士兵你自己选。还有什么要准备的？”

“他们几个人的武器都换成手枪就好了。”

“好吧。给那生一个搂子，你们七个人都给二十响的。必要的时候你们可组织成一个小战斗队。”宝音阿日毕吉呼说着笑了。

“太好了，枪的问题解决了。还有每人准备一件汉式短服和一件蒙古袍，路费够用就可以了。其他零碎的东西我们自己上街购买吧。”

“你可要想好，还有什么缺的。出远门一定要准备充分。我让苏日图赶紧张罗吧。”宝音参谋长不仅全部同意了赛音特古斯提出的要求，还提醒他做好充分的准备。

“嘉！还有什么等我想到了给您汇报。一般的小事直接给苏日图说也可以吧。”

赛音特古斯又来到协理府汇报了南行的准备工作情况。

“我带领几个参谋和警卫共七人准备出发。枪支、经费和衣物等都由宝参谋长批准解决了。我担心的是，我们要在省内马家军的占领区走几天甚至十来天，安全通行最为要紧。如何把我们的《和平起义书》安全地带出敌占区，是我最为担心的。”赛音特古斯说。

“这个问题很重要，你有什么好办法吗？”协理也很担心他们一路的安全。

“办法是有，但没有条件。”

“你说，你要有办法，条件也是可以创造的嘛。”

“我听说特务人员都有微型相机，如果我们有这玩意儿，可以把文书拍下来随身携带，可能更安全些。但是我们没有这种工具，说了也没用啊。”

“这有什么难的？我给你找一个。”

“那就最好不过了。可是，还是不行，我们几个都不会使用那玩意儿。”赛音特古斯为难地说。

协理：“你如果想学，我叫人教你。”

“不知道用多长时间才能学成？”赛音特古斯心里没底。

协理说：“半天，或者两个小时就能学会了吧？”

“那太好了，有这么简单，我就学。”赛音特古斯高兴地说。

“你认识张国卫吧，明天或后天你去区防司令部找他，让他教你。照相机我给你找一个。”

听协理这么说，赛音特古斯高兴地说：“好的，谢谢协理。”然后告辞而去。

高个子、大花眼、褐色脸庞的约莫四十岁的总队后勤处副处长苏日图上尉几天后来到赛音特古斯的办公室，报告了南行准备工作情况。他俩本是老相识，无拘无束地说说笑笑。苏日图是细心人，把赛音特古斯想到的事都准备周全了，同时把他没想到的也给准备好了，为此赛音特古斯高兴得再三表示感谢。

欲知赛音特古斯此次秘密南行之旅会有什么故事，请看下回分解。

【第二十三章】

王部长准许暗渡敌防线
马将军协助进入解放区

盛夏一个难得的阴凉天。

列成一排的七个骑马的人通过德力格尔浩特南大门，穿过大街，向南行进。

他们顺势攀上了横亘于城南面的高丘，沿着农户的房舍和田地边走了一会儿。穿过羊群逐草的牧野，到达松柏密集的高山之麓，向高处一步步攀登。其间偶尔穿过悬崖峭壁的山谷，有时跨过流水潺潺的山中小溪，越走地势越高，最后来到位于两座高峰中间岭子上的胡次图哨卡。

“赛副参谋长您好！”哨兵迎来问候。

“你们辛苦了！我们有事去省里司令部。”赛音特古斯，一行人进了关卡，吃了他们备好的午饭。

“我听说这个叫胡次图的岭子还有一个动人的传说呢，您是这里的长官，一定知道吧。给我们讲讲如何？”那生看着哨卡长阿木尔巴雅尔说。

“我？我讲不好。”阿木尔巴雅尔推托着。

“您就讲一讲吧。”赛音特古斯也表示想听听这个故事。

于是阿木尔巴雅尔讲了一个故事，即胡次图的传说。

从前，这座山的山神是骑着一匹白马、留有细黑胡须、相貌白净的老仙人。山神在一个夏天中午睡在这座山岭后坡的大树下。在睡梦中突然感觉到岩崩石裂、地动山摇，把他给惊醒了。他连忙攀上顶峰四处观望，突然看到下边西山梁上有一头健壮的公盘羊面朝东站立着，只见两只鼻孔似碗口那么粗，一翘一翘的，不停地冒着青烟，两只长角发射着金色的光芒，角尖上滴着殷红的血。公盘羊周围横七竖八地躺着几十只灰狼的尸体，其后面山顶上有不计其数的母盘羊翘动着鼻子朝公盘羊的方向张望。其下边山沟里有一群惊恐的羊围聚在一起，目不转睛地盯着公盘羊。“这些该死的狼娃子一定是想吃山上的盘羊和人家的羊了，但狼群再狡猾又怎能抵挡得住这头盘羊呢？它们遇到的可是金角雄盘羊啊，怎么可能活着离开呢？”山神说着跨上了马背，腾云驾雾而去。后来人们就以那头雄盘羊命名这座山岭为胡次图，意为“有雄盘羊的山岭”，还堆建了这座敖包来祭祀那头金角公盘羊。

“阿木尔巴雅尔卡长讲得非常精彩，让我们像金角盘羊那样保卫我们的家园吧！”赛音特古斯说着给阿木尔巴雅尔敬了一杯酒。

“谢谢长官的夸奖。”阿木尔巴雅尔说着起身接过酒喝了。

“我们一路上经过美丽的山水，方才又听说了动人的传说，今天心情格外地激动，赛副参谋长您就朗诵一首诗吧！我代表大伙儿敬您一杯酒求您的诗呀！”那生说着给赛音特古斯敬了一杯酒，大伙儿鼓掌表示欢迎。

赛音特古斯接过酒杯，思考了片刻，把酒喝了，然后朗诵道：

“密林深处奇鸟鸣，
小溪蜿蜒流水清。
岩羊小鹿山中嬉，
蔽日林天泻光影。

檀香塔般百花盛，
银角金光山水神。
香茶美酒解疲劳，

饮足食饱攀高峰。”

朗诵了诗，赛音特古斯依次为大家敬酒。

“赛长官真是大诗人，多好的诗啊，随口成章了。”阿木尔巴雅尔说着，接过酒喝了。

“信口编造的几句打油诗，惭愧得很。”赛音特古斯说。

下午，他们继续赶路，顺势下山。带马的人下山比上山还要艰难，大伙儿下了马，一手牵着马一手扶着路旁的小树，眼睛也不敢眨一下，盯着地面能踩脚的坚固石墩。他们走了两个多小时才下了山，到达山口河谷边上的挂着“深山密林旅馆”、“酒肉草料齐全”字样招牌的小店，落脚歇息。

第二天一大早起程，顺着野草丛生、卵石遍布的河滩行走，穿过几片村庄和农田，下午时分进了省城，找了一个叫“仙客楼”的旅店入住，吃了晚饭。

当晚王怀成来找他们，说：“省党委社会部的王迎祥部长要和你们见面，明天晚上七点钟在黄鹤楼的二〇室等你们。”

赛音特古斯和同事们在旅店里休息了一天，养精蓄锐。

等到晚上，赛音特古斯叮嘱那生他们自己吃晚饭，别让大伙儿出门，然后和巴图吉日嘎拉身着便服，将手枪藏在衣服内兜里就出门赴约。

他俩过了几个街来到“黄鹤楼”的门口，王怀成已等在那里了。七点的时候，巴图吉日嘎拉留在门外守候，他俩推门进入二〇室。

屋里有一个高壮的黄脸汉子和一个长相很漂亮的小姑娘，两人坐在一张桌子两边面对面交谈着什么。

“我叫王迎祥，我代表省党委热烈欢迎赛音特古斯同志的到来。”那汉子起身握住赛音特古斯的手。

赛音特古斯很客气地说：“能够见到王部长，是我的荣幸啊。”

“大家都坐吧。这桌上有一副麻将牌，我们四人就装着打牌，边玩边聊吧。”王部长说着打开桌上的小盒子。

“好的。”赛音特古斯一边摆弄着麻将牌，一边简要介绍了此行的目的和旗里的情况。

王部长认真听着赛音特古斯的介绍，仔细思考了一番后说：“旗党工委筹备组做了不少工作，特别是您在旗军政上层中间做了许多有益的工作，取得良好的效果。听你刚才的介绍，基本上具备了和平起义的条件。但是你们认识到时局的复杂多变，推迟了起义的时间，使之和省里的情况相结合，这个计划非常正确。你们此番想去和彭司令员或张司令员见面，我们理解这是你们的王爷和上层的意愿。其他人或省党委即便替你们说话也不能完全解除他们的疑惑，你们这番亲自去对取得他们的信任是很重要的。省党委同意你们前去，我们还要想办法把你们送过去。”

赛音特古斯：“我代表旗党工委筹备组和我旗王爷、协理向省党委及王部长表示感谢！”

“还有别的问题吗？”王部长问。

“就是通行的问题，我们要经过马家军控制的地区，所以需要想办法通过才好。”赛音特古斯简明扼要地说出自己的担心。

“你们在这里等几天吧，我让你们见见马荣碧将军，让他派人护送你们过去。这位是我部的干部金萍同志，她会让你和马将军见面，联系护送你们的事宜，还陪同你们同行，必要的时候帮助联系省内地方党组织，以便你们顺利通行。你现在回旅店等消息，这几天不要和别人见面，金萍同志会和你联系的。”王部长说。

赛音特古斯起身告辞：“那我走了。”

王部长关切地叮嘱：“你虽然身着少校军官的外衣，但务必多加小心，少在街上走动，也不要随便和什么人接触。如果非要见面或出现意外情况，不要忘了伪装，即一个国民党军官所应有的姿态作风，该耍威风时要耍威风，该说脏话骂娘时也要说。要知道这地方跟你们的沙漠不一样，千万要小心。”

“多谢王部长的关心和教诲。”赛音特古斯说着告辞而去。

“再会，走好。”金萍起身将赛音特古斯送到楼门口，微笑着用蒙语小声说了这句话，返身进去了。

听她一口流利的蒙古语，赛音特古斯感到很惊诧，但没有说什么。

赛音特古斯他们几个在省城旅店里犹似被软禁了一般闷了两天，这两天过得像是过了两个月。

第四天上午九点时分，一个打扮时髦的小姐来到旅店，向门口的店员问了几句话，然后径直上楼，来到赛音特古斯的房间门口，被巴图吉日嘎拉拦住了。

赛音特古斯从玻璃窗口仔细看，认出是金萍，便示意巴图吉日嘎拉将来人放进来。

那天晚上赛音特古斯和王部长说话的时候没怎么注意金萍，后来听她说蒙语的时候虽然注意到了，但在夜色里没看清楚。今天仔细一看，只见她黑亮的头发向后梳成小辫子，用粉色丝巾扎着，细黑眉毛宛若初八的弯月搭在双眼皮大花眼之上，白里透红的脸颊上两个小酒窝分外迷人，还有俊俏的鼻子，天生丽质。身上穿着绣有浅红色花朵的蓝缎上衣和紫红色裙，脚上穿着半高跟黑皮鞋，手上戴着白色绒线手套。上衣略显紧身的胸部微微向前凸出，犹似细柳般轻柔的细腰……看着她画中人般的丽姿，赛音特古斯恍若遇到了天女下凡，连忙上前握住对方的手，却连问候的话也忘了，待在了原地直愣愣地看着对方。

叫不熟悉的男人这么长久地盯着看，金萍感到很害羞，不知如何是好了。

赛音特古斯突然感觉到自己长时间地盯着人家姑娘看有些失礼，慌忙地放开手，不好意思地指着椅子说："请坐。"

"我们现在就去见马将军吧，您穿上军装，带着警卫员去。"金萍表情严肃地说道。

"是，遵从小姐的命令！"赛音特古斯笑着说道。他叫了巴图吉日嘎拉，整装待发。

金萍见状，笑着问："你们俩长得像孪生兄弟一样，山那边的人都长得这么帅气吗？"

赛音特古斯："比起您这样仙女般的姿色，我俩简直就是土包子般的粗汉子罢了。”

金萍笑了：“瞧您伶牙俐齿的，羞煞人了。”

赛音特古斯、金萍、巴图吉日嘎拉三人下了楼走到街上，金萍伸出右手搭住赛音特古斯的左臂，让巴图吉日嘎拉在后面保持几步路的距离。过了一条大街，到了一座大军营，往里走到一座青砖楼门口。一名上尉领着他们上了二楼，左转，推开一个大屋子门，让他们入座、喝茶。

“请你们稍等片刻。”说着上尉出去了。

不一会儿门开了，进来一个体态发胖的年长军官。从中将的军衔猜出来人就是马将军，赛音特古斯连忙起立，一旁的金萍推了他一把，悄悄说道：“马将军。”

赛音特古斯立正行礼：“我们的王爷向候将军问好，让我给将军带了一封信。”说着将王爷的信函交给将军。

“你们坐！”马荣碧将军从衣兜里掏出眼镜，看完了信函，然后问，“你今年多大了？”

“二十五岁。”赛音特古斯回答。

“你们的王爷派你完成这么重要的使命，你小子一定不简单。”将军说着，又问起旗里的情况和巴王的动静，赛音特古斯一一简要做了回答。

马将军说：“我想办法给你们弄点枪支子弹吧。”

赛音特古斯起身：“我替我们的王爷感谢将军！”

“王部长让我去咸阳办事，还叫赛音特古斯一行几个人跟我一起去，他们有事要见张司令员。我们希望马将军能派人护送我们。”金萍面带微笑地说着走到马将军身边。

“你们什么时候走？”马将军问。

金萍：“就等您的安排了。”

“那明天一早我派人用车把你们送到平凉。返回来的时候还是这些人把你们接回来。我再给张司令员带一封信，你们俩交给张司令员。”马将军热情地说。

“多谢马将军了，我们的王爷日后将会亲自跟您见面，当面表达谢意的。”赛音特古斯的心里踏实多了。

“金萍女士还有什么事吗？”马将军问。

“我也要跟着赛音特古斯前去，所以在这里一并感谢将军。他们都是军人，中间只有我一个姑娘人家，容易引起别人的注意。恳请马将军借给我一套军服和证件，以便出行。”金萍说着看了赛音特古斯一眼，吐了吐舌头。

马将军问：“赛音特古斯你所带领的人都是什么级别？”

“报告将军，一名上尉，两名中尉，一名少尉，战士三名。”赛音特古斯回答。

马将军按下了桌上的铃，先前领他俩来的那个上尉走了进来。

“你领着这个姑娘到军需部，给她找一身合适的衣服，把少尉军衔、证件、手枪等都给弄全了。”马将军吩咐道。

“谢谢将军。”金萍笑道。

马将军：“明早你们八个人在旅店里等着吧。”

赛音特古斯行了礼出来，然后和巴图吉日嘎拉二人在院子门口等候金萍。

过了一会儿，来了一个女少尉，给他们行礼，原来是金萍。

“我们像来时那样手挽手的走回去吗？”赛音特古斯小声对金萍开玩笑道。

“哪有军人那样在大街上走的？”金萍笑道。

到了旅店，金萍要回去。

赛音特古斯说：“你穿着军服，碰见熟人怎么办啊？你进我屋里换了衣服再走吧。”

“多谢你的提醒。我把枪也留在你们这里吧。”金萍说着把枪交给巴图吉日嘎拉。

赛音特古斯转身进入那生的房间说：“事情很顺利。你们做好准备，明天上午九点钟走，马匹要安顿好。”

当他返回房间时金萍已经换好了衣服。

“明天走的时候多带一件便衣，如何？”赛音特古斯说。

“遵命！我走了，明天见。”金萍告辞而去。

在一辆美式大卡车的司机旁边的座位上，赛音特古斯、金萍并肩坐着小声谈论着什么。车后栏里坐着那生等六人，护送他们的马瑞上尉和全副武装的一班士兵有的坐着，有的站着。

卡车出了城南门，穿过一片稻田，到达一个渡口，用轮船将人和车载过了黄河。不一会儿，车开进了一座土山，左拐右转地跑了一整天，太阳下山的时候到达位于平凉城北郊的马荣碧将军所管辖的一个团内部招待所，落脚休息。

第二天早晨，他们从宿地出发，继续沿着黄土弥漫的高原颠簸了两个多小时，来到一个山村边上停了下来。

“从这往南走就是解放军的防区。我们不能继续往前走了，就此返回，请谅解。从这个村子里可以找到带路的人。你们返回来的时候用内线来电，我们依旧会在这儿接你们。”马瑞上尉跳下车，给赛音特古斯行礼告别。

“谢谢你们。”赛音特古斯回礼道。

马瑞上尉上了车原路返回，车上的士兵们招手喊着再见，渐渐消失于黄尘里。

赛音特古斯他们脱了军装，换上便衣进了村。

肩上扛着长枪、手持长矛的两个青年农民从村子里出来了。

“你们是什么人？”扛枪的小伙子问。

“我们是商人。”刘参谋回答。

“要去哪里？”带枪的人继续盘问。

“去西安。”刘参谋答道。

“看你们的样子不像是好人，是马家的特务吧？我们要搜查你们的包。”那个小伙子提高了嗓门，越发神气。

赛音特古斯见状，走上前以平稳而又不失威严的口气问：“我问你们，你们是什么人？有什么权力搜查我们？”

“我们是村里的民兵。”扛枪的小伙子不再那么威风了，声音也弱了下来。

“那，民兵要听谁的领导啊？”赛音特古斯接着问。

“当然是听从共产党的领导呀！村里还有解放军呢。”小伙子乖乖地回答，先前的审问者反倒成了被审问者了。

“那么，你们去一个人把解放军给我们找来。”赛音特古斯直接提出要求。

带枪的小伙子说：“解放军是你们想见就能见到的吗？”

“别废话了，快去快回。我们还忙着呢。”赛音特古斯命令般严正地说。

“你看着他们，别让他们跑了，我去找解放军。”带枪的小伙子对持长矛的叮嘱着，然后进村找人去了。

不一会儿，先前的小伙子和两名解放军战士、一个民兵四人过来了。

“麻烦你们了，我们是来自远方的过客，有要事去会见共产党西北地区的领导。你们可不可以把我们送到咸阳？”赛音特古斯开门见山地说。

“你们是什么人？”解放军战士问道。

“我们来自很远的地方，至于从什么地方来、来的目的目前不能随便透露。我只能和你们的领导说。”赛音特古斯说。

“那我们把你们领到连队上吧。”解放军战士友好地说。

“这里有没有比连队更大的机构，军、师、团，越大越好，我们此行任务极其重要啊！”赛音特古斯说。

解放军战士热忱地答道：“这附近没有那么大的机构，最大的就是团了。去团里必须经过连队的同意呢。”

赛音特古斯：“那我们就先去连队吧。”

赛音特古斯一行人跟着解放军战士，来到村东头青瓦顶的砖房大院，进入西边的一间屋子。

不一会儿来了两个军人。

“你们是什么人？找我们领导有什么事吗？”来人问。

“我已经给这位同志说过了，我们来的地方和此行目的不便透露，你们的上级知道了也会允许我们保密的。我这样说，你们能明白吗？请谅解。”赛音特古斯说。

“我是这里的连长，看来我也无权过问了。”那个自称连长的人若有所思地说。

赛音特古斯：“不是的。我们的任务确实非常重要，而且高度保密，我们不敢乱说。”

连长说：“我们什么情况也不知道，怎么能把你们送到团部呢？你们能说清楚最好，说不通就对你们进行搜查甚至逮捕押送。这也是我的职责所在。”

赛音特古斯：“不管用什么办法，把我们送到你们的上层就行了。但是我简要地告诉你：你我实际上都是同志，你在公开执行解放军的任务，我们呢在执行秘密任务。你们可以公开穿着军服，明里持枪执行公务，我们身着便服，包里还备着敌军的服装、证件和枪支，通过敌占区时化装成对方的模样，还要时刻提防暴露行迹。以遭不测。现在我们来到了解放区，就算是被解放军逮捕了我们也高兴。至于具体任务和出发地不能告诉你们，你们可以执行你们的任务，我们不反抗。我们的包里有整套的国民党军服、证件和枪支等，你们搜吧。”

解放军连长听了，沉思片刻，说：“你所说的我相信是真的。我们不搜查和盘问你们了，更不会逮捕你们。我派一个班战士护送你们到团部吧。”

赛音特古斯：“谢谢您！”

他们到达一山谷，进入和先前的连队驻地差不多的大院子。赛音特古斯让那生他们看守行包，自己跟着连长走进上房，一个体壮高大、浓眉大眼的约莫三十岁的男子迎接了他。

听连长称其为“王团长”，赛音特古斯知道此人就是这里的负责人。

“您前面给我们连队同志们所说的话我已经通过电话都了解到了。今晚你们就住在这里，明天我们会用汽车把你们送到咸阳的。”团长说。

“谢谢团长！”赛音特古斯感到十分欣慰。

赛音特古斯一行人在那里吃了晚饭，很快入睡了。这是他们自从德力格尔浩特出来以后睡得最安稳的一次。

欲知赛音特古斯一行到了咸阳后会发生什么事，请看下回分解。

【第二十四章】

浏览西安古城大开眼界
拜见张司令员声明来意

赛音特古斯他们乘坐的大卡车在黄土飞扬的土山里穿梭、颠簸，跑了半天才驶入关中平原，穿过一片片漫无边际的农田和村落，最后驶入先秦古都咸阳城。

卡车在商铺连绵、闹市喧嚣、车水马龙的街道东转南拐地行驶了一会儿，到达了“咸阳旅馆”。一行人下榻于非常干净舒适且各种用具应有尽有的房间里。

赛音特古斯几人洗漱了一番后正在喝茶，人民解放军兵团社会部部长杨光玉前来会面。

“听到你们在来的途中，对我连队和团里的同志讲的话，我们猜到你们是来自山那边的，一定有重要的事情，所以电话通知他们把你们照顾好，尽快送过来。我兵团张司令员去西安开会去了，因此不能前来见你们。我是本兵团社会部负责人杨光玉，代表张司令员欢迎你们的到来。”

“多谢杨部长。一路上连队和团部的同志对我们很关照，一路护送到这里，对他们我们表示由衷的感谢。”赛音特古斯说。

杨部长：“你们的此行目的，等张司令员来了再汇报吧。这几天我们安排好你们的日程，先在西安城区观光一番如何？”

赛音特古斯："我们是山后的人，我旗王爷派我们来向彭司令员和张司令员报告我们和平起义的意愿。"

杨部长笑道："我们猜测的果然没错。"

"这事儿对我们来说非常重要，并且是个很机密的事，所以我们在一路上保密，一是怕泄露了机密，二是想引起同志们的注意，尽早把我们送来。现在找到真神了，不给您汇报还找谁呢？"赛音特古斯也笑道。

杨部长："谢谢您的信任。我立即给张司令员发报告知你们的事情。"

"我叫赛音特古斯，是去年秋天才秘密加入中国共产党的一名新党员，公开身份是旗保安总队副参谋长。我们同行的八人中间还有三名党员，一位是省党委统战部干事……"赛音特古斯先行介绍了自己和同行之人，然后仔细汇报了此行的目的。

"对你们的到来我们表示热烈的欢迎，对贵旗王爷和军政要员提出的和平起义这一正确的选择我们更表示热烈的欢迎。今天你们就在这里好好休息，其他的事明天再谈。我汇报给张司令员，等他决定了与你们相见的日期后再通知你们。今晚由我部招待你们。"杨部长说。

赛音特古斯："谢谢杨部长。"

晚餐后，杨部长给他们送来了《西北日报》、《全国战况》等报纸和内参。

"这是我们带来的唯一一份重要的资料，是我旗王爷和协理签了字的和平起义书的底片，麻烦您给我们放大一份。"赛音特古斯从衣服口袋里掏出一颗子弹，取了弹头从壳中掏出一个胶卷交给兵团社会部郭平同志。

"好的。"郭平接过了胶卷。

赛音特古斯一行人到达咸阳的第三天。

兵团社会部韩宝成处长和几名男女战士领着赛音特古斯他们乘坐一辆有近二十个座位的客车在西安城里浏览。

古都西安获得新生，处处充满了勃勃生机。

他们一行人参观浏览了都市古老的建筑、整齐的街道、高楼大厦、宽敞的马路和骊山青松岭、华清池温泉等景观。常年除了沙漠戈壁没见过如此景观的大漠儿女大开眼界，真切地感受到了“欲穷千里目，更上一层楼”的意境。

赛音特古斯将一路的感想以诗的形式写在了笔记本上：

“秦王英勇大统一，
则天扬威称女帝。
太白醉酒咏诗歌，
圣僧西游取经回。

红军崛起北高原，
张杨兵谏促抗战。
古城长安获新生，
以史为镜换新颜。”

第二天上午，郭平来到旅店通知下午两点张司令员要会见他们。

午饭后，他们穿上了蒙古袍，为下午的活动做准备。

“我们都穿蒙古袍，你穿什么衣服呢？”赛音特古斯悄悄地问金萍。

“我也跟你们一样穿蒙古袍呀。”金萍说。

“那你带蒙古袍了吗？”赛音特古斯怀疑她在开玩笑。

“你不是让我多带一件衣服嘛，我听巴图吉日嘎拉说你们都有蒙古袍，就把我自己的蒙古袍带上来了。”金萍笑。

大家穿着打扮完毕，在各自的房间里等候。

金萍穿了一件以浅红边饰镶边儿的绿色绸缎袍子从外面走了进来。

赛音特古斯仔细打量着她。

金萍笑道：“你又这样盯着人看。”

"虽说人靠衣着马靠鞍，但你却是穿什么都显得漂亮，现在这句话应改为衣着因主人而亮丽。"赛音特古斯笑着说。

"你就知道跟人家开玩笑。"金萍笑着用小拳头捶了一下。

而他似着了魔一样，依旧目不转睛地盯着她看。

金萍还在笑："你为什么这样盯着人看？怪难为情的。"

"一是我从未见过像你一样这么漂亮的姑娘，二来你很像我从前见过的一个人，但我一下子想不起来了。"赛音特古斯说。

金萍："那你也别这么看我呀，羞死人啦！一起走了这么多天，还没想起来跟谁像吗？回到省里还有几天呢，着什么急呀？"

赛音特古斯笑了："对不起，多谢你的包涵，我看了你这么久没生气。"

"那有什么，想看就看呗。看的时间长了自然就会厌烦了。只是不要在有别人的时候看个没完。"金萍笑着说。

"那我越看越喜欢了怎么办呀？"赛音特古斯俏皮地说笑道。

"只要你不厌烦，那你就尽情地看吧！"

"你这么说我很高兴。"

赛音特古斯、金萍二人走进那生他们的房间。

"哟，你俩真像一对要结婚的新人啊！"那生这么一说，大伙儿拍手大笑。

金萍有点不好意思地低下了头，巴图吉日嘎拉转过身去直发笑。

到了下午两点钟。

军部来人让他们分乘两辆小车，穿过大街向西掉转，来到城西边一座楼前。他们下了车，上了二楼，进入一间较大的房间入座。

不一会儿，张司令员在几名解放军的陪同下走了进来。

身着蒙古袍的赛音特古斯迎上前以蒙古族礼节弯腰施礼，向张司令员和陪同的几位军官献上哈达。

张司令员双手接过了哈达，和赛音特古斯久久地握手，"听说你们来了，我们很高兴。"说着和其他人一一握手。

“对各位的到来我们表示热烈的欢迎。我军不久将解放兰州，你们那儿的那个被姓马的军阀占据的省城也很快就要解放了。我们本想到时候再和你们的王爷协商和谈，不想你们提前来了。我们由衷地欢迎你们。”张司令员再三表示对他们真诚的欢迎。

“这是我旗王爷和协理亲笔签字的和平起义文函影印件，路上我们因经过敌占区，以防万一没能带原件。”赛音特古斯说着将已经放大的和平起义文函影印件交给张司令员。

张司令员起身接过。

“这是马荣碧将军给您的信。我们在省城地带顺利通过，全凭马将军的帮助。”赛音特古斯从怀里掏出一份信函交给张司令员。

“马将军是我们的好朋友。贵旗的王爷我们也知道，是一个具有民主思想和进步意识的爱国王爷，抗日战争后期回到旗里，蒋介石为了拉拢他靠近自己，给了一个国民党中央执行委员的职务，还封为中将。但是他一直反对国民党的大汉族主义的压迫，现在又下决心举行和平起义，这一方面是我党政策影响和地方党组织积极工作的结果，另一方面达里扎布王的觉悟和决心起了重要作用。”张司令员说着喝了一口茶。

赛音特古斯认真地做着笔记。

张司令员：“目前，你们王爷所担心的，即贵旗的麻烦事有两样，一是姓马的，一是巴王。姓马的很快就会有结果，在该省城解放之前会见分晓。最主要的是巴王的问题。对于他，你们的王爷也许还没有一个全面的认识。在这方面可以继续做工作，思想认识的问题可以等待，但必须做积极主动的工作。爱国不分迟早，参加革命也如此。我们相信达里扎布王爷，你们这样做对于国家的统一、民族团结、革命的进程和人民的安全都有好处。”

赛音特古斯继续认真做记录。

张司令员接着说：“不过，起义的时间不可定得太早。”

“我们打算在省城解放的那天正式宣布。”赛音特古斯合了笔记本说。

“你们考虑得很正确。我会把你们的文函递交给彭德怀司令员。他去北京开会去了，因此不能见你们，你们也不好在此多耽搁。赛音特古斯同志，您回去后转告贵旗王爷，人民解放军西北野战军对贵旗和平起义，脱离国民党反动政府，拥护共产党的领导，以此迎接中华人民共和国建国大业的革命行动表示欢迎。眼下你们要做的，是暗中做好准备，尤其是做好思想准备，统一认识，等省城解放的时候公开通告和平起义，在人民政府建立之前负责保护好全旗人民的安全。解放军不会进驻贵旗，我党将委派干将和旗爷协商决定。还有，要收缴国民党散兵的武器，侦破敌特机构，抓捕特务，交给人民解放军。”张司令员补充道。

“好的，我一定照实转达您的指示。”赛音特古斯说道。

张司令员：“我向彭司令员电话汇报了你们的到来，他让我全权负责处理。所以刚才所说的意见也是彭司令员的意见。”

“我们回去后一定认真传达落实张司令员的指示。对于破获国民党特务机关我们已经做了一定的准备，国民党军统局安插在德力格尔浩特的特务名单我们已经掌握，将在适当的时候给予一网打尽。解决马氏驻扎于德力格尔浩特的一个团的兵也不是什么大事，收缴国民党散兵武器的工作我们已进行了部署。我们最关注的问题是驻扎于河东的新七旅。本省解放后，解放军入驻省城时，他们很有可能会窜入我旗境内，他们是我们最危险的敌人。我们在他们进驻河东之前在我旗境内明里暗里和他们干了几仗，消灭了一部分人马。但他们的主力仍然存在，为此我们还做了一定的应对准备。”赛音特古斯汇报了一些情况。

张司令员好奇地问：“你们和新七旅是怎么打起来的？”

赛音特古斯将东港战役和甘珠尔扎布的骑兵师的情况做了简要汇报，只是没有提自己。

“赛音特古斯直接指挥了东港数次战役。他带领五百个人和对手明里暗里作战两个月，消灭了对方五百人。因此得到王爷赏识，晋升为少校，任旗保安总队副参谋长，负责应急工作。在这样的情况下赛音特古斯和旗协理商量，提出和平起义的主张。”金萍一口气说了出来。

赛音特古斯拦不住她，在一旁直摇头。

“金萍同志，你怎么了解得这么清楚啊？”张司令员问。

“我省党委王部长在我临行之际将这一切都告诉了我，叮嘱我在适当的时候可以向领导汇报。”她说着用手指着那生，“我还仔细询问了参加过那次战役的英雄之一那生同志，要不然我怎么会知道得如此详细呢？在来这里之前我还不认识赛音特古斯同志呢。”

“王部长？是王迎祥同志吗？是回族么？”张司令员问。

“是的。您认识他呀？”金萍说。

张司令员：“何止认识，我们在同一个部队里一起待过呢。”

金萍：“那我回去以后就代你向他问好。”

张司令员：“你告诉他我问候他，等省城解放之时相见。”

“是，一定完成任务。”金萍俏皮地说，逗得大伙儿都笑了。

“谢谢金萍同志把赛音特古斯的情况介绍给我们。赛音特古斯年纪不大，本事却不小。我很好奇你在来的路上吓唬我们连队和团里的同志的事呢，原来是这么回事呀！他们遇到了你这样有本事的高手又怎能不礼让几分呢？我就喜欢这样的小伙子。”说笑间张司令员转身示意手下，只见一位军官拿过来一个很精致的小盒子。

“赛音特古斯同志，这是我军消灭胡宗南的一个集团军时缴获的，没有别的什么好送的，就把这个送给你做个纪念吧。”张司令员说着打开盒盖，将一只崭新的美式枪牌搂子赠送给赛音特古斯。

“谢谢张司令员。”赛音特古斯双手接过，恭恭敬敬地行了一个礼。

张司令又说：“还有，给你们每人一套解放军制服做个纪念吧。”

那生等起身敬礼表示感谢。

“你们还有什么要求？”张司令员问。

“我们王爷说，在省城解放之时要派代表到省城迎接解放军，另外在公告和平起义令之前希望给毛泽东主席和党中央致电。不知妥否？”赛音特古斯说。

“这都是你们王爷自愿的事，可以呀！”张司令员笑着说道。

赛音特古斯："我们还不知道给北京发电的方法呢。"

张司令员对黄参谋叮嘱道："你把党中央的电报明码告诉赛音特古斯同志。"

赛音特古斯："还有一件事相求，我们想穿上司令员赠给我们的解放军制服和司令员合影留念，不知这个要求过不过分呢？"

"我还想和穿民族服装的你们合影呢，你却提出要穿军服拍照的要求。"张司令员笑道。

"那我们就以这个装束合影吧。"赛音特古斯说。

"哎，我认为解决矛盾的最好的办法是以蒙古袍和军服各拍一次，这样我们俩的要求都可以解决。今天下午我没有别的事，就好好合个影吧。"张司令员笑道。

然后张司令员、杨部长和大伙走到院子里和赛音特古斯一行合影留念。

"你们去换了衣服，我们再拍。"张司令员说着在花园处闲步。

赛音特古斯他们换了衣服，和张司令员刚合完影，就听见有电话找张司令员。

在张司令员进去接电话之际赛音特古斯他们相互间又拍了几张照。

"咱俩合一个影可以吗？"赛音特古斯推了推金萍。

"可以呀。"金萍站到他旁边，把头倾向他这边。

赛音特古斯笑道："不挽胳膊吗？"

金萍也笑了："哪有解放军学资产阶级生活方式搂搂抱抱的？"

赛音特古斯："我俩穿蒙古袍再照一张吧。"

"好的。"金萍穿上了蒙古袍。

两人肩并肩站着，金萍挽起了赛音特古斯的胳膊。

饭后，张司令员和他们又闲聊了一会儿。

"杨部长，他们的行程之事安排好了吗？"张司令员关心地问道。

“明天照原路送回平凉的南山边，那里有马荣碧将军的部队接他们，已给说好了。”杨部长回答。

“你们回去后请把我的话传达给你们的王爷和协理，就说我代表彭德怀司令员向他们问好，并热烈欢迎他们参加革命队伍，站在了人民的一边。很快整个大西北就要解放了，到那时候让我们再见面吧。云泽同志是你们蒙古族的杰出革命家，我们都是老相识了，以后大概你也会见到他的。今天我又结识了你这样一位年轻有为的蒙古族共产党员，感到很高兴。明天我还有会，就不能前来送行了。”张司令员说。

赛音特古斯：“多谢张司令员。我定会将您的指示传达给王爷，全力以赴地落实好。解放以后若有时间请张司令员光临我旗，我们会用闻名全国的阿拉善烤全羊来招待您。”

欲知赛音特古斯他们返回省城后会发生什么事，请看下回分解。

【第二十五章】

传达张司令指示上下提高认识
依据鲍协理意见军政统一行动

赛音特古斯一行回到省城，向王部长汇报了此行的所见所闻。

王部长："你们回到旗里后要给王爷和协理仔细转达张司令员的指示。但不可暴露省城、旗里的党组织和自己的身份。省党委好像是把你安排为旗党工委筹备组副书记，等你回去了他们会告诉你的。"

赛音特古斯和金萍二人静静地聆听着。

"你是当地人，虽年轻，但在军政上层有一定的威信，还得到了下级军政人员的拥护，有人脉优势。你为旗里的解放事业及和平起义之事做了很大的贡献，发挥了重要作用，这一点省党委很清楚。一定要做好旗里上层人士的思想工作。在当前和今后一段时期要你做的事还很多，你要在这方面继续发挥作用。尤其是王爷和协理他们都很信任你，所以和他们团结好，其他人也就好办了。希望你积极工作，努力学习，成为一名合格的共产党人，同时成为旗军政上层信得过的朋友。这也是党对你的希望和要求。"王部长说。

"我一定认真领会王部长的指示，努力完成任务。"赛音特古斯既谦逊又充满信心地表态。

"你们旗的大事，王爷和协理谁起主要作用？"王部长问。

“当然大事，由王爷做出决定，但往往是协理先行考虑方案，然后汇报王爷。比如这次的行动，是协理先和我谈话，然后才报告给王爷做出决定的。”

“那他们俩谁对当前的形势有所犹豫和顾虑？”

“协理基本上下了决心，王爷对目前形势也没什么疑惑，只是在巴王的问题上下不了决心，不好公开决裂。在我们南行之前的会议上，有一个官员说巴王是为民族事业奋斗了一生的人，反对他会产生消极的政治影响。我不同意这个观点，毫不客气地给予了反驳，而王爷却主张大家自由发言。我想，和这两个人团结好，通过他们开展好全旗的工作没什么大问题。”赛音特古斯说。

赛音特古斯回到旅店，准备返程。

“你们如果想上街，可以两三个人结伴出行，但是不可走远，不能说蒙语。晚上好好检查、喂养骑乘。明天我们早点动身。回去之后，对此次南行之事对谁都不能说，这是事关旗乡、王爷协理和百姓安危的机密大事，千万不可泄露半分。就是好朋友、父母、妻儿也不能说。如有人问起来，就说到省城出差办事去了。大家能做到吗？”赛音特古斯问。

“能！您放心吧，我们就是掉了脑袋也不会泄密的。”大家果断地保证。

“我相信你们。如果不信任能和你们同行吗？但我们要保密，还要讲究方式方法，也就是说我们大家要统一口径。不然你说这样、他说那样，牛头不对马嘴，平常人不注意，有心人却会发现漏洞，找出破绽的。所以我们一定要统一口径。”赛音特古斯强调。

“那我们怎么说呢？”有人问。

“就说：‘跟着赛副参谋长去了省城，会见了马将军。具体事项不清楚。’至于住宿在哪里什么街道、哪个胡同就实话实说，不会露出破绽的。”那生说。

赛音特古斯进了房间，穿了军服，将手枪插在腰里，把张司令员给的枪上了子弹，藏在内衣兜里。然后倒了一杯茶，认真思考返程路上的安全问题和回去后的工作。

“咚，咚！”这时候传来自己人敲门的声音。

赛音特古斯起身开门，巴图吉日嘎拉、金萍二人进了屋。

“坐吧。”赛音特古斯招呼。

巴图吉日嘎拉给金萍倒了茶后借口离开。

“我以为你不声不响地走掉了。”金萍说。

赛音特古斯：“为什么这么说？一起走了十来天，相处得也很好，有时像情侣，更多的时候是同志身份，我怎能忘记呢？”

“谁跟你是情侣？瞎说！”金萍红了脸低下头。

“有几次在饭馆里，还有在大街上，你挽着我，我搂着你，那不是恋爱中的情侣吗？谁敢说不像一对情侣吗？”赛音特古斯说笑着起身给她续了茶，从包里掏出糖果放在她前面的茶几上。

“那是做做样子给人看的呀，又不是真的。”金萍嗔怪道。

赛音特古斯笑道：“世间的事情，亦真亦假，亦假亦真，真真假假谁又能分得清呢？”

“你说什么呀？假的就是假的，真的就是真的，什么真真假假分不清楚？”金萍也笑了。

“我的意思是，假的可以变成真的啊！”赛音特古斯说。

他俩就这样说笑着，谁也不愿意离去。

“那你说，假的能变成真的吗？”

“你又说起了那一套真真假假的理论。”

“不，我是说真的。”

“你说的真是真的么？”

“什么真是真的，你倒把我问糊涂了。”

“我也说真的呀。”

“那就不这样说了。”

“那怎么说呀？”

“你说的那个假，我们可以改变吧？”

“日子久了也可能会改变的。”

“那我就等待那个改变的时刻吧！”

“随你的便。”

“嗯。”

“你什么时候走？”

“明天一早。”

“什么时候再来呀？”

“说不准，但会有很多事务要来的。”

“来了你会找我吗？”

“可以吗？”

“当然可以了，只要你愿意。”

“我会想着早日来见你。”

“那我等待你的到来。”说着，金萍起身，久久地用力握住赛音特古斯的手，然后告辞而去。

相识之前是原野上的两只黄羊，相识之后是心灵的两条血脉。两颗年轻的心在此刻失去了平常的韵律，跳动得如此激烈，犹似爱的烈火在胸中燃烧，真想把心里的话都一股脑倾倒出来。然而他们谁也没有那样做，也没有那样做的勇气……

赛音特古斯他们出了省城，眺望着在云雾迷茫中露出尖峰的巍巍笋布尔岭高峰，一路向上顺着一条低矮的上坡路疾驰了大半天。

太阳向西北偏斜，远处飘荡在天边的乌云顷刻间横亘过来，方才还洒着烈焰的太阳躲在了云层背后，偶尔又探出头来，遮遮掩掩地持续了一段时间，继而干脆不再露面。云空里开始有一两滴雨落下来，不一会儿淅淅沥沥地越下越猛了。

“报告！有一拨人，大约有二十来个人，沿着山脚下的小径在我们前方向北行进。”先头巡路的战士返回来报告。

赛音特古斯伸手接过巴图吉日嘎拉递过来的望远镜，向刚才的战士所报告的方向观望。

只见东面山脚下有二十来个步兵扛着枪，排成一列，耷拉着脑袋，拖着脚慢腾腾地向北行走，显得很疲劳。

赛音特古斯：“他们没有发现我们，就是发现了也阻拦不了我们。不管他们，我们照旧赶路吧。”

“那我们继续前行吗？”那生问。

“报告！在长城关口，不知是从哪里来的兵设立了岗哨，检查过往的人呢。”先头探路的另一个战士报告情况。

“我们走我们的，不管他们。但要提防发生意外。巴音吉日嘎拉，给你一个任务。”赛音特古斯说。

“是！”巴音吉日嘎拉掉转马头来到赛音特古斯跟前。

“你斜斜穿过小山坡，抢在步兵之前过路，到山中阿拉腾欧德关口，布置好兵力，听到枪声后来接我们。你千万不可叫那两批人马发现自己。现在你快去吧。”赛音特古斯下了令。

巴音吉日嘎拉快马加鞭绕过小山头，进入大山。

“刘参谋走在前头和哨兵取得联系，其他人别吱声。大家做好战斗准备，但是没有命令不许开枪。”说着，赛音特古斯打开自己二十响的匣子枪的保险盖儿。

其他人也照样进入战备状态。

赛音特古斯一行冒着雨在山谷中逆势而上，在已经有积水流淌的山沟里磕镫催马地艰难行进，速度明显缓慢了许多。

但毕竟是骑马的人，尽管缓慢却也比步行的快，先于那些步兵到达哨卡。

刘参谋声先夺人，以一副长官的派头上前质问道：“你们是哪里的兵？在这里干什么？”

“我们是二一八团的巡逻队，在这里设卡盘查过路的人。你们是什么人？要去哪里？”守兵问。

“我们是山后区防司令部的人，从省里的司令部返回。”刘参谋说。

守兵：“请出示你们的证件。”

“给。”刘参谋掏出证件。

那个守兵对刘参谋行了个礼，“您的证件行得通，其他人也都把证件出示一下吧！”

“你怎么这么啰唆？看一个就行了吧，连我的也要看吗？”赛音特古斯说着脱下雨披，露出了他的少校军装。

“哎呀，小的没认得长官，请多多包涵！”守兵立正行礼，向后退了几步让出道儿。

“走吧！”赛音特古斯一声令下，大伙儿策马疾驰。

赛音特古斯一行人过了长城关口，进入家乡的境内，开心地说笑着放马奔驰。

他们进入山谷不久，巴音吉日嘎拉、阿拉腾欧德哨卡分队长布、那生中尉和二十来个战士前来迎接。

夜里，他们就住宿在阿拉腾欧德关卡。

第二天，他们向北掉头，沿着披着绿色蟒袍的阿格鲁图山西麓，眺望着左侧金滔波动似的绵绵大漠，一路上心旷神怡，太阳未下山赶回了德力格尔浩特。

赛音特古斯让同伴们回去休息，自己连夜到协理府简要汇报了南行的情况。

“太好了，我没想到你们这么快就回来。你做好向王爷汇报的准备，我先告诉他你回来的消息，然后商定何时听汇报。”协理高兴地说。

第二天上午，协理见到王爷后说：“报告王爷一个好消息！”

王爷问：“什么好事啊？”

协理：“赛音特古斯前去见到了张司令员，已经返回来了。我们的要求都得到了同意，我们要加紧步伐啊！您看什么时候让他汇报情况呢？”

王爷：“明天上午怎么样？为了保密起见，这次在王府里听汇报，您看如何？”

协理：“好的。让上次参加会议的人都来听听吗？”

王爷：“可以。是否请黄海三先生也参加？”

协理：“好的。”

王府内厅里参加会议的人陆续到场。

王爷坐于正席，黄海三、协理分别坐于其两侧，其余人东西两排面对面坐着。赛音特古斯坐在王爷的正对面。

“现在开会。由赛音特古斯汇报此次南行的情况。”王爷主持会议。

赛音特古斯起身向王爷和众官员行礼，然后坐下来详细汇报了和张司令员会面的情况和司令员的指示。

参加会议的官员们多数沉默不语，一小部分人在窃窃私语。

“协理有什么看法？”王爷侧身问协理。

“赛音特古斯超乎我们想象地完成了我们所期望的任务。从他的汇报中我是这样理解张司令员的指示的：一是热烈欢迎我们脱离国民党政府，拥护共产党的领导，举行和平起义，并同意在省城解放之时公开通告；二是解放军不进驻我旗，我们负责家乡的安定；三是共产党将派干部来我旗开展工作，并且和王爷协商决定；四是在建立人民政府之前所有的行政管理活动照旧实行；五是要我们破获国民党特务机关，抓捕潜伏的特务，收缴国民党散兵的武器交给解放军；六是可以给毛泽东主席致电，在省城解放之时可派代表迎接人民解放军；七是给赛音特古斯一行人赠予人民解放军的服装和证件，这不仅仅是一种纪念，而是承认自从那天起他们便加入解放军了；八是司令员高度评价了我们的王爷。所有这一切都是我们举行起义、正式建立人民政府的基础。张司令员接见我们的代表，利用半天的时间进行交谈，还拍照留影，热忱招待，这都说明共产党、人民解放军非常尊重和重视我旗。”协理的这番话看似分析司令员的指示，实则是总结了赛音特古斯的汇报。

“其他人还有什么要说的？”王爷问。

“从赛音特古斯刚才的汇报，我们知晓了王爷和协理举行和平起义的决定是非常正确的，从张司令员的指示我们进一步了解了共产党的伟大。”

“我们的愿望实现了，现在要做的是继续朝这个目标前进。”

“共产党相信我们，我们也要信任共产党，实现我们的承诺。”

“目前的阻碍是巴王。我们虽然暂时不暴露我们的决策，但心里要有所准备。总觉得应该像上次赛音特古斯所说的那样，彻底脱离他们才是。”

“赛音特古斯任务完成得非常好，可以说比起东港战役中的功劳有过之而无不及。”

部分官员兴致勃勃地说。

也有一些人讲述了自己的不同看法。

“从建立人民政府来看，王爷和协理职位不会保留了吧。”

“如果不保留王爷、协理和章京，我们这些人的梅伦、扎兰等职位恐怕也保不住了。不过这也不要紧，只要家乡百姓平安太平就行了，我们即便回了老家又有何妨。”

“这个问题还需要仔细思考和斟酌。”

就在与会者谈论纷纷之际，巴图吉雅梅伦向赛音特古斯质问道：“我们还可以想想刘琮的故事。我们这么大的一个旗，把它双手奉送给共产党，人家会不高兴吗？能不欢迎吗？谁知以后会怎么样呢？赛音特古斯你知道这个故事吗？”

“您是在问刘琮将荆州献给曹操的故事吗？”赛音特古斯一开始就明白了对方问这个问题的用意，心想这个问题要是回答不好，既不能解除大家的疑惑，也不能开导持不同政见者，所以要慎重答复。于是他并不急于回答，先来了个反问。

巴图吉雅笑道：“哦，原来你知道刘聪的故事啊。”

赛音特古斯举目向王爷协理和众人看去，只见大家都看着他，有的向他点头。

“如果巴梅伦不见怪的话，请允许我斗胆说一句话。”赛音特古斯看着巴图吉雅说。

“你有话就说，大家在讨论嘛，有什么见怪不见怪的？！”巴图吉雅梅伦这次缓和了许多。

“我认为，刘琮的故事不可以和我们的事相比较。刘琮是一个听信了奸臣的话，造了一份假遗书偷着继承了父亲的职位，最后把自己的领地献给曹操的小孩童。拿我和他比较我还不够格，别人也不好比较。所以没什么必要拿这么久远的事情比喻今日之事。不知先生们注意到没有，眼下国民党的众多将军举行了起义，服从共产党的领导，救劳苦大众于水深火热中，迎来了一片光明的前途。我们可以此为明鉴。刚才巴梅伦说我们把这么大的一个旗双手奉送给共产党，我认为这个问题不能这么理解。就算我们像巴梅伦所说的那样把我旗拱手相让于共产党，但如果不‘相让’又如何能保护？蒋总统移都广州也没能让局势起死回生，下了野。李宗仁代总统派了代表到北京和共产党进行和平谈判。长江以北只剩下西北这块地方了，听说包括我们省在两个月内都要解放。省主席大人一直觊觎着吞并我旗，然而现在就是送给他，他也没力气接受了。若献给巴王，他倒是可能愿意接受，但他也保护不了几天，最终遭罪的还是老百姓和各位官员你们呀。所以在目前的条件下，我们即便要献出，除了共产党也没有更强大的主了。只有这样才能使我们的百姓和官员们获得平安，免于灾难。只因刚才巴梅伦让我放开说，我才斗胆说出了这番我这般的后生不应该说的话，还望王爷、协理和前辈们多多包涵。”赛音特古斯一口气说完，等候大家的反应。

巴图吉雅无话可说，只是摇头。有的人沉默无语，有的人频频点头。

“黄先生您有什么看法？”王爷听了刚才的辩论，侧身问旁边的黄海三先生。

“我对赛音特古斯这次的工作感到很满意，别看他年纪小，比我们这些老头子强多了。我完全赞成刚才鲍协理系统归纳的几条意见，乌力吉巴图、朝格敖日格乐、道尔吉等人讲得也很正确。我的认识是，我们现在要走的这条路是唯一正确的路，除此之外没有别的路可走。刚才赛音特古斯说的也是这个意思。你们的这种做法和老朽的失误相比，实乃万幸也。建立新政权时，正如刚才那位先生说的，肯定不会再有王爷、协理这等职位，但共产党要和我们团结共事，一定会妥善安排在新政权内的，这个问题我们现在猜测也没用。赛音特古斯你和张司令员交谈过，对此有什么看法？”黄海三恰到好处地结束了自己的话题并移交给了赛音特古斯，可见他的聪明和老到。

王爷："赛音特古斯你说说看。"

"关于这方面的事，张司令员没有具体地说，我也没敢问。但我认为，新建立的政权里，正如黄老先生说的那样不再有王爷、协理、章京等称谓，但王爷、协理、章京们一定可以参与新政府工作，也许会有主席、副主席或旗长、副旗长等新称谓也不是不可能。就拿北京的傅作义将军为例，他绝不可能再有'剿共司令'这个称号，但可能会担任更为重要的职务。听说要被任命为中华人民共和国水利部部长呢，这只是听来的，这些机构尚未成立呢。不管怎么样，举行和平起义，为解放事业做出贡献的人肯定会被重用，对此我深信不疑。"赛音特古斯也不失时机地展示了自己的聪明智慧，更是借此机会给有些人的疑惑给予了很好的答复。

"你是从哪里听到傅将军的任命安排的？"王爷好奇地问。

赛音特古斯回答："我在咸阳的时候从解放军指战员们的闲谈听来的，以后具体会怎么样还都不知道呢。"

王爷示意他接着说。

"如果我们真心实意地拥护共产党，接受人家的领导，共产党也会真心和我们团结，把梅伦、参领等大臣依旧安排在重要岗位使用的。我认为在这一点上没有什么可怀疑的。"赛音特古斯说。

笋布尔："你的意思是新建立的人民政府中我们的王爷、协理、章京都成为正、副职，共产党不派人参与吗？我猜想他们一定会派人来的。"

赛音特古斯："我想共产党当然会派人参与新政府工作的，但只是少量的干部而已。至于派多少人来、派谁来，也要和王爷协商而定呢。多数人应为当地人士。您猜着说，那么我也猜着说了。新建立的旗政府里具体有几名副职、多少成员，我们的官员有多少，共产党派几个人来，现在都是未知数，不光我们猜不中，就是共产党眼下也难下结论吧。"

"大家说得非常好。赛音特古斯这次圆满完成了任务，在我旗的关键时刻又立了一大功。今天的会议上传达了张司令员的指示，大家提高了认识，统一了思想，对即将要走的路更有了信心，决心更坚定了。虽然还存在着不同的认识，但慢慢会统一起来的。我想，可以用乌宁乌日德协理讲的那八条统一认识，这个工作就由协理亲自负责，赛音特古斯协助落实。”

“以后跟共产党打交道的事儿会更多，这个工作就交给赛音特古斯如何？”协理说着看了王爷一眼，又转身看赛音特古斯。

王爷说：“我看可以。今后和共产党联系的事就由赛音特古斯负责，必要的时候还可以再去一趟。赛音特古斯，你认为如何？”

赛音特古斯起立道：“我执行王爷和协理的指示。”

“给毛泽东主席的电文请张秘书早点起草好叫赛音特古斯看。”王爷补充道。

然后，王爷给协理说了一句话，宣布散会。

“你阿哈乃哥叫你去他家吃饭呢。”下午下班的时候，特古勒德尔过来告诉赛音特古斯。

他俩来到道尔吉家时巴图敖其尔已在那里。

“嘉，大伙儿随便坐吧！今天宰了羊，哥儿几个喝个新鲜肉汤吧。”道尔吉说着拿出了一瓶酒。

“赛音，你这些天去哪儿了？我找了几次都没找着，别人也不知道。”巴图敖其尔说。

赛音特古斯：“我出差去了一趟省城。”

“我以为你和协理的千金俩人关起门不出来了。”巴图敖其尔说笑。

赛音特古斯瞪了对方一眼：“你尽说些不着边际的话。”

道尔吉却很好奇：“你说的是玩笑话呢，还是有根据的话？”

巴图敖其尔笑道：“开玩笑呢，没有那回事吧？”

“原来是玩笑话呀？如果是真的，倒也是好事一件啊。”道尔吉反而希望巴图敖其尔说的是真的。

赛音特古斯笑道：“巴图敖其尔在胡说呢！”

“以你现在的条件也许能成呢。”特古勒德尔说。

赛音特古斯推了个一干二净：“我是什么人，敢想那种事儿？

这不是癞蛤蟆想吃天鹅肉么？”

道尔吉严肃地说：“那你也得考虑成家的事儿吧？”

巴图敖其尔：“就不说协理的千金了，还有现成的乌兰其其格吧，只怪他自己不说话罢了。”

“谁家的姑娘啊？”道尔吉问。

特古勒德尔答道：“库热图的额日肯巴雅尔的二姑娘。”

道尔吉：“我见过她的姐姐，长得挺俊俏呢。”

巴图敖其尔：“妹妹长得比姐姐还好看。”

道尔吉关切地问道：“今年多大了？”

“十八。”特古勒德尔说。

“干家务怎么样？”道尔吉想进一步了解。

“好，好得不能再好了。那么漂亮、勤快的姑娘，在我旗找不到第二个了。”巴图敖其尔赞不绝口。

道尔吉：“那么过年的时候我去说说吧。”

赛音特古斯想说什么，顿了顿没有说出来。

道尔吉他们几个大概觉得此事儿就这么定了，没有再讨论。

“我上次在旗府的时候说你学会跟别人辩论了，果然没有说错。你这次又把两个梅伦辩论得叫人家无话可说了。你说的没有错，但也给人家留点面子吧？”道尔吉说。

“我还以为自己留了情面，说到那种程度就没有往下说。后来想一想是不是说得有点强硬了？但一想原则问题上不能谦让的古训，在当场没有留台阶给对方下，是有点不妥。您说的对，今后我注意就是了。”赛音特古斯诚恳地做了检讨。

巴图敖其尔很好奇，“你们俩在说些什么呢？听也听不明白。”

道尔吉：“也没什么要紧的事。我们在说那天我们几个人讨论时赛音特古斯用玩笑话叫人下不了台的事儿呢。”

赛音特古斯晚上回到住处，房东巴拉登喇麻吉给了他一个折叠的纸，是一封匿名信。

纸条上写着：“这几天您要小心，有人可能要对您不利。”

赛音特古斯问：“这纸条儿是什么人送过来的？”

喇麻吉说道：“不认识，是一个十七八岁的汉族小姑娘。”

欲知小姑娘送来的情报是真是假，请看下回分解。

【第二十六章】

高空闪电露潜入杀手
击毙同伙护救妹恩人

一个细雨蒙蒙的黑夜。

国民党国防部保密局第三处驻德力格尔浩特地区特别组工作处。

秃头、瘦高个、四十岁左右的特别组组长张明山少校，约四十岁的矮胖子、上尉参谋魏宏，三十来岁的高壮汉子、上尉职员张龙，还有一个二十岁上下的少尉报务员、眼皮松软耷拉的黄脸姑娘黄兰等四人，每人前面点着一根蜡烛，在一间烟雾缭绕的小屋里打麻将。

“碰！”张龙摊开“二万”字样的两张牌，把黄兰丢出的一张“二万”捡了过来凑成一组。

打牌、弃牌地过了几圈。

“和啦！”黄兰摊开面前的牌，将张明山丢出的“五万”拿过来凑齐了和牌，笑着说道，“怎么样？卡五万的清一色一条龙。”

魏宏：“不知今日何方神仙保佑着这个姑娘，红得不得了。”

“一定是大神仙吧。”张龙说着朝黄兰挤眼弄眉地笑。

听了张龙的这句话，魏宏发笑，黄兰撇嘴，张明山瞪眼。

他们边打牌边交谈。其实打牌是掩护，商量机密工作才是他们的目的。

“目前的形势很紧迫，从内部情报分析，这个旗的一部分上层官员策划着准备迎接共产党。”张明山说着打出了一张“红中”。

“积极主张迎接共产党的人是协理，这我们都清楚，他是起主要作用的人。”张明山继续说着推倒了前面的牌又推了过去，点了一根烟，“你们暂且停止打牌，先说说我们的要紧事。”

他接着说道：“给鲍协理积极出谋划策的人是刚刚调过来的副参谋长赛音特古斯，这个人也许是共产党的地下工作人员，不然这么年轻的小伙子哪有那么多的招数？过去我们对他不熟悉，他今年才出名。最近几个月里他连升几级，升为少校了，听说征讨土匪立了大功。可按照这个旗的旧规矩，一个平民出身的年轻人是不可能升迁得这么快的。听说那毡帽匪还在河套以北的山里呢，这也是一个疑点。”

“以我们目前掌握的情况看，该旗夹在国民党、共产党、马家和巴王中间不知所措、左右为难。这其中达王是既可争取又可推出去的人，但他在我党方面的立场并不坚定，对马胖子更是有私人恩怨。虽对巴王有交情，但这最后的关键时刻，他不会跟着空有虚名的巴王逃跑。他对共产党抱有希望，但似乎还有一些疑虑。”魏宏说着点了一支烟。

“你接着说。”张明山很愿意听他的这番言论。

“刚才张组座说得很对，起主要作用的人是协理。最近一段时间，他好像看好赛音特古斯，什么事都跟他商量。据我们了解，他一是赏识赛音特古斯的智谋，听他的话。有人怀疑赛因特古斯是共产党，但还没有这方面的证据。他长期在第一大队工作，刚到旗上，在那里似乎没有和共产党联系的条件，来旗上工作时间也不长，所以仅仅是怀疑而已。有人说他想当协理的女婿，所以往他们家跑得勤快，这话也许有道理。”魏宏说。

张明山：“目前这两个人对我们很不利，协理是决定性的人物，连达王都听他的话。他是一个足智多谋、行事果断的人，加上赛音特古斯给他出一些鬼点子。如果除掉这两个人，旗里必会发生骚乱，一定会延缓他们和共产党联合的行动。我们还可以散布，说他们是共产党暗杀的，扰乱人们的思绪，把他们的仇恨转移到共产党的身上，可以取得一箭双雕的效果。”

“我去把他俩干掉算了。”张龙说。

张明山：“在目前的情况下，没有比这更好的方法了。”

“暗杀容易，他俩死了会有人接替他们的。而我们不要为了搞暗杀，把自己搭进去了。如果这事儿叫人发现，我们就再也不能在这里立足了。过去有中央政府保护我们，如今他们自身都难保了，会管我们的死活么？”魏宏说。

“张龙，你找几个胆儿大的办这件事，越快越好。完成任务固然重要，但重中之重是不能暴露了自己，这个必须记住。魏宏说得很对，果真叫人家知道是我们干的，不但在这里立不了足，而且还危及生命。切记！”张明山在布置任务的同时强调注意事项。

张龙接受了任务，“我找人分成两组，尽快落实。”

麻将桌上一场阴谋便这样悄然形成。

张龙出门的时候，魏宏也跟了出来。

“黄兰，你等会儿，我这儿有电报要发送。”张明山将那个黄脸胖姑娘留下，牵了手进入自己的卧室。

乌云密布的漆黑夜晚，远处时不时闪电雷鸣。

被雷鸣声惊醒的赛音特古斯躺在床上看着窗外，突然朦朦胧胧地看见远处闪电的亮光中有一个人突然从院墙翻身而入。

赛音特古斯悄悄从枕头底下拿出手枪放进睡衣兜里，随手抄起身边的卡宾枪下了床。他走到窗边，从打开的窗口探出枪口往外观察，看不见人影，寂静无声。他悄无声息地继续盯住外面，突然天空又一声闪电，只见院子东南角有一个人贴着墙站在那里。

刹那间又陷入一片黑暗之中。

“什么人？！”赛音特古斯隐身于窗户后面厉声喝道。只听墙角下的人开了枪，打碎了关着的那一半窗户玻璃。破碎的玻璃片儿散落一地，赛音特古斯的头和脸部被飞来的玻璃碎片划破，流了血。一颗子弹擦过他左耳上边的头皮，一撮毛发连根被燎掉了。

其实，就在对方的手枪开火的同时，赛音特古斯的卡宾枪也响了。

枪声停止了，但雷电声没有停息。又一次雷鸣闪电时，他看见站在墙角下的那个人不见了。

不一会儿，院门外响了两声沉闷的手枪声，复又没了动静。

半小时以后，传来敲打院门的声音，接着从墙头上扔进来一个较沉的物体，又没了声响。

又静静地过了半个小时。

赛音特古斯悄悄出了门，躲在屋廊柱后面用手电照看，看见院子东南墙角有一个人直挺挺地躺在那里，其左边有一把手枪。认定对方已经死了，下了台阶，收了枪，踢了一脚尸体，一转身看见院子中间有一个军用挎包，知道是方才从外面丢进来的东西。打开一看，里面有一支装满子弹的手枪、一把短刀和一封信。

“喇嘛吉，您没事儿吧？”赛音特古斯来到上房窗前，朝着窗户低声问道。

“吓死我了，哎唷！发生什么事了？”赛音特古斯所住房子的主人巴拉登喇嘛吉颤抖着问道。

“您现在安心睡吧！”赛音特古斯说着，径直走进自己住的东厢房，坐到外面的子弹打不到的一个死角里点了蜡烛，打开那封信。信中写道：“我是贵长官那次从马家军一连长的魔爪下救出来的那个小姑娘的哥哥。您从禽兽的淫威下救出我妹妹，并救了我母亲一命的恩德我几辈子也报答不尽。我是国民党驻德力格尔浩特地区的一名普通特务，昨夜，我们的小组长张龙把我们三人叫去，下令叫我们三人在今天深夜潜入您的住处进行暗杀。我昨天让小妹给您送了情报，不知您收到没有。刚才我们三人来到您的院子外面，王汉元翻墙进去开院门，我本打算他开门时把他俩一起干掉。不想他还没来得及开门，就被您发现交上了火。我从枪声里听出王汉元被打死了，便趁机在门外打死了另外一名特务，返回住处写了这封信，连同刀枪一并交给您。我再也不当特务了，这活儿不是人干的。我逃得远远的，在这乱世他们去哪里找我去？您保重身体，恩人！只要我活着，一定会报答您的大恩大德。”

赛音特古斯坐在墙角熬过了后半夜，天亮以后出来看，见那个尸体还在那儿。仔细一看，有两颗子弹击中了那个特务，一颗穿透了胸膛，一颗打在心口。记得还应有两颗子弹，只见打进了墙角。院门外还有一具尸体，子弹是从后脑打进去、从前额穿出来的。

赛音特古斯去了兵营，让那生等几个人来看守院子，自己领着巴图吉日嘎拉把特务的武器和信件交到宝音阿日毕吉乎参谋长处，汇报了昨晚的事件。

就在赛音特古斯和暗杀者交火的时候，乌宁乌日德协理府里也发生了枪战。七个特务从前后院翻墙进去，被警卫发觉，三个特务被打死了，有一个负伤，三个逃脱，暗杀阴谋失败了。

上午，宝音阿日毕吉乎、宝音朝格图两人和有关人员前往出事地点仔细察看。

“特务射出了三枪，两颗子弹击中赛副参谋长所在窗户玻璃，一颗子弹擦着头皮而过。黑夜里朝发出声音的方向如此精准地开枪，也算是神枪手了。”宝音朝格图目瞪口呆地看着现场，显得很吃惊。

一旁的陪同人员王贯清说：“您光说特务的好身手，为什么不说赛副参谋长的枪法呢？”

“赛副参谋长除了掌握和特务一样闻声射击的技术，还在射击的精准上超过了特务，可谓技高一筹啊！”回过神来的宝音朝格图赞叹道。

总队小会议室里，相关的军官和警察局长宝音朝格图等人在商讨关于保护军政领导的人身安全问题。

“眼下的情况十分危险，昨夜协理府和赛音特古斯副参谋长的住处都遭到特务的偷袭。保护军政领导人的人身安全是目前我们要抓好的重点工作。我们今天应该商定出一个具体的方案并上报。”宝音阿日毕吉乎说。

大家一致认为，这次的暗杀行动是特务机构有计划、有组织的阴谋活动，不可小看，必须高度重视，针锋相对，采取强有力的措施。经过讨论，他们制定了几项具体措施：加强高层领导安全保卫工作；警察局组织巡逻队，彻夜在城内街道巡查；医治被俘特务的伤，审录口供；以给赛音特古斯的特务书信和收获的枪、刀具等实物为依据，追查特务的巢穴，打掉其根基。

“这个特务还很讲义气啊，为了报答救了妹妹的恩情，对赛长官出手相救。”宝音朝格图说。

“救了我的命的人一个是那个特务，还有一个是宝参谋长。”赛音特古斯笑着说。

“特务救你命是真的，我怎么能算是救了你的命呢？”宝音阿日毕吉乎好奇地问。

“您不是给了我一支卡宾枪么？我一有空就练习射击，用得得心应手，在第一大队的时候您还试过我的打靶技术呢。我把您的枪当成了伙伴，每天夜里睡觉时都上满子弹放在身边。日子长了就成了我不可分离的伴侣。我用那支枪杀死了好几个敌人，也猎了不少黄羊和兔子。昨晚又用这支枪打死了特务。没有这样的枪支，只用小搂子，就难打了。所以，我理应感谢宝参谋长呀！”赛音特古斯回答。

宝音朝格图要求道：“那么请赛长官给我们讲一讲您是如何救了那个特务的妹妹和母亲的故事好吗？”

赛音特古斯：“没什么好讲的，只是突然遇到的一件事罢了。”

宝音阿日比吉乎说道：“那你说说你是如何解救那姑娘的事吧。”

于是赛音特古斯讲述了那遭遇。

一个星期六的下午，赛音特古斯、巴图吉日嘎拉二人沿着南大街向南行走到三道桥。

桥南路西边小广场边上，一个身着马家军服装、约莫三十岁的大个儿上尉拉拽着一个十六七岁、长得漂亮的小姑娘，一旁有一个四十岁左右的妇女满脸血迹地躺在地上。很多人站在小广场外围看。

赛音特古斯混进人群里慢慢靠近，然后进入旁边一个小店里观察他们的动静。

“放了我的女儿，我给长官磕头了，才十六岁的孩子呀！”地上的妇女哭喊着。那个上尉又使劲踢了她一脚，准备拉着姑娘离开。

“救命啊！”小姑娘拼命挣扎哭喊着。

上尉抱起小姑娘就走。

赛音特古斯抽出了手枪，从店里奔出来拦在那个上尉面前，厉声呵斥道：“放开她！你作为一个军人，光天化日之下强抢民女，以为这地方没有王法了么？”

那个上尉猛吃一惊，见一名不认识的少校持枪站在面前，慌忙放下小姑娘，啪地敬了个礼。

赛音特古斯问：“你是哪一部分的？”

上尉立正着回答：“305团第二营二连连长郭丛明。”

赛音特古斯：“你知道你犯了什么罪么？”

“我错了，请长官饶恕！”上尉开始发抖。

赛音特古斯叫来在桥头执勤的两名警察，低头叮嘱：“你们去一个人到警察厅，让派几个警员来，就说是我说的，快！”

挣脱了上尉之手的小姑娘哭着跑到母亲身边将她扶了起来。

警察来了。

“你把这个受伤的妇女背到医院进行治疗！”赛音特古斯命令那个打了人的上尉连长。

那个姓郭的连长不敢吱声，连忙背起了那女人去了医院。警察寸步不离地跟在后面，直到把女人的伤处包扎好，检查身体也无大碍后，把姓郭的连长关进了警察局的监牢里。

“多谢长官的救命之恩，我们就是下辈子做狗做马都会报答您的。”母女俩跪着磕头，赛音特古斯连忙扶起来，让她们回家。

“就这么简单的一桩小事，不值得一说。可没想到此事却牵涉了好几条人命啊！”赛音特古斯轻描淡写地讲了讲解救母女的经过。

宝音阿日毕吉乎等人来到旗府向协理汇报关于保护主要官员安全的事项。

“你们商定的办法很好，就这么办。此外，活佛拉布隆院空闲着，可把应急小组安排到那里。总队部大院过于拥挤，把第二大队的一个分队调出来，驻于活佛拉布隆，归应急工作组管理调遣。赛音特古斯独身一人，起居多有不便，人身安全也不易保护，所以他也搬到拉布隆院。这样安排如何？”协理说。

宝音阿日毕吉乎：“好的，我这就安排。”

“对于特务的暗杀事件要继续追查下去吗？如果要追查，最好是趁热打铁，刨根究底，协理有什么指示？”宝音朝格图问。

协理：“这事儿比较复杂，怎么办好，还是等赛音特古斯受惊的心稳定下来后再商量这事吧。”

暗杀事件发生之后，赛音特古斯和警察局长宝音朝格图他们暗中收集证据，为审讯受伤被俘的特务而忙碌着。

宝音朝格图连夜审讯了深夜潜入协理府的特务王坤政。协理已命赛音特古斯负责此案，所以邀请他参与了审讯工作。

王坤政一开始不好好交代。宝音朝格图想按照老办法用刑。

“用刑获取的口供不可靠，让他自觉地招供或以证据说服获取的口供才真实可信。”赛音特古斯在宝音朝格图耳边低声提醒，阻止了用重刑逼供。

宝音朝格图虽没有反驳他的话，但将信将疑。

在审讯王坤政时，再三做思想工作，以坦白从宽的政策开导，同时又拿出真凭实据攻破对方心理防线，他这才招了供。

宝音朝格图问，王坤政答。

“叫什么名字？”

“王坤政。”

“什么职务？”

“国防部保密局驻德力格尔浩特特别组中尉特工。”

“哪里人？”

“祖籍陕西。”

“文化程度？”

“中等军事学校。”

“什么时候来的这里？”

“1947年3月。”

“你们的领导是谁？”

“张明山。”

“你为什么要潜入协理府暗杀协理？”

“不是我要去的。我跟协理没有私人恩怨。我也知道他是一个好人，为什么要害他？但是上级给我们下达了任务，我们只能完成。就是要杀死亲爹亲娘也得干哪，这是不可违背的政治任务。”

“那么是谁派你暗杀协理的？”

“我们组里的张龙把我们七个人召集过来，指示我们过了半夜等人们入睡以后潜入协理府把协理干掉。”

“你作为特务机关的秘密特工，完不成任务应该是立刻自杀，‘不成功，便成仁’，你为什么不自杀，当了俘虏了呢？”

“我怕死。‘不成功，便成仁’都是嘴上说的，真的那样做的官员很少。他们只知道用这句话要求我们，派我们去最危险的地方，自己倒清闲地躲在家里。”

“那你说话算数吗？”

“我不说则罢，说了就会做到。”

一问一答在继续着。

赛音特古斯突然插话道：“我们暂且相信你说的都是真的。我们说过坦白从宽，现在就放你回去，交给你们的特别组。”

“不，不，你们如果宽恕我，千万不能交给他们。我回去就是死路一条。”王坤政出了一脸汗，不住地磕头求饶。

“你别怕。既然不愿意回去，我们也可以不交出你呀。”赛音特古斯说着，让巴图吉日嘎拉给他点了一根烟，还倒了一杯水。

“多谢长官。”王坤政喝着水，大口大口地吸烟。

“你们继续。”赛音特古斯转身对宝音朝格图笑道。

“那你说的都是真的吗？”

“千真万确。”

“你敢和张明山、张龙当面对质吗？”

“敢。我已经被你们抓了，现在不怕他们了。”

“你的口供都是你自己说的话，我们没有逼迫你。你如果说的都是真话，我们可饶你一命。如果说了假话，你知道会有什么下场。”

“知道，我很清楚。”

“那你在口供上签字。”

王坤政念了一遍口供记录，在上面签了名字、按了手印。

“从这次的审讯中我发觉到我们的工作中存在的弊端。这个工作我干了十年，只把刑讯逼供作为唯一的手段。您并没有干过这个，知道的却比我们还多啊。”宝音朝格图很佩服地说。

“您是这方面的专家，我知道什么呀？只是从古今案例书本中读到了一点皮毛而已。”赛音特古斯谦逊地说。

宝音朝格图：“从书本中能学到这么深刻的道理也不简单哪！”

赛音特古斯：“谢谢您的夸奖。”

他俩又交谈了一会儿。

“这个王坤政是我们手里的一个宝，要对他给予特殊照顾，医治好伤，并且给他看书，宽慰心情，使之思想上有所触动和改变。还有，一定要防止他自杀。您看怎么样？”赛音特古斯把话题又转移到了正题上来。

“您说的对。我已经安排专人负责此事。倒是没有想到给他看书的事，这个我再安排。”

“另外，要把他和其他犯人隔离开来，安排单间，看押地点要保密，严格防范特务分子的暗杀行动。”

“这个没问题。”

“您只要在二十天内保证他的生命安全就行了。”

“别说二十天，二十个月也没问题。”

“那我就放心了。”

“您放心好了。”宝音朝格图充满了信心。

“这是我们刨根究底工作的开始。”赛音特古斯说。

欲知赛音特古斯、宝音朝格图能否刨根究底地追查出暗杀行动的幕后操纵者，请看下回分解。

【第二十七章】

沙漠深处秘禁犯人
金陵高探夜捕受审

赛音特古斯来到协理府汇报了审讯王坤政的情况，谈了接下来的计划。

协理对工作进展表示满意，并同意他的下一步工作计划。

“我们计划明天晚上秘密逮捕张龙，进行审问。”赛音特古斯说。

“可以，但是要绝对保密。如果抓不住，宁可杀死，也不能放脱。”协理叮嘱道。

“此事需谨慎。为了保证不泄密、不放脱、不弄出人命来，最好是把审问、关押保护特务的地点转移到德力格尔浩特以外的地方。”赛音特古斯说。

“哪里有合适的地方？或者关押在北寺也行啊。”协理对他的话表示赞同。

赛音特古斯：“我认为西沙漠里的淖尔图哨卡最理想，那里有现成的房屋，离这儿也不远，不熟悉道路的外人想进也进不了。”

“这地方好哇。你是怎么找到的？”协理问。

“我不是很熟悉那个地方，那生是那里的人，是他告诉我的。我星期天专门去看了看，觉得很合适。但在那里设秘牢需要兵力，从第四大队抽调一个小分队吧？”

“好，好。你给宝音阿日毕吉乎说我已经同意了。”协理很痛快地答应了。

淖尔图是位于腾格里大沙漠腹地的一处大海子。从德力格尔浩特向西直走二十里地，进入一片大沙漠，继续行走二十里地横穿一座座沙梁，一座四周被沙峰环绕的蓝色湖泊会展现在视野里。这座湖泊南北绵延约十里地，东西宽度五六里地，是个椭圆形的自然湖。风平浪静的晴天，一旁的草木芦苇、牛羊驼马和耸立的沙峰倒映在清澈的湖水里，似一面美丽的镜子，展现出一幅如诗如画的美景。即便是有风沙的日子，湖水碧波涌动，天鹅等众多水鸟啼鸣着掠过水面，分外壮观。从湖岸到沙梁脚下三五里地生长着密集的芦草，牛马骆驼进去看不到背影。

相传这里从前没有这么大的沙漠，只在它遥远的西北方向有巴丹吉林大沙漠。那时候在黄河边上有一个叫瑶勒德尔玛的巨人银匠。他住在河西岸，在东岸的豹子山上摆放着打银的砧子，用黄河水清洗炼造的银子十分便利，却为没有摩擦银锈的沙子而苦恼。有一天银匠想去寻找沙子，向西走到巴丹吉林大沙漠抓了两大把沙子，然后迈步往回返，到黄河边的时候却发现两把沙子都漏得没剩多少了。巨人将手中的一点沙子扬到黄河东岸的砧子边，形成了布岱图沙漠，大部分随风扬过去变成了库布其沙漠和毛乌素沙漠。从他指缝里流出来的沙子形成了腾格里沙漠和查干布哈沙漠。

淖尔图湖西岸有十几间房屋，是过去兵荒马乱的时候旗里存放档案、军需、武器枪弹和银两的地方。选择这个地方关押特务再理想不过了。不要说从外面进来劫犯人，就是把犯人都放了，犯人也不容易走出沙漠。

第四大队巴图布音的二分队当夜出了东门，沿着苏布日根高勒向西进入沙漠，进驻淖尔图哨卡。

与此同时，他们把王坤政也带到了那里关押起来。

第二天晚上，那生带领一班士兵以巡逻街道为名守候在张龙的家门口。张龙在张明山家打着麻将谈论了一会儿，告辞出来回到家门口时叫早已守候在那里的那生一伙逮住了，连夜被押送到了淖尔图哨卡。

第三天上午，赛音特古斯和宝音朝格图二人以去南寺之名出了城南门，过了南梁向西掉头来到淖尔图哨卡，对张龙进行审讯。

“赛副参谋长来得正好，这伙人无理地抓捕了我，弄到这沙漠中。这是什么地方？为什么要抓我？”张龙一进审讯室的门就大喊大叫起来。

“你见了我为什么不问‘你是人还是鬼’？”赛音特古斯并没有回答他的话，反而提出了一个奇怪的问题。

“长官您别开玩笑了，我……”张龙虽装作满不在乎，但心里仍有疑惑。这瞒不过赛音特古斯的眼睛。

“听人们传说活人有影子，鬼魂没影子，你看我有没有影子？”赛音特古斯笑着继续说魂道鬼地吓唬他。

“我……”张龙的嚣张气焰已减弱了几分。

“你看见我还活着不感到奇怪吗？”

“我……”张龙支吾着说不出话来。

“你，王坤政，王汉元，还有……我们一个一个地问。这两个人你认识吧，现在他们都在干什么呢？”赛音特古斯故意问道。

“我不知道。”

“我想你大概也不知道吧？”

“我……”张龙不知道说什么好。

宝音朝格图听着他们的对话，心中好奇——这叫什么审问？便不吱声继续往下听。

“你刚才问这是什么地方？我现在告诉你，这是我们王爷关押死刑犯并行刑的地方，名叫‘地狱门’。来这里的人很少有活着出去的，据说只有为数不多的几个人招供，说了实话，将功赎罪，最后活着出来了。而你是为什么事被抓到这儿来的？不在你们工组待着跑到这里来干什么？令我感到很好奇呢。”赛音特古斯说。

“请饶我一条命吧。”张龙开始乞求了。

“你愿意‘不成功，便成仁’吗？”

"我不知道。"

"你除了说不知道不会说别的么？你可以不知道王坤政、王汉元，但总统的话也敢说不知道吗？"

"我……"

"让我来告诉你吧。你没有胆量去做'不成功，便成仁'的壮举。上级交给你的暗杀鲍协理和我二人的任务你没能完成，去执行任务的人死的死、逃的逃、被抓的被抓。协理府里有一个班的警卫员，你们的七个人会那么容易得手吗？我和一个老喇嘛两人住在一座院子里，你派去的三个人又去了哪里？我今天仍旧活着。像你们这样干工作，党国能不灭亡吗？"赛音特古斯的一番话好似他们的上级在批评下级似的。

张龙低着头不声不响地听着。

宝音朝格图也用心聆听着。

"张明山的暗杀计划已如画饼一样落空，你们的秘密已经暴露，正如你们自己预见的那样不能在这个地方落脚了。在这样的情况下，张明山依旧像往常一样对待你，继续和你以打牌消遣之名来商谈工作，实际上是在稳住你的心，保持阵脚不乱的临时措施罢了。最后，不管计划被我们发现，还是叫保密局的上司训斥，他都会把你抬在前头让你做替罪羊的。这个你想过没有？你什么事也没办成，反而损失了人马，暴露了机密，他为什么还不责备、处罚你，还对你更亲近了呢？"

"您说的这些，我……"张龙想说什么。

"嘉，现在该吃午饭了。有话下午说吧，吃了饭我就要回去了。"

"我有话要说，把实情都交代出来。"

"先去吃饭吧。"赛音特古斯说着径自走出去了。

赛音特古斯、宝音朝格图、巴图布音几人一起共进午餐。

"对上午的审讯我起先感到很奇怪，现在看来发挥了大作用呢。"宝音朝格图说。

"到底有什么作用，下午就知道了。下午您来审问。警察局长不问话算什么审讯啊？”赛音朝格图说着大笑起来。

下午，宝音朝格图审讯了张龙。

“张龙，你在午饭前要说什么话，如实说来。”宝音朝格图开始了问讯。

“听了赛参谋长的一席话，我感到茅塞顿开，头脑仿佛清醒了许多。我要如实交代，恳请你们宽恕我。”张龙说着跪在地上咚咚咚地磕起头来。

“你说不说真话我们都不会逼你，你自己看着办。但说不说真话也许会关系到你的生死。”宝音朝格图也改变了审讯方式。

张龙表示道：“我一定说实话。”

“那天晚上你总共派了多少人分赴两处搞活动？”

“协理府七人，赛长官处三人。”

“派去的人主要任务是什么？”

“暗杀协理和赛长官二人。”

“这是你的意思吗？”

“不是。我哪有这么大的权利？这是张明山给我委派的任务，他说：‘目前局势很紧张，旗里好像在为迎接共产党而做准备，其中起主要带头作用的人是鲍协理，他手下出谋划策的人是赛音特古斯，他也许还是共产党的地下党呢。如果先杀了这两个人，旗里发生大动乱，可延缓他们迎接解放军的行动。’”张龙将他们的行动计划如竹筒倒豆子般说了出来。

“你说的都是真的吗？”

“千真万确。”

“你如何证明你说的都是真的？”

“我用脑袋保证。”

“既然你说了实话，那我们现在就放了你，交给张明山。”

“不，我宁愿在这里蹲大牢，也不能落到他手里。”

“你敢和张明山当面对质吗？”

“我敢。”

张龙看了一遍口供记录，在上面签了字。

赛音特古斯对巴图布音叮嘱道：“这两人要单独关押，不能让他们见面。”

巴图布音：“是！”

赛音特古斯：“要妥善安排他们的伙食，吃得好，还要吃得饱。尽量做他们爱吃的，养得越胖越好。千万不能叫人劫走、暗杀或让他们自杀了。你们现在的任务是保护好这两个人的安全，另外还要准备几个犯人的房间。管好士兵，不可随便外出。安排好士兵的生活，不可光给特务吃好的而亏待了自己的兄弟们。你们的生活标准可以比德力格尔浩特的标准稍稍提高，多补贴几块钱。明白了吗？”

“明白了，一定完成好任务。多谢长官的关照。”巴图布音说。

赛音特古斯问：“你们的发报机没什么问题吧？”

“没问题。”

“发报员可靠吗？”

“绝对可靠。”

“从现在起你们的发报机要暂时和大队隔绝联系，直接和活佛拉布隆院的发报机联络。你们分队也直接归旗应急办暂时管理，服从那里的指挥。”

“是！”

赛音特古斯回到德力格尔浩特以后，去见了协理，准备汇报情况并说说下一步的计划。

协理说：“你先不用说。我们一块儿去向王爷汇报吧。”

协理和赛音特古斯二人来到王爷府。

待他们入座后，王爷问：“情况怎么样了？”

赛音特古斯将审讯两名特务的情况和所掌握的证据等仔细汇报给王爷。

“很好。那么现在……”王爷说了一半没往下说。

“我们现在受迫于特务的行动，调动力量全力保护高层官员，但也不能完全保证不出事。每人出外时虽带着三个警卫，但不能保证绝对的安全。特务只要隐藏在某个门后或者墙后就可以射击了。这个情况确实防不胜防。在自己的家乡，这样生活是不可忍受的，我们必须彻底解决此事。”

王爷问：“当然彻底解决最好。你有什么好办法？”

“办法是有，但不知王爷和协理认同不认同。”赛音特古斯没有直接说自己的想法。

“你说说看。”王爷说。

“有办法就说出来，犹豫什么？”协理也催促道。

赛音特古斯：“王爷和协理让我说那我就说了。根据目前的局势环境和我们所掌握的证据，立即抓捕张明山和其同伙，搜查他们的驻地，会找到更多的证据和实物。”

协理说：“你这个方法很冒险，需要谨慎，否则会引起轩然大波的。”

“你接着说。”王爷似乎比协理还对这个方案感兴趣，让他讲下去。

赛音特古斯：“关于这个我已再三考虑过了。在目前的政治、军情的变化局势下，他们没有时间和精力顾及这里的事，即便他们顾得上管，我们手中如果有充足的证据的话有什么可担心的？在这样的情况下，如果我们胆小怕事不采取果断行动的话，只能导致担负沉重的压力，从而束缚了自己的手脚。我们越早动手，便能越早丢掉这个包袱。这样一来，一是根除了暗藏的危险，二是做好和平起义的准备，提前完成破获国民党特务机构的任务。这是我的想法。俗话说‘初生牛犊不怕虎’，也许有冒失的地方，请王爷和协理定夺。”

王爷和协理谁也没有立即答复，陷入了沉思。

赛音特古斯也似乎不急着要答复，起身倒了一杯水喝了。

“我认为赛音特古斯的这个办法比较周全，您认为呢？”协理打破了宁静。

“办法是很好。是不是再找几个人商量商量？”王爷想着有什么更周全的办法。

“这种事情知道的人越少越好，尽量缩小范围。一旦暴露了，事儿可就大了。”协理不希望扩大知情者的范围。

赛音特古斯说：“只要我们周密计划，对特务机构一网打尽的话，就不会出问题。如果事先泄密，叫特务逃脱了，麻烦可就大了。万一出现这种情况，上面追究起此事的责任，就说：‘赛音特古斯为了报复暗杀者自行采取了行动，别人都不知情。’只要对家乡、王爷、协理和老百姓有利，我甘愿赴汤蹈火。”

“这是什么话？这不是说我们俩是胆小怕事的人么？”王爷显得有点感动。

赛音特古斯站了起来：“王爷误解了我的话。我这是‘丢卒保帅’的做法，不是说你们胆小怕事。”

王爷起身拉住赛音特古斯的手，让他坐下。

“我为我旗有你这样智勇双全的年轻人而感到自豪。你刚才的话我不是没听懂，我完全懂。但是绝不能那么做。让你干了工作，出了事反把责任推给你，哪有这样的道理？好了，你的计划我完全同意。出了事我负全责。”王爷说着在屋里来回踱着步，又走到赛音特古斯身边拍了拍他的肩膀。

谁也不再说话，又陷入了一片沉思中。

“您看呢？”王爷又走到协理面前问道。

“我没意见，完全同意这个方案。”协理起身向王爷果断表态。

“要仔细考虑具体措施，不能出一丁点问题。”王爷叮嘱道。

出了王爷府，他俩一路小声交谈着。

“你今天对王爷使用了激将法，让人家同意了你的计划。”协理笑着说。

“不是，我是真心想丢卒保帅，可能让王爷不高兴了吧。”

“你可能不知道，王爷在决定重要事项时有时会有一点犹豫，但对已经决定了的事决不会推卸责任。”

“这个工作最好叫宝音朝格图、王贯清二人负责，但不知他们那个部门有没有暗藏的特务。”

“宝音朝格图、王贯清二人绝对没有问题，但不能保证警察队伍里没有特务分子。”

“那不要紧。只要宝音朝格图能承担下来就行。”赛音特古斯说。

协理跟着赛音特古斯径直走进活佛拉布隆院。

协理坐在赛音特古斯的工作室里，警察局长宝音朝格图和法警队队长王贯清二人走进来给协理敬礼。

赛音特古斯起身给他们倒了茶水。

“宝音朝格图、王贯清，我交给你们一项任务，从现在起，”协理说着抬起左手腕看了看表，“从今天下午四点起，在五天之内你俩带领全体警员听从赛音特古斯副参谋长的指挥。如果因怠慢使工作出了问题，就找你们俩算账。这是王爷的旨令，明白了吗？”

他俩同时起立：“明白了。坚决服从赛副参谋长的指挥！”

“服从指挥，决不懈怠！”

“那你们谈吧。这事儿关系到全旗的安稳大局，你们三个认真研究，仔细布置，不能出半点差错。我先行走一步。”协理叮嘱完毕便离去了。

他们三人把协理送到院子门口，返回来商量工作事项。

“两位长官都是有经验的人，我在这里指挥你们等于是班门弄斧啊。但王爷和协理如此交代了，我也没法子，我还要依靠你们两位完成任务呢。”赛音特古斯说。

宝音朝格图：“别说王爷、协理下令，就是赛副参谋长您直接给我们下达任务，我们照样会遵照执行的。”

王贯清也补充道：“没问题，您就下令吧。”

“你俩从各自的警员里能找到多少个完全可以信任的，也就是说和特务机构没有关系、嘴严、责任心强、枪法好或者身手功夫好的警员？”赛音特古斯问。

宝音朝格图：“找二十来个人没有问题。”

王贯清：“我们的人手少，但找到十多个人不成问题。”

“那好。你们就按照刚才所说的条件选出人员，全副武装，在今夜九点钟以巡逻街道为名到这里集合，人数少一两个不要紧，但一定要符合条件。具体任务到时候我会告诉大家。现在不便透露，请谅解。你们现在回去做好准备，按时来这里。此外，暂停今晚的夜巡工作。”赛音特古斯布置了工作后将他俩送出门外。

然后赛音特古斯把那生、巴图那顺二人叫到工作室，布置了任务：“你俩每人带领两班人马，在今夜十点钟远远跟随在宝音朝格图和王贯清的后面，接受并保护他们抓到的俘虏。等接受了最后一个俘后，你俩顺着那天的路线，把他们押送到那个秘密哨卡，把俘虏交给巴图布音后再返回来。现在你们抓紧时间准备好枪弹和马匹。”

没有月光的黑夜，也没有风，宁静怡人。

赛音特古斯在活佛拉布隆院吃了便饭，等候着晚上的战斗。

晚上九点半，宝音朝格图、王贯清带着各自挑选的警员来到活佛拉布隆院上房里等候。

九点五十分，赛音特古斯进来了。

宝音朝格图：“我带领二十二名警员等候您的命令。”

王贯清：“我带了十五名警员等候您的命令。”

“辛苦各位了。现在我来说说今晚的行动任务。十点整时，宝音朝格图局长带着警员开始在城内巡逻，王贯清队长带领警员在城外巡逻，以查户籍为由进出居民区，以此打消我们抓捕对象的怀疑。你们按照名单进行抓捕，一个不能落下，一个不能放脱，一个也不能打死。他们都是身上有武器、精通射击、善于格斗的厉害角色，所以你们必须进行突袭，攻其不备。你们将抓获的人都绑起来，蒙上眼睛，然后把他们交给后边的那生和巴图那顺。要仔细搜查那些人的住所、机关，将枪弹武器、发报机、相机、录音机以及照片、音碟、文件等所有资料一个不留地收集上交。”赛音特古斯说着将抓捕人员名单交给宝音朝格图和王贯清。

“今晚的任务看似简单，但极其重要，一点也不能掉以轻心，你们的任务只是抓捕、搜查和收缴资料，不承担责任，责任有人承担，所以你们尽心尽力地完成任务便可。你们有什么问题吗？”赛音特古斯说。

大伙异口同声地回答："没有问题，坚决完成任务！"

十点钟，宝音朝格图、王贯清带着各自的警员出了活佛拉布隆院。

稍后，那生、巴图那顺也各自带领两队人马出门，赛音特古斯跟在他们后面。宝音朝格图他们抓捕了张明山以后进入特工组机关所在地进行搜查，打开了保险柜，获取了许多机密文件。

查获的电文情报中有特工组向其上级部门发送的电文及复电等。如："鲍乌宁乌日德协理勾结中共进行迎接解放军的秘密活动，任命共产党嫌疑分子赛音特古斯为保安总队副参谋长，大力开展反叛党国的反动活动，所以我们计划暗杀他们。暗杀行动如果成功，将使全旗陷入混乱，延缓他们投共的企图。"这是特别小组发往国民党国防部保密局第三处的电文手稿。第三处的复电为："同意你们的方案。如若暗杀行动不成功，千万要保密，不得泄露。"

赛音特古斯回到活佛拉布隆院时，宝音朝格图他们也完成了任务，顺利归来。

需要抓捕的二十七人中有两个人没有找到，其余人不费一枪一弹全部抓获。

赛音特古斯和宝音朝格图二人带领一批警员赶赴淖尔图审讯了张明山。

起初张明山强烈抗议，死活不招供。后来在大量的证据下，才知大势已去，只好如实招供了。

赛音特古斯就此事亲自拟了致国民党中央军事委员会的一份电文，请王爷审阅。电文如下：

"以贵委员会保密局三处及该局驻我旗特别组张明山少校为首的一伙人，在当前非常时期，不顾党国利益和边疆地区安稳大局，唯恐天下不乱，对我旗忠于党国、精诚工作、保护地方安全稳定的军政重要人员加以莫须有的罪名，公报私仇，指派特务企图进行暗杀活动。事情暴露后在全旗军民当中引起了轩然大波。在这种局面下如不逮捕惩处挑事之人，难以平息军民愤怒，所以我们为了党国的利益，在来不及上报的情况下采取紧急措施，将挑起事端、引发混乱的罪犯张明山等人抓捕关押，以防引起更大的骚乱。因时间紧迫，形势危急，请体谅我们先斩后奏的无奈之举，并请指示如何解决这一事件。

此致

旗区防备司令部。”

王爷读了两遍电文，将“司令部”三字改写成“司令达里扎布”，然后交还给赛音特古斯。

赛音特古斯将电文又送呈协理看，协理读了后问：“你让谁起草的电文？”

“我自己写的，行吗？”赛音特古斯问。

“写得很好啊。比王秘书起草的更流畅通顺了。王爷见了说什么没有？”

“王爷说的跟您一样，也表扬了一通。”赛音特古斯笑道。

几天以后国民党国防部保密局复电：“贵旗紧急来电收悉。特别组的做法非常欠妥，违反了党国纪律，理应严厉惩处。但是贵旗在没有先行上报请示的情况下随意抓捕关押处理中央派去的人员，也实为不妥。”

电文中虽有责备之意，但没有明确指示对那些被俘人员的惩处意见。

再后来也没人再追究和过问此事，没了音信。

这天，有个参谋来到赛音特古斯的办公室报告道：“旗府通知您参加明天下午的紧急会议。”

欲知旗府为什么召开紧急会议，请看下回分解。

【第二十八章】

紧急会议论大政
战略决策商办法

旗府"中山堂"会议大厅。

会议厅前后门上各有两名持枪的警卫守着。

会议厅里，王爷、协理、旗章京等几人端坐于主席台，梅伦、扎兰、八苏木佐领、副佐领、三十六巴格总管或首席达木尔、军中各大队官员、各关卡长们坐满了会议厅。

"今天的会议是全旗军政官员和各巴格、关卡负责人参加的紧急会议。我受王爷的委托首先通知几件事。"在协理的开场白中，会议正式开始了。

"一、当前的政治局势十分严峻，针对这种情况王爷已制定了切实可行的基本对策，我们坚决拥护执行便可。我们要认清时势，使我们的工作适应不断变化的时局，使得家乡和老百姓免遭战火，尽力保护人民群众的生命财产安全。"

"二、从现在起，召集各部队、军警、民兵和关卡勤务兵丁等，全副武装起来，一边开展军事训练，一边做好充分准备，一旦出现紧急情况随时应对。"

"三、我们所要预防的对象是危害百姓安全的散兵流匪和强盗贼寇。对马家军及共产党的人民解放军不能侵犯。尤其是对解放军，要以礼相待，无论他们从哪里进来，那里的巴格负责人要热忱迎接慰问，完成他们需要合作的任务。”

“四、要在百姓当中积极宣传此次会议精神，防止百姓惊慌失措，迁徙转移，保证他们在自己的家园里安安心心地生活。”

“五、上一次的安排部署照旧，各自执行任务，如出现紧急情况立即向旗应急办‘208’电台报告。具体负责人是副佐领赛音特古斯副参谋长。”

“我说的就这么多。王爷还有什么指示？”协理王爷。

王爷说：“刚才协理所讲的都是我们已商定了的事项，每一个军政官员必须认真执行并落实。目前最重要的任务是防止马家军溃败时进入我旗境内抢掠。除此之外，还要警惕任何一伙外来匪徒。关于这个各大队已经做了部署，所以各军政负责人要恪守职责，完成各自的任务，保证老百姓的安全。在这里我特别要强调的是，今后要注意言谈，不可讲与时势发展背道而驰的话语，以防祸从口出。过去所说过的‘红魔’、‘赤党’等话语不许再讲，要正确使用固定的政治术语。”

协理问道：“章京有什么说的吗？”

乌力吉巴图回答：“没有。”

别人再没有说话。

“明天上午，旗府方面的官员继续在这里开会。旗府机关官员文书们也列席会议听一听。下午军方在总队部开会。”散会时协理说。

当天晚上，赛音特古斯到额日德尼的住处看望他。

额日德尼：“好久没见到你了，有点想念啊。”

赛音特古斯：“我也是，经常想念您。你们都好吧？”

“还是老样子。”

“巴日夫好吗？”

“好。他不是个爱动脑筋的人。”

“马龙彪怎么样？能帮上您的忙吗？”

"他倒是一个有能耐的人。多谋善断，心地善良，是个不错的人。许多事我和他商量着来。下边分队队长和士兵们也都喜欢和他交往。他也不闲着，和士兵们踢足球、讲故事，当今的时势、国民党、共产党，没有他不知道的。唯独用兵打仗方面可能不如你，不过比其他各分队队长都强呢。"额日德尼说。

赛音特古斯："对您有所帮助就好。"

"我们大队已有九个分队，自从你走了以后至今没有增加过副队长，上面有没有派人的打算？"额日德尼问。

"没有。您自己可以选人呀。"

"如果让我选，马龙彪倒可以。"

"您看上了就可以啦。在现在的分队队长和参谋中他也算佼佼者吧？那生叫我带走了，要不然他也是可以的。"

"那生也很不错，老实，肯努力，但学识方面比起马龙彪稍欠缺一点。你没有意见的话我就上报。"

"这是您决定的事。"赛音特古斯笑道。

"听说你很忙，还经常外出。"

"我出去了几次。在这里做事都是给人跑腿的事，比较忙，还是在您身边工作的时候自由自在。"

"我听说王爷和协理有什么重要的事都跟你商量，听你的话呢，这也很了不起了。所以有人要暗害协理你们俩的吧。我听到消息后大吃了一惊。"

"主要是因为让我负责应急办的工作，所以和时局有关的问题，比如和平解放、巴王的问题，有关这方面的事跟我议论的多一些。暗害我和协理的事是国民党特务干的，他们认为我们为和平解放而积极工作，便起了祸心，想阻挠我们和平起义。他们还说我们俩是共产党嫌疑分子，这大概是为配合上述活动而给我们戴的帽子。他们往协理府派了七个人，往我那儿派了三个人。协理府里有一个班的警卫，他们不能靠近，而我却一个人住在一个老喇嘛的屋子里，比较危险呢！"赛音特古斯将打雷闪电时看到特务的身影，一名特务杀了另一名特务的事简要讲述给额日德尼听。

额日德尼："这真是'善有善报'啊！"

赛音特古斯满不在乎地说："这也没什么。"

额日德尼好奇地问："黑夜里敌人朝你开枪的时候你是如何做到同时回击并打死对方的？"

"我小时候就蒙着眼睛练射击，后来一有条件就练习。您不是教过我，夜里开枪的时候要对有亮光或声音的方向射击么？"

"不简单。虽然我那么教过你，但我自己也没能达到那个水平。我只能勉强打光亮处，你却掌握得很全面。"

"我听说您在年轻的时候把放在毛驴头顶上的馒头一枪打下来了，我当时对您佩服得五体投地啊！"

"那是蠢人的表现。换作你，即便能打准，但也不会那样干的吧。"额日德尼说着笑了。

"对今日王爷和协理的话，您有什么想法？"赛音特古斯问。

"停止骂共产党，防备马家军和巴王，前一条说的是解放的事，后一条和你以前说过的一样。"额日德尼简明扼要地说。

"您认为如何？"

"我认为，马家军成不了大气候，只是在逃散的时候可能会祸害老百姓。倒是甘珠尔扎布的部队是个大麻烦，抵抗他们的任务大概会以我们大队为主力吧。我拥护解放，马龙彪给我讲了好多道理。你在临走前也给我说过。真是英雄所见略同啊！我看他也许就是共产党的人呢。"

"他是不是共产党我不知道，但思想进步，看问题也看得准。"

"我现在反而希望见一见共产党的人了，可惜见不着啊！"额日德尼说。

"眼下可不能说这种话呀。"赛音特古斯提醒道。

"我只是对你随便说说罢了。你又不是不知道，我的嘴严着呢，守口如瓶，就是脑袋掉了也不连累别人。"额日德尼的口气犹如在宣誓。

"我当然知道您。在我旗，像您这样的汉子我见得还不多呢。”赛音特古斯的眼神里充满了敬佩之情。

额日德尼说：“你不也算一个嘛。还有鲍协理也是一条真正的男子汉大丈夫呀。做人一定要公正、真诚啊！”

赛音特古斯：“额大队长，我告诉您一个非常机密的消息。”

额日德尼：“你说，我绝不泄密。”

“一个月之前我去了西安、咸阳城，见到了人民解放军西北野战军张司令员。”

“张司令员怎么说？”额日德尼问。

赛音特古斯将一路所见所闻简要说了一遍。

额日德尼很钦佩：“你真不简单。”

“这事儿我谁也没说，连好朋友巴图敖其尔他们也没有透露。他们还以为我找了什么小姐金屋藏娇不出门了呢。等解放后我再细说给他们听吧。”赛音特古斯笑道。

额日德尼：“你穿上张司令员送给你的服装不就变成解放军了么？”

赛音特古斯：“应该是吧。”

“国民党的少校在解放军里会是什么官呢？”

“不知道。”

“我真羡慕你，这么年轻就经历了这么多的大场面。”

“也可以说是这个时代的安排吧？”赛音特古斯说着从上衣口袋里拿出和张司令员的合影给他看。

“这个漂亮的姑娘是谁呀？”额日德尼仔细看着照片，一一询问着上面的人，最后指着照片上身着蒙古袍的金萍问道。

“和我们一同前去的同伴。”

“这是你找的姑娘吗？”

“不是，她是省党委工作人员。”

“那你一个人到处跑，该成家了吧？”额日德尼见到漂亮姑娘的照片，愈加关心起挚友的个人生活。

赛音特古斯却说：“不着急。”

“听巴图敖其尔说在你的老家有一个叫什么其其格的漂亮姑娘

在等着你呢。你得抓紧了，你的父母也该着急了吧？”

“在这非常时期哪有那闲工夫啊？等解放了专门请您喝喜酒呀！”赛音特古斯笑着说。

“你对我们大队有什么意见？”额日德尼转到了正题上。

“这您的心里比我清楚，我也没什么好说的。说了也是那句老话：‘全力防备甘珠尔扎布的部队卷土重来，不要理会马家军。’除此之外没什么了。”

“我知道了，一定按照你所说的部署和落实。”

“刚才您说想见见共产党的人，有要事吗？”赛音特古斯问。

“也没什么要紧事，大事都由旗里决定了，我能有什么要紧事啊？但是对于我个人来说也算是一件大事。我想加入共产党，但不知像我这样的老兵人家肯不肯收？”

“您想加入共产党，我认为这是您的思想觉悟进步的表现。对一心想为共产主义事业奋斗的人，共产党是不会计较他的出身、来历和年龄的。我听说共产党里也有不少职务高的人。有入党愿望的人先要学习党章，在此基础上写入党申请书，然后由两名党员介绍，经党组织批准同意后方可入党。”

“真的吗？”

“是真的。”

“马龙彪也说过跟你类似的话？”

“哦。”赛音特古斯犹豫着不知说什么好。

“你能否给我找一本党章？”额日德尼请求道。

“他们正好给了我一本，您先拿去看吧。”

“我很高兴贤弟如此信任我。东部的安稳你就放心吧。”

“刚才说的这件事您还可以和马龙彪商量。”赛音特古斯说。

“好的。我把跟你说的这些话可以给他说吧？”

“行，没问题。”

第二天上午，旗府会议室。

旗府官员和文书们围着桌子就坐。

旗章京乌力吉巴图坐在中间主持会议。

“昨天下午王爷和协理所讲的重要指示事关全旗当前和今后很长一段时期的安稳大局。为了使大家更深入地了解具体事项，现在请旗府副佐领赛音特古斯向大家进行讲解。”

赛音特古斯起身行礼后坐下，就当前全旗政治时势及和平起义的重要意义和具体措施，省里的情况，关于马家军溃散的预测及防备部署，巴王蒙古自治政府的性质及与之分清界线，驻河东的甘珠尔扎布部队向北进入我旗的可能性分析和预防措施等几个方面简明扼要地做了解释分析。

参加会议的官员们结合赛音特古斯的讲解，认真讨论了王爷和协理的讲话精神。

“我们拥护王爷关于举行和平起义，脱离国民党，拥护共产党的领导，迎接解放军的决定。”

“我们应尽快脱离巴王的那个政府，这样才有可能躲开巴王，避免甘珠尔扎布的兵马入境。”

“马家军如果溃散的话，肯定会有一部分残匪流兵进入我旗境内，尤其是西南边境，会给老百姓带来祸害的。”

“赛音特古斯讲的具体措施很合理，尽快落实才好。”

各位官员热烈地讨论着。

然而人们的认识哪会那么容易就能统一起来呢？也有人持不同的政见，这也不足为奇。

喇嘛出身的副佐领嘉米央丹巴说：“如果共产党来了，像我们这样的富人或官员可能没地方落脚了吧？我也曾经是一名喇嘛，硬是叫还了俗，给王爷当差。从今往后可能再也当不了旗府官员了。不行的话就回到寺庙上继续念我的经吧。但不知别人传言共产党要烧毁寺庙、杀戮僧人的话可信不可信。”

另一个叫拉布丹的副梅伦级别的闲职官员说：“巴王为蒙古人奋斗了一生，共产党进来了，他也该灭亡了吧。我们又有什么发展前景可言呢？汉人的兵进来了，我们也会跟着灭亡的吧。”

“我们的大多数人大概也算是富人吧，近百峰骆驼，几百头羊，还有骑乘马和奶牛，可以说是富人家。这下可能和内地斗地主一样挨斗了吧。”家产丰厚的副参领扎拉曾无不担忧地说。

“刚才几位官员的话也不是没有道理，都讲了各自的认识和看法。那么在座的谁能够解答这些问题呢？”旗章京乌力吉巴图说道。

有人提议：“让赛音特古斯解答吧。”

“别人大概也解答不了，赛音特古斯去过共产党的占领区，也见过领导人，对他们的政策应该多少有了解的吧。你如果能解答就说说看。”旗副章京巴图说。

乌力吉巴图章京也鼓励道：“赛音特古斯你说说看。”

“我也讲不好，但可以讲讲我所知道的。”赛音特古斯说。

“赛音特古斯你讲吧。”乌力吉巴图章京催促道。

于是赛音特古斯不慌不忙地讲了起来。

“我旗是迎接共产党举行和平起义的少数民族地区，王爷、协理、章京和其他参与起义的军政官员都会留在适当的工作岗位任用。绝不会出现‘共产党来了没地方落脚’的现象。但这只是对拥护共产党的人而言的。

“共产党人不信宗教，但不反对他人信仰宗教。他们施行‘宗教信仰自由’的政策，不烧毁寺庙，不杀害喇嘛僧人，而且还保护寺庙，维护喇嘛们的宗教信仰自由，反而对违反此政策的人进行惩罚。

“共产党对少数民族的牧区施行不分牲畜、不斗牧主的政策，不会像在农业地区分阶级、斗地主一样斗牧主，所以富人们也不用害怕。

“说到巴王，他高举了振兴蒙古民族的旗帜也是事实，但这样的人举起来的旗帜我们还能举吗？我们能和他在政治上同流合污共命运吗？

听了赛音特古斯的这番讲解，乌力吉巴图章京说：“赛音特古斯上面讲的可以说是把许多模糊的问题都解释清楚了。大家还有什么问题吗？

“赛音特古斯讲得很好，如果共产党的政策果真这样的话我们当然热烈拥护。但是共产党的这些政策您是怎么知道的？消息来源可靠吗？”

“赛音特古斯的话很有吸引力，如果真的是这样那么我们也很高兴呢。但就像刚才嘎嘎所说的那样，可信度究竟有多高呢？”

众官员的话语里仍有许多顾虑和犹豫。

“就刚才两位的提问我来解答一下。你们对我所说的有疑虑是对的。我们都是王爷帐下的官员，你们不知道的事儿我为什么会知道呢？这个我刚才没说清楚是我的失误。我说话算数，对自己的言语负责。因为我刚才说的不是我自己编的，都有可靠的来源。这其中关于民族团结和对起义人士的政策都是可靠的，是能够对自己言语做主的人亲自给我讲的。‘不分不斗’的政策现在内蒙古的解放地区正在施行呢。宗教的政策我是从公文上看到的……你们可以完全信任我所说的话。我用自己的脑袋担保所说的话。还有两位旗章京也亲自坐在这里呢。”赛音特古斯说。

“刚才赛音特古斯说的话我都相信，各位也别再怀疑了。除了这些还有什么问题吗？”乌力吉巴图问道。

“这样当然是甚好。”

“我也拥护共产党的这样的政策。”

“能放羊，能信仰宗教，还可给旗政府当差，这样最好了。除此之外还有什么可求的呢？”

“但愿这样。”

先前心存疑惑忧虑的几位官员听了赛音特古斯的解释，似乎有所认同，开始相信共产党的政策了。

然而，人们思想上的疑惑岂能这么容易就解开呢？也有少数人随大流，人云亦云，或者干脆不说内心的话。

“还有什么要说的吗？”旗章京问。

再没有人说话。

下午，保安总队的会议室。

对总队机关人员和各大队队长参加会议。

总队长乌宁乌日德协理上午的讲话，大家兴高采烈地踊跃发言。

“我坚决拥护举行和平起义解放全旗的决定。现在的问题是如何防备国民党散军和甘珠尔扎布的部队向北进入我旗境内，这事儿说起来容易，但具体操作执行很困难啊！”第二大队大队长巴图那顺说。

“王爷和协理做出的和平起义决策我们第一大队坚决拥护。我认识到了脱离反动政府，推翻大汉族主义统治，拥护共产党，和平解放家乡是最正确的出路。防备马家部队溃散后侵入我旗的任务对我们大队来说不是很艰难，主要是防止甘珠尔扎布的部队北进我旗。他们是最危险的敌人。但是我们已经做了适当的准备，制定了阻拦和防备的计划，到时候根据具体情况灵活行动，积极保护人民群众的利益。虽然我们的兵力不如敌人，但充满了战胜敌人的信心。希望旗里对东部的维稳工作多给予支持为盼。”第一大队额日德尼大队长发言。

“我完全拥护和平起义的英明决策。到时候一声令下就行动，毫不含糊。我大队防守区与巴王的部队没有多大的关系，防备散军乱兵的任务倒是很艰巨。我们和各关卡及民兵联合起来，随时准备为保护家乡和百姓而努力。”第三大队的吉日嘎拉大队长也表了态。

“大家都同意举行和平起义吗？还有没有不同的意见？”协理问道。

大家纷纷表态。

“坚决拥护举行和平起义。”

“脱离国民党反动政府，拥护共产党的领导，迎接解放军。”

“全力拥护和平起义的英明决策。”

“服从王爷和协理的旨令。”

“我没意见，完全赞同。”

协理问：“还有要讲的吗？”

没有人再讲话，沉默了片刻。

“有些问题还是不太明白。”

“可以问不明白的问题吗？”

“就算问了，谁又能说得那么清楚呢？”

有几个人表示出了自己的疑虑。

协理说：“有问题说出来，大家一起讨论嘛！”

“不知道他们如何改造起义的官兵？”

“共产党会派人掌控我们的兵权的吧？”

“可能会把我们安排在副职或闲职岗位上。”

“那还算是小事一桩。”

“会不会收缴我们的武器加以整顿？或者转移到什么地方进行整顿也不一定。”

“也许会把我们这些新加入的部队派到解放新疆或西藏的前线呢。”

“那也说不准啊。”

“不好说。”

“就像我们的祖先参与向西域征战那样吗？”

“那是叫蒙古人打蒙古人，自家人镇压了自家人。”

“这话还有点道理。”

部分军官虽服从王爷和协理的和平起义决定，但毫不隐瞒地说出心中的一些顾虑。

“关于举行和平起义，我们的军官们都表示了拥护。但也有人心存疑惑及犹豫，这也很正常，慢慢地会统一认识的。两位参谋长有什么要说的吗？”协理问。

宝音阿日毕吉乎参谋长说道：“首先，坚决拥护和平起义的决定，这是我们唯一的出路，也是代表着全旗人民根本利益的正确决策。其次，防备马家散兵和巴王部队，保护人民群众的安全是我们军人义不容辞的神圣职责，所以我们必须坚决完成这个艰巨的任务。再次，各大队要认真检查一次各自的人员、骑乘、武器等并加以完善，随时准备打仗。各大队要学习第一大队的练兵模式和经验，抓紧时间继续进行训练，提高士兵的作战能力。”

“赛音特古斯有什么意见吗？”协理问。

“各大队长和参谋长所讲的话我都赞同。举行和平起义是大政方针，也是王爷和协理的正确决策，我表示坚决拥护。我还想就刚才有些长官讲的关于部队改造方面的问题谈一谈自己的看法，和大家交流意见。”赛音特古斯说。

“赛副参谋长讲一讲，一定能解答刚才有些人说的疑问吧。”在座的一名副大队长插话道。

“那好，赛音特古斯你就讲讲吧。”协理也想听听他怎么说。一来通过赛音特古斯的讲解统一大家的认识，弄清模糊的问题，解开少数人思想认识上的疑虑和疙瘩；二来他本人也对有些问题不是很清楚，自然是愿意听听赛音特古斯的分析。

赛音特古斯：“我也不一定能讲透彻了，但尽量把自己所知道的都讲出来。张司令员说过不会派人民解放军进驻我旗，想必大家已经知道。家乡的安稳要靠我们自己来维护，这也是张司令员的原话。以此看来，可以理解为不会把我们派往外地，你们说可以这样理解吗？”

“对，就是这个意思。”

“赛副参谋长分析得很明白。”

部分人相互议论了起来。

“赛音特古斯你接着说下去。”协理说。

“根据其他地方对起义军的整编情况来看，没有收缴起义军的武器，在组织他们学习政治、提高认识的基础上按照人民解放军的制度进行了改编。解放军委派少数干部担任军队政治工作的情况倒是有的。例如，解放军的制度里，我们这样的地方部队，总队要有政治委员，大队要有教导员，分队要有指导员。但解放军绝不会派人来替代我们的职务，掌管军权的，关于这个我和解放军的很多官兵交谈过，没有什么可怀疑的。而我们要抓好政治学习，改造思想，提高认识，使我们的举止言行符合形势的变化。我们的保安军虽然和国民党士兵不一样，但我认为目前仍然在这个范围里。我们从目前的状态改变为解放军的军官时要有一个提高认识和适应局势的过程。我相信我们多数的长官会很快地适应新情况、新形势，成为一名合格的解放军指战员的。”赛音特古斯一口气说出了自己的见解。

不知是谁带头的，好多人热烈地鼓起了掌。

“赛音特古斯刚才讲得很好，你接着讲下去吧。”总队副总队长朝格敖日格勒说。

赛音特古斯：“好的，那我再说几句。现在我们正在准备和平起义。自起义那天开始我们的军队就是人民解放军了。人民解放军是共产党领导的人民子弟兵，他们的‘三大纪律八项注意’是历史上任何一个朝代、任何一个军队所没有过的铁的纪律。我们一旦成为人民解放军，我们的言行举止都要符合这个规定，遵守这个纪律。我建议从现在起我军全体官兵中加强政治学习，这很有必要。否则有人身上穿着解放军的服装，佩戴着军徽，嘴上和国民党官兵一样满嘴‘你爷的’、‘他妈的’污言秽语，动不动就举鞭拿枪恐吓老百姓；军官打骂士兵，士兵视军官为魔鬼，如此恶性循环，上演一出出令人不齿的闹剧，对我军的形象会带来什么后果？当然，我们保安部队官兵多数是好的，但不能保证有个别人不会犯这种事。所以我们要通过政治学习提高官兵的觉悟，使严守纪律、服从命令、维护人民群众的利益成为我们神圣的使命。这也是在紧急时刻保存战斗力的法宝。我就讲这么多，不对的地方请协理和各位长官指正。”

协理：“在思想认识方面你讲得非常好。在具体工作方面有什么建议你再说说。”

“具体工作方面我的补充意见是，各大队因负责守护的地区不一样，所负责的任务也有所不同。第一大队应以防备新七旅向北进入为主，第二大队应以防备马家军散军为主。对于负责守护德力格尔浩特的几个大队来说甘珠尔扎布的部队和马家军溃兵散军入侵的两种情况都有可能遇到。驻德力格尔浩特的马家部队这一个团的士兵如果逃散了，只有成群结队进行持枪抢劫的可能，不会以整团兵力集中攻击城府的，这种可能性几乎没有。我们在充分考虑和预防逃兵散军的祸害的同时应该把注意力放在东部的安危上。”赛音特古斯说。

“赛音特古斯的这个思路很重要。我们的军官必须多方思考形势的变化，无论发生什么事都要心中有数、胸有成竹。各大队要充分做好作战甚至打大仗的思想准备，一旦接到命令就要立即投入战斗。如果大家没有其他的事，会议就到此结束。宝音阿日毕吉乎、赛音特古斯我们三个去给王爷汇报会议的情况吧。”

协理刚宣布散会，只见一个参谋前来报告：“王爷来电话说：‘巴王刚来到宫里，协理今天不用去了。’”

欲知巴王为了何事来会王爷，请看下回分解。

【第二十九章】

巴王欲北逃劝两回 赛音谋东御提三策

秋季中旬一天下午，达里扎布王府会客厅。

“亲王最近身体安好？”巴德玛道日格王微微躬着身微笑着进来。

“好，好，巴王您近来一切安好？”达里扎布王爷迎上前去弯腰致意。

“托亲王您的福，一切都好着呢！”巴王说着坐到沙发上，压得沙发直发颤。

一个二十来岁的女仆沏上了茶。

“现在的时局很紧张，省城看样子很快会被共产党攻占，我们蒙古自治政府该怎么办呢？副主席您对此有何高见？”巴王说。

“我也没有挽回时局变革的能力啊。我本想找您寻求指示呢，无奈旗里杂务缠身，忙得头也抬不起来。对于我来说，能让旗乡避免战乱和灾难便是最大的愿望了。”达里扎布王爷说着喝了一口茶。

巴王：“此话也在理。”

达里扎布：“当前形势正在剧变。我们这弹丸之地上的几万民众完全阻挡不了历史的洪流，与其螳臂挡车被这凶猛的洪水冲走，不如顺应时势。我旗的多数军政官员不愿意离开这里，在这种形势下我也没有能力改变多数人的意愿。国民党国防部劝我去台湾，我没有去。虽然这是在人家的勺子下端着碗看别人的脸色吃剩饭残羹，但不失为苟且活命的一条生路。躲进沙漠里，或者越境逃逸都不如去台湾避难。王爷您是有经验的老政治家了，您认为如何？”

“副主席说得非常有道理。但我们这样为了民族的大业奉献一切的人理应是明知山有虎，偏向虎山行，绝不会有退缩的道理。即便前路布满死亡陷阱，宁可冒死前行，也不向赤党下跪妥协。我决意离开这里向北转移，然后继续向北走，或者向西过了青海到达西藏，与印度取得联系，想方设法获取美国的支持。可以先在西藏待一段时间，共产党即便神通广大也不可能那么容易攀越青藏高原进入雪域。往后只要我活着，就周游世界，宣传我们的纲领和宗旨，争取他们的支持，甚至有机会的话等待着看看第三次世界大战怎么爆发。”巴王说着端起杯子喝了一口茶。

“啊，这个……”达里扎布王爷想说什么犹豫着。

“最好是我们蒙古自治政府的成员团结在一起不分离，穿越这艰难的路途，为获得最后的胜利而竭力奋斗到底。”巴王说出了自己的计划和想把达里扎布王爷也一同带走的企图。

“我大概不能跟您一起走了，就是想走，旗上的官员和军民们也不答应，我也没法子呀。”达里扎布亲王虽有些迟疑，但明确表示了他不想跟着巴王逃亡的想法。

“那么我们只好分道扬镳各走各的路了。不过亲王可要支援我们骑乘、运输骆驼和粮食啊。”巴王也直接说道。

“粮食和骑乘等可以适当地支持你们。但是还请巴王再好好考虑，您要走的这条路充满了危险和艰辛，最终的结局难以预料，谁也不能打保票。不如您留在这里观望时局，我们在您的领导下也可以继续努力一番。”达里扎布王爷希望留住他一起迎接解放。

“多谢亲王的关心。我只好祝您走好您选择的阳关道，获得圆满的结局，我呢走我的生死独木桥，听天由命罢。或许以后还要得到您的帮助呢。我俩各自选择的道路最后的结局还难以预测，也许会有惊天的逆转也说不定啊。走着瞧吧。”巴王说着又啜了一口茶。

达里扎布王爷没有吱声。

巴王起身，“那，亲王您忙，我告辞了。”

“巴王慢慢坐着喝茶呀，急什么。”达王客气地留客。

巴王：“谈不拢，说不到一起，又有什么心思品茶啊！”

“您要是留在这里等待解放……”达里扎布亲王还想劝解巴王，但看到对方阴沉的脸色便没有说下去。

“不用送。”巴王的脸微微抽搐着，甩袖而去。

旗府上房会议室。

王爷和旗军政要员们在巴王和达王见面谈话的第二天下午聚集于此讨论如何应对巴王去留问题。

“巴王已下了决心要北上。我们该怎么办？”王爷提出了讨论主题。

协理说：“他走是迟早的问题。我们按照他的请求支援一些粮食、畜肉和骑乘骆驼等，可使沿途中的老百姓少受一些损失。主要的问题是新七旅。第一不能让他们进入德力格尔浩特；第二我们不能阻止他们跟在巴王后面走，所以一路上的老百姓就会遭殃的。我们要考虑用什么办法减少这种损失？”

乌力吉巴图章京：“既然留不住巴王，只好让他走好了，他不会对我们造成祸害。主要是甘珠尔扎布的那一伙人。如何提防他们，要好好研究研究。”

道日吉参领：“巴王如果走了对我们的麻烦就少了。我们应该早日宣布脱离他的自治政府，改善我们的政治影响。甘珠尔扎布的骑兵师是我们的防御重点，要仔细考虑对策。这事儿如果解决不好，会给东部的百姓造成严重祸害呀。”

关于巴王的北上和对甘珠尔扎布的新七旅入境的防御问题大家讨论了许久，提出了好多的建议。

赛音特古斯认真聆听着大家的发言。

“赛音特古斯，你有什么意见？”王爷看见他不说话，便问道。

协理也说：“赛音特古斯你不是老早就考虑这个问题么，为何现在不说话？”

“关于这个我思考是思考了，但至今没有想好哪一个方法更适合。刚才听了大家的意见正在推敲自己的方案呢。”赛音特古斯回答。

协理：“那你把想好的几个方案都说出来让大伙选选看吧？”

王爷也赞成协理的提议，“你说说看，大伙儿可以研究讨论嘛。”

“我的计划尚未成熟，恐怕……”赛音特古斯仍在迟疑。

“赛音特古斯你讲！”王爷催促道。

“那我就说了。甘珠尔扎布的骑兵如果想从东港渡过黄河进入我旗境内，我们可以阻击。以第一大队为主力，再补充一个大队的兵力，加上各巴格的民兵协助，可以将他们阻拦在黄河以东。如果他们从哈日浩特或石嘴山渡口过河向下绕过敖包图以东的山麓进入后滩，我们就没办法阻拦了。在这样的情况下，第一大队的一部分人马跟在他们后边做出跟踪追击的假象，一部分人马守住淖尔图沙河口到赞垦以西的地方不让他们穿越沙漠北上，逼得他们朝德力格尔浩特的方向来。但这条路他们肯定是不愿意走的，虽然他们走这条路对我们来说很危险，但对他们更危险。引诱他们进军德力格尔浩特的最好的办法是将巴王和其同伙软禁在德力格尔浩特，并把随从们关押起来，他们定会为营救巴王而全力进攻德力格尔浩特。”赛音特古斯说着喝了一口水。

与会人员都被他的话吸引了，都看着他往下怎么说。

王爷笑道：“你慢慢讲，给你一小时的时间。”

“他们没有攻城的重型武器，我们眼下城中军警、寺庙喇嘛加商会力量，守住城是不成问题的。当他们以全力进攻城堡之时，第一大队的六到八个分队和民兵六个队共七百多人从其背后围攻夹击，我第二大队的五个分队三百号人还可杀一个回马枪进行反击。

这个办法如果成功的话，我们可以把新七旅就地消灭在德力格尔浩特城下。因为这场战役是抗日战争时期我旗与马家军的攻城部队进行的那场战役后的又一次大的战役，所以肯定会有不少的伤亡。”赛音特古斯说着，沉默了一阵。

“你没有说完吧？”王爷问。

“没有呢。接着说吗？”

“说下去。”

“打这场战役一定要先考虑到驻德力格尔浩特的马家军一个团的兵力。他们要么保持中立谁也不帮，坐山观虎斗，要么帮某一方作战。目前的情况下前者的可能性较大。如果是在一年之前出现这种情况，他们一定会等我们双方打得都精疲力竭时用派兵夺城，但现在他们没有这个兴趣。要么帮一方，甘珠尔扎布的部队对他们没有任何吸引力，也不值得帮他们，所以这个不用担心。如果让马荣碧将军给他们施加压力或用钱财拉拢，有可能站在我们这一边，帮我们打。即便不帮我们，他们保持中立就行，这样我们的目的也达到了。”

在赛音特古斯发言的时候，与会者有的人露出惊讶的表情看着他，多数人静静地聆听着。

“如果上述两种方案的前者不实现，后者用不上的话，可以用我和额日德尼大队长商量过的办法，即放开巴王及其随从任由他们去，旗里调出一个大队的兵力在大山口子到西边红沙梁一带都布防，不让甘珠尔扎布他们进入德力格尔浩特。最好是派人和他们交涉，让他们直接北上。他们一定会从伊克赛林高勒穿过沙子追赶巴王一行。第一大队兵分三路，一部分跟在他们后边，其他两部分人马在左右两侧隐蔽并行，如果对方的人马少量地分散抢劫百姓，就围歼他们，让他们按照我们所给设定的路线走。把他们逼入大戈壁滩之后以月牙形状暗中围住他们，等待情况变化。这样做我军的损失相对小，但他们所走过的地方的老百姓就要遭殃。如果使用这个办法，要尽快地告诉当地老百姓，让他们尽快避开，不过可能已经迟了。上述意见是我多次思考过的方法，但依然不够成熟。第一种方案我们尚不能决定。第二、三种办法无论哪一个我们都可以按照我们所设计的去实现。以上是我的不成熟的方案，请王爷、协理和各位长官思考指正。”赛音特古斯结束了发言。

众人沉默无语，有的看协理，有的看王爷。

“大家对赛音特古斯所讲的有什么意见建议？”王爷问。

“赛音特古斯所讲的第一个方案要是能实现最好不过了。这个办法不成的话用第二个方法也行。我认为我们要么不做，要做就做得彻底。这个计划如果成功了，我们就是立了大功，令全旗乃至叫全内蒙古以及西北地区为之震惊啊！”道日吉参领很激动地说。

“我认为，第一个方法不成，就使用最后的一个方案。第二个方案很危险。关押巴王是政治上的一种冒险的做法。再说马家的那一个团的兵力也具有潜在的危险。”巴图吉雅梅伦说道。

“第二个方案也很好，力量的对比没问题，政治声誉方面也没有问题。我们不是要起义嘛，消灭敌人、抓捕政治犯有什么问题呢？至于会有较大的损失，我认为是针对我们参战的部队而说的。如果采用第三种方案，放脱了敌人让他们北上，难以估计对沿途老百姓造成多大的损失祸害。这两种办法到底哪一个损失更大，现在还说不清楚呢。”巴图副章京说出了自己的看法。

“我同意巴哈乃的意见。赛音特古斯提出的第二个方案是上策。”宝音阿日毕吉乎参谋长也表了态。

受了赛音特古斯这番话的启示，沉静了一阵的会议室又热闹了起来，就巴王和甘珠尔扎布一行的北上的对策热烈地讨论了起来。但谁的发言也没有超出赛音特古斯所讲的三个方案的范围。

王爷听着大伙的发言，起身踱着步子走了一会儿，来到赛音特古斯背后停了下来：“记得有一次，也是在这个会议室，我说过‘赛音特古斯的胆识无双’，刚才听他说，果然证明了他的有勇有谋。我没想到他会提出如此大胆的设想，其他众人的讨论也没有脱离他的这三条计谋。我认为这三个方案都不失为好计谋。”众官员几乎屏住呼吸听王爷讲话，没一个喘粗气的。

“以我们目前的条件和我们在无奈之下被迫参与了巴王这半

年活动的具体情况来考虑的话，这第二个方案无疑是最好的办法。在这里我不得不佩服赛音特古斯的聪明才智和勇气。即使不用这个法子，我旗的历史上应该留下这个记录。但我认为赛音特古斯的第三个方案是上上策。”王爷说着拍了拍赛音特古斯的肩膀，问道，“我放弃你的最好的办法而启用这个上上策，你有意见吗？”

“我自然服从王爷的决定。刚才我说第三套方案时说过前面的两种方案‘如果前者不实现，后者用不上的话’这样一个前提，自己也认为如果只在旗里范围内考虑还是第三种办法好。对王爷的决定我没有意见，坚决服从命令。”赛音特古斯转身看着王爷说。

王爷坐回了席位，向协理点了点头。

“赛音特古斯提出的三套方案中王爷选择了第三套方案。在第一套方案实现不了时才使用这个办法。如果敌人从东港过黄河，我们可以采用第一套方案进行阻击。这几条计谋你详细给额日德尼说过吗？”协理问赛音特古斯。

“没有，我只简单说过第一、第三套计划。”

“额日德尼说什么了？”

“他说可以。”

“宝音阿日毕吉乎有什么意见？”协理又问道。

“没有别的意见。”宝音阿日毕吉乎回答。

“我看首先要做好东港的防御部署。”王爷看着协理说。

“我觉得赛音特古斯这几天应该去一趟东港。东港的阻击战不能光靠额日德尼的第一大队的兵力。旗里再派一个大队，共两个大队，加上民兵，有近千人。我建议是委派赛音特古斯指挥东港的阻击战，命额日德尼和吉日嘎拉二人为副指挥，负责一、三两个大队。这次赛音特古斯前去的时候吉日嘎拉也跟着去，先了解了解地形，参与具体部署如何？也许这个部署会落空，但我们要有应对的准备。王爷您看如何？”协理说完征求王爷的意见。

“行。就按照协理说的办吧。赛音特古斯你尽快去一趟东港，快去快回。把那里部署好以后先叫额日德尼负责。”王爷看着赛音特古斯说。

“是！”赛音特古斯接受了任务。

在一个感觉不到一丝风的炎热日子，上午十点半，达里扎布王府的会客厅。

“亲王殿下安好？”巴王点着头进来问候道。

“巴王安好？”达理扎布亲王迎上前问候。

“不知亲王可否确定了走或留？”巴王开门见山地问道。

“我上次已经给您禀报过了，我哪儿也不去，留在这里静观其变。”达王也没有拐弯抹角地直接答道。

“那亲王您就安稳地待在这儿等候解放吧。我反正要按原先的计划向北转移。在贵旗的北部设立我们蒙古自治政府，副主席您没有意见吧？”巴王趾高气扬地说。

达里扎布王爷很谦逊地回答：“那是主席您自己定的事，留下来的我有什么权力谈意见呢？”

“亲王上次答应过支援我们北上的骑乘和粮食……”

“那没问题。”

“多谢亲王。”巴王说着弯腰致谢。

“您用不着太客气。”

“以后还要依靠您呐？”巴王咄咄逼人。

“这个……”达里扎布王爷犹豫着不知如何说。

“我们很快就要离开这里了。”

“我总觉得您还是留在这里为好。”

“亲王您不要再说这个话了。”巴王对达里扎布王爷的挽留毫不动心。

“巴王您如果非要走，那我也没办法，您自便吧。如果途中遇到困难过不去了还可以返回来，我们照旧热忱欢迎。”达里扎布王爷说。

“您也一样，如果留在这里遇到不顺心的事可以去找我们。我们照旧欢迎咱们的副主席。”巴王说完告辞而去。

达里扎布王爷一直送到门口。

夜晚，没有月光，一片漆黑，阵阵寒风从北面吹过来。

活佛拉布隆院的上房东间里亮着灯。

时间是晚上九点钟。

守护城东门的分队队长夏日夫前来报告："巴王带着几十个职员和警卫从城东门出去了。"

赛音特古斯叮嘱道："要走的人不要去阻拦他们。从外面进城的人要一律严格盘查，不要让可疑的人随便进来。"

然后赛音特古斯立即到协理府汇报此事。

协理说："立即调出一个分队在他们后边暗中跟踪，探查他们的行动，一旦发生紧急情况即刻汇报！"

赛音特古斯要出去给王爷汇报，协理止住了他，说用电话汇报就可以了。

协理给王爷去了电话，报告了巴王一行连夜出行的情况。

协理从桌上拿起一瓶酒，倒了两高脚杯，给赛音特古斯递了一杯。

"哎，如果采用了你的第二套方案的话他们今晚出得了这城么？"协理问。

"那样做也有不少的漏洞和不足，还是现在的这个计划比较周全，危险性小。但只怕百姓会遭罪，解决起来也费点事。"赛音特古斯说。

"你可能知道了我的心思。说实话我非常赞成你那个果断干脆的解决办法。这样做我们不但破坏了德力格尔浩特的特务机关，还可以软禁巴王及其同伙，消灭新七旅，以此大礼来迎接解放军，通过这个使我旗扬名四方。不过现在说也没用了。"协理非常懊悔地说着，喝了一大口酒。

赛音特古斯出了协理府朝着活佛拉布隆院没走几步就听见后边有人叫他。转身一看是巴图敖其尔和特古勒德尔两人。

"这么晚了你们这是去哪里？"赛音特古斯问。

"我俩去了你哥家里吃了晚饭，聊了一会儿刚出来。"特古勒，德尔说。

“你每天晚上朝协理家跑，是不是和鲍娟小姐好上了？”巴图敖其尔问道。

“特古勒德尔哥你看，巴图敖其尔兄老是乱说话，人家有要紧事找协理谈论工作呢！”赛音特古斯装作委屈的样子说。

“有要紧事儿的人为什么还喝了酒啊？”巴图敖其尔笑着问。

“哦，我进去的时候协理正在喝酒，于是给了我两杯。”赛音特古斯解释道。

“那你身上的护肤霜的香味又怎么解释？”巴图敖其尔闻到赛音特古斯身上散发出来的酒气和油膏香味，便毫不客气地追问。

“护肤霜？什么护肤霜？噢，我想起来了。刚才从协理家出来时在黑灯瞎火的院子里碰到了鲍娟姑娘，把她拿在手上的护肤霜瓶给碰落在地上，慌忙给人家捡，却发现瓶子已经打碎了。可能那时候油膏沾在手上了吧。”赛音特古斯闻了闻手。

“巴图敖其尔你真厉害，一见面就把赛副参谋长的两大秘密给揭穿了。”特古勒德尔笑道。

赛音特古斯也笑道：“应该把您派到宝音朝格图的警察局里当警察才对呀。”

特古勒德尔表示赞同：“真的，我们的巴图敖其尔在这方面还是有特长的。”

巴图敖其尔笑道：“特古勒德尔你还不知道上了赛音特古斯的当，把话题转移了。”

“我们几个在这黑夜里就这么站在大街上聊天吗？现在快回去睡觉吧。明晚见了再慢慢聊好吗？”赛音特古斯告辞而去。

赛音特古斯在活佛拉布隆院没日没夜地等候电报。

两天过去了，没有关于新七旅的情报。

赛音特古斯出了活佛拉布隆院，朝旗府方向走去。路过原先的“蒙古自治政府”的院门口时看见挂着“西蒙古自治政府”字样的新牌匾。这里的旧牌子已经叫巴王带走了，怎么又出来这么个牌子？他很好奇地步入协理办公室询问。

“我也不太清楚。听说应黄先生、何先生等人的要求，王爷批准的呢。”协理不置可否地说。

“这事儿非常不妥。”赛音特古斯一改往日的平稳姿态，焦急地说。

协理：“那你去给王爷说。”

赛音特古斯在王爷的办公室门口报上名，王爷叫他进来。

他向王爷问候行礼后，说起那个牌子挂得不太合适的事。

“这是那几位先生的建议，目的是想提高和共产党对话的地位。”王爷如实地解释道。

“我认为这么做很不妥。共产党尊重王爷和我旗，很重视我们的和平起义，如果我们突然以‘西蒙古自治政府’的名义出现，人家肯定不会承认我们。张司令员很信任王爷您呢。而这个牌子和巴王的牌子没什么区别，反而给人一种继承巴王衣钵的感觉。中国成立了‘内蒙古自治区’已有几年，我们再挂一个‘西蒙古自治政府’的牌子不是跟人家对着干么？至于那几位先生提议这么做，是考虑了自己的地位想利用我们。这对我们有百害而无一利。希望王爷您仔细再考虑考虑吧！”赛音特古斯将此事的利害关系清晰地分析给王爷听。

“我明白了你的意思，你说的对。但是我已经同意了这事，昨天说的话今天就收回来好似不太妥。你想办法和共产党方面取得联系，就说这是从巴王的政府脱离并留下来的几个高层人士的意见，他们想以这个名义迎接解放，问问人家同不同意。”王爷说道。

“我觉得在这件事上找人家很不妥，即便找了也不会成功吧。”赛音特古斯很不愿意这样解决此事。

“你对共产党不要说是我说的，就说是他们的意愿。共产党若不同意那就算了。”王爷已不再坚持自己的主张，很明显是给那几个友人找一个合理的解释理由，给自己一个台阶下。

赛音特古斯也不好再争论下去了，只好答应去一趟省城，就说：“那我就去省城联络一下共产党，来去大概用一个礼拜吧。”

王爷：“一个礼拜？这里的工作也很忙啊。嗯，这样吧，你坐我的车去，来回顶多三四天就够了吧？快去快回。”

赛音特古斯到省城给王部长汇报了挂牌之事取得了指示，第二天便返回来了，向王爷报告共产党不同意这么做。

“那我们就听从人家的指示把那个牌子取掉吧。可那几个先生怎么办呢？”王爷依旧有些迟疑。

赛音特古斯替王爷出了一个办法：“把他们妥善安置在旗府里，可以以此来表明他们拥护共产党，信任和拥戴王爷您的决心和姿态。”

不久，传来了甘珠尔扎布的部队渡河入境的消息。

欲知旗里如何防御甘珠尔扎布的人马，请看下回分解。

【第三十章】

蒙军逃遁一路抢掠
兵民围剿三面夹击

查干布哈大沙漠四周环绕着高耸的沙峰，黄蒿、沙蓬、猪毛菜、艾菊草密布于沙凹中，梭梭丛生的小沙丘中间的一片片梭梭林长得密集，遮挡住视线，叫人轻易看不到沙漠深处的房屋和骆驼牛马。生长着碱柴、芨芨草、乌兰草的盐沼地上一群群的绵羊山羊悠闲地觅草，中间还有清澈的海子和涌动的泉水，各种鸟儿啼鸣着飞翔，真乃美不胜收的世外桃源。

从那里向东或向南望去，只能看到山一般云雾笼罩的高高沙峰。家乡的人骑着骆驼快速走两三天才能走出沙子。不识路的人如果进了沙漠，便不容易走出去。如今这里居住着躲避骑兵的侵扰转移到沙漠深处的牧民，他们和一群群的羊畜及骆驼拥挤地栖息在这里，却也过得安宁太平。

而沙漠之外的地方却是另一个世界。

这是发生在1949年秋初的事。

甘珠尔扎布的骑兵师当初接受山前的省里整编条件从东港撤出，再次东渡黄河驻守河东地区。没几个月，兰州城被解放军占领，山前的省里高层官员一个个地拍屁股溜了，全省东、南、西三面形成被解放军围困的局面。在这样的形势下也没人管他们了，他们如热锅上的蚂蚁不知何去何从。这时传来巴王从德力格尔浩特撤往北部戈壁的消息，便立即退出了河东一带。

他们从哈日浩特（石嘴山）渡口向西渡过黄河，被阿格鲁图山的险峻和查干布哈沙漠的天险拦断了路，只好向北掉头，通过沙山间的河床过了一片沙子，顺着山北麓行进的时候遭到旗保安总队第三大队的阻拦，后方又被跟踪而来的第一大队兵力截住，正进退两难的时候收到了巴王命他们北上的电令，便向北掉头，顺着赛林河谷下行，终于穿过了大沙漠。

一进入旗境内，他们就抛开了当初驻扎在东港时的“戒律”和伪装，一路上见门就进，见物就抢，胡作非为，随心所欲，真是天王老子也管不住他们了。他们在沿途中抢劫牧民的财物，吓唬妇女儿童，任意宰杀牛羊，抢夺马匹骆驼，把粮食和肉食都抢干净了不说，还把锅碗瓢盆都砸了，美其名曰“不给八路留一丁点吃的东西和用的物具”，所做的一切令人发指，罪恶滔天。

额日德尼的兵马按照旗里的部署兵分三路，以“U”形布局从两侧逼近，后边又有一路人马跟进，使得甘珠尔扎布的兵匪们不能以少数人出动作案，相对减少了对沿途老百姓的祸害。

甘珠尔扎布部队一批二十多人在元登连长的带领下脱离大部队，想捞一点油水，顺着人畜的踪印向东走了约十里地，看见一处沙漠盆地里有一座帐篷。策马奔到跟前一看，主人已经逃走，但奶饮、酒水、风干肉、腌沙葱、米面和衣物等应有尽有。兵匪们将能吃的都吃了，能拿的都拿了，能砸的都砸了，然后继续上路。没走多远突然从沙峰上传来机枪声，前后都有子弹飞来。慌了神的匪兵死伤了一半，扔上东西，拼命地向大部队方向逃窜而去。突袭敌匪的人马是第一大队五分队副队长楚勒都木率领的两班人马。他们从逃出来的牧民口中听说来了土匪，便飞速赶来截住了他们。

“本来想把二十几名匪兵都给消灭了，没想到他们精灵得很，一听见枪声掉头就跑，还是我们缺少经验啊。到嘴的肉吃了一半丢了一半，可惜了。”楚勒都木懊悔不已。

楚勒都木虽然当兵刚两年，但头脑聪明，是年夏天参加东港战役时多次立了功。这次他总结了放脱一半匪兵的教训，改变了战术。第二天他兵分两路，让他们埋伏在沙梁上的芦草中间，自己只带了两名士兵摸到敌匪必经之路近处，等大队人马过去了之后开始引诱走在最后的兵匪。

楚勒都木让一个士兵穿了绿袍、戴了红头巾站在沙峰上，装作眺望远处的样子，而后又跑了回去。骑兵队小头目松如布看到了这一幕，“姑娘，姑娘！”地喊着，招呼着后面的人脱离了大部队，径直朝红头巾消失的方向追去。当他们追到红头巾跟前时，只见对方翻过了一座高高的沙梁不见了。松如布和随从从沙梁下来刚进入盆地，从他们刚经过的沙梁芦草丛里传出枪声，断了退路。只好向前拼命奔跑，到东沙梁脚下，沙峰上又响起机枪声，这十来个人追赶姑娘没追上反而全部送了命。

另有一批骑兵离开大部队，窜进空无一人的牧民家里，杀羊宰骆驼，煮在几口锅里，然后又打开一坛子陈酿贪婪地大口大口喝着，不知何时叫随后追踪而来的朝格吉乐的分队给包围了。匪兵们拼命地反抗也抵不住对方好几挺机枪的交叉扫射，死了十八个人，连长嘎达为首的十三人当了俘虏。

一天，骑兵小头目丹毕巴达拉领着五十多个人离开大部队，向东沿着黄蒿、沙鞭、沙蓬、猪毛菜遍布的荒丛洼地跑了十多里地，不但没见着人和羊畜的影子，连个踪印都没见着。于是加快了速度，登上一处长着梭梭的沙丘上向四处用望远镜看，看见远处东北方向的高高的梭梭沙头中间有几峰骆驼。饥饿的一群人见了能吃的牲畜便不顾一切地奔向那几峰骆驼。只见几峰母驼那头还有十来只绵羊在吃草。放眼再看过去，东边沙丘那边有袅袅炊烟升起。他们向东绕过一座高高的沙丘，只见沙洼里有一座青色帐篷里冒着炊烟。帐篷木杆子上缠着一件红色丝绸头巾随风飘舞着。这伙人策马奔到帐篷跟前，只见里面空空如也，地上烧着一堆干牛粪，正冒着青烟。

“空帐篷也能住人，卸了帐篷驮在骆驼上带走！”丹毕巴达拉也没有多想是什么人、为什么在这里下了一个空帐篷，便叫手下人动手卸下来。

四个人下马卸帐篷，刚把橛子拔出来，只听“轰”地发出震耳欲聋的声响，埋在帐篷底下的炸药爆炸了，死伤了好些人。

“这些该死的，他奶奶的连八路的影子也没见过，却学会了他们的那一套。”一个兵匪骂道。

“走吧。”丹毕巴达拉说着策马返回到先前发现的那几峰骆驼和绵羊吃草的地方，下了马就要抓那些骆驼和羊。无奈那些牲畜东奔西跑的一个也抓不着，一怒之下开了枪，把骆驼和羊全部打死，割下前后腿，血淋淋地驮在马背上原路返回。

当他们跑进几座梭梭沙丘中间地带时，西、北、南三个方向的沙头上突然响起枪声，顷刻间有二十多个人倒地不起。遭到三面围困的丹毕巴达拉一伙只好向刚才爆炸的帐篷方向退去，不想此路已不通，又有一股火力封锁了道路。

“现在只有拼死杀开一条路了，弟兄们，生死就在这一次了，集中火力全速往前冲啊！”丹毕巴达拉大喊着，不顾死活地朝前突破，又丢弃了十来个尸首后有二十来个人逃出了包围圈。

骑兵大部队从赛林高勒向北穿过了查干布哈沙漠以后兵分三路，呼布钦巴特尔的一团在右翼行进，一路上将碰到的人家洗劫一空，给老百姓造成说不尽的祸害。

罕乌拉巴格民兵队约四十个人在队长布和吉雅的率领下巡逻，在策根乌苏附近遇到了在那里抢劫牧民的呼布钦巴特尔团苏和巴图带领的五十来个匪兵。双方交火，持续了一个多小时，民兵队损失了十几个人，只好撤出战斗向后山转移，匪兵从后面打了几枪但没有追赶。他们进入山里正好遇到听闻了匪兵消息而从山里赶来的第一大队苏雅勒巴图的分队，两队人马汇集到一起悄悄返了回来。这时候匪兵们正在牧人家里吃肉，喝酒，毫无防备。于是趁机发动了突然袭击，杀伤了二十来个匪兵，其余的逃脱了。苏雅勒巴图和布和吉雅就留在这里，安置了死伤的队员，用敌匪没来得及吃的牛肉和米饭给士兵们开了饭。

逃回去的苏和巴图向呼布钦巴特尔报告了失利的情况，呼布钦巴特尔二话不说跳起来就带领六十多名士兵，由苏和巴图引路返回到先前的人家，趁苏雅勒巴图他们没有防备突然发起进攻，苏雅勒巴图连士兵带牧民死伤了十几个人。苏雅勒巴图等人因熟悉地形，利用夜幕好不容易突围出去了。这是第一大队自从与骑兵师交锋以来最大的一次失利。回想当初在阎王鼻听闻枪声抱头鼠窜的耻辱，呼布钦巴特尔内心的沮丧今日是不是稍稍缓解了呢。

脱离大部队出去寻找油水的人大部分没能回来，骑兵师的长官们也开始着急了，下令禁止以少数人出动抢劫牧民，全部人马列队成一条长线向北行进。

但仍有不怕死的人以十几人、二三十个人为单位出去抢劫老百姓。但是一旦叫额日德尼的部队发觉，能活着回来的极少。

甘珠尔扎布的部队就这样在额日德尼部队三面围堵之下一路不消停地走了十多天，在浩特古尔庙与巴王一行会合。

浩特古尔庙是该旗的几大寺庙之一，又称慈善寺，有一百多名喇嘛，有大雄宝殿、栋克尔殿等十来个殿堂，诺颜、活佛拉布隆和大小吉萨庙仓一应俱全，还有许多喇嘛们住的房屋。这是该旗北部的善男信女们进行拜佛祈愿，当地牧民们购买日常用品或看病就医的主要场所。

而现在这里成了巴王的“蒙古自治政府”和“蒙古军总司令部”的据点。在各吉萨庙仓的院门口都挂上了“内务部”、“财政部”、“教育部”、“卫生部”等字样的牌子，把稍大些的院舍都占据了。

巴王一来到浩特古尔庙便整顿了“政府”，重新委任了各部官员。新七旅到来后也进行了整顿，重新建立“蒙古军总司令部”，将部队分为两个师，共四个团，几十个连，委任了正副职官员和不同等级的顾问、侍卫、重差、参谋、文书等。

就在巴王、甘珠尔扎布他们在忙乎着这一出闹剧的时候，额日德尼也忙着在离浩特古尔庙较远的外围布置了月牙形的包围圈，以防甘珠尔扎布的部队出外抢劫。

旗里委派副章京巴图、副总队长朝格敖日格勒等官员负责指挥消灭甘珠尔扎布骑兵和保护老百姓的工作。旗里还加强了兵力，调派了三大队的四个分队和已经先行来到的第一大队六个分队、北部边境地区各哨卡及民兵约上千人布置了强大的防御阵线。他们的主要任务是在边境附近阻截兵匪，以防他们深入旗境进行扰民抢劫活动。

北部边境哨卡总负责人、旗府副佐领塔拉腾巴雅尔带领卡兵和民兵百余人积极打击那些结队出来抢劫牧民的匪徒，赢得了当地百姓的欢迎和赞誉。

有一伙兵匪在巴音希利和西萨日台巴格交接地一个叫库图利乌森的地方抢劫牧民，饱食了一顿后洗劫了牧民的粮食和衣物，还抓了两母女，赶着抢来的羊畜骑乘往回返。塔拉腾巴雅尔知道了这个情况后，立即布置兵力在沟口上阻击了他们，消灭了十二个人，将其余的赶跑了，把他们抢来的人畜和财物都送回了库图昨乌森。这样的事情发生了很多，后来，塔拉腾巴雅尔的威名在甘珠尔扎布骑兵中间传了开来，他们都把他的名字叫成了“塔拉腾巴特尔”，一听说“塔拉腾巴特尔”便吓得发抖。

在浩特古尔庙，巴王施行“蒙古札萨克”，下边的士兵抢劫掠夺蒙古人，有吃有喝地过了一个多月。之后他们的活动范围逐渐缩小，生活的条件也越来越差，几乎不可能继续在那里生存下去了。于是决定向西迁移，开始了大迁徙。

他们一路向西走到伊克吉林沙漠北麓的一个叫其其格图高勒（“花溪”之意）的地方。

这地方真是一处难以寻觅的风景胜地。南面耸立着高高的沙峰，北边横亘着绵延的红岩群山，南北宽十里地、东北约百里地的狭长河谷里绵延着郁郁葱葱的梭梭林，密集的芦草随风摇动，房屋驼羊隐入梭梭林中，溪水涓涓流淌，是一处水草丰美的牧场，景色怡人的好地方。

这里的牧民听闻匪兵前来的消息，早早就躲避开了，沿着湖边的许多房屋都空无一人，不仅住宿很方便，柴火和水草也十分充足。

“可以在这里过冬。”巴王看上了这个地方，下令驻扎，将牧人腾空的房屋收拾了一番，又把带来的帐篷毡包等立起来，挂上了“自治政府”、“司令部”及“部”衙门的牌子，再一次简略地整顿了军政，继续施行“蒙古札萨克”。

另一头，随着巴王的转移，额日德尼的部队也以原来的阵形暗中远远跟着移进。

虽然此地水草丰美，但是粮食稀少，甘珠尔扎布军中的粮食越来越少，骑乘也开始掉膘。加上气候越来越寒冷，风沙变大，日常生活一天不如一天，甚至到了连浩特古尔庙都不如的境地。

巴王和众官员讨论了几天，为了对付眼前的困难，决定向北派人，寻找在边境那边的国家驻扎的可能，同时向南边派人，企图以有条件投降为名先弄一些粮食来。

与此同时，出动一批批人员，如野狗啃骨头般在附近抢劫牧人的羊畜和粮食。

骑兵小头目阿日宾巴雅尔带着二十多个人，在乌兰坡一带寻找食物，遇到了第一大队朝格宝音分队的秘密堡垒，损失了一半人马，灰溜溜地逃回去了。

又一个叫达木乔的骑兵小头目带领三十个人到达恩格尔阿如一带，洗劫了几个牧民家，抢了好些山羊、绵羊、骆驼和马，在牧民家里煮肉喝酒“改善”生活，被塔拉腾巴雅尔发现了。他在他们返回的路口布了一张“口袋”，等候着。下午匪兵们酒足饭饱后牵了骆驼、马，赶着羊，高高兴兴地往回返，钻进了塔拉腾巴雅尔设计好的“口袋”里，被全部消灭了。

吉布巴特尔团的连长乌其日乐，带着二十多个人在嘎鲁图湖北岸寻觅油水，看到远处东南方向有一群骆驼在吃草，便打马奔过去。这时候走在后头的一个人用望远镜看见了一个穿红袍、戴着粉色头巾、骑着一头双峰直立骟驼的少妇，忙喊道：“扣肯！扣肯！”（扣肯：姑娘）乌其尔乐见状急忙调转马头朝红袍女人的方向追去。他们绕过了几座小山丘。刚进入一个盆地，只听头顶上传来枪声，好几个人从马背上滚落，还有几匹马也中了弹。匪兵再也没有力气去追那个红袍子少妇了，只好灰头灰脸地打道回府，不想先前经过的小山丘上又响起枪声。原来，又是那个楚勒都木的分队以“花姑娘”为诱饵使匪兵中计上钩，把他们的注意力从骆驼转移到“姑娘”身上，最后把他们诱进事先准备好的“口袋”里。可怜那些匪兵连“红袍少妇”是女是男都没有搞清楚就去见了阎王。

北部边境之战大都以甘珠尔扎布的骑兵窜出据点抢劫百姓，地方部队和民兵进行阻击的形式进行，多数战斗是二三十名骑兵和一个分队之间进行的小型战斗。而额日德尼的部队在乌珠尔乌森河谷围击匪兵的战斗是其中最大的一次战斗。

“敌骑兵百余人出了其其格图河谷，从恩格尔阿如一带向东过来了。”第四分队来电报告额日德尼。

额日德尼立即给各分队下令：“第四、五分队埋伏在原地，让敌人过去，然后封锁住乌珠尔乌森河谷的西口，阻断他们的退路。六、七分队埋伏于乌珠尔乌森河谷的南北山头上，等敌人返回河谷遭我军阻击时你们从南北山头集中火力猛攻，八分队埋伏在坤岱赛日西山坡，待敌人到来时迎头阻击，等他们撤退时和九分队一起跟随在后边，待他们返回乌珠尔乌森河谷时堵住河谷东口，乘胜追击。”

骑兵师巴图森格团长为了以实际行动落实“蒙古军司令部”的“自力更生，自我救助”和“抢夺他人以供自己”的政策，率全团一百五十个人出门寻找猎物。他们一路畅通地向东过了乌珠尔乌森河谷，到达图古乐哈达滩转悠了一圈，没寻找到什么东西。虽然饥渴难耐，但是为了找寻到油水和猎物，他们继续向东行进，中午时分刚到达坤岱赛尔西山丘，就听到从小高地上传来机枪声，走在最前头的十来个人从马背上滚了下来。

巴图森格知道他们遇到了有准备的阻击，立即撤退，顺着原路拼命地逃路，跑了半个多小时才摆脱了后面的追兵。于是定了神，缓了口气，拉住缰绳慢悠悠地步入乌珠尔乌森河谷，下了马饮了泉水，稍事休息。然后继续上马前行，顺着河谷低处向西行进，来到河谷向北拐弯的弯子处，突然两边山头上机枪的火力以“X”状猛烈地扫射，走在最前面的二十多个人中弹倒地，再也起不来了。

巴图森格是参加过多次战斗的老手，他从对方的火力情况知道以武力打开前面的路是不可能的，心里思忖着，后面没有追兵已经快一个小时了，大概回去了吧，现在最好的办法是原路返回，向东出了河谷口子，再向北掉头走十几里地就能到达平坦的地方。于是他带着手下飞速后退，沿着地势向东行驰，不想河谷上游山侧又响起了机枪声，又损失了十来个人。向西走不通，向东又不能走，只好下马准备攀上北山突破。可是刚到山脚下，又遭遇了埋伏。无奈之下只好向南坡攀去，谁知南边山头上又有一股火力封锁了去路，令他们陷入四面楚歌的境地。

巴图森格不是不会打仗，只是不识路、不熟悉地形，因而被比自己的兵力强几倍的火力四面围困在了这乌珠尔乌森河谷，四处挨打，很快就损失了一半人马，现在就是插翅也难逃了。

以自己多次的作战经验判断出今日已经走到了末日尽头，虽然平时常说“头可断不下跪”的巴图森格，在这生死紧要关头仍产生了保命要紧的念头，于是叫手下人喊道：“我们缴枪投降，可否饶命不杀？”

“你们若放下武器投降，可饶一命！”站在后山头上的额日德尼高声回复。

“如果真的不杀，我们投降！”

后山上又发出命令：“你们果真要投降的话就把枪丢在河北岸，人都到南岸集合！”

巴图森格带着剩余的士兵乖乖执行了额日德尼的命令。

巴图和朝格敖日格勒向旗里发报：“第一大队额日德尼大队长以该大队六个分队的兵力将甘珠尔扎布的一百五十二人围击于乌珠尔乌森高勒，俘虏了以团长巴图森格为首的七十三人、令对方死亡五十七人，伤二十人，收缴所有枪支马匹，取得了北上以来最大的一次胜利。”

旗府复电：“北部地区剿匪指挥部：第一大队在额日德尼的指挥下取得全歼敌人一个团的重大胜利，为保证家乡的安宁和人民群众生命财产安全做出了重要贡献。旗府在嘉奖你部的同时提拔额日德尼为副章京，以此鼓励。”

额日德尼躺在自己的帐篷里想着很多事儿。国民党很快便要灭亡，全旗眼看就要解放了，这时候还拿早已消亡的清代官职来提拔嘉奖……他突然感到好笑，情不自禁地回想起了赛音特古斯到达西林庙做防御甘珠尔扎布部队北上的战略部署时的情景。

那次赛音特古斯从西林庙返回的时候，额日德尼将他的《中国共产党章程》还给了他，同时把自己的《加入中国共产党的申请书》交给了他。

“您的愿望一定会实现的。”赛音特古斯以激动的心情紧握着他的手说。

额日德尼：“拜托你了。你是不是共产党员，我不知道。但我希望你介绍我入党。”

“您放心吧。我一定将您的愿望转达给党组织。”赛音特古斯并没有说明自己是不是党员，他把党章留给了额日德尼，带走了他的入党申请书。

额日德尼想着那次的谈话情景，不知自己的愿望能否实现，他叹了口气。赛音特古斯现在忙什么呢？旗里何时举行和平起义？想着诸如此类的问题，他失眠了。

很快，巴图他们收到旗府发来的一封密电：“近日旗里可能将发生重大变革，你们在做好思想准备的同时加强防御，特别要警惕发生意外状况。”

欲知旗里将会发生什么重大变革，请看下回分解。

【第三十一章】

和硕亲王举行和平起义
札萨克府成立人民政府

德力格尔浩特进入了紧急状态。

山前的省里马胖子的部队与中国人民解放军西北野战军的几次战役均以前者的失败而告终，陷入被解放军围攻的绝境。马胖子见情况不妙，带了七姨太和值钱的财宝细软等逃跑，临走时将地盘和政权交给了儿子。

没过多久，省方的主力被解放军消灭，马胖子的儿子也逃了。留下来的几万士兵乱了套，如冰山消融般顷刻间四散而去。

驻德力格尔浩特马家军团长马元清只身进入城内，请求给予保护。

“我们可以保护您，但你们的士兵溃散之时不许抢劫老百姓。”宝音阿日毕吉乎参谋长说。

“我已经管不了我的属下了。”马元清哭丧着脸说。

王爷和协理简单地商量了一下，进行了德力格尔浩特进入紧急状态的部署，让保安总队驻德力格尔浩特的全体军警守住城墙和后山堡垒，严把城门，以防马元清一团的溃兵在逃散时侵犯老百姓。

那天夜里马元清团的全部人马一哄而散，多数人散了伙，有一批全副武装的士兵向城墙和后山堡垒方向开枪示威，要求旗财政上给他们提供路费。守城的保安总队士兵也有组织地朝冲击城门的散兵开枪警告，一整夜几乎在枪声中度过。

第二天，保安总队派人出城，收缴了散兵的枪支弹药，向那些自愿交枪的士兵提供了回家的路费，让他们回去。

那天夜里又发生了一场枪战。二百多散兵在营长张瑞的挑唆下，利用夜色占据了三道桥，准备抢劫南大街各商行，遇到了商会自卫队的反击。双方激烈地交火，到后来商会一方只有勉强招架的能力了。

保安总队参谋部将商会的紧急报告火速上报协理。

协理立刻来到总队部。

“赛音特古斯，你是有战斗经验的人，由你来全权负责指挥今晚的战斗。最重要的是保护城内的安全，在这前提下消灭这伙散匪。宝音阿日毕吉乎我俩会坐镇观看你的指挥，但是我们不说话，你也不用向我们请示。”协理说。

“是，一定完成任务。如果我指挥错了，请及时给予指正。那么请两位长官到指挥所去吧？”赛音特古斯接受了任务。

“好吧。”协理说。

三人去了指挥所。

赛音特古斯取下挂在墙上的德力格尔浩特城区地图摊在桌上仔细看。其实即使不看地图，他也很熟悉城外南大街的地形，他只是边看地图边思考作战方案。

几个参谋并肩站着，接线员打开机子随时候命。

赛音特古斯下了战斗命令，参谋们有的记录，有的电传。

“守南城门的分队用火力封锁南大街，截断散兵退路。”

“第五大队调出三个分队分别占据三道桥西街、二道桥下域和三道桥南街。”

“第四大队派两个分队，一个分队从城东门出去控制住二道桥上域，一个分队埋伏在南门内，准备穿过大街向南发动进攻。”

赛音特古斯下达了一连串的命令后，转身问协理和参谋长：“两位长官有什么命令吗？”他俩都摇头表示没有。

赛音特古斯在等候各分队的回复时，打电话询问了一遍城门、城墙、后山头和黄门一带的防卫情况。

“五大队二分队已控制三道桥西街。”

“五大队一分队已控制南梁北坡。”

“四大队……”

各分队都到达了指定地点待命。

“各分队从各自所在地攀上房顶，悄悄向三道桥和南大街方向前进包围散兵，形成包围圈后向他们喊：‘你们已经被我军层层包围，插翅也难飞了，’‘缴枪不杀！放回老家，’‘对自愿缴械投降者提供路费。’‘负隅顽抗者，杀！’”。“如果他们缴枪投降，统统放回去。”赛音特古斯下达了进攻的命令，然后转身问道：“两位长官有什么指示？”

协理和宝参谋都摇了摇头。

“现在我要出城到作战现场。”赛音特古斯说。

协理：“你不用去了。这是一个点上的小型战斗，五个分队的兵力消灭散匪绰绰有余。你指派一个人去坐镇指挥就行了。其他地区，尤其后梁和城内的安全是最为重要的。”

“那派谁去好呢？”赛音特古斯问。

“你是指挥官，让谁去你自己决定。”协理说。

“我去吧，赛音特古斯留在这里。”宝音阿日毕吉乎起身说。

协理制止了：“你不用去。”

赛音特古斯：“让四大队的宝音那生来吧。”

不一会儿宝音那生进来给几位长官行礼。

“你现在立马出城指挥这次战斗，将成群结队的匪军统统消灭。您带上刘参谋去吧，我军的部署和敌人的情况他都熟悉。您还有什么意见？”赛音特古斯说明情况后问对方。

“没有意见，一定完成任务。”宝音那生、刘参谋行了礼就出去了。

散匪被围困在三道桥和二道桥之间，以街道房屋为屏障抵抗了一阵，死伤了一小部分人。匪首张瑞从对方的枪声听出自己的部队已经被自己几倍于的兵力所包围，不但抢劫钱财的计划不能实现，就连保命都很难了，于是听从对方的口令交出了武器，不再反抗。总队和商会一方以牺牲五人、受伤八人的代价缴获机枪七挺、冲锋枪十二挺、长短枪一百五十八支、子弹二十盒，对主动交出武器的人提供了路费，打发他们回家。

守护黄门的分队发觉散匪约五十个人进入城西街一工坊进行抢劫，报告了总队参谋处。

赛音特古斯下令让该分队从北边形成月牙状的包围圈，又调遣了一个分队从城南门向北围击，很快消灭了这伙散匪。

西部一些地区的军民以防散匪之乱，把老人和小孩，还有和羊畜都转移进沙漠里，青壮年都武装起来，与保安军和哨卡兵们一起在边界一带巡逻。少量的散匪小批入侵，也没造成多大损失，就被赶出去了。

1949年9月23日。

达里扎布亲王、乌宁乌日德协理带领全旗军民宣布和平起义，庄严地通告："脱离国民党反动政府，拥护共产党的领导，全旗和平解放。"同时致电中国共产党中央委员会和毛泽东主席，并派代表到省城迎接人民解放军。

"和平解放了！"这个特大喜讯在全旗富饶辽阔的大地上如春雷般响彻，各民族数万名牧民身着节日的盛装，骑上好马、好骆驼奔走相告。

"嘉，有什么好消息？"

"特大的好消息，我旗和平解放啦！"

"这的确是个好消息。"

"所以特地跑来告诉您一声哪！"

这样，一传十，十传百，不久全旗各地都知晓了。

和平解放的第三天，人民解放军徐凯一团追剿国民党散匪进入该旗境内，在额门别立巴格的地盘上扎营，旗里派人去慰问的同时邀请徐团长到德力格尔浩特做客。

这是首支进入该旗的人民解放军部队，所以按照王爷和协理之命，德力格尔浩特军民一千多人在从城门到南梁的马路两侧列队迎候，王爷、协理、章京和军政高层及德高望重的民族人士、寺庙活佛夏仲们亲自到南梁上迎接解放军。

虽然宣告了和平解放，但这些天里全旗上下依旧是老样子，似乎没什么变化。旗军政部门多数人不知道该干什么好。少数人依旧心怀疑虑，仍在观望。

省方原先驻德力格尔浩特的团长闲待在德力格尔浩特，国民党和省城驻德力格尔浩特的各机构也想趁机浑水摸鱼，暗藏的特务也在密切观望动静。

党的秘密组织尚未公开，赛音特古斯依旧是旗府副佐领和保安总队副参谋长，如果说有变化，只是拿掉了少校的徽章。

李岩、赛音特古斯等秘密商量，由王怀成等人公开组织学校师生上街游行，敲锣打鼓地宣传和平解放。

“大街上这几天敲锣打鼓的，是什么人在为何事闹腾？”有一天王爷在政府例会上问道。

“我问过了，是学校师生上街宣传王爷和协理带领全旗人民举行和平起义解放旗乡的举措。因为我们已经解放了，这种活动是合情合理的，所以我们没有干涉。这件事还给了我新的启发，广阔的牧区还不太了解这个形势，我们是不是抽调几名军政人员学习培训几天，然后下到基层农牧区，向广大民众宣传我旗和平解放的大好形势？”赛音特古斯在回答王爷的同时提出了新建议。

“行，我看有必要这么做。王爷认为如何？”协理也表示了同意，问王爷的意见。

“好啊。赛音特古斯你知道如何进行宣传，而且也可以管军政上的事务，就由你负责组织吧。”王爷说。

赛音特古斯把那生和宝音二人叫到身边，让他们组织旗军政方面的有关人员和参加过党务培训的一些年轻人，集中学习了三天，明确了任务后下派到各巴格基层。

赛音特古斯还征得协理和宝音阿日毕吉乎参谋长的同意，决定派那生等五人前赴北部边境防匪保民总指挥部，向那里的边防军民宣传全旗和平解放情况和意义。

细雨蒙蒙的一天晚上。

人民解放军驻图日更地区的徐凯团的王营长带了少量部队来到德力格尔浩特，直接进入旗府要见王爷和协理。

王爷和协理不敢怠慢，连忙前来会见王营长。

王爷、协理还悄悄派人去把乌力吉巴图、黄海山、何瑞林、赛音特古斯等人叫了过来。

“我们夜里造访贵旗的目的是想搞清楚一件事。你们举行和平起义已经有几天了，可是在贵旗驻扎的国民党机构、省里的机构以及他们的团长、特务机关的人员至今还在你们的保护下过着太平日子，溃散的国民党军队的武器你们收缴之后也没有上交，这到底是为什么？我们想问个明白。”王营长开门见山地质问道。

“这些人以及我们收缴的武器都还在。我们不知道什么时候以什么方式交给什么人，也没有收到上面的命令。”协理也不甘示弱，直接回答道。

“那么，不抓捕那些国民党的团长和特务，也是因为没有收到上级命令吗？”王营长加强了质问的语气。

一旁的王爷一直沉默无语。

“营长说的那些人，还有我们，原先都是国民党的人呀，现在你们想要谁我们就把他交出去。这几天你们没有和我们联系，所以我们也没有动。”何瑞林先生很不适宜地从中插了一句。

“不，不是那样的。我们要的是国民党的特务，还有他们党部书记、办事处主任和省部驻军团长等人物。这其中怎么可能包括你们呢？”解放军的张教导员说。

王爷看了一眼何先生，又看着黄先生，依旧不说话。

协理悄悄向赛音特古斯点了点头。

“听解放军张教导员这么一说我才明白了。你们所说的这些人都在我们的掌控之下，武器也都准备好了，你们什么时候要我们随时可以交出，没有什么可犹豫的。”黄海山先生明确地说。

“我来说几句吧。和平起义后的这几天里我们把主要精力集中在以收缴散兵枪炮武器，消灭全副武装结伙抢劫的匪军，围困和防御新七旅为重点的地方维稳工作，尚未来得及考虑如何将这些人和收缴的武器上交给贵方。这是其一。还有，省党委和解放军方面也没有给我们明确的指示。这么说能够解答你们的问题吗？我还要澄清一件事情，让那些人待在城里，并不是我们有意保护他们，而是以事实上的软禁来防止他们出逃。我们在一个月之前已经破获了国民党国防部保密局的特务机构，已经抓捕关押了以组长张明山为首的二十多名特务，你们知道吗？”赛音特古斯说着，喝了一口茶。

在座的人都静静地聆听着。

“张司令员说过和平解放后解放军不会进驻我旗，但你们的一个团在这里要驻扎多长时间，我们也不知道。刚才王营长说‘想问个明白’，这是您在问呢，还是省军区或十九兵团派您来质问的呢？我没有听明白。”赛音特古斯加重了语气。

双方人员都没有说话。

“解放军同志刚才提到的那些人是人民的敌人，换句话说，是罪犯。而旗王爷、协理和参加起义的军政职员是受国民党大汉族主义压迫的少数民族高层人士，如今是拥护共产党举行起义和平解放了本地区的党的朋友。这两批人不可混为一谈。前者是敌人，后者是朋友，是两种不同性质的问题。我说的可能不恰当，请王爷、协理和解放军同志斟酌。”赛音特古斯回答和反问中解释了党的政策，纠正了方才的谈话中某些人的错误观点，结束了发言。

“您是谁？”王营长问赛音特古斯。

“我……”赛音特古斯刚要回答，王爷介绍道：“这位是旗府副佐领、保安总队副参谋长赛音特古斯。”

“认识赛音特古斯同志很高兴，您刚才的话给了我很大的启发。”王营长不知是对他的话表示钦佩，还是为他的话所震撼了，或是对有些问题心存怀疑，反正态度缓和了许多，完全没有了刚来时的威严。

“营长过奖了。”赛音特古斯说。

“我还想问您一件事。”王营长说。

“您尽管问吧，只要是我知道的一定如实汇报。”

“您刚才说张司令员说解放军不进驻贵旗，这话您听谁说的？”

“是张司令员亲自告诉我的。”

“您在哪里见的张司令员？”

“在咸阳。”

“您是怎么见到张司令员的？”王营长愈发好奇。

“这也是您此次要问询的内容吗？”赛音特古斯笑着问。

“不是。您如果真的见了张司令员，那没问题。”

“您若怀疑，可打电话到十九兵团询问。那里有电话。”赛音特古斯用左手指着门后桌上的电话机。

“我们不可以和那么高级别的机关直接打电话联系。我还以为您是从哪里听来的传言呢。”王营长似乎依旧有一丝疑虑。

“我是今年夏天到咸阳城见到张司令员的。您觉得不可信吧？您看看这张照片就知道了。”赛音特古斯说着从衣兜里掏出自己穿着解放军制服和张司令员合影的照片给王营长看。

“看到您身着解放军服的照片我相信了。遗憾的是我至今还没见过张司令员呢。”王营长说着将照片还给赛音特古斯。

“赛音特古斯同志是代表我旗前去见到张司令员，取得我旗和平起义指示的人。”王爷从一旁兴致勃勃地说。

“赛音特古斯同志，我们之间的误会和言语上的冲突现已完全消除，云破天开，冰释前嫌了。”王营长说着站起来给赛音特古斯敬礼，赛音特古斯也回礼，两人握着手开怀而笑。

两天以后，他们将软禁在德力格尔浩特的国民党军政人员和关押在淖尔图沙漠哨卡的国民党国防部保密局特务，以及近日收缴的散兵武器一并都交给了解放军，旗保安总队还派了一个分队护送到省城。

徐凯团很快从旗境内撤走了。

九月二十七日。

王爷、协理和旗章京三人收到了省党委的邀请。省里派了三辆小轿车把他们接到了省城。

李岩、赛音特古斯二人已经先行到达。

省党委和政府主要领导人接见并招待了他们。

第二天上午，以座谈会的形式商讨了组建旗人民政府的事项。

会议一开始，省党委组织部张培新部长介绍道：“我先给大家介绍两位同志。这位是李岩同志，是在贵旗开展我党地下工作的旗党工委筹备小组书记。”

李岩前来和王爷、协理握手相见。

“这位是赛音特古斯同志，你们都很熟悉，他也是我党秘密工作者，是旗党工委筹备小组副书记，也是贵旗最早的一批党员之一。”张部长介绍道。

赛音特古斯起身向王爷、协理和旗章京微笑着。

省党委提议，达里扎布为旗人民政府主席，乌宁乌日德为第一副主席，省党委指派的斯琴巴特尔为第二副主席，乌力吉巴图为副主席。巴图、赛音特古斯等十三人为旗人民政府委员。这个提议得到旗方的一致同意。

下午，张部长来到招待所，和新任的旗政府主席、副主席们研究讨论干部问题。

“省党委决定在贵旗建立党工委，具体人选尚未确定，编制确定为十几人，准备很快派过去。你们有什么意见？”张部长问。

达里扎布：“我们拥护旗上建立党工委。”

“同意。我们起义的时候宣布接受共产党的领导，岂有不同意建立旗党工委的道理？”乌宁乌日德微笑着说道。

张部长：“党工委书记和部分干部尚未确定，暂且留下位子，考虑先派十几名干部过去开始工作，其中包括三名部长。”

“好的。”达里扎布说。

乌力吉巴图也表示同意。

张部长问："赛音特古斯算在其中吗？"

"不，他还是我旗原先的干部。"乌宁乌日德回答。

张部长说："除此之外还有两名女干部，两人都是在你们那边工作的干部妻子。一位是斯琴巴特尔副主席的妻子杨莹花，一位是赛音特古斯的未婚妻金萍。两人都是蒙古族干部。这两人没算在编制里。"

"不用算在里面。哪有用编制限制自家媳妇的老人啊？"达里扎布笑着说。

乌宁乌日德、乌力吉巴图没有说话。

晚上王部长来到招待所看望赛音特古斯。

王部长："你不想把金萍带到旗上吗？"

"我听从王部长的安排。"赛音特古斯红着脸回答。

"她可是个好姑娘。你要好好爱她、照顾她。她会成为你的好同志、好伴侣的。你们俩如果在这里征得同意，比到了旗上再让批准更容易些。旗上建立党工委后怎么先批准你们的婚事？我已给组织部门说了，你们赶紧把结婚申请书补上。"王部长关切地说。

赛音特古斯："我知道了，谢谢王部长的关心。"

王部长走后，金萍来了。

"我已经向王部长申请到你们旗上工作，不知同意不同意。"金萍说。

"已经同意了。"

"王部长给你说的吗？"

"是的，他已经把你交给我了。"赛音特古斯笑道。

"别瞎说了。他说什么啦？"

赛音特古斯将王部长说的话告诉她。

俩人正说着，传来敲门声。

"请进。"赛音特古斯起身开门。

王爷和协理进来了。

“这位漂亮的女士一定是金萍同志吧？”王爷笑着说。

赛音特古斯请王爷和协理坐下，相互做了介绍。

金萍起身向王爷和协理行礼。

王爷和协理说了几句话，就要告辞。

“你们谈，我还有事，要准备明天的事呢。”金萍笑着先行出去了。

“你呀，可不是简单的人哪！”王爷说。

“王爷……”赛音特古斯没听明白他的意思。

“你隐瞒共产党员的身份是对的，但是连快当媳妇的人也要隐瞒是什么道理？难道这也是你们的纪律吗？”王爷笑着说。

赛音特古斯：“不是的。我算什么人，要给王爷和协理说生活上的这种琐碎事呢？再说金萍也是党的秘密工作者，那时候我不能随便暴露她的身份。”

王爷：“那你现在可以给我们说你是什么时候入党的吗？”

赛音特古斯：“现在当然可以说。我在第一大队的时候秘密入的党。”

“那你是事先知道如何才能找到张司令员的了？”协理问。

“不，我到省城寻找党组织，见到王部长后才有了联系，但他们也不知道如何才能见到张司令员。”

“和平起义的提议是你个人的意见还是共产党的意见？”协理又问。

“和平起义的大决策是党的决策，在这大决策之下的具体解决意见都是您和我共同商讨的呀。”赛音特古斯笑着回答。

协理也点着头笑了。

“那么抓捕张明山的计划是谁提出来的？”王爷问。

“那是我的意见。怕泄露秘密，在执行那个计划前我谁也没告诉，等计划成功后才找李岩同志汇报了情况。”赛音特古斯回答。

“共产党的决策很英明，这需要依靠党的干部的正确执行。我现在才明白这个道理。”协理深有感触地说。

“张明山怀疑并想暗杀我们的行为，从他们的立场上来说也没有错，只不过他们所用的人都是些没出息的家伙。”赛音特古斯笑着说。

王爷和协理也都笑了。

“您是怎么和金萍认识的？”王爷问道。

“她在省党委王部长手下工作，去咸阳的时候王部长派她和我们一同前去，我每次来省里找党组织的时候都通过她联系，就这样越来越熟了。”赛音特古斯简略介绍了自己和金萍相识到熟悉的经过。

王爷和协理兴致很高，三人一直交谈到很晚。

1949年10月1日。

金秋的德力格尔浩特打扮得如待嫁的新娘般花枝招展，分外美丽。城门楼、机关、军警处、寺庙殿堂和街道商铺门口都飘舞着五颜六色的旗幡，到处悬挂着红灯笼。

南花园广场从四面八方聚集了身着节日盛装的人们，整个广场人山人海，热闹非凡。

以常青松装饰的台子上挂着写有“热烈庆祝中华人民共和国成立！”的烫金大字的红色横幅，东西两侧是写着“中国共产党万岁！”“中华人民共和国万岁！”的条幅，主席台正中的墙上悬挂着毛泽东主席和朱德总司令的巨幅画像。

礼炮响了二十八下，庆祝大会开始了。保安总队奏乐队奏响国歌，五星红旗在会场中心慢慢升起，在微风中飘舞。这是在北疆十几万平方公里的辽阔大地上升起的第一面中华人民共和国国旗。

达理扎布主席和工人、牧民、军队、学生代表依次上台发表庆祝演说，祝贺伟大的中华人民共和国的开国大典。

“中华人民共和国万岁！”

“中国共产党万岁！”

“中国各族人民大团结万岁！”

“打倒国民党反动派！”

“伟大领袖毛主席万岁！”

洪亮的口号回荡在德力格尔浩特晴朗的上空，响彻云霄。

晚上，在灯火通明的王府举行了庆祝建国的盛大宴会。

几天以后，旗人民政府宣告成立，原先的旗章京、梅伦、扎兰、佐领等都被任命为旗政府委员或各处正、副处长。

没多久，旗党工委成立，赛音特古斯被任命为党委常委。

整顿了旗保安总队，改建为人民解放军旗保安总队，分别任命乌宁乌日德为长，周贵仁为政治委员，宝音阿日毕吉乎、额日德尼二人为总队副总队长，赛音特古斯为参谋长。

赛音特古斯在总队部的办公室里和宝音满都呼、那生、刘参谋等人讨论如何整顿改组总队部机构。

“重新整顿改组总队部机构的工作需要抓紧进行。要在组织干部开展学习、提高认识的基础上根据文化程度、工作能力、态度作风和兴趣特长等进行合理安排。做到每个人有可干的工作，每一种工作都有人去做，也不是那么容易的事。我们先充分思考后有准备地讨论吧。你们对各自所分管的机关如何整改，给谁分配什么任务都应心中有数。”赛音特古斯说。

宝音满都呼：“我们的一些人还在北部边境上，他们也应该考虑进来。”

赛音特古斯：“对。”

那生：“还有请了假的、养病的，都要考虑。”

赛音特古斯：“我想边境上很快还会派人去的。”

正说着，“咚咚”，有人敲门。

“进来！”赛音特古斯的话音刚落，刘参谋去开了门。

“曹书记请您抽空去一趟旗工委。”旗工委的一名文书前来通知。

“那我现在就去吧。你们几个好好准备一下，两天后我们再讨论。”赛音特古斯说着出了门。

欲知曹书记为何事叫赛音特古斯去，请看下回分解。

【第三十二章】

金萍赛音特古斯举行新式婚礼
巴图特古勒德尔讲述旧题故事

保安总队整顿改组工作刚起步，旗党工委曹书记把赛音特古斯叫到办公室谈话。

“现在全旗解放，党政军领导机构也都齐全了。您为这一切做了很多工作，也是这几个领导机构的组成人员。北部边境还有敌匪盘踞，这是目前我们所遇到的最艰难的问题，需要尽早解决。我经过再三考虑，觉得派您去解决北部边境上的问题最为合适。您有什么困难吗？或者近日有什么其他要紧事吗？”曹书记问。

“既然组织上安排这个任务，我一定全力以赴地去完成。除了经验欠缺之外，我没有什么困难和大事。”赛音特古斯果断地回答。

曹书记：“我们的报告由省党委批下来可能还要等几天，你心中有数就行了，先不要往外说。”

“好的，我知道了。”

“省委组织部已经同意您的婚事，王部长还特地嘱托我一过国庆就让你们俩结婚呢。去北部边境还有十来天，你俩趁此机会抓紧办了结婚典礼。我已经给组织部和政治处打了招呼。这个星期六怎么样？”

“感谢领导的关心，我个人的事不着急。从北部回来再办不迟。”赛音特古斯不加思索地说。

“不用等了，就这么定了。你俩不是约定‘等到省里、旗里一解放便结婚’么，不能破坏这个约定啊！”曹书记说着笑了起来。

新中国成立后的第三个礼拜六晚上。

旗政府会议厅。

长方形桌上摆满了烟酒糖果等，旗党政领导和部队干部们围桌就座，相互间交谈着。

时不时传来乐器调音声。

乌宁乌日德、斯琴巴特尔副主席，政治委员周贵仁等陆续进来就座。

“赛音特古斯、金萍同志的结婚典礼现在开始！”一个高大的年轻军人高声宣布，大伙儿热烈地鼓掌祝贺。

“婚礼第一项，请两位新人进场。”主持人一宣布，身着蒙古袍，头发梳理得油亮美观，胸前戴着大红花的赛音特古斯、金萍二人在几名青年男女的陪同、引导和众人热烈的掌声中款款步入典礼现场。

主持人：“婚礼第二项，请证婚人郭部长宣布组织的批准证书。”

“省委组织部已审批赛音特古斯、金萍两位同志的自愿结婚申请。希望你们俩建立一个革命的家庭，互敬互爱，相互帮助，共同为建设新中国奉献力量。”旗工委组织部长郭元泰说。

“婚礼第三项，新郎新娘行礼。”主持人引领着两位新人先给毛主席、朱总司令的画像敬礼，然后来到坐在东北角，向代表金萍兄长的马龙彪和赛音特古斯的叔拜兄长道尔吉二人行礼，之后给参加婚礼的各位来宾朋友行礼，最后两个新人相互对拜，交换了信物。

然后斯琴巴特尔副主席致贺词：“首先向赛音特古斯、金萍两位同志表示祝贺！两位的结婚典礼是我旗解放以来首次新式结婚典礼，这可以给我们的年轻一代做榜样了。你们俩都是共产党员，金萍在工委工作，赛音特古斯就更不用说了，党政军的工作都少不了你。赛音特古斯是我旗首批党员之一，带领部队和土匪战斗，保护人民群众，在举行和平起义和破获国民党特务机构时都立下了汗马功劳，是我们的年轻一代人学习的榜样。我衷心祝福你们幸福美满、白头偕老！”

乌宁乌日德副主席祝贺道：“我受达里扎布主席的委托向你们俩表示祝贺！金萍是派到我旗工作的党的干部中的唯一一个姑娘，却中了赛音特古斯的计，叫人家得手了。不过金萍也把我们最好的小伙子给找上了，这也是一种缘分吧。祝愿你们俩忠诚地为人民服务，努力工作，创造美好生活，早日开花结果！”

参加婚礼的许多人对协理今日不仅破例参加婚礼还说了祝福词的举动感到很好奇，觉得挺新鲜的。

“但愿这娃娃今日挂在墙上，明日爬在炕上。”何先生赠送了一张可爱的婴儿绘画。

主持人：“现在亲戚长辈请退场，由两位新人的介绍人讲话！”

道尔吉、马龙彪知趣地离开了现场。

借此机会，斯琴巴特尔、乌宁乌日德也一同先行告退。

“在我认识赛音特古斯之前，我们的小金萍已经认识了赛音特古斯，两人好得离不开了。我这个介绍人只不过是今日婚礼上的介绍人而已。我们党的干部任何时候都要说真话，这是实话。不管怎么样，郎才女貌，一对绝配！今日结婚，来年抱个白胖娃子吧！”杨莹花以两位新人的介绍人身份幽默地说了一通，大家都开怀大笑。

“那么请两位新人自己讲述你们的恋爱经过。”主持人说道。

“旗党政军领导和同事、亲戚、同志们都来参加我们俩的结婚典礼，我们俩由衷地感谢大家。我俩认识的时间不长，今年夏天我去省城寻找地下党组织的时候最先见到的人是金萍，并且一同去了咸阳。后来见了多次的面，一来二去就相互了解、熟悉并且相爱了。”赛音特古斯壮了壮胆子简要地说。

大伙儿让金萍也说说他们的恋爱经过，她推辞不过，只好向前笑着给大家行了礼，说：“赛音特古斯都说了，我没什么可讲的。多谢大家的好意。”

“不行。”

“要仔细讲一讲。”

“说说你们是因什么原因相互爱上的？”

“金萍同志不说的话赛参谋长讲。”

“参谋长带领部队消灭数百个敌人时从没有害怕过，今日在区区这么几个人前说话有什么可怕的？大胆地说吧！”

人们七嘴八舌地催促着非让他们讲一讲不可。

“我和金萍见面的第二天，她来到我住的宾馆。她穿着水红色的上衣、黑色裙子和高跟皮鞋，头发梳得高俏的，打扮得似富人家的小姐一样，在领我去马将军的司令部时用右手挽着我的左臂走过大街。走在车水马龙的大街上时，有很多双眼睛都在看着我俩。我从来没有经历过这种场面，心怦怦直跳。后来我俩多次这个样子上街，进出餐厅和电影院。有一次我对金萍说我们这样走是不是太招人，她却说这样做是做样子给别人看，是为了保护自己。我对她说，说真是假，说假亦真，她却笑道，假就是假的，什么真真假假的。你们看。我现在都交代了，不是坦白从宽么，可以原谅了吧，希望大家多多包涵。谢谢大家。”赛音特古斯说着嘿嘿笑了起来。

赛音特古斯和金萍二人的感情是随着工作上的交流逐渐发展起来的。他们从咸阳回来后，有一次赛音特古斯因工作上的事到省城找地下党组织谈完工作后，在门口遇到等候多时的金萍。

“你下午在旅店吗？”金萍问。

“在，我等你。”

说完两人就各自走了。

下午，金萍来到旅店。赛音特古斯和她促膝长谈。

赛音特古斯：“你今年芳龄二八？”

金萍：“不，那是古代汉人的说法，我今年十七岁。从旗中学毕业后我跟着哥哥去延安上学，过了一年多因为胡宗南的部队要攻打延安，学校解散了，我便放弃学业走上了工作岗位。”

从那次的交谈之后赛音特古斯每次去省城时都要和金萍见面交谈。

还有一次，赛音特古斯去省城办完公事以后和金萍见面。

“上次你仔细审问了我的情况，但是你自己的情况却是一点也没透露。”金萍装出生气的样子，却又忍不住“扑哧”笑出声来。

“我本来想给你说的，但是你也没问，我就没说。现在告诉你吧。”赛音特古斯将自己的年龄、出身和经历都细说给她听。

金萍笑道：“谁要听你交代历史？”

“我尚未结婚，但刚刚有了心爱的人。”他想试探试探对方。

“谁？多少岁？哪里的人？现在在什么地方？”金萍的脸微微一红，一口气问道。

“你这才是在审问呀！她今年17岁，乌审旗的蒙古人。”他故意说了一半。

“她叫什么名字？怎么又是一个乌审旗人？”金萍慌忙问道。

“你好好听着。她叫金萍。”赛音特古斯说着笑了。

“谁叫你开玩笑？！”金萍飞红了脸，眼里却露出喜悦的神情，捶了他一下。

赛音特古斯顺手握住了她的手拉向身边，金萍不由自主地将脸颊贴在他的胸口，闭上了眼睛，只听心跳加速，呼吸声也粗了。

赛音特古斯按捺不住激动的心，一把抱住了她，用嘴堵住了她火一样的热唇。她伸出手紧紧搂住了赛音特古斯的脖子。

从那天起他俩谁也离不开谁了。

赛音特古斯每次去省城都要和金萍约会，金萍也因地下工作到德力格尔浩特时也偷偷地和赛音特古斯见面。

有一次金萍来到德力格尔浩特时，赛音特古斯把她领到自己的住处交谈了很久。

“你给王部长说了我们俩的事了么？”

“我怎么说呀？”

“你就说我们俩在工作中多次交往，相互了解熟悉，决定成为革命的伴侣。”

“我们什么时候做过这个决定？”

“虽然没有决定过，但你我心里不都是这样想的吗？”

“你讨厌！谁这样想了？”

“你没有想过？”

“这……”

“你说话呀？”

“就算是想了，但没有说定的事怎么能说是已经决定了呢？”

“那咱俩现在就说定，好吗？”

“我不知道。”

“那我就问了。”

“你要问什么？”

“你愿不愿意和我共同生活，做革命的伴侣？”

“你这不是基督教的神父在问话么。”金萍忍不住笑了。

“那就不这么问了。咱俩结婚吧？”赛音特古斯也笑着把金萍拉到身边亲昵地问道。

“什么时候？”

“最近。”

“不。”

“那你说个日子。”

“等到革命胜利那天，好吗？”

“好。省城和旗里一解放，我们就结婚，好吗？”

“嗯，就听你的。”

“那好，咱俩就这么说定了。”赛音特古斯说着伸出小指。

“好吧。就这么定了。”金萍也伸出小指勾住了他的小指。

参加婚礼的客人们听了他们的恋爱经过，不再追问了，热烈鼓起掌来。

典礼结束后举行了舞会。

舞会结束后，赛音特古斯、金萍二人在杨莹花等人的陪送下来到新房。

“你们几个也去坐坐。”赛音特古斯临出门时拉着巴图敖其尔小声说道。

巴图敖其尔：“算了，怕影响你俩的好事。”

“来吧。来的时候把大哥和嫂子也叫上。”

赛音特古斯捶了巴图敖其尔一下。

赛音特古斯和金萍刚到新房，巴图敖其尔和特古勒德尔进来了。不一会儿道尔吉和宝音阿日毕吉乎也带着两位夫人进来了。

“这是父母双亲寄来的两百万元，说是给你们结婚用的费用。”马龙彪说着从怀里掏出一个信封交给赛音特古斯，把带来的烟酒等东西放在桌上。

杨莹花送来两瓶酒和一只煮熟的猪头肉。

赛音特古斯和金萍挨着给大家敬酒行礼。

巴图敖其尔、策仁几个人鼓动着要让金萍唱歌，她请求杨莹花和自己一同唱。于是两人一个低音一个高音合唱起鄂尔多斯民歌：

在那沙滩上奔驰的，
是那玉面花斑马。
用蟒缎和丝绸装扮的，
出嫁的姑娘多伤感。

在那冰滩上奔走的，
是那银色花斑马。
用银饰和珊瑚装扮的，
出嫁的姑娘多伤感。

优美的歌声令大家听得如醉如痴，尤其是杨莹花高亢的歌声赢得大伙热烈的掌声。

策仁鼓动着非要金萍独自唱一首歌。

巴图敖其尔也在一旁帮着腔，要听金萍的独唱。

特古勒德尔也不再怜香惜玉，加入了催促的行列。

金萍只好用低沉、婉转、优美的声音唱了起来，杨莹花也帮着唱：

装在瓶中的时候，
是那甘醇的美酒。
敬给官人的时候，
是那烈性的白酒。
歌声祝您好呀，
您好我也好呀，
祝福献给您呀。

苍天神奇的马驹，
鞴着精美的鞍子。
尊贵的官人面前，
恭敬地献上美酒。
歌声祝您好呀，
您好我也好呀，
祝福献给您呀。

爱唱歌的巴图敖其尔按捺不住了，也放开嗓子唱起了阿拉善民歌：

在明媚的阳光之下，
菊花莲花盛开的时候，
相聚一堂放歌欢唱。

在明亮的月光之下，
美丽的库木迪花绽放的时候，
欢聚一堂心旷神怡。

一首歌唱完，巴图敖其尔起身给大家一一敬酒。

客人们有的献歌助兴，有的相互交谈，频频举杯喝酒。

特古勒德尔出去从喇嘛吉的厨房里端来了羊背子。

晚宴到了尾声，大家都散去了。巴图敖其尔等人留下来收拾桌椅、碗筷，把一切都拾掇好以后告辞而去。

等客人都走了后，赛音特古斯、金萍二人洗漱了一番，上了床低声交谈。

“你的这几个朋友真好，他们多关心你呀！你尽量多关照他们，千万别做出令他们失望的事。”金萍说。

“我们是从小一起长大，一起玩耍，相互帮忙的好朋友。你说的对。”

“去你们家还有几天的路程？”

“你还说‘你们家’？”

“不是故意的，不小心说出来了。”

“去我们家得走整整三天的路。”

“路上有人家吗？”

“有。”

“那就好走了。”

“你骑上马能走这么远的路吗？”

“什么话呀？我小时候经常骑马。这几年虽没怎么骑过，但也不会比你差。”

“回家的事还早着呢。先不说这个。”赛音特古斯转身抱住了金萍，熄灭了灯……

早晨，金萍一大早就起来洗漱、清扫，把屋子收拾得擦得窗明几净，然后烧好茶水，后把赛音特古斯叫醒，一同喝早茶。

金萍穿着紧身的红丝绸短棉衣、黑呢子裤和皮鞋，脖上围着棕色毛织围巾，赛音特古斯身穿军服，两人在上午十点钟出了门，到乌宁乌日德、斯琴巴特尔、周贵仁、宝音阿日毕吉乎家登门答谢。

然后两人回到家，准备去道尔吉兄长家。

“两位新人睡得可好？”特古勒德尔进来打招呼。

“你也睡得好吧？”赛音特古斯回礼。

金萍也问候道：“特古勒德尔哥休息好了吧？”

特古勒德尔却反问道："你俩昨夜失眠了吧？"

"你说什么……"金萍没听明白对方的意思。

"你没有过分折腾地累着人家小姑娘吧？"特古勒德尔对赛音特古斯说着哈哈大笑起来。

"你不是答应管住巴图敖其尔的嘴呢吗？自己反而倒成了他的徒弟了。"赛音特古斯也笑道。

特古勒德尔说："阿哈乃兄请你俩到他家吃午饭呢。现在走吗？"

赛音特古斯："我俩正要去呢，你瞧，金萍手里还提着礼品呢。"

他们正要出门，马龙彪来了。

赛音特古斯请大舅子坐下，点了一根烟。金萍倒上茶水，闲聊了几句。

赛音特古斯看着马龙彪和金萍，想起了当初让他们兄妹二人重逢的经过。

有一次，赛音特古斯去问金萍有没有兄弟。

"我有两个哥哥，一个叫马龙彪。"金萍说。

"什么？马龙彪？他是你的亲哥哥吗？"赛音特古斯吃了一惊，从椅子上跳了起来拉住她问。

"是呀！你怎么啦？他是我二哥，大哥在老家放牧呢。"

"我要是给你找到你二哥，你怎么感谢我？"

"你有什么办法找到他？如果真能找到他，让我怎么感谢你都行。"

于是赛音特古斯把自己如何跟马龙彪认识，他现在在什么地方都一一告诉金萍。

不久后，赛音特古斯为了去运回马荣碧将军给他们的一批军火，找了一辆大卡车，准备起程时，正好遇到马龙彪。

"你这两天有空吗？我明天去省城，大概三天之内就回来了。咱俩一起走吧？"赛音特古斯握住马龙彪的手笑着说。

“好啊。我也跟着你去开开眼。”马龙彪愉快地答应。

到了省城后，第二天下午，赛音特古斯派巴图吉日嘎拉把金萍叫过来。

金萍见到赛音特古斯，二人上楼到房间门口，看见屋里有一个人背着脸站着。

金萍说：“你屋里有人，我就不进去了。”

赛音特古斯拉住了她，说：“你不认识这个人吗？”

金萍回过头再看那人，那人也转身看着她。“哥哥！”她奔过去抱住了马龙彪。

“瞧，都长成大人模样了。”马龙彪反复打量着妹妹，前后左右地看个没完。

让金萍兄妹相见后，赛音特古斯把他俩留在屋里出去办事去了。

晚上，赛音特古斯和马龙彪在房间里交谈。

“您是怎么认识金萍的？”马龙彪问。

“世上的事情说起来也很怪。一年前我认识了您，成了好朋友。一年以后又认识了您的妹妹，成为知己。您说奇怪不奇怪？”赛音特古斯说起了他和金萍相识的过程。

“说怪也怪，说不怪也不怪。”马龙彪说。

“那您说，这是不是缘分啊？”赛音特古斯问。

“也许吧。可是缘分也是你们俩自己决定的，别人谁也决定不了。”马龙彪意味深长地说。

“阿哈乃哥叫你们俩去吃午饭呢，现在走吗？”特古勒德尔的话打断了赛音特古斯的回忆。

“哥，您也一起去吧，都是自家亲戚，有什么关系？”金萍、赛音特古斯请马龙彪也一同前去。

“不了，我还有事。你们去吧。”马龙彪告辞而去。

赛音特古斯、金萍二人跟着特古勒德尔来到道尔吉家。

“我到他们家门口时正好碰见他俩提着礼品要往这边来呢。”

特古勒德尔圆着说好话，算是完成了使命。

“姑娘长得真漂亮，眼睛眉毛、嘴唇鼻子、耳朵脸颊、肩膀腰腿，瞧，长得多匀称好看哪！这么漂亮的姑娘我还是第一次看见。我们赛音特古斯真是个有福气的人啊！”嫂子这么一夸，倒把金萍给羞坏了。

这时候巴图敖其尔进来了。

“听说你有一匹上好的走马呢。”道尔吉对赛音特古斯说。

赛音特古斯：“我原先的马在东港战役中被打死了。额日德尼大队长给了我一匹马，是上等的走马，平常的马追也追不着。不过这马有些脾气，爱尥蹶子，一不小心就想把你给撂过去了。”

“老头子哎，你光顾着说话，不给客人们敬酒了么？”道尔吉的爱人埋怨道。

“好，好，说着说着就跑题了。大家请到用餐间里就座吧。”道尔吉邀请道。

大家围着餐桌坐下，一边喝酒一边交谈。

“你们俩今年回家过年吧？”道尔吉问赛音特古斯。

“如果准假的话想回去过年呢。”赛音特古斯回答。

特古勒德尔插嘴道：“今年春节你家一定很热闹。新婚的儿子儿媳妇回到家，赛音特古斯的父母准会把春节宴和婚礼宴合到一起摆一场大喜宴。策仁也要举办婚礼呢。”

道尔吉赞同道：“特古勒德尔说的有道理。”

特古勒德尔又补充道：“来年春节，赛音特古斯大概会成为我们老家的话题中心的吧。”

“那是肯定的。”巴图敖其尔随声附和道。

“为什么？”道尔吉问道。

特古勒德尔：“在我们老家，赛音特古斯的事迹被传得沸沸扬扬，像童话又像神话似的。”

“他们是怎么说的？你说来我们听听。”道尔吉很感兴趣。

“说赛音特古斯骑着黑走马，手持卡宾枪，出现在阎王鼻梁沙峰上，匪军大头目呼布钦巴特尔看见了他，慌忙掉头就跑了十里地，摸着脑袋问：‘我的头还在不在？’”

“赛音特古斯站在牤牛岛上对着从上游下来的二十多只运粮食的船用手一指，船都翻了，漂浮的米面把黄河水变成白花花的一片了。”

“赛音特古斯面朝东站在龙头梁上，他的两侧站立着几十个身披袈裟的喇嘛，身上发出金色的光亮。”

“在一个阴天，赛音特古斯身着便装跟随毕力格图潜入东港，对手吉雅参谋长一见到他便头昏眼花地绊倒在地，不由自主地跪下了。”

“赛音特古斯站在阎王鼻梁上举手向北一指，敌匪朝格巴特尔的一百个人举着白旗投降；他又向南边望去，巴图敖日格勒的一百个士兵都从马背上跌下来，心脏爆裂而死。”

“赛音特古斯率领一千名骑兵从龙首梁东侧下来时，甘珠尔扎布的两千名士兵慌忙骑上马向南逃窜，刹那间腾起了冲天的沙尘，什么也看见不，敌匪许多人从马背上摔了下来呢。”

特古勒德尔和巴图敖其尔争先恐后地讲述着他们听来的故事。

“这倒是没听过的稀奇的故事啊。”道尔吉笑道。

赛音特古斯也笑着说：“什么人编了这么些故事，像是神仙传说一样。”

巴图敖其尔笑道：“有了这些神乎其神的故事，再加上多年没见面的二十五岁的参谋长及其全旗无双的美貌新娘，家乡的人能不高兴么？”

“你们没什么可说的事了便拿我开玩笑呢吧。”赛音特古斯笑眯眯地说。

“现在解放了，但是北部边境仍有巴王的部队盘踞着，若不赶快解决他们，可能会带来更大的灾难呢。”道尔吉一想起家乡的许多骆驼羊畜叫兵匪给抢去了，气就不打一处来。

赛音特古斯：“阿哈乃哥说的这事儿真的是当前摆在我们面前的一件大事啊。”

巴图敖其尔：“赛音特古斯刚刚结婚，要不然还会派你去的。”

赛音特古斯：“如果让我去，这一次一定把巴图敖其尔哥带上。”

巴图敖其尔：“我又不是军人，带上我去干什么？”

赛音特古斯笑道：“等消灭了匪徒，政府干部就要去统计他们从群众掠夺来的财物送还给老百姓啊。这不是您的工作吗？”

在全旗和平解放，人民群众欢呼雀跃之际，盘踞在北部戈壁的巴王“蒙古自治政府”在干什么呢？欲知后事，请看下回分解。

【第三十三章】

接受平北重任获三老支持
决意深入匪穴遭四少阻拦

躲进伊克吉林后边其其格图河谷的巴王“蒙古自治政府”和他们的一干随从们听到德力格尔浩特解放的消息，极为震动，乱成一团。

巴王两次派人到境外某国去了解收留他们的可能性，可是都没有回来，于是继续派人去联系。又往德力格尔浩特派了人，试探人民政府对他们是什么态度。

桑热等顽固的头目们极力反对这些做法，坚决主张继续向西走。还有一批人主张向北越境。

匪军多数头目尤其是普通士兵们希望向人民政府缴械投降，结束这种饥寒交迫的流浪生活。

巴王看出这些情况，紧急召集“衙门大臣”和“师长”们，商量对策。

“现在时局发生了很大的变化，我们的情况也变了。德力格尔浩特已被共产党占领，他们大概很快会出动大军来攻打我们的吧。北去的人也没有消息。这个地方难以长期驻守下去了，尤其是粮食就要断了。西去的路大概也被封锁。在这种形势下你们有什么好对策？”

“卑职以为，只有和德力格尔浩特方面取得联系，缴枪投降这一条路。向北越境，虽然境外这个国家和我们是同根一脉，但他们肯定会和新中国搞好关系，我们与其到了那里被遣送回来，不如直接向共产党投诚。如果向西走，恐怕连河西走廊也过不去吧。”骑兵师副师长徐仁海说。

“徐师长分析得很正确，我也是这个意见。”

“我也同意。”

“我们已经是穷途末路了，及早想出一个出路为好。”

“与其在这里饿着肚子流浪不如趁早投降。”

“以目前的条件，我们在这里一个月也挺不过去。”

“古人说‘识时务者为俊杰’，这谁都知道。现在我们连基本生存条件都保证不了，除了投降还有别的出路吗？”

“好像没有比这更好的出路了。”

“比起到西边叫人家灭了，或者去北边被遣送回来，在这里投降，过安稳日子，比到处流落强多了。就是死了也毕竟是蒙古地方呀。”

一部分人主张缴枪投降，而一部分人却坚决反对，决心一条道走到黑。

“我们从东北地区反出来一路走到了这里，如果还要向共产党投降，那时候何必反出来？我们坚决不能走这条路。而向北越境的路也行不通，刚才徐长官关于境外那边国家的分析非常正确。我认为只剩下向西前进这一条路了。可以武力穿过河西走廊进入新疆，或穿过青海进入西藏。和硕特蒙古人的祖先不是统治过德都蒙古和西藏嘛，我们今日沿着先人的足迹去继承他们的遗产有什么不可？我反正是铁了心，无论如何也不能投降共产党。”桑热高声地说。

呼布钦巴特尔：“这也是没办法的办法，走不通也要走。我们的祖先不是在马背上征服两大洲的嘛！我们走着看吧！”

“我认为去西边不如去北边，去北边不如在这里投诚。现在我们的自身情况和周围的环境条件非常的糟糕。我们在任何时候都要听从巴王的决定，在当前的紧急状态下更应该这样。我的话请各位长官考虑。”吉雅说着扫视了大家一圈。

骑兵师的头目们为了缴械投降还是向西前进而争论不休。

巴王和甘珠尔扎布两人悄悄谈论着什么。

“大家讲的各有各的道理。在这生死存亡的关键时刻，我们应该多想几个办法才是。一方面我们等候北去的联络员的消息，另一方面可向南边派人做谈判的准备。徐仁海南下到德力格尔浩特跟他们谈一谈，我们的条件是：让德力格尔浩特一方只传话，具体事务不和他们商量，我们直接和共产党中央委员会对话。我们可以交出武器，但不是投降，要给予我们和起义人员同等的待遇。要承认我们蒙古自治政府，不许限制我们继续为蒙古民族而奋斗的权力。这些条件他们如果答应了，我们可以和谈并交出武器。为了以示诚意，我们不再抢夺百姓财物。但为回报要尽快给我们提供粮食，以此为同等条件。”巴王说。

“这叫什么条件？这种条件下谁愿意跟我们谈判啊？就算我们有百万大军占领着几个省市，这样的条件别人如何能接受？这样的谈判怎么谈呢？这个不妥。”

“如果提出这样的条件，就怕人家不但不会同意，反而惹得他们出兵对付咱们呢。”

“与其提这种奇怪的条件，不如在谈判期间让他们先给我们提供粮食，这样不是更好吗？”

一些人看似为南下谈判的徐仁海担心，实则担忧自己的前途。

“你们不知道这其中更深刻的意义。南下的事就这么定了。主张西去的建议也不能说不对，这也是我们最初的志向。但现在情况有了变化，条件也不如人意，所以暂不考虑，等南北两条路都行不通了再做打算吧。”巴王最后一锤定音。

徐仁海虽不赞同南下谈判的条件，但依然愉快地接受了任务。

第二天，徐仁海等四人起程，来到巴图和朝格敖日格勒的兵营里说明了来意，要求前往德力格尔浩特谈判。

巴图派专人把他们护送到德力格尔浩特。

旗工委和人民政府认真讨论了省党委关于向巴王及其随从宣传“无条件缴械投降便既往不咎”、“如果负隅顽抗，继续给人民群众造成危害或者继续逃窜，便就地消灭”的政策。

“北部边境上巴王的问题要尽快采取措施解决，拖延时间对我们不利。”

“认真贯彻落实省党委的指示，以积极稳妥的办法在敌方人员中深入做思想工作，让他们放下武器投降，争取多数人站到我们这边来。”

“武力施压和思想工作要相结合，哪个也不能忽视。”

“北戈壁的问题正在影响我们的全盘工作，必须尽早解决。”

“那里的老百姓连过冬都成了问题。”

“需要增加北部边防部队的力量，还要加强领导。”参加会议的人意见较为集中。

“大家的建议我完全同意，就这么办吧。说服敌人投诚并加强领导的工作是重中之重，我再三考虑后觉得派赛音特古斯同志比较合适。”旗工委曹书记说。

“赛音特古斯去了一定会解决好此事。只是他刚结婚才几天……”达里扎布主席有所犹豫。

“赛音特古斯同志有什么意见？”曹书记问。

“没有意见，坚决服从！”赛音特古斯果断地回答。

“那好，赛音特古斯带领第二大队去吧。这样北部边境有第一大队六个分队、第三大队五个分队、第二大队五个分队共八百人，加上民兵和哨卡兵四五百人，在力量方面和敌方相当了。”政治委员周贵生说。

“赛音特古斯同志赶赴边境和巴图、朝格敖日格勒、额日德尼等同志一起合作，全权负责说服敌方投诚和消灭顽固分子的工作。”曹书记确定了任务。

赛音特古斯准备了几天，从总队抽调了几名参谋、一个警卫班，从旗政府调了巴图敖其尔等四名干部，还有一部电台，加上巴图那生的二大队，共约三百余人，还带着徐仁海等巴王的谈判人员从德力格尔浩特出发。

出了德力格尔浩特，一路上赛音特古斯几乎没有闲着。有时候和巴图那生大队长并驾齐驱，谈论他的家乡、出身、工作学习以及二大队的情况，有时和哪一个分队队长或士兵交谈，有时还和巴图敖其尔等人赛一赛马或者说笑，以此消磨时间。

这一天赛音特古斯和徐仁海并马齐行，边走边谈。

“您参加这个部队有多长时间？”

“我原先在国民党东北地区的军队里，后来应巴王之邀出来了。”

“哦，是这样。”

“自从跟了巴王之后，辗转北京、南京等地过了约一年，后来整编甘珠尔扎布的部队时受巴王委派到了这个部队，最后就到这戈壁滩上了。”

“今后有什么打算？”

“已经踏上了这条路，还有什么今后啊？”

“您不是已经了解了我党政策了吗？”

“所以我极力主张缴枪投诚啊！”

“您在这方面可以起到举足轻重的作用。对于缴枪投诚的人，我们不但不追究过去的事，而且如果立了功还要给予奖励。立大功者要重奖。”

“我没有那个福分啊。”

“福分是可以靠自己的努力获取的。”

“我一定尽力。”

“我希望您能立功获奖。”

“我不指望奖励，只求后半生过得安稳，有吃有穿的。”

“那没问题啊。”

“唉！”

“尽快解决这个问题对你们是有好处的，在目前这种没有足够保障的情况下，在这寒冷的地方很难度日。解决了这里的问题，对当地的群众有好处，许多牧民在冰天雪地里有家不能回，在毡房和帐篷里凑合呢。解决了这里的问题，对我党的工作也有利，刚解放的地区因为这个许多工作都滞后了。”

“这我知道。”

“我们对您是充分信任的。”

“多谢您的信任。我一定全力以赴。”

赛音特古斯一行白天赶路，晚上休息，一路畅通无阻，有一天来到离其其格图河五十里地，离巴图的军营有三里地的平滩上，落脚扎营。

然后赛音特古斯立即去了巴图的营地，和他们见面。

巴图高兴地说：“赛参谋长的到来使我们非常高兴。根据最近的情报看，巴王好像已经出境了，不知回来不回来。”

“这几天他们没有外出抢劫百姓，也许他们内部发生了什么变化，但我们还不知道。现在我们的‘诸葛’来了，一定会有好办法。”额日德尼笑着说道。

赛音特古斯：“派我来的意思还不是让我在你们手下听使唤，大事还得你们决定啊。”

“你们俩就别再说些谦虚的套话了，这里有旗上的命令。”朝格敖日格勒说着，叫警卫拿来一份电文交给赛音特古斯。

电文内容为：“对北部边境地区匪兵的劝降和收服工作由赛音特古斯全权负责，巴图、朝格敖日格勒、额日德尼要全力协助完成好，及早圆满地解决北部的问题。此致。主席达里扎布。”

“您几位都是我的前辈，我的职务是参谋，还是当参谋好了。”赛音特古斯说着将电文还给对方。

“我们三个老头子全力支持你的工作，你也别客气了。”一个说了话，另外两个点着头。

赛音特古斯说道：“明天我们让徐仁海返回其其格图河吧。此人在匪兵中间威望高，人也公正，似乎大力主张缴械投诚。他回去后定会带给我们确切的消息。还有，我从旗里带来了一些粮食和军服，需要存放在一个稳妥的地方，千万不能叫匪徒给抢去了。”

巴图："粮食和衣物就存放在我们的供应地吧，你可能不知道那个地方，叫库图利乌森，有两个分队看守着。明天把粮食和衣物都送到那里去吧。"

当晚，赛音特古斯来到额日德尼的蒙古包里。

"您的愿望已经实现了。马龙彪我们俩是您的入党介绍人，旗工委筹备组讨论了您的申请，同意您加入中国共产党。批准日期为1949年9月30日。祝贺您！"赛音特古斯说着紧紧握住了额日德尼的手。

"谢谢，谢谢！我一定会为共产主义事业奉献一切！"

"按照您的报告，上面已经同意任马龙彪同志为第一大队副大队长。以后大概会任命为大队教导员的吧。"

"那太好了。"额日德尼很高兴。

两天以后，徐仁海返回来了。

"巴王和甘珠尔扎布已经出了国境，大概回不来了。现在剩下的人群龙无首，不知道干什么好了。我把您到来的消息告诉各头目们，他们非要直接和您谈判，看您怎么解决，然后再决定去留。看形势如果及早做好思想工作，可以说服多数的人员。至于桑热、呼布钦巴特尔等人已经顽固不化，就是观音菩萨亲自点拨也不可能去西天取经了。"徐仁海对赛音特古斯说。

"你明天回去告诉他们，可以和我直接对话，想对话的人可以来这里，我们热情招待，对所问的问题会给一个满意的答复。如果怕来这里我也可以去和他们见面。"赛音特古斯说。

徐仁海："您去了有危险，桑热、呼布钦巴特尔等一干人都是极其危险的人。"

赛音特古斯："不是多数的人愿意投诚么，那么您所掌控的这些人难道阻挡不了桑热他们的不法行为吗？"

徐仁海："您这样说是您信任我。我会全力保护您，只要徐仁海活着，就能保证您毫发无损。"

赛音特古斯："那我们就这么定下吧。"

徐仁海说：“不，这是第二套方案，我先去争取让他们来这里。”

赛音特古斯找到三位前辈，说了刚才的决定。

他们三位却坚决反对赛音特古斯深入虎穴。

“你是我军第一指挥员，只身深入敌巢穴实为不妥，不如我们几个老头子去。”巴图说。

赛音特古斯：“进入敌巢做思想工作，使对方投诚是我们目前的首要工作。正因为我是第一指挥员，所以我必须去。”

“话虽这么说，但我们的主要指挥员在没有任何安全保证的情况下去那么危险的地方，如果出了事怎么办？”朝格敖日格勒说。

“我想没什么可怕的。一是战时不杀敌方使者的道理他们一定明白，因为他们不是一般的土匪。二是如果杀了我，他们投诚的路会被彻底截断，所以希望投诚的多数人一定会保护我。徐仁海便是他们中间的代表。一开始他也劝我别去，但后来答应‘只要我活着，便保证您的人身安全’。除此之外，我们拥有敌人所没有的强大的后盾，而且我们身上所具备的视死如归的共产党员气魄定会镇住任何的敌人。”赛音特古斯说。

“您说的也对，如果巴王在的话兴许会这样。但现在桑热等人就不好说了。俗话说狗急了跳墙，他们现在是做最后的挣扎，什么事也干得出来，所以我们万万不可贸然行动。”额日德尼说着叹了一口气。

“几位老领导说得都对，我非常感谢。但是，第一这是党交给我的不可推卸的责任。第二，我已经答应徐仁海要去那里，已经说出去的话犹似泼出去的水，怎可以收回来？第三，虽然巴王不在，但还有吉日嘎拉、吉雅、呼布钦巴特尔等人在那里，他们不同于普通的土匪，应该会遵守老规矩的。再说还有徐仁海呢。”赛音特古斯进入敌巢的决心已定。

几个老头子虽然不愿意，但已无话可说了。

晚上，巴图敖其尔等人来到赛音特古斯住的蒙古包。

“这两天没顾上和你们几个好好交谈，今晚正好有空。”赛音特古斯让他们坐下，拿出香烟招呼。

“我听说您过两天就进入敌巢进行谈判？这伙土匪正在做垂死挣扎，他们会听您的话吗？要是我们几个中去一人说不准危险性小点。我觉着您去那里很危险，不能去。要么让别人去，要么让他们的人来这里。”巴图敖其尔说。

策仁也帮腔道：“您自己千万不能去啊！”

巴图孟克附和着：“我们不让您去。”

“别人劝您不要去，您非要去，这是个人英雄主义。”乌其日勒想以理论来说服他。

“你们为我的人身安全着想，这我非常感激。但这是我的任务，我如果不去，怎么能说服人家向我们投降呢？现在对方正想见我的面，了解我党的政策和他们投诚以后会有什么好处。在这时候我如果退缩了，就会失去劝说和争取他们的机会，怎么能完成任务呢？”赛音特古斯也吃力地给朋友们做思想工作。

“不管你怎么说，我们就是不让你去。”巴图敖其尔干脆较上了劲。

赛音特古斯：“你们不是说我是‘活诸葛’么？诸葛亮用空城计吓跑了大谋士司马懿，而我如果害怕敌人不敢进入其驻地，算什么‘活诸葛’呀？”

“俗话说：‘青蛙有时陷泥潭，聪明人也会遭算计。’”

“老虎也有打盹的时候……”

“您把敌人想象成自己一样，他们却不会这么想。”

“政治家要达到目的可以不择手段啊！”

“危险的地方干不保险的事情，不是聪明人的做法。”

“您是知书达理之人，不会不懂这个道理。”

他们几个各自发表理论见解，想让赛音特古斯打消念头。

赛音特古斯说：“这世上如果没有困难，也不会让人长见识的。”

“您这是狡辩。”

“道理是这么个道理，但这是战场，不是学术研究。”

“人的生命只有一次，失去了就再也找不回来。”

“生命如果像韭菜，那还可以再长出来。”

几个好友们绞尽脑汁地想一些词来反驳赛音特古斯。

“人的生命固然重要，要去的地方有危险这我也不是不知道。但现在不是我们怕敌人的时候，而是敌人怕我们的时候。如果我们抓住了机遇，就会达到我们的目的。”赛音特古斯反过来解释自己的理由。

“瞧，我们的话都白费了。”敖日格勒丧气地说。

“驴子的耳朵里倒水也抖掉，倒金子也抖掉，大概说的就是这个吧？”巴图敖其尔急得快要骂人了。

赛音特古斯：“我去那里的重要性和危情分析已经给三个老头子细说了，他们派你们几个来劝说我之前大概已经告诉你们了吧？”

“老头子们给我们说的事你怎么会知道？”

“嘉，你们现在别再说了，说着说着都累了。不过我为有你们这样的好朋友感到自豪。有你们的关爱和老前辈们的关心支持，我对完成党交办的任务更加充满了信心。”赛音特古斯说。

“我们本来是来劝你的，反而被你所劝，更助长了你的胆子，起了反作用啊。”巴图孟克笑了起来。

“你们今天为什么不说乌兰其其格了？”赛音特古斯想转移他们的话题。

巴图孟克：“现在不是说那种事的时候，都马踩车了，哪有心思谈论姑娘呀？”

巴图敖其尔：“乌兰其其格在的话她肯定不会让你去那么危险的地方的。”

“那可不一定。如果她在，你们也许就没有心思劝说我了，都围着她转去了。我也用不着费口舌跟你们说这么多话了。”赛音特古斯说完，大伙儿都笑了。

欲知赛音特古斯如何深入虎穴宣传党的政策，劝降的工作会有什么结果，请看下回分解。

【第三十四章】

赛音参谋长讲政策深入浅出
呼布钦团长提难题理屈词穷

徐仁海去了其其格图河谷，三天后回来了。

“那里的情况怎么样？”赛音特古斯一见面便问道。

“我们有的人要来这里，有的人想让您去，争来争去最后还是多数人同意来这里。”徐仁海如释重负地说。

“来的都是什么人？”赛音特古斯问。

徐仁海说了吉日嘎拉等主要人物的名字。

“桑热来不来？”

“他来不来还没定呢。”

“好吧。后天上午十点我们在这里等候你们。尽量让主要的人多来几个。”赛音特古斯叮嘱道。

赛音特古斯来到几个前辈的屋里告知与徐仁海商定的事。

“徐仁海知道事态的严重性，才说服他们前来谈判的吧。看来此人值得信赖。不管如何免去了一场险情。这也是老天爷保佑有福气之人吧。”巴图合掌祈祷。

额日德尼高兴地说：“我的心跳这才恢复平静了。”

“巴哈乃兄说的对，命运不可不信，我们说了多少好话都不管用，原来由徐仁海来解决呢。”朝格敖日格勒说。

赛音特古斯、巴图他们忙着做谈判的准备工作。

谈判地点在乌兰哨卡。

额日德尼暗中加强了其其格图河谷外围的包围圈，以应对突发事件。

巴图那生带领第二大队的部分士兵，负责保护指挥所和乌兰哨卡附近的安全，提防突变。

朝格敖日格勒留在指挥所，负责处理紧急问题。

赛音特古斯和巴图二人负责和其其格图河谷的代表进行会谈。

徐仁海按时带领部分头目前来。

巴图敖其尔和巴图孟克迎接了他们。走进院子里，首先映入眼帘的是院正中旗杆上高高飘扬的五星红旗，令他们情不自禁地抬头观望。

进屋坐下后，几个军人给他们倒了茶水。

这座房子有三间屋，虽然叫烟气熏得又黑又旧，但经过一番打扫，显得较为宽敞明亮。主墙正中挂着毛泽东主席和朱德总司令的巨幅画像。他们有的认识，有的好像不认识，久久地盯着两位伟人的画像看。屋子中间将几只长条桌连起来摆了两排，用红色的毛毯盖住，显得非常整洁和庄严肃穆。

赛音特古斯和巴图进来的时候大家都起立。

“大家都请坐，路上辛苦了吧。”赛音特古斯说。

“这位是旗工委常委、旗人民政府委员、中国人民解放军旗保安总队参谋长赛音特古斯同志。这位是旗人民政府委员巴图同志。”三大队大队长吉日嘎拉起身做介绍。

“这位是我方代主席吉日嘎拉公。”徐仁海起身对坐在首席的戴着墨镜的、黑脸、中等身材、身着中山服的约莫五十岁的中年人进行了介绍。

接下来徐仁海继续一一作介绍。长着络腮胡子的高壮个头的壮年人；脸色略白，把头发胡子收拾得干干净净的，彬彬有礼的一个年长人；头发剃得光溜溜的，瘦长的脖子上挂着佛珠，身着黄袍扎着红腰带的中等身材的老喇嘛；个子较高，挺着将军肚，身着日本军曹衣服，头戴狐皮帽的四十岁左右的大汉；瘦高个子，黑脸，小眼，稀疏的黄胡须，约四十岁的黄脸男子……他们一个个起身行礼。

巴图与吉日嘎拉并排坐着，低声交谈。

巴图：“吉日嘎拉公，我俩今春在德力格尔浩特见过，可以说是熟人了。”

吉日嘎拉笑道：“你我见了两次，巴图先生还没忘哪。”

“今年春天在德力格尔浩特成立蒙古自治政府之时。我在大会上也见过巴图先生呢。”坐于吉日嘎拉下方右手第三个座席的吉雅插话向巴图问候。

“哦，对，对，我和吉雅先生有一面之交，差点忘了，您好吗？”巴图回礼道。

“鄙人也拜见过吉雅公，您大概忘了吧。”赛音特古斯笑着说。

“您？”吉雅想了想，突然恍然大悟，“噢，特古斯？”他猛地吃了一惊，掏出手绢擦头上冒出的汗。

“正是。参谋长赏了‘炮台’香烟的特古斯。”

“对、对，毕力格图的‘秘书’。老朽有眼不识泰山，惭愧，惭愧。”吉雅说着从座位上起身弯腰致意。

他二人的对话其他人都没听懂。

巴图不知道他俩在说什么，轮流看着他俩，显得很莫名其妙。

只有额日德尼微笑着不作声。

“那么，我们现在开始谈吧。”巴图看着吉日嘎拉说。

“巴王和甘珠尔扎布先生已经出了境，没有回来，鄙人暂且代理。我们当中的多数人愿意接受贵旗王爷和人民政府缴械投诚要求。但是我们还有几个条件：一是交出武器后保证我们的生命安全；二是提供粮食和衣物，保证日后的生活。除此之外，军中很多人曾经犯过杀人罪、抢劫百姓财物的罪，很多人都有疑虑。”吉日嘎拉说出了他们的希望和疑惑。

又有几个人提出了一连串的问题。

“我们交出武器后果真能宽大处理吗？”

“过去所犯的罪如何解决？”

“想回老家的真的让回去吗？”

“愿意留在这里的人能保证生活吗？”

赛音特古斯说：“从你们的提问看，你们还不太了解我党的政策。所以我先给大家说说我党的政策。然后你们有什么问题尽管提出来好了。”他详细介绍了党的政策，并加以解释。

“我是一个僧人，没有办法才走到今天这个地步。我非常愿意缴枪投降，但我已经没脸回到故乡了，在这里也不想找工作，只要把我安排在寺庙上就行了，我愿意继续当喇嘛，念经祈佛度过下半生。”多尔巴喇嘛说。

“‘苦海无边，回头是岸。’我们完全可以满足您的愿望，就算您曾经是巴王手下一名副师长也没关系。我旗北部的大小十几座寺庙您可以任意选一个。”赛音特古斯说。

“多谢，阿弥陀佛。”多尔巴喇嘛双手合十地祈祷着。

“当喇嘛容易。我们当中很多人既不会劳动，也没有再当兵的可能，我们也不愿再当兵，已经厌倦了战争。能否给我们这些人找个工作干？”有一个人提问。

赛音特古斯回答：“我刚才说过‘根据自愿的情况和条件可分配工作’。比如，根据你们的愿望，可安排力所能及的工作。我们这里很快要建立很多学校，需要很多教师。巴格苏木上需要文秘、机关翻译、商务贸易和供销、金融人才，还有邮差等等，条件具备的人都可以安排在这些岗位上。缴枪投诚的人员都会找到生活出路。”

又有一个人问：“对缴枪投降者真的不追究以往的过错吗？这个能保证吗？”

“对缴械投降者不追究过去的事，是我党一贯坚持的政策。信不信在于您。对我们来说，对已经公布的政策不去落实，怎么能赢得群众的信任和拥护？这个政策不止是对你们的，对国民党的几百万士兵都执行这个政策。你们没有听说对东北地区许多起义和投降的将士是如何安排的吗？”赛音特古斯又以傅作义将军、郑洞国将军和黄维等人为例进一步加以讲解。

“谢谢您，我现在打消了疑虑。”提问者说。

“那如果我们不缴械投降呢？”呼布钦巴特尔问。

“这个问题很简单，坚决予以消灭。您相信吗？”赛音特古斯在答复的同时反问道。

“我相信。但也不是那么容易的吧？”呼布钦巴特尔趾高气扬地说。

“呼布钦巴特尔先生说的这两句话我也认同。您是有多年战经验的人，看问题有自己的一套见解。出于探讨的态度，也是为了让大伙充分认识问题的关键，我就说得具体一点，您可以补充或修正。第一句话，‘坚决予以消灭’这是毫无疑问的。国民党的几百万军队在几年之内被消灭得所剩无几，除了全国的少数几个省份，其他地区都已解放，蒋介石也逃到了台湾。就拿我旗来说，除了其其格图河谷一带，其余地方都已经解放。你们的一千多人马在这种情形下怎么可能不被消灭呢？第二句话，您说消灭你们不那么容易，这话也没错。消灭一千多名武装人员真的不容易，至少要经过一两次的战斗，双方都会有不同程度的伤亡。但双方力量悬殊，我不说全国、全旗，单说其其格图河谷和乌兰山一带你我这小范围的对比。第一，你们现在好比一只没头的鸟，巴王和甘珠尔扎布丢下你们逃到了国外，你们没有统一的指挥，内部分成了几派，不能统一指挥、有组织地作战。相反我们有统一的组织，可以集中起来作战。第二，你们外部没有支援，内部粮食弹药欠缺。第三，老百姓都怕你们，躲得远远的，而对我们来说，老百姓可以为我们送信、带路、提供食物和水、运送伤员。在这种情况下我们消灭你们也并不是太困难的事情。我这样说，呼布钦巴特尔先生和其他人有什么不同看法吗？”赛音特古斯微笑着说。

呼布钦巴特尔没再吱声，其他人也没说话。

“我们不和你们在这里作战，但也不缴枪投降，到其他地方寻找出路也不行吗？”有一个人瓮声瓮气地问。

赛音特古斯：“您的意思我明白了。您说的这条路行不通。如果行得通，巴王和甘珠尔扎布为什么不走这条路而要越境外逃？当初你们刚到浩特古尔庙的时候省城尚未解放，德力格尔浩特在全力防御马家军，没有精力和你们作战，河西走廊也没有解放。如果你们那时候走还能来得及。你们在这里白白度过了几个月，现在已经晚了，不但失去了机会，而且陷入我们的大包围圈。”

“此话也有道理。”对方一个人以沙哑的嗓音说道。

方才提问题的人没出声，静静地听。

赛音特古斯又说：“我刚提到了巴王出走的事，所以在这里多说两句。我认为巴王到了境外那边的国家后不会有什么好结果，迟早会被遣返回来。还不如就在这里投诚。投诚虽然不能继续当‘蒙古自治政府主席’，但可以不追究过去的所作所为，不管怎样可以获得作为一个王爷应有的关照和适当的待遇。如果被遣送回来，注定逃脱不了牢狱生活。这是我个人的看法，对与错日后的事实会证明的。”

人们纷纷议论起来。

“到了哪里，都是一个逃。”

“如今却成了逃亡者。”

“一个人如果一辈子过流亡的生活，那么生存还有什么意义？所以必须认清形势，抓住机会，及时改变自己的困境，是不是这样，请大家三思。”巴图委员说着抬头看大家。

听了他的话，有人点头，有人摇头。

“别人还有什么问题？”巴图问道。

又有几个人提了几个问题，赛音特古斯耐心地一一作答。

“赛音特古斯参谋长所说的话请你们认真考虑。这事儿不只是牵涉到在座的你们几十个人，还牵涉到你们手下几百号人乃至家属子女几千人的命运，这么大的事不可马虎对待，必须好好思考，正确认识政策，选择正确的道路。一旦错过就不会再有这样的机会了。”巴图提醒道。

徐仁海表了态：“赛音特古斯参谋长和巴图委员对我们清楚地讲解了贵党的政策，解开我们思想上的疙瘩，指明了今后的道路，对此我们深表感谢。回去以后我们一定会认真讨论，尽快给贵方答复。”

中午炒了猪肉、鸡肉好几样菜，还用好酒好烟招待了他们。这些人吃了个酒足饭饱，开开心心地回去了。

赛音特古斯把吉雅送出门外，赠送了两瓶汾酒。

等其其格图河谷的来客走了之后，大家边吃饭边交谈。

赛音特古斯问：“今天的会面会产生什么样的作用？我说的话里有没有不妥当之处？”

“赛音特古斯的口舌可真够伶俐的。”

“给对方指路的同时施加了压力。”

“呼布钦巴特尔等一伙顽固分子的气焰也被打消了。”

“他开始是一个有气的皮球，到后来就泄了气。”巴图那生、巴图敖其尔等议论着。

“今天的交谈可以和诸葛孔明在吴国舌战群儒相媲美，赛音特古斯讲得真好。既向敌人指明了出路，还给予了有力的回击。我知道赛音特古斯讲话讲得好，没想到能讲到这个程度。”巴图一个劲地称赞。

“你们，尤其是巴哈乃老师过奖。今天我讲话时的力度够雄浑。这个力量是以党和政府及人民为后盾和依靠的，而对方却没有这种力量。所以只要我不说错话，便可产生震慑全场的效果。这不是我个人能力的问题，你们无论谁处在我这个位置上都是一样的。”赛音特古斯说。

巴图那生：“是这么回事，但也不是这么回事。”

策仁：“巴大队长是、不是的说得我们都听糊涂了。”

巴图那生解释道：“参谋长说的呼吸气流及力道的原理是对的，但也不完全是这样。如果换一个人，也在这个位置上，同样有这种力量的后盾和靠山，但说话嘟嘟囔囔的，是出不来这种效果的。”

下午，他们回到指挥所，赛音特古斯和几名老同志及巴图那生、吉日嘎拉他们商量应对工作。

“敌人内部可能会出现分歧。徐仁海和吉日嘎拉等人缴枪投诚的可能性很大。主要阻力来自于桑热、呼布钦巴特尔等人。大概的结局是一部分人投降，一部分人逃跑。这两派之间是各走各的路，还是相互斗争抢夺兵力，现在还说不准。在这种情况下，我的意见是不能消极地等待他们交出武器，要一方面做好接受投降的准备，一方面做好万一他们内部争斗起来我们趁机出兵支持投诚一方，消灭对立一方的准备。你们认为如何？”赛音特古斯征求大伙的意见。

巴图：“对，要做两手准备。”

朝格敖日格勒：“接受投降需要做什么工作？你先说，我们去做准备。”

赛音特古斯：“我先说也可以。最好还是我们大家商量着来。在他们缴械投降时我们要到他们的驻地举行简单的受降仪式，统计人数和武器，提供粮食和衣物，在对方投降之日让他们吃饱肚子。我军进兵控制敌占区，保护百姓安全，除了少数上层官员，其余的人要尽快转移到别的地方。因为以前没见过这么大的受降场面，再仔细的也说不上来。”

额日德尼问：“如何布置兵力呢？”

赛音特古斯：“通知驻库图利乌森的我军，着手做安置缴械者的各种准备工作。让二大队参与收缴武器的工作，顺利的话护送对方到达库图利乌森，临时看守一段时期。巴图那生大队长有什么意见？”

巴图那生：“没意见，执行命令。”

赛音特古斯：“额大队长率领自己的大队，三大队的两个分队，还有塔拉腾巴雅尔的一个队、卡哨和民兵四个队共八百多人包围其其格图河谷，缩小包围圈，做好受降、进攻、消灭、追歼各个方面的准备，您意下如何？”

额日德尼："好的。部队由我召集，包围敌人并做好应对各种情况的准备。到时候不管出现什么情况，什么时候怎么用兵都由你决定。"

赛音特古斯："第三大队剩下的人员由吉日嘎拉大队长带领，保护指挥所。吉大队长有什么意见？"

吉日嘎拉："没问题，一定完成任务。"

赛音特古斯最后问道："同志们还有什么意见？"

"没意见。"大家异口同声地说。

其其格图河谷的代表返回的第三天上午，徐仁海来了。

"昨天夜里，桑热、呼布钦巴特尔、特木尔巴特尔等人带了二百来号人马出了河谷向西去了。留下来的九百多人已经组织好准备缴枪投降。"徐仁海报告。

"你速给旗里发急电：甘珠尔扎布骑兵师以桑热为首的近二百人昨夜向西逃窜，希望立即通知河西走廊的旗县进行阻击和防御。"赛音特古斯转身对站在身后的王宝山参谋说。

然后他征求额日德尼的意见："额大队长，您派两个分队在不暴露行踪的情况下，保持适当距离跟踪逃敌如何？"

"好的。传令朝格吉勒带着自己的分队和楚勒都木的分队悄悄跟踪西去的逃敌，当敌人遇到前方阻击的时候从后面发动进攻，消灭敌人。"额日德尼说着立即进行了部署。

赛音特古斯："徐仁海先生，现在让我们商量收缴武器之事吧。"

徐仁海："我已经和吉日嘎拉、克力根泰、图布吉日嘎拉他们商定，这两天这边的人去收缴武器之前谁也不许外出，同时将所有的人马武器和军用物资统计造册，以便上交。现在最大的问题是粮食问题，我们已经杀了不少骑乘，快断食了。可否先提供一些粮食？我今晚就赶回去，明天下午交出武器，您看如何？"

"徐先生您先回去稳住大家。我们明天就送过去一批粮食，交出武器的当天怎能不叫饱吃一顿呢？明天上午我们的人先去举行一个简短的受降仪式，双方代表简单讲几句就可以了。您在这里吃了饭赶紧回去吧，夜里要特别注意，不要发生什么意外，万万不可在牛尾巴上折了刀子。”赛音特古斯叮嘱道。

徐仁海回去了。

欲知受降之事能否顺利进行，请看下回分解。

【第三十五章】

政策感化大部人员缴械投诚
一意孤行少数顽匪亡命流窜

赛音特古斯和三名老领导及两个大队的大队长巴图那生、吉日嘎拉等仔细商量部署了第二天接受降的各项工作。

赛音特古斯说："明天的行动是这次剿匪工作的大结局，所以要细致地安排。"

"参谋长您安排吧，我们若有意见就会提出来的。"巴图说，其余人都点头。

"那我就直说了。但这样的事我也是第一次接触，所以请各位审议后提出意见。明天巴哈乃和嘎嘎两位老领导一个守卫驻地，一个去收缴武器如何？"赛音特古斯问。

"作为军人，我去收降还是很合适的，胖老头我还有几份威风在。在这方面可能要比你们几位强一些吧。"朝格敖日格勒笑道。

巴图："好吧，我留下来看守驻地。"

赛音特古斯："那么嘎嘎、巴图那生队长带着第二大队去，到时候先让一个分队控制缴械场地，一个分队在其后面隔几分钟后抵达。你们俩是第三批，还有一个分队在你们进去十分钟之后再进去，以班为单位在会场之外选择有利的方位布岗，其他部队由额大队长指挥缩小包围圈，一旦收到信号就冲进去。这样布置如何？"

“布置得很好，就这么办吧。”巴图表示赞同。

赛音特古斯说：“额大队长借我两个分队。今夜，我带着他们和塔拉腾巴雅尔的分队，从其其格图河谷背后悄悄穿过去埋伏在河西岸。如果明天收缴武器的工作出现什么意外的话，便立即向东发起进攻。如果不出现异常，就跟随向西去的两个分队，追踪桑热一伙。”

“你又说什么借兵的话，这里的兵都是你的兵呀，尤其第一大队全是你整训过的旧部，你想用多少就用多少。朝西去的时候我给你三个分队，路途遥远，人少了不行。这个你不用争了，这是副总队长给参谋长下的命令，明白了吗？”额日德尼说道。

“是，遵从命令！”赛音特古斯知道额日德尼一旦犯了倔强的脾气说什么也不管用，便不再争论。

“我们的额大队长今天在关键时刻下了一道正确的命令。”巴图笑道。

“对其他的部署我没有意见。对我们‘诸葛’的部署我从来不提意见。这次本来我俩换个位置就对了，你应该留下来负责指挥全盘工作。”额日德尼说出自己的想法，但没有再往深里解释。

“如果额大队长对整体部署没有意见，那么就这样定了。我认为额大队长还是负责东面的工作比较好，因为东边若出事可能要比西面的更严重。我就去西边吧，这次我们的力量比桑热强一倍，我们的骑乘肥壮，武器精良，人员精神饱满，可以轻而易举地消灭敌人。”赛音特古斯充满信心地说。

额日德尼提醒道：“桑热不比平常的敌人，跟随他的那两个巴特尔也不是普通之人，不得不防，千万不能以为‘可以轻而易举地消灭他们’。要不你负责东边，我去西面吧。这一年你几乎是都在战场上度过的，让我也打一仗吧。”

“额大队长说的对，刚才我讲了不合适的话，很抱歉。您放心吧，我不会再犯攻打西村时的错误了。”赛音特古斯说着朝巴图那生吐了吐舌头。

“巴图敖其尔你们四个最近休息好了吧。明天你们跟着嘎嘎去，统计枪弹、人马，把他们从老百姓家里抢来的物品专门登记造册。”赛音特古斯对其余人叮嘱道。

下午，赛音特古斯准备出发。

朝格敖日格勒说：“赛音特古斯的这匹马过于瘦弱了。特古斯巴雅尔，你去把我的枣骝马牵过来，那是一匹有耐力的好马，你骑它去吧。”

赛音特古斯推辞道：“嘎嘎的马我可不能接受，我怎么能要您心爱的骑乘呢？我的这匹马也可以了。”

朝格敖日格勒笑道：“你别说话。这也是副总队长的命令！”

“好吧，服从命令，谢谢！”赛音特古斯只好接受了。

“你为什么没骑你的黑马呢？”额日德尼问。

“这么远的路途，我舍不得骑。等我回去后它如果还那么肥壮，就骑上它回家过年呀。”赛音特古斯说。

额日德尼也朝西出发了。

晴朗，无风，久未见到的好天气。与受降的和投诚的双方愉快的心情一样，似乎老天爷也在保佑。

上午9点钟，朝格敖日格勒的部队进入其其格图河谷。

瞧，一方美丽的故土在短短几个月之内就被糟蹋得惨不忍睹。

在匪兵驻扎的地方只有零星的房屋和骆驼出现在视野，再没有其他人、畜的踪影。芦草被踩踏，连狐狸和兔子也无处藏身。到处是死去的骆驼、牛马的死尸和白骨以及破烂的衣物和鞋袜，还有空酒瓶和烟壳子。

当朝格敖日格勒到达时，先行抵达的一拨人马有的列队于房屋和蒙古包前的小场地上，有的散布在场地外围。

吉日嘎拉、吉雅、吉日木图、徐仁海、图门吉日嘎拉、克利根泰等人前来迎接。

朝格敖日格勒下马走到摆在小广场中间的一排桌子跟前，随从的士兵们握枪站成一排。

不一会儿又有一个分队到达，分班占据了广场附近的沙丘和房顶。

“人民解放军旗保安总队代表接受国民党新七旅以及巴王残留人员缴械投诚仪式现在开始！”三大队副大队长斯日古楞向前一步宣布道。

“现在开始缴械！”徐仁海高声下令，将自己佩戴的手枪放在桌前的空地上，随后大小头目、士兵们，一个一个地将手中的长短枪、机枪、冲锋枪、排击炮、电台等放在地上，然后返回队列。

巴图那生大队长代表人民解放军旗保安总队在仪式上讲话。

“你们从今天起站在了人民的一边，获得了政治的新生，对此向你们表示衷心的祝贺！你们放下武器投诚了人民政府，所以按照‘既往不咎’的政策，不追究你们过去的罪过，根据本人的条件和意愿进行合理的安排，给一条生活的出路。愿意回老家的可以回去，想留在这里的有工作能力的我们会安排就业。在今天之前称你们为国民党士兵或土匪，但是现在不能再这么称呼了。你们在这里度过了非常艰难的日子，从今天起将给你们提供足够的粮食和衣物。你们穿上新衣，剪过胡子和头发，学习几个月，提高思想认识，然后再进行安排。”

巴图那生说完，第二大队士兵带头，投降的士兵跟着高声喊起了口号。

“中国共产党万岁！”

“中华人民共和国万岁！”

“中华各民族大团结万岁！”

“毛主席万岁！”

徐仁海代表投诚的队伍进行了表态发言：“我们是有罪的人。今天在人民政府‘缴械投诚，既往不咎’的宽大政策下深受感动，坚决和继续与人民为敌者分清界线，向人民解放军缴械投降。从今以后要好好学习，改造思想，争取做一个新人。”

受降工作顺利完成之后，额日德尼的队伍一部分进入其其格图河谷，接替巴图那生的部队进行防守，一部分人看守乌兰哨卡。

“给赛音特古斯和巴图发电：收缴武器工作按计划完成。东边的部队正在按原定计划执行任务。”朝格敖日格勒对随从参谋叮嘱道。

其其格图河谷西边一座长着浓密梭梭丛的沙梁上，赛音特古斯心神不宁地等候在发报机旁边，用望远镜观察其其格图河谷方向的动静。

“嘀、嘀、嘀……”发报机突然响起来了。

报务员将朝格敖日格勒发来的电文交给赛音特古斯。看了电文他长长地出了一口气。

很快，详细报告收缴的枪支和投降人数的第二份电报也发过来了。

“好，好，这事儿解决得很好。”赛音特古斯满意地说着盘腿坐在沙子上，从衣兜里掏出香烟点了一根，对站在一旁的王参谋说道，“你记录一下：

“旗工委、人民政府、保安总队：

“我们坚决执行省委‘对无条件缴械投诚者既往不咎’的政策，对匪军头目积极进行宣传，打消对方的疑虑，在徐仁海、吉日嘎拉等觉悟人员的努力和配合下，除了顽匪桑热带着近二百人逃窜，其余九百四十人全部于今日中午放下武器投诚。对于接下来的问题我们准备如下解决：

“一、 派一个分队将所收缴的枪弹和发报机等物品尽快护送到旗上。

“二、将投诚人员中‘师长’、‘衙门大臣’级别的十二人护送到旗上，其余人组成连或班，在两天之内送到库图利乌森哨卡学习。请旗上尽快给我们解决教员和教材的问题。

“三、让第二大队暂时驻库图利乌森，守护投诚人员的同时负责北部地区的平安，请批准。

“四、已派两个分队去跟踪西逃的桑热部，如今其其格图河谷的问题已经解决，所以赛音特古斯又率领四个分队去追击。

“五、其他问题过几天提出解决办法再行汇报。

“此致！巴图、朝格敖日格勒、额日德尼、赛音特古斯。

“1949年12月8日中午于其其格图河谷。

“这份电报速交宝音图分队，请三位老首长审阅修改后速速上报。”

接着他又对刘参谋说：“和前方部队联系，询问桑热他们到了什么地方？”然后他接过巴图吉日嘎拉递过来的水壶喝了几大口水又还给对方。

刘参谋：“现在正联系呢。”

赛音特古斯站在沙丘顶上观察四周的情形。

“前方发来了消息，桑热他们快到马莲湖了，大概要在那里过夜。”刘参谋跑过来报告。

赛音特古斯对他说：“你快去把塔拉腾巴雅尔给我请来。”

塔拉腾巴雅尔来了。

“嘎嘎队长，您是我们家乡出了名的英雄人物，作战经验丰富，熟悉敌人的情况，我听说匪徒们一听到您的名字就会吓得心惊肉跳呢。现在其其格图河谷的问题已经圆满解决，我们要追赶向西逃窜的桑热一伙了。根据前方部队的消息，他们今晚可能要在马莲湖过夜。他们昨晚没有睡觉，今夜肯定要睡觉的。我再三考，虑没有想到别的合适的人选，觉得您最为理想。但是这项任务非常艰巨，需要废寝忘食地行军，您这么大的岁数，怕吃不消……”赛音特古斯依旧犹豫不决。

“您就放心吧，我大半生是在驼马背上度过的，两天两夜的奔波我还能忍住，没问题的。”塔拉腾巴雅尔毫不迟疑地接受了任务。

赛音特古斯：“那就多谢您了。就请您的队伍当先锋吧。”

塔拉腾巴雅尔：“好的，一定完成任务。”

赛音特古斯：“您就带自己的人马前去，在骑乘可坚持的前提下尽量加快行军速度。额大队长刚送过来的四挺轻机枪都给您吧，有会用的吗？”

塔拉腾巴雅尔：“有。我队先前在三大队待过的一批战士都会使用轻机枪。”

赛音特古斯：“那就很好。按照桑热的行进速度，明天晚上他们可能要在野雉河谷东岸过夜。您靠近以后与前方部队直接取得联系，敌人如果还在河谷东岸，您就沿着河谷北岸行进至西岸，占领有利地势，堵住敌人前进的必经之路，让士兵休息。等到敌人到来时突然开火，趁对方慌乱之际尽可能地歼灭他们。您的任务是首先消灭多数敌人；二是不让敌人向西突破，敌人向南向北方向逃窜您不用去管。您看如何？”

塔拉腾巴雅尔：“没有意见，遵照执行。”

赛音特古斯又问：“噢，您的电台没什么问题吧？”

“没问题。现在我可以出发了吗？”塔拉腾巴雅尔问。

“您多注意保重身体。”赛音特古斯说着向他行了个军礼。

“是。赛参谋长也路途平安，等消灭了桑热再见吧，我走了。”塔拉腾巴雅尔回敬了礼后告辞而去。

赛音特古斯他们在其其格图河谷西边浓密的梭梭丛中和宝音图的分队一起抓紧吃了一顿热饭。

他们沿着伊克吉林的北缘径直朝西行进，天黑的时候卸下发报机，和各队取得联系，让人马休息，吃了干粮。

刘参谋送来了刚收到的电文。

致北部边境地区指挥所赛音特古斯、巴图、朝格敖日格勒、额日德尼：

收悉你们的电文，为平定北部边境之乱而高兴。你们为国家和旗乡的安稳立了大功。旗工委、政府和人民群众，对北部地区剿匪部队全体指战员及北部地区的人民表示感谢。完全同意你们对今后一个时期的工作部署。此致！达里扎布、曹动之、乌宁乌日德。

赛音特古斯用手电照着看完了电文，在电文上写了一句：“请转交巴图阅。”然后返还给刘参谋。

前方来电：“桑热一伙宿在马莲湖。”

“参谋长，天气冷，喝两口暖暖身子吧？”宝音图拿来一瓶酒给赛音特古斯喝。

“您还有这一手准备啊？”他接过酒喝了两口。

赛音特古斯一行一会儿让马颠步小跑，一会儿慢悠悠地缓行，一会儿停下来休息一阵儿，就这么熬过了一夜。

早晨抵达了伊克乌日特尔格（长有零星梭梭的沙滩），攀过一座较高的沙坡，只见一片银白色的大地扑入视野。沙梁、梭梭林、草木所有一切都变得雪白。不知道什么时候下的雪，马蹄子踩下去不见地皮，可见雪下得很厚。不一会儿太阳出来了，阳光下的大地发出耀眼的光芒，令人眼睛也睁不开了。他们下马稍稍休息一会儿，吃干粮、喝凉水。不一会，他们骑的马，战士们的眉毛、眼睫毛、帽子、耳套上都结了霜，跟大地一个颜色了。

“首长，在这冰天雪地里骑马会冻坏手脚。我们牵着马徒步走一阵，马可以缓一缓，人也没有危险。”宝音图说。

“好，告诉大家都下马行走。您是有丰富的生活经验的老同志，您看着安排吧。”他们牵着马走了约一个钟头，都暖和过来了，有的人开始出汗，有的人将皮大氅脱下来了。

“大伙儿上马吧！”看到大家都暖和了，宝音图喊道。

又走了一阵，雪渐渐稀薄，进入沙漠时就没有雪了。

赛音特古斯一行顺着沙漠和戈壁中间带行进，中午时分从北边驰来一股骑兵。他们停下来，派一班战士前去探问，是从北河谷来的人马，便下马会见。

对方是邻旗的副主席达瓦尼玛、旗保安大队副队长图布丹带领的人马。

“听闻赛音特古斯参谋长追赶匪徒的消息，我们特地赶来请你们喝午茶。”达瓦尼玛副主席说。

“我们因急着赶路所以没来得及先去贵旗向你们问安，请多多包涵。”赛音特古斯客气道。

达瓦尼玛：“我把我旗保安大队一半人马都带来了，您带上吧，用得着的地方可出一分力量啊！”

赛音特古斯婉言谢绝：“多谢您的美意。敌方只有二百人，我有三百多人，我们的力量比敌人强大，就不麻烦你们了。您回去后向你们的王爷转达我的问候，就说我代表达里扎布主席问好。”

达瓦尼玛副主席坚持要跟着他们参加战斗：“我们受旗党政部门的派遣，敌人目前虽没有进入我旗境内，但若继续西逃肯定会进入我旗境内。所以让我们参加消灭敌人的战斗吧，这样对我们的战士也是一个学习的机会啊。”

“好吧，那就听达副主席的。不过图布丹同志跟着去就行了，达副主席可以返回去了。”赛音特古斯说。

“不，我也要一起去。您指挥战役的时候我从一旁看着就是了。”达瓦尼玛副主席执意要去。

“我理应遵从您的命令，但今天我不能答应。因为没有上级领导的批准，怎能让贵旗副主席参加战斗？不是说副主席不能参加战斗，但您一旦参加，事情就不简单了。枪弹不长眼睛，保护您的人身安全也是大事啊。不管怎样，卑职没有让副主席您前往参加战斗的权力。”赛音特古斯坚持己见。

“那好吧，我就听从参谋长的话打道回府吧。”达瓦尼玛副主席只好让步。

赛音特古斯、图布丹等向达瓦尼玛行礼，继续前进。

赛音特古斯、图布丹一行前进一会儿，休息一会儿，渴了喝凉水，饿了吃干粮，过了半夜时分靠近了野雉河谷东岸下了马。

“速和前方部队取得联系。”赛音特古斯下令。

报务员们连忙打开发报机。

前方部队来电：“敌人在野雉河的东岸宿营。”

赛音特古斯：“回电：不要惊动他们，让他们睡个安稳觉。”

赛音特古斯让巴图吉日嘎拉把各分队队长召集过来。

很快，各分队队长都来了。

“现在我们离敌人所在地很近很近了，日出的时候我们就开始行动吧。电告前方的朝格吉勒部队，让他们在日出的时候进攻，尽可能多地消灭对方人马，并且追击残敌。当敌人在前方受到塔拉腾巴雅尔的阻击的时候，从后边进攻，截断对方的退路。达西的分队和图布丹队长的人马在敌人向西逃窜之后悄悄沿着河南岸暗中和敌人并行，拦住敌人进入大沙漠的路。宝音图的两个分队沿着河北岸暗中和敌人并行，不让他们向北过河。这样我们可以全面包围敌人，并力争在中午时分歼灭他们。你们有什么意见吗？”赛音特古斯问。

图布丹及各分队队长都表示没有意见。

各分队队长返回各自的部队着手准备。

欲知赛音特古斯能否一举歼灭逃匪，请看下回分解。

【第三十六章】

分进合击赛音歼匪野雉河
穷途末路桑热命丧碱柴滩

赛音特古斯带着两个分队和随从人员继续向西行进，来到匪徒们过夜的野雉河东岸扎根乌森人家正北面的长有浓密梭梭林的横梁后面下了马。

黎明东方，太阳渐渐升起。

赛音特古斯攀上小沙梁隐蔽于梭梭中用望远镜望去，只见从几间屋子里走出好些人在方便，有的看骑乘，有的东张西望，似有六七个人在外面来回晃悠。

“这么好的机会我们的人为何还不动手呢？”他正暗自着急，突然听见机枪声响起，顷刻间横七竖八地倒下了很多人，还有十来匹马也似乎中了弹，倒在地上挣扎。

很快，敌人占据了有利的地形，开始反击。

赛音特古斯：“宝音图同志该您出击了。”

“是！但您这儿没有人行吗？”宝音图问。

“您走您的，等土匪们都向西动身以后我会追上你们的。”

宝音图听命率领队伍按计划行动。

“巴雅尔，你带上机枪，带三个人去靠近那东南边的房屋向对方开火，等他们离去后赶紧返回来。”赛音特古斯对警卫班的班长下令。

“不行，这不行。我们四人一旦走开，您这儿只剩下警卫班的五个人，加上几名参谋和报务员才十来个人而已。若被敌人发觉了朝这边冲过来怎么办？”巴雅尔不愿听命。

“走，快走啊！他们哪有胆量朝这边来？你们快去快回。回来的时候一个人也不许少，去吧！”赛音特古斯的口气强硬起来。

巴雅尔四人骑了马飞快地驰去。

敌人占据有利地形正和前方交火，突然从侧面遭到机枪的射击，东、南、北三面受到火力猛攻，担心被四面包围了，连忙上了马向西使劲逃窜。

赛音特古斯所在的沙包是这附近的最高点，所以清清楚楚地看到了方才短暂的交战情况。他对自己达到了打草惊蛇的目的而感到很满意。

他下了沙包迎候巴雅尔他们。

“报告首长，我们四人消灭了对方五个人和七匹马，平安归来。”巴雅尔报告。

“好，很好。派你们去的目的是在不减弱前方两队人马火力的情况下给敌人再来一下子，让他们在惊慌之下逃窜。消灭几个人马不是主要目的，现在我们的意图实现了。”赛音特古斯很高兴地说着和四人握手拍肩膀，好不快活。

桑热他们此时已经陷入赛音特古斯为他们设计好的死亡之路，正一步步走向灭亡。

赛音特古斯：“请刘参谋速和塔拉腾巴雅尔取得联系。”

很快，塔拉腾巴雅尔有了消息：“我们已经抵达野雉河西岸，埋伏在一座横亘于路口的沙梁子后面，等候敌人的到来。”

“我们已经惊动了敌人，使他们从河谷东岸西逃，大约中午时分会到达河西岸吧。你们一定要埋伏好，突然发动袭击，大量地杀伤敌人。”

赛音特古斯回了电，沿着河北边的沙谷朝宝音图的方向急驰而去。

一大早就损失了十来个人马的桑热气急败坏之余又心灰意冷，率领多数人马沿着野雉河向西马不停蹄地疾驰。

朝格吉勒的两个分队在他们后边三里地的距离跟着行进。

桑热边跑边回头看后面追兵扬起的尘土，加快了速度。过了小晌午的时候向后看，却看不到追兵扬起的尘土了。

原来朝格吉勒为了让骑乘稍稍休息一下，顺便和指挥部取得联系，所以让自己的人马短暂地休憩了一会儿。

桑热的人马也跑累了，趁此机会也稍事休息一会儿，进行了简单的部署。

“呼布钦兄压尾慢些走，敌人如果发动进攻，集中火力尽量多地杀伤对方，但是千万不可恋战。”桑热看着呼布钦巴特尔说。

“好的。你们使劲往前跑，后边就交给我了。”呼布钦巴特尔很得意地说。

桑热：“特木尔兄您现在就带人出发，注意前面的路。如果遇到少量敌人的阻击，直接冲过去。我在你们的后面跟着。”

“是。那我先走了，当个‘见山开路，见水搭桥’的急先锋吧。”特木尔巴特尔说着先行动身。

特木尔巴特尔一行一路前进，中午时分靠近一座长有梭梭的沙梁。他停步观察，突然从梁子顶上传来密集的枪声，继而又有扔下来的手榴弹在他们中间爆炸，还不知道发生了什么事已有三十多人从马背上滚下来，不少马匹也倒下了。特木尔巴特尔飞快地跳下马，命还活着的十几人趴在地上向对方还击，但为时已晚，犹如在燃烧的大火里洒了几勺水一样毫无用处。

特木尔巴特尔的几十个人在塔拉腾巴雅尔约一百人的猛烈火力下不到三分钟便全军覆没，只剩下特木尔巴特尔一人在碱柴丛中向北爬行。

桑热知道情况已非常危险，后边因有呼布钦巴特尔压护，稍稍宽了心，于是带着自己的八十多个人员，在碱柴和芨芨草丛生的碱滩中间快速向面边的沙漠奔驰。

呼布钦巴特尔看到前方人员遭遇阻击，桑热改变了方向朝大漠奔去，便打算跟进。但他的速度缓慢了许多，被朝格吉勒的两个分队追上了，双方打了起来。

从后边的交战情况看，对方的实力似乎比自己强大好几倍。呼布钦巴特尔心想，我这区区五十个人又怎能打得过这么强的敌人？他似乎看到了当初在阎王鼻沙梁作战的情形，再也顾不上桑热叫他缓慢行进，集中火力和对方周旋的命令，使劲地朝前奔跑。在一处碱柴丛中遇到爬行的特木尔巴特尔，叫一个士兵下了马让他骑上，那名士兵叠骑在另一士兵的马背上向前奔跑。

前方的桑热刚靠近一座沙梁脚下，突然从沙峰上传来枪声，遇到比自己的实力强几倍的猛烈袭击，立刻便有十来个人伤亡，要进入沙漠的路也给拦断了。现在，西、南、东三面都被强劲的火力包围，唯独不清楚北边的情况，但桑热一伙已明白自己已是四面楚歌，陷入了绝境。与其在这里等死不如走着瞧，想到这里连忙掉头向北疾驰，来到河谷北岸时却又遇到猛烈的阻击，损失了几个人。

桑热来到两个巴特尔跟前，“我们可能已经踏上了末路，被远远强于我们的敌人围困住了。我认为，西边阻击我们的敌人最厉害，我们就是插上翅膀也难以飞出去。南、北两方的地形对我们极为不利。相对来说我们来的方向可能稍弱一些，我们全力以赴向东突破如何？您二位有什么意见？”

“是这个理，但有时候胆量也能改变命运。我试着打开一条血路，你们两个要跟在我后边。”呼布钦巴特尔说着一跃而起。

他们做了短暂的部署，呼布钦巴特尔带着人马集中火力从碱柴丛中向东突破。

楚勒都木的分队在敌人后方尾随，不想他们突然绝地反扑，立刻便损失了十来个战士，双方的人马搅在一起谁也开不了火了。

这时呼布钦巴特尔在马背上挥舞着剑横冲直撞地砍着。

“上刺刀！”楚勒都木高声喊道。

持长枪的战士们上了刺刀向迎面而来的匪敌刺去，但他们以前没有参加过这样的战斗场面，所以不擅长以刺刀对敌，唯有阻挡对方刀剑的份儿，战斗力明显弱下来了。

而骑兵队的人发挥了他们驰马扬刀的本领和马上作战的特长，不一会儿就打乱了楚勒都木分队的阵脚。

“快！”

“向前冲啊！”

“砍蒙古八路的头！”

“蒙古族兄弟们请让开路！”

“你们不要为八路卖命了！”

匪徒们叫喊着拼死向前冲。

楚勒都木的士兵们也纷纷地喊话。

“缴枪不杀！”

“解放军不杀俘虏！”

“缴枪投降，不追究过去。”

“巴王都逃跑了，你们为谁卖命呢？！”

双方嘴上喊各自的道理，但手脚却一点也没闲着。

一个战士从受了伤的马背上摔了下来，即刻跳起来将刺刀刺进了迎面冲过来的一个敌兵的乘马胸口，那匹马疼得前腿离地腾空而起，将马背上的主人摔落于地，那战士趁机刺死了他。

对方也不示弱，一个匪徒驰马飞速奔来，把一个阻拦的战士一枪挑下了马背。

左肩被刺刀捅伤的一名战士刚爬起来，一个敌人策马从其身上跨过，那战士开了一枪把对方撂倒，自己也昏迷过去。

另有一名从马上摔下来的匪徒就地一跃而起，一名战士挥枪要刺却落空了，从马上摔了下来，两人你争我夺地争抢着枪打得不可开交。

又一名战士驰马奔来一把抓住一匪徒持枪的手腕，不想叫对方也抓住了自己的胳膊，相互拉着拽着都摔下了马背，抱作一团搏斗着。

双方的人马呈现焦灼状态，呼布钦巴特尔的骑兵眼看就要突围。这时候朝格吉勒分队及时赶到，堵住了快要突破的缺口，给予土匪有力的反击，土匪们无奈之下只好放弃从此路突破的企图。

赛音特古斯听见突然变得激烈的枪声，连忙率领警卫班跟着宝音图分队从左翼挺进，不想正巧遇到呼布钦巴特尔一伙从侧面突围。赛音特古斯中弹，从马背上摔落。巴图吉日嘎拉赶来把他扶起来，这时候宝音图也慌忙跑了过来。只见赛音特古斯的裤子已撕破，左腿上冒着血，仔细一看原来有一颗子弹打在马鞍前轿上，另一颗子弹打中了他的左腿。

“这点小伤有什么可慌的？阎王现在急着要带走桑热和呼布钦巴特尔他们呢，哪有空管我呢？通知各队缩小包围圈，快速、完全、彻底地消灭敌人！”赛音特古斯命令道。

巴图吉日嘎拉的枪口发出三颗绿色信号弹，在野雉河谷的上空闪烁着炸响，刹那间参战的七个分队从四面八方向里围拢过来。

桑热、呼布钦巴特尔、特木尔巴特尔等带着五十多人马东打西撞，前窜后跳，使尽了手段也无济于。

他们明白，今日不可能从这里突围出去了。

桑热十七岁当了土匪，后来先后投靠国民党、日本人和共产党，后又一一背叛，最后遇到巴王，觉得这下找对了主子。他当了半辈子土匪，杀人无数，没想到今天会死在一个小毛孩的手里，却连对方的人影也没看到……桑热两眼不由地流出绝望的泪水绝望的念头一闪而过，一股仇恨的怒火在心头腾起，心想好汉“宁为玉碎，不为瓦全”，就是掉了脑袋也不能屈膝投降！如果早前投降投诚，还能保住一条命，现在已经晚了！想到这里他环视着四周，心想如果是在夜里，绝不会这么狼狈。好吧，杀一个算平手，杀两个还是赚的。于是组织人马，进行最后的反击。

他们的反击不知道给对方造成多大的损失，但眼看着自己的人马渐渐在减少。

“呼布钦兄，特木尔兄，刚才我们集中火力也没能突围出去。现在我们三人各自带上一批人试着向三个方向同时突围，如果能活着出去算是造化，多杀他几个算是赚的。从地图上看，离这向西约二十里地有一座高高的沙丘，刮大风的时候犹似吹铜号一样发出动听的声音，所以称其为‘响沙峰’。谁若是能逃出去，就到那里会合。咱哥仨一起走过了大半生，看来现在又要一同上路了。不管生死，我们都会在约定的地方相见吧。”桑热说着转身向南爬行，看见前面有几堆红柳枯丛，心想占领这里还可以坚持一会儿，便加速爬行。爬到距离红柳枯丛五六十米的地方时，突然从前面丘陵上传来机枪声。桑热握在手里指向头部的左轮小手枪也同时响了……

在内蒙古从东到西几千里的土地上当了二十多年的兵匪，作恶无数的匪首桑热在野雉河岸边的碱柴滩中结束了罪恶的一生。

呼布钦巴特尔、特木尔巴特尔二人带了两组人马一左一右冲击，准备冒死突围。桑热的方向突然枪声平息，呼布钦巴特尔惊讶地抬起头观看动静，正巧有一颗子弹从后面击中他的后脑，又从前额飞出。

特木尔巴特尔离开桑热、呼布钦巴特尔二人后带着十几个人向西爬行，寻找出路，不一会儿，那两个方向的枪声平息下来，解放军开始集中兵力围攻他。在这生死攸关的时刻，他的脑海里似乎一片空白，什么恐惧、罪孽、生死誓言，都变得模糊了，心中唯有生的希望在燃烧。他不顾一切地从怀中掏出白色的哈达高高举过头顶。

野雉河谷的上空闪烁着三颗红色信号弹，大获全胜的战士们收了敌人的武器，将死尸堆集到枯梭梭柴上焚烧，把战场打扫干净。

赛音特古斯对站在身边的王参谋说：“给旗里发报：今日中午在野雉河谷西岸，桑热逃匪一百九十七人中除了特木尔巴特尔等集体投降的八人、零星投降的三十二人、受伤被俘的十八人之外，桑热、呼布钦巴特尔等一百四十九人被我军消灭。收缴各种枪支二百一十二支、子弹若干匣、马四十二匹。我军牺牲十九人，受伤十五人。此次战役中，后旗副主席达瓦尼玛迎接慰问了我军战士，该旗保安大队副队长图布丹率领四十名士兵参加了战斗。如今计划将我军伤员送到后旗治疗，我也要前往该旗表示感谢。妥否，请指示。此致！赛音特古斯。该电文同时报指挥部与后旗。”

赛音特古斯一行在野雉河谷西岸安营休息，让战士们吃上可口的热饭，在这里过夜。

晚上旗里复电，祝贺赛音特古斯消灭了敌人，并同意了他的计划。

第二天，赛音特古斯率领部队出发，颠奔了一整天来到位于巴音海日汗山东麓的后旗首府。

下午，后旗旗政府主席哈扎布等旗领导来到招待所看望赛音特古斯一行。

“此次消灭西逃的桑热一伙，贵旗给予了无私的帮助，为此我代表我旗政府达理扎布主席及旗党政部门向您和贵旗军民表示衷心的感谢！今日您又亲自前来看望，令我等深受感动。贵旗图布丹副队长和参战的指战员英勇作战，对消灭敌人起了重要作用。现在我把达瓦尼玛副主席交给我的四十二名指战员全部交还给您，遗憾的是有两名战士受了伤。缴获的武器中把四十支枪、十匣子弹留给你们大队吧。昨日从桑热手中缴获了一把日本军刀，就把它送给哈主席做个纪念吧。”赛音特古斯起身将一把虽有点陈旧但闪闪发光的军刀双手献给哈扎布主席。

“我旗是个人少的小旗，敌人如果闯进来定会给百姓造成大灾难。赛音特古斯参谋长带兵昼夜追击逃敌，只半天的战斗就全歼了敌人，这对我旗的安稳也起到了很大的作用。我代表全旗人民向您及达里扎布主席表示深深的谢意。刚才听图布丹说了您的指挥作战勇气和智慧，非常钦佩。今年夏天我路过贵旗时听达里扎布王爷说起您在东港指挥作战的经历，感到很好奇，今日见到您本人指挥大军打了一个漂亮仗，越发敬佩。听图布丹说您负了伤，我已经安排了医生，很快就会来的。您要多加小心，尤其是在寒冻时节骑马行路不可大意。”哈扎布主席说。

赛音特古斯：“多谢哈主席，我这点轻伤不碍事。”

“你们的伤员已经在医院里妥善安置了，明天再仔细检查，轻的给予包扎处理，重的就住院治疗。我们的医院治不了的就送到河西进行治疗吧。”哈主席非常热情地说。

“非常感谢哈主席和贵旗如此周到的安排。”赛音特古斯再三表示谢意。

当晚，旗政府举行隆重的招待宴，招待赛音特古斯和各队队长、参谋，宰杀牛羊慰问全体指战员。

第二天，他们留在那里安顿伤员、准备路途的干粮饮水等，让战士们休息。

赛音特古斯一行整装出发，绕着云雾弥漫的巴音海日汗山麓，穿过一片片胡杨林、沙枣树林和红柳丛向东行进。四九的戈壁，寒冷的北风阵阵袭来，即便竖起皮里子军大衣的领子，拉下皮帽的帽耳，双手揣在袖口里，依旧禁不住寒意。在马背上坚持不了多久，纷纷下马徒步行走暖和暖和。有时狂风没头没脑地袭来，眼睛也睁不开，有时顶着飘舞的大雪片行进。他们白天又冻又累，夜里也休息不好，在军用帐篷里拥挤着睡觉，或围在火堆周围坐着睡觉。

当赛音特古斯一行来到苍茫的乌兰山阳，额日德尼率人前来迎接，献上了哈达。

“额大队长您这是干什么啊？”赛音特古斯惊讶地问道。

“您尽管接受就行了，这是斯琴巴特尔副主席的指示。”额日德尼说，赛音特古斯只好接受。

站在额日德尼身后的巴图敖其尔、策仁等人前来和赛音特古斯握手，犹如多年未见的老朋友突然相见似的。赛音特古斯此行西去返回大约十来天，因行程匆匆觉得过得很快，而等候在后方的额日德尼、巴图敖其尔他们却觉得日子过得太慢，犹似过了一个月。

从那里起程，赛音特古斯、额日德尼并马前行，来到距离约十里地的元登分队驻地吃了午饭，下午来到指挥部驻地。

巴图在门口迎接，一起进了屋。

朝格敖日格勒去了库图利乌森，不在驻地。

这时一个参谋敲门进来给赛音特古斯行礼，将旗上发来的电报交给他。

电文内容为：“赛音特古斯同志和参加战斗的全体指战员以革

命英雄的斗志战胜困难，争行军两昼夜，行程四百里地，在三个小时内消灭了以凶恶的桑热为首的流匪二百人，立了大功，特地嘉奖。省领导高度评价了你们劝敌投降并全歼逃敌的辉煌战果，向你们表示祝贺的同时给赛音特古斯荣记二等功，其他指战员由旗政府和总队进行嘉奖。”

晚上，巴图和额日德尼在指挥部蒙古包里设了便宴，为赛音特古斯接风洗尘。

塔拉腾巴雅尔和巴图敖其尔等四个青年也参加了晚宴。

他们讲述着这半个月发生的事情，畅所欲言，在梭梭柴的火光和高粱酒的酒力中愉快地度过这个寒冷的冬夜。

“现在平定北部的战斗胜利结束，全面解放了家乡。巴哈乃前辈、嘎嘎、额大队长你们率领地方军民和巴王的部队持续斗争半年之久，为保护家乡人民做出了不可磨灭的贡献。我从心底里敬仰你们，深表谢意。”赛音特古斯起身给巴图敬酒。

“赛音特古斯过于抬高了我们几个老头子。这次降服和歼灭顽匪的战役都是在赛音特古斯的指挥下进行的，这都是你的功劳啊。”巴图说着接过酒一饮而尽。

“我是晚辈。我的功劳离不开您三老和嘎嘎你们的大力支持。”赛音特古斯走到额日德尼跟前敬酒。

“赛音特古斯过奖了，我同意巴哈乃的话。好了，不说这个了，喝酒，喝酒。”额日德尼说着把敬酒给喝了。

“嘎嘎队长在同甘珠尔扎布部队的斗争中出了大力，消灭了很多的敌人，保护了人民群众的生命财产安全，在北戈壁声名大振，震慑了敌人。此次在三九严寒、冰天雪地里骑着马追击两天两夜，于野雉河谷西岸截击逃窜的敌人，全歼了特木尔巴特尔的先遣队，并为消灭桑热、呼布钦巴特尔西逃的匪徒立下了汗马功劳。我由衷地向您表示感谢。”赛音特古斯恭恭敬敬地给塔拉腾巴雅尔敬了一杯酒。

“瞧！参谋长把我也表扬得过头了，我十分感谢您的信任。”塔拉腾巴雅尔起身端过酒喝了，又满满地倒了一杯回敬给赛音特古斯。

“此次平定北疆之际敝人写了几首拙诗，请巴哈乃老师指正。”赛音特古斯给大家敬完酒，走到巴图面前，从衣兜里掏出一个张折叠纸，摊开，双手递给他。

巴图接过快速扫视了一遍，又仔细看了好长一会儿，似在认真品读，时不时点头，露出赞许的笑容。

“巴哈乃您与其一个人看着高兴，不如给我们大伙也念一遍听听啊。”额日德尼说。

“写得很好。我给大家念一念吧。”巴图说着站起来，高声念道：

“开明亲王举义旗，
顽固反敌进戈壁。
住地百姓盼解放，
遁入流寇掠奸弑。

新政初建调兵将，
受祸民众拿起枪。
众志成城保家乡，
既往不咎劝投诚。

穷途末路生死关，
敌军分歧众心散。
有识之士思出路，
死硬分子试风险。

隆冬严寒衣食断，
群龙无首生存难。
西窜恶盗被围歼，
众匪缴械北疆安。”

众人为赛音特古斯的诗鼓掌叫好，端起酒杯一饮而尽。

巴图敖其尔起身给巴图敬酒，然后又给赛音特古斯敬酒。赛音特古斯推托着说不能再喝了，巴图敖其尔见状在他的大腿上掐了一把，赛音特古斯不由地“哎哟”地叫出了声，头上直冒汗。

“赛音特古斯这是怎么啦？是不是身体不太好？”巴图很吃惊地站起来走到跟前看个究竟。

“不、不碍事，巴图敖其尔大哥在不经意中吓了我一跳。”赛音特古斯掩饰道。

“什么不碍事，刚才巴图敖其尔大哥抓了一把，把人家的伤口弄疼了。”巴图吉日嘎拉愁眉苦脸地说道。

“什么？什么伤口？”

“何时受的伤？”

“伤在什么地方了？”

巴图、额日德尼、塔拉腾巴雅尔纷纷关切地问道。

“没什么，真的没什么。”赛音特古斯说着瞪了巴图吉日嘎拉一眼。

“赛音特古斯受伤了吗？巴图吉日嘎拉你实话实说！”巴图严肃地说。

“是的。”巴图吉日嘎拉讲述了赛音特古斯受伤的过程。

“嗨，小事一桩，有什么可说的。”赛音特古斯笑道。

“我跟你一块参加战斗，又走了一路，怎么没发现你受了伤呢？”塔拉腾巴雅尔感到很惊讶。

巴图吉日嘎拉说：“参谋长对同行的人叮嘱，他受伤的事不许让其他人知道，还说这是命令。所以我们对谁也没说此事。”

额日德尼责备道：“你还是太靠近战场了，就像上次在鼻子梁作战时骑乘也叫打死了。以后要多加小心啊！”

“好的。”赛音特古斯说着朝巴图敖其尔吐了吐舌头。

“那你快叫大夫看呀？！”巴图敖其尔埋怨道。

“我这小伤，没事的。大家别为此担心。让我们说说别的吧。”赛音特古斯想转移大家的注意力。

巴图：“那也得注意，明天一定叫医生给看一看。现在嘛，说说别的也无妨。”

塔拉腾巴雅尔笑着说道：“听说参谋长结婚了，您可不可以给我们讲讲您的婚姻情况啊？”

“巴哈乃前辈、额大队长、嘎嘎你们都是我的长辈，你们如此关心我的个人生活，我很感激。”赛音特古斯说。

大家静静地聆听着，谁也不说话。

巴图敖其尔起身给大家敬酒。

“今年夏天，我受王爷和协理的派遣去了解放区，见到了张司令员，这个只有巴哈乃老师知道。我先去的省党委，报告了情况，在我西去时省党委派了一个姑娘陪我一同前去。她是省党委的一名年轻的女干部，后来我多次去省城找党委时都是通过她联系的。日子长了我们就彼此熟悉了。她叫金萍，今年十七岁。我们在我来北部地区的前几天结了婚，没来得及给各位汇报。”赛音特古斯简略地介绍了自己的婚姻情况。

“听巴图敖其尔说，你刚结婚六天就出来了。你的妻子没有意见吗？”巴图问。

“都是党的干部，在个人问题上能有什么意见呢？”赛音特古斯回答。

塔拉腾巴雅尔：“是汉族吗？”

赛音特古斯：“不是，她是乌审旗的蒙古人。”

巴图笑着说道：“巴图敖其尔你见过，赛音特古斯的媳妇长得怎么样，你给我们说说呀。”

“好的，我来说说吧。说起那个姑娘，那真叫个美。明亮的大花眼，柳叶眉毛，洁白的脸庞，粉红的脸上有两个可爱的小酒窝，中等细长的身材亭亭玉立，我们牧区的姑娘们没法跟人比。乌兰其其格和协理的女儿都长得漂亮，但和这个姑娘比较起来也逊色几分啊。”巴图敖其尔说着笑了起来。

“你什么时候学会了用故事传说和文章里讲的词语夸人了？”赛音特古斯也笑道。

乌其日勒插话道：“巴图敖其尔说的一点也不夸张，真的长得很漂亮。”

“你说，金萍长得漂亮不？”巴图敖其尔为了证明自己说的，向一旁的策仁问道。

策仁：“我从未见过这么漂亮的姑娘。”

“嘉，你们也别胡乱吹了，我这里有她的照片，你们看看，哪有巴图敖其尔他们说的那么漂亮？”赛音特古斯说着从上衣兜里掏出一小张照片给额日德尼看。

“果真是个美丽的姑娘，长得这么嫩。我好像在哪里见过……哦，想起来了，你和张司令员的合影上的那个姑娘啊，当时我问你，你还说不是呢。”额日德尼说。

“那时候我们还没有谈呢。”赛音特古斯解释道。

“哎，给我看看。”巴图拿着相片看了许久，笑着说道，“嗯，巴图敖其尔说的一点也不夸张，而是比喻得不足。这姑娘的相貌用古人的一句话来比喻，可以说是‘沉鱼落雁，闭月羞花’啊！只有像我们赛音特古斯这样有本事，而且长得英俊的小伙子才能配得上这样的姑娘啊！你们俩倒是很般配呢！”

赛音特古斯笑道：“巴哈乃老师拿我说笑呢。”

“不，我是真心实意的这么想的。让我们大伙为赛音特古斯娶了这么美丽的妻子而干一杯吧。”巴图一说，大家都举起杯子。

然后大家一个挨着一个看金萍的照片。

赛音特古斯收起了照片，自己又看了一眼，装进衣兜里。

“听说你舍不得骑那匹黑马，准备回家过年的时候骑。那你现在该让新娘见父老乡亲，给父母磕头呢吧？”额日德尼问。

“是想回家过年呢，不知准不准假。”赛音特古斯笑道。

欲知赛音特古斯、金萍二人能否回家过年，请看下回分解。

【第三十七章】

赛音返故里皆大欢喜
金萍游新地心旷神怡

北方冬天的最后一个月是一年中最寒冷的时节，寒气逼人，阵阵疾风呼啸着迎面吹来。

骑马骑骆驼的一批人从德力格尔浩特西北的黄门出来逆风而行。他们是准备回家过年的道日吉、赛音特古斯一行人。

他们一路上走了三天，回到了各自的家，腊月二十三日太阳落山之际，赛音特古斯、金萍二人来到了家门口。拴在门前的狗远远地闻声吠叫，等走到跟前，认出了主人，便摇着尾巴叫唤起来。屋里的母亲猜想是儿子回来了，连忙迎了出来。

赛音特古斯、金萍拜见母亲，母亲握住新媳妇的手，无比爱怜地抚摸着其脸庞，眼里含着欢喜的泪水。

赛音特古斯先进了屋，向父亲问候行礼，献了哈达，金萍跟着进来向公公叩拜问候，然后让母亲也坐下来，献哈达、叩首行礼。

母亲给儿子和儿媳妇倒上香气四溢的驼奶茶，可口的奶皮、奶酪、点心糖果摆了一桌。

“我的儿媳妇就像是梦里梦见的那样，多俊俏的孩子啊！”母亲再三打量着儿媳妇称赞道。

金萍不好意思地低着头喝茶。

“好些人好奇地问我儿子怎么还不结婚呢。现在好了，阿爸阿妈要把父老乡亲们都请来、让他们看看我的儿媳妇。”母亲笑着说。

晚上，两个老人煮了绵羊胸叉肉祭灶神，用祭灶德吉肉招待儿子、儿媳妇，以葡萄、冰糖、红枣、核桃等拌了用牛黄油炒的五谷煮成香喷喷的拌饭，一家人欢欢喜喜地吃了腊月二十三的祭灶饭。

饭后，一家人围着桌子聊天。赛音特古斯讲了这一年的经历。听着儿子的讲述，二老也跟着话题时而高兴激动，时而担惊受怕。

“那你腿上的伤完全好了吗？可别留下什么后患。”母亲担心地问道。

“好了，已经痊愈了。”赛音特古斯让他们看自己腿上的伤疤。

“佛爷保佑，我的孩儿福大命大躲过了一劫。阿嘛呢叭咪吽，多吓人呢。”母亲一个劲地祈祷佛祖。

“光顾着说话，已经很晚了。赶了几天的路，孩子们也累了。现在睡觉吧。”老人让小两口睡在早已准备好的暖烘烘的屋里。

第二天小晌午，赛音特古斯的姐姐格日勒其其格来看望弟弟和弟媳妇。她见了金萍，高兴地抓住人家的手，一个劲地夸弟媳妇：“这几天我要给你缝一件绸袍和坎肩，你若穿上本地女人的着装，会更加好看的。我们这一带准没有像你这样美貌的媳妇！”

母亲说：“我早就给她缝了绸缎长袍和坎肩啦。”

格日勒其其格：“事先也没量人家的身材，怎知合身不合身？”

“在那箱子里呢，你拿出来让她穿穿看，大概能合身吧。如果不合身你给改一改。”母亲笑着说道。

格日勒其其格打开箱子，取出母亲缝制的丝绸齐肩长袍和坎肩。金萍穿上，不大不小正合身。

“额吉怎么做得这么合身？”格日勒其其格好奇地问道。

“我按照梦里见到的样子做的呀。”母亲为自己缝的衣服正合媳妇的身段而感到高兴，开心得嘴也合不拢了。

从那天起金萍就开始帮婆婆干起了里外家务活儿。

大家动手打扫宅院，做过年的准备。

回家的第三天，赛音特古斯、金萍二人去姐姐、姐夫家拜访。

赛音特古斯的姐夫宝音吉日嘎拉是一位中等身材，浓眉大眼，鼻子高翘，紫褐色的脸上老是洋溢着笑意的三十岁左右的年轻人。

其儿子敖尼苏刚三岁，眨巴着一双机灵的眼睛，甚是可爱。见了赛音特古斯和金萍，开始有点害羞，躲在母亲身后偷偷观察。赛音特古斯抓住其小手往身边拉，小家伙顺势扑进怀里，任由他抱着。

“快叫舅舅。”宝音吉日嘎拉教小敖尼苏说话。

“舅舅。”小家伙说了一句，便害羞得不得了，用右手搓着左手不再言语。

“过来。”金萍伸出两只手，小敖尼苏径直跑过来伸手就搂住了她的脖子，不但不怕生，反而欢欢喜喜地玩耍，寸步不离了。

宝音吉日嘎拉的家离赛音特古斯家不远，赛音特古斯小的时候爱跟着他玩耍，但是宝音吉日嘎拉嫌他是个小屁孩，总不把他看在眼里。后来长大了，言语脾性相投，在一起玩耍得多了，但是自赛音特古斯出了远门之后回来的少，这几年他们见面的时候更少了。这次见了面要一块过年了，两人都很高兴，一有时间就凑到一起交谈。他俩的话似乎说不完，从童年时期的玩耍之事、年少时候的可笑之事，到现在的家庭生活，无所不谈。有时候赛音特古斯去姐夫家，有时候宝音吉日嘎拉来，他俩什么时候在什么地方连两家人都说不清楚呢。

赛音特古斯连着几天早早起来，扛着卡宾枪出去猎兔子。他还和姐夫一起骑着骆驼走了两天猎了几头黄羊，满载而归。

而金萍看着这里山一般高的沙丘、密集的梭梭林、绵延几十里地的辽阔黄滩，沙鞭、芦草遍布的荒野，一处处的清泉和连着它们的冰河，觉得非常新鲜，沉醉于大自然的美景中。

“额吉，这个东西能吃吗？”有一天金萍从野兔子挖过的锁阳坑里挖出了几根锁阳问道。

母亲回答："能吃呀。这叫锁阳，本地人称锁争，也叫乌兰膏药或红锁阳。有的苦，有的却很甜，有健胃促消化的作用呢。"

"那我要去挖一点带走，真好吃。"金萍将自己挖来的锁阳洗干净吃了几口说道。

"我们家晒干的甜锁阳有的是，你喜欢的话拿多少都行呢。"父亲说。

除夕之夜，赛音特古斯一家四口人围着桌子吃饺子，父子二人还喝了几杯酒。

庚寅年的正月初一，风和日丽的好天气。

赛音特古斯一家人天还没亮就早早起床，烧了奶茶，将糕点、糖、水果等都摆好，准备停当。

婆婆给金萍梳编了当地蒙古妇女的发辫，将自己用过的镶有珊瑚珠子和宝石的镀金发簪及珍珠心的金耳坠子给她戴上，把自己亲手缝制的粉色花朵纹、绵羔皮里子的绿缎长袍和淡红花纹的粉红色蟒锻坎肩给她穿上，把儿媳妇打扮得美若天仙。

太阳出来的时候，他们在门外头香台边燃烧火堆，烧香焚桑祭祀上天和佛祖，给山水神灵献奶祭，然后点燃双响炮和鞭炮，按照世世代代的传统习俗敬仰山水神灵，以示消除祸灾，驱逐妖魔。

父亲从驼圈里牵来一峰后峰直立、鬃毛密长的棕色公驼，在脖颈上拴了哈达、鼻梁上洒了酒，顺时针环绕香台一圈后拴到圈门外的柱子上。

进了屋，让二老坐下，赛音特古斯和金萍手端哈达向父母拜年，并敬上奶茶，然后自己也倒了茶，一家人围坐火炉喝新年团圆茶。

等驼群和羊群上了草场，赛音特古斯给两匹马喂饲料、鞴鞍子，拴在马桩上，又给父母骑的骟驼剪鬃毛、鞴毡屜，拴在桩索上。

母亲说大年初一是吉祥日子，一定要出行，于是四人骑了各自的骑乘，向南出行，然后从西边返了回来。

没过多久，赛音特古斯的姐姐、姐夫带着小敖尼苏来给父母拜年，姐弟互致新年礼，敬新年酒，一起吃了午饭。

小敖尼苏今日见了姥姥，亲得不得了，别的谁也不靠近了。

下午，太阳约一绊绳高的时候，巴图敖其尔带着妻子乌达巴拉和岳父母来了，策仁和奶奶，宝音和母亲，阿巴扎和老伴安迪嘎、女儿诺敏其其格，特古勒德尔和妻子一行陆陆续续地来拜年了。

来客和主人手持哈达相互行礼问候，交换着鼻烟壶，致以新年吉语，热闹非凡。

给客人倒上奶茶，以丰盛的奶食和油馃子招待。

客人们喝了茶后，主人敬上迎宾酒，客人们也将带来的德吉酒、礼品赠送给主人，祝福在新的一年里过上富贵太平的日子。

黄昏时分，道日吉夫妇来给叔叔婶婶拜年。又有相邻几户人家前来拜年，热闹得很。

客人们在上房大炕上按照宾客的职务、辈分、年龄依次就座，敬上奶茶，摆上用奶皮奶酪、糖枣装点的油炸糕点。

“新年宴茶，请大家享用。”主人说。

“宝音吉日嘎拉，你不是说得好嘛，给客人说说敬茶祝词助助兴呀？”母亲嗔怪女婿不主动跟客人们客气一下。

“忘了。”宝音吉日嘎拉笑道。

“想一想，想起来就说说看。”父亲鼓动道。

“好吧。”宝音吉日嘎拉向前一步对诸位客人朗诵道：

“南方湖南产的美味砖茶，
用甘甜的上井子水酽熬出来，
以浓香的驼奶搅拌而成，
敬献贵客的喜宴之茶。”

他说了这一段，觉得说得不是很好，真的忘了，把有的句子倒错了，这样就不顺口了，望着特古勒德尔摇着头笑。

外面孩子们在玩耍，鞭炮声此起彼伏。

格日勒其其格、金萍二人手持茶壶不停地给客人续茶。

等客人喝了茶，主家收了水果糕点等，把桌子擦了一遍，打开贴着红纸的塔状瓶子封口，将窖藏已久的陈酿倒满铜酒壶，又斟了满满一木碗酒，准备敬客人。

“今天是大年初一，我们老两口本应去各位的家拜年，但因我家孩子新婚后前来拜见父母双亲和家乡父老前辈，所以今日请大家光临寒舍举办新年喜宴，让儿子儿媳妇给父老乡亲们磕头拜见。刚才接受了各位赏赐的德吉礼尊，现在给大家敬照日克德吉，以答谢各位。”赛音特古斯的父亲平日不怎么说话，今日却说得十分流利、得当。他逐一给客人敬酒的时候，赛音特古斯的母亲起头唱起当地蒙古人宴会夏司特尔民歌《神圣的须弥山》：

“在那神圣的须弥山，
千姿百态的林木之中，
端坐于吉祥的席位之上，
有缘的人们相聚在一起。”

宾客们跟着一起唱道：

“不可逆转的宇宙之轮
悠然轮回的大千世界
沉醉于美妙的歌声之中
和睦众人欢乐地相聚

吉庆如意的聚会之地
雄狮般威猛的摔跤手们较量
风驰电掣的骏马奔跑
欢声笑语中共度佳节。”

最后以“乃日朗扎合雅外冬在，换上一曲皆开怀”作为结束曲，喜宴第一首歌结束。

接下来是喜宴三首歌的第二首歌。达尼嘎起了头，大伙儿合着声一同唱道：

“福泽苍生因果有报，
如须弥山般固若金汤。
达官贵人谁与争锋，
以身心宁静安详为上。

相遇相逢知书达礼，
如五洲四海形影相同。
无忧无虑和睦相处，
似深深海水宽容包涵。”

一曲唱罢，起唱者给大家一一敬酒之际，阿巴扎老人起头唱起下一首长调民歌：

“淡白色的骏马，
膘肥肉壮的时候，
赶在月底之前，
拜见年迈的阿爸。

达来湖中的芦苇，
长着七十二个枝节。
七十岁的阿妈，
孩儿将前去看望。”

“现在我的儿子、儿媳妇该给叔叔、婶婶、舅舅、舅母、哥嫂和姐妹们敬酒了吧？巴图敖其尔、乌德巴拉你们俩领着他俩敬酒吧。”赛音特古斯的母亲说着拿出一对银杯放在桌上。

金萍端着银杯，赛音特古斯手持酒壶斟酒，在巴图敖其尔、乌德巴拉的引领下以新人敬酒礼俗给各位客人敬酒行礼。

“我们的赛音特古斯确实不赖，男子汉大丈夫就应该是这样的，给家乡父老乡亲们争了光，我作为一个家乡的长者非常高兴。”达西巴雅尔达尼嘎将酒一饮而尽，又斟满杯子回敬给两位新人，从褡裢里掏出哈达和一本封面精致的书赠给赛音特古斯，说，“这是你小时候最爱看的书，现在我把它作为礼物赠送给你吧。”

赛音特古斯不好意思地推托道：“您的这么珍贵的书我怎么可以接受呢？”

“你要是还像从前一样看待我老头子，就收下它。”达尼嘎老人这么一说，赛音特古斯只好恭恭敬敬地接受。

达尼嘎老人又给金萍赠送了哈达和袍衣绸布。

赛音特古斯和金萍行礼答谢。

“请前辈祝福一对新人。”

这句话本应由巴图敖其尔或者乌德巴拉说，但在座的特古勒德尔觉得他俩对自己的父亲说这话不太合适，便从中及时地插了一句。

达西巴雅尔老人朗朗有声地祝福道：

“太平日子幸福美满，
喜乐人生精气充沛，
吉祥四季福贵相伴，
郎才女貌文武双全，
人丁兴旺白头偕老，
功名有成惠及子孙，
财运亨通游乐四方，
心想事成万事如意。”

赛音特古斯的母亲随即应道：“如您吉言长存！”

其他长辈和亲朋好友们都纷纷赠送礼物，献上美好的祝福和吉言：

“祝愿你们像阳光一般耀眼，像树叶子一样茂盛。”

“年年有余，顶冠添珠；岁岁吉祥，飞黄腾达。”

“牛羊成群，富贵如意。”

“穿不曾拼缀的绸衣，骑无与伦比的骏马。”

“十善福祉长相随，一生一世多安康。”

……

当地著名的学究、赛音特古斯的启蒙老师玛尼嘎饱读诗书，出口成章，他祝福道：

“祝愿赛音特古斯：
争做国家栋梁，
要为家乡添光。

尽心为民谋利，

不忘扶助乡亲。”

专程前来祝贺的东港巴格老总管毕力格图趁着酒兴妙语连珠地来了一段绝妙的祝词，不失时机地表露了自己的口才：

“北疆英儿保家乡，

迫敌丧胆闻风降。

忠于职责不怕苦，

服务人民好作风。

继续奋斗再立功，

建设家园换气象。

光家耀乡共出力，

长命百岁祝愿您。”

阿希嘎阿巴扎在家乡也算是一个有点文化的人，于是也不甘落后，现编现说了一段祝词：

“消灭敌人威风凛凛，

为民办事老实肯干。

家乡父老共同祝贺，

勇往直前，幸福美满。”

同辈的人们也打趣着用俏皮话祝福一对新人：

“儿女满炕头，

骏马满圈栏。

儿孙满堂，

羔羊成群。”

赛音特古斯和金萍的敬酒接近了尾声。

一个身穿红花蓝缎绸袍，脖上围着粉丝围巾，快到脚弯儿的长长辫子上扎着红色纺绸结，淡褐色的脸上眉清目秀，身材细长高挑的姑娘站了起来。只见她弯弓细眉连在一起，上翘的眼睫毛在水晶一般清澈的两眼上方起舞，细俏的鼻子犹似游隼之喙小巧玲珑，如抹了朱砂般的红唇之间露出一排白螺似的洁白牙齿，褐红的脸上有着两个可爱的小酒窝，真乃美丽动人的姑娘也。

“这个漂亮的姑娘就是我们常说的那个乌兰其其格呀。你不是说一定要见见她么，你俩现在认识了，以后就成为好姊妹吧。”赛音特古斯给金萍介绍道。

“这位姐姐真可谓美若天仙的美人哪！”金萍羡慕地称赞着，问候之后敬了酒。

乌兰其其格很害羞的样子，抿了抿酒还给她。

“请你喝了这杯酒吧。”赛音特古斯劝道。

“姐姐喝了吧。”金萍也希望她喝了这杯喜酒。

“是什么酒，非要人家喝呀？”乌兰其其格笑着说道。

“是我俩的喜酒啊。”赛音特古斯也笑着说。

“参谋长的这话我没听明白。说‘我俩’，指的是金萍你们俩呢还是乌兰其其格你们俩？”从小跟赛音特古斯一起玩耍长大的一个叫乌力吉的年轻人在一旁小声说道。这话叫旁边的人们都听见了，巴图敖其尔等人哄堂大笑，羞得乌兰其其格低着头不言语了。

赛音特古斯无奈地摇着头，捶了乌力吉一下。

“你的话说得不清楚……”乌力吉又想说什么。

“好了好了，废话少说。”特古勒德尔打断了他的话。

“嘉，你俩继续敬酒吧。”巴图敖其尔提醒道。

赛音特古斯推开那小子，转身劝着乌兰其其格把酒喝下去。

乌兰其其格只好把酒喝了，掏出粉丝手巾擦了嘴唇。

“你俩碰一杯酒吧。”赛音特古斯对金萍说。乌德巴拉给金萍斟了一杯酒，把乌兰其其格的酒杯也斟满，两个新认识的朋友共同干了一杯。乌兰其其格从怀里掏出在一角绣着一双飞蝴蝶图案的白色丝巾塞到金萍手里，金萍也回赠了一对葫芦形状的银耳环。

“乌兰其其格和新娘喝了一杯酒，为什么不和新郎碰一杯酒啊？”巴图敖其尔打趣地说道。

“那一定有什么事情吧？”策仁也插进来一句。

“他俩能有什么事呢？”特古勒德尔想转移他们的挑逗。

“他俩的事，别人怎么可能知道呢？”策仁还在逗乐，大伙儿一笑而过。

乌仁赞巴、诺敏其其格、纳生其其格等几个同龄姑娘也要像乌兰其其格那样和金萍碰杯，乌德巴拉帮着替金萍喝了几杯。姑娘们赠送绣花佩饰之类的小礼物，金萍也回赠纺绸丝巾等礼物。

赛音特古斯、金萍二人结束敬酒，又给客人摆上糕点、糖果，续倒茶水。

喝了茶之后宴会继续进行。

“阿拉泰杭盖巍峨的高山，
奔驰的骏马是苍天的神驹。
高朋满座的各位兄长，
敬你们一杯美酒之尊。

一溜溜奔跑的黄羊羔子，
在迷蒙的蜃霭里欢快地跳跃。
并肩齐坐的各位兄长，
敬你们一杯甘醇的美酒。

呜呜着奔来的小驼羔儿，
扬着尘土欢快地嬉戏。
远道而来的兄弟姐妹，
敬你们一杯醇香的美酒。

一群群跑来的小羊羔子，
拥集在一起顽皮地玩耍。
欢聚一堂的兄弟姐妹们，
敬你们一杯纯真的美酒。”

赛音特古斯将儿时学会的歌曲稍稍改动了词句，向大家挨个儿敬酒。

“我的孩儿小时候唱的歌还没有忘呢。”母亲笑着说道。

当赛音特古斯唱完歌敬到朋友们跟前时，巴图敖其尔、策仁他们几个喝了，乌仁赞巴轻轻抿了一口就要还给他。赛音特古斯坚持要她喝了，说道："有歌的酒，中间开花呢。"

"你改了歌词，随意加了段子，还逼着叫人喝呢。"乌仁赞巴说着喝了酒，反过来倒了一杯要他喝。他从金萍手里接过酒杯，硬是和对方碰了一杯。

唱着歌热闹了一会儿，炒菜也上来了，还有酸甜混合驼奶和米饭。

吃完饭宴会继续，随着时段的拉长，人们的酒兴也高涨。

"姐夫喝一杯。"赛音特古斯劝着宝音吉日嘎拉。

"现在不喝，招待客人的时候自己不能先醉了啊。"宝音吉日嘎拉将酒杯还给他。

"没事的。你是能喝几壶酒的人，区区几杯酒怎么能让你醉呢？"赛音特古斯逗着姐夫。

宝音吉日嘎拉笑道："你还没忘了给我们喝白水的事呀？"

"你快说说，赛音特古斯是怎么叫你们喝了白水的？"道日吉从中插了一句。

"他们俩忙着招呼客人呢，要不我来给你们讲吧？"特古勒德尔倒是很愿意说。

道日吉急着想听："那你快说！"

"特古勒德尔你说吧。"阿希嘎阿巴扎也想听呢。

特古勒德尔说："好多年前的一个冬天，宝音吉日嘎拉牵着一列驼队去了宝日套海（河套），驮了大米、白面、猪肉、烟酒一大堆东西满载而归。第二天我们几个闻讯跑来，一起喝酒，都醉了。宝音吉日嘎拉醉醺醺地喊道'赛音，拿酒来！'那时候赛音特古斯还是个十几岁的孩子，他出去将酒壶装满给我们拿来。我们几个不知喝了多少壶酒，喝着喝着一个个全都酒醒了，这才知道半晚上尽喝了水。早晨喝茶的时候赛音特古斯进来笑着问：'哥哥们都喝好了吧？不难受吧？'我们几个也都跟着笑了一通。"

大家听了都哈哈大笑。

过半夜的时候，端上来两条整羊背子，最后又上了粉汤饺子。

饭后又唱了几首歌，继续热闹了一会儿。

客人们开始说告别的话：

“现在我们告辞了。”

“没有不停的雨，没有不散的宴。”

“热闹了一晚上，多有打搅，我们要回去了。”

于是又端上来糕点、糖果，给客人们倒茶。主人说：“请喝续宴醒酒茶。”而客人们说：“我们喝起程前的上马茶呀。”

赛音特古斯的父母给客人们敬酒，向客人们赠送哈达砖茶回礼，客气地挽留客人：“今天住一晚，明日留一宿再走吧。”

客人中的长辈们掏出鼻烟壶邀请主人，请赛音特古斯一家到家里喝新年茶。

格日勒其其格、金萍二人站在门口给客人们敬上马酒。

从正月初三起，赛音特古斯和金萍挨家挨户到邻里亲朋家拜年，有时候应邀参加人家的酒宴。

“他们俩骑马，您一个人骑骆驼，出行多有不便。我的马脾气老实且走路也平稳，您就骑它吧。”宝音吉日嘎拉将自己的马交给准备前去参加道日吉家宴的岳母。

初六的一大早，赛音特古斯、金萍和母亲一同起程，行驰了大半天来到道日吉家。远近的二十多位客人聚集在这里，欢快的宴会持续了一整夜，客主双方都很尽兴。

正月初十是策仁的结婚日。

对文化生活不丰富的牧区来说，婚礼算是一项不小的娱乐活动。庙会、敖包祭会和婚宴聚会是平日难得一见的亲戚朋友们相逢相聚的好时机。婚礼的规模根据家境的不同有所区别。策仁的婚礼基本上属于中上等规模的婚礼，可以说是近年来不曾有过的完全按照当地蒙古人传统礼仪全程进行的盛大婚礼。当地蒙古人的婚礼中不可缺少的媒妁、订婚以及婚礼中逐一进行的沙盖图宴、萨拉古特宴、酒坛斟酒祝颂、新人给日月磕头行礼、新娘磕头、新房宴、新房祝颂、丢沙嘎羊拐礼俗、抢绵羊头、吃夏布尔布达（手抓饭）、回礼答谢宴等程序一个都不少。

参加完策仁的婚礼在返回的路上赛音特古斯和金萍谈论着所见所闻。

"策仁的婚礼怎么样？"

"我在我们乌审旗从未见过如此盛大的婚礼。"

"我也是第一次见。"

"为什么要办得这么麻烦呢？"

"策仁的岳父家是富人，所以办得这么隆重烦琐。策仁一方也不得不忍过来呀。"

"策仁的媳妇长得也很漂亮，只不过稍有些胖。"

"策仁的婚礼跟我俩的相比较怎么样？"

"我们的婚礼连你们这里的新年宴会都不如。"

"哪个好呢？"

"那怎么能相比呢？地点、条件都不同。"

"快回家吧，多少天了没好好休息一下。"

"那还好说。我这辫子弄得不舒服，似乎犯头痛。"

"那回去后把辫子解开洗洗，让它放松一下。不过这么打扮，让你更加漂亮了，你忘了么，在婚礼上那么多的小伙子眼睛直直地盯着你转呢？"

"那是你的想法。你们这里有的是漂亮姑娘，最美的是那个乌兰其其格。巴图敖其尔真有眼光，他想让你娶她，你也不是不喜欢她吧？"

"我如果没有参军，可能就娶了她，现在大概连孩子也有了。"

他俩一路交谈着回到了家。

这时候从旗里来了一份让赛音特古斯赶快回去的公文。

新年过得很愉快，但又来了新的任务。

欲知紧急叫他回去有什么事，请看下回分解。

【第三十八章】

受命剿匪赛音调动部队
下山觅食巴图身陷罗网

赛音特古斯、那生、朝格吉勒等入党时间不长的军官和起义之后留用的乌宁乌日德、宝音满都呼、巴日夫等军官被派到省军区，参加了为期三个月的短期学习班。学习班分成党员和非党人士两个班，根据情况安排了不同的内容，主要以学习马列主义、毛泽东思想理论及《中国革命战争的战略问题》等毛泽东军事理论课程为主，还系统讲解了我党目前的工作重心、经济政策、统战工作、世界形势等方面的内容，提高了学员的思想认识。

学习结束后组织两个班的学员到西安、北京、天津等大城市观光浏览。

赛音特古斯去过西安、兰州等城市，这对沙漠地区的人来说已经算是见多识广了。这次他和同班学员们一同从西安乘坐火车到达北京，参观了天安门广场、故宫、北海公园、昆明湖、天坛，的确是开了眼。

这天晚上，赛音特古斯他们几个在前门饭店餐厅吃了晚饭，在自己的住处喝茶聊天。

“北京城才算真正的大城市呢。你看这楼盖得多高，最高的大概是那个北京饭店吧。还有街道也多宽敞啊，天安门前的那条路叫什么来着？噢，叫长安大街，不知有多宽呢。”那生对这一切好奇得不得了。

“依我说最叫神奇的还是故宫。壮观、宽敞、优雅，简直没法形容。我们的延福寺和南北两寺虽说也很美观，但比起故宫就像是其孙儿辈了。”朝格吉勒感到好像来到了天堂一样，赞不绝口。

“你俩尽看了风景了。说得也是，我们自打从西安出来以后几乎每天都能看到新鲜的东西。过去我在巴图敖其尔等朋友们面前自以为见过大世面，现在看来真是井底之蛙，什么也不懂。巴日夫队长是很早就见过世面的人，比我们强多了。”赛音特古斯笑道。

巴日夫也笑着说：“我去过的地方跟赛音参谋长差不多吧。我也跟你们一样有过同样的经历，当初年少无知，遇到很多害怕的和可笑的事儿。”

“说起来我才算是真正的无知，就连厕所怎么使用都不会。所有的事都模仿着别人，别人怎么做自己也怎么做，要不然就出大丑了。”那生也笑着说。

“那天在火车上一个同班学员给了我一只橘子。我不知道怎么吃，就把它放在桌台上等对方吃开了也学着吃了。如果我自己吃的话一定会连皮吃了。”朝格吉勒说着说着忍不住笑了。

几个人正说笑着，传来敲门声。那生起来开门，鲍副主席进来了。

“你们在谈论什么呢？”鲍副主席坐到沙发上问道。

赛音特古斯：“我们在谈论来到首都大开眼界的事儿呢。”

鲍副主席说道：“刚才我和达主席通了电话，我们那里的情况不是很好，郭栓子的土匪大肆骚扰作乱呢。看来我们一回去就要处理这事了。以前的情况你们都知道，最近几天土匪们深夜下山袭击了德力格尔浩特城外的公务部门，弄得人心惶惶。你们几个都考虑考虑对策，回去就开会商量。”

赛音特古斯：“好的。”

“我不打搅你们谈话了，先走一步。”鲍副主席要走。

“您就坐着，没事，我们几个在闲聊呢。比如谈论没吃过橘子的人怎样模仿别人吃橘子的可笑经历呢。”赛音特古斯说道。

“我年轻的时候也那样。后来多次去了省城、兰州、西安和北京等地，慢慢就好了。最初的时候也跟现在的你们一样，闹了不少笑话呢。”鲍副主席说着也笑了。

鲍副主席和大家聊了一会儿就告辞而去。

赛音特古斯的心思自然集中到了郭栓子土匪上。

原来，被省里招安并封为“剿匪司令”的郭栓子在解放的时候向人民解放军交出了武器，但很快就露出土匪的本性，召集了原先的同伙杀害了乡村干部，和山后边的杨巴图、龙巴雅尔、谢延辉等人暗中勾，结狼狈为奸，抢劫老百姓的财物，抓捕青壮男人，强奸妇女，弄出了大动静，搅得阿格鲁图山前后的百姓不得安宁。

山前的解放军出兵进行了几次小规模的清剿，但因山势险峻、地域辽阔且不熟地形，加之土匪藏匿于深山老林中，每次的清剿紊没取得效果。

旗工委曹书记等四人到省城参加了会议后抄近道返回，在从胡查图哨卡顺着山沟下山的时候遭到了土匪的截击。虽然全力反击，但因力量悬殊和地形不利等因素，最终全部牺牲。这起事件震惊了全旗乃至全省。

最近几天，土匪头目之一谢延辉带着几十个土匪，趁着夜色兵分两路冲击了德力格尔浩特。一路人马攀上城北小山以密集的火力朝城内的军警开枪，想以火力控制城内的局势，与城内隐藏的内奸里应外合，制造大骚乱，却因保安总队的严密防范而没有得逞。另一路土匪袭击了城外的公务机关，企图抢夺钱财、枪支子弹和发报机等，遭到干部、军警们的顽强反击，没有捞到便宜。这一次的事件虽然没给商贸交易和百姓财物造成大的损失，但在军民中间引起了思想的混乱，严重影响了各方面的工作。

旗保安总队几次出动少量兵马，和山前的部队联合起来从西北两面夹击土匪，但他们每次的行动都被泄密，当部队进山时土匪早已躲藏起来，没有什么明显的收获。

乌宁乌日德副主席和赛音特古斯一行学习结业回来了。

旗工委、旗政府召开专门会议，讨论如何清剿郭栓子匪帮。

“山匪越来越猖狂，今春以来对我旗政治、经济和人民群众生产生活造成了很大的影响和损失。我们需要适当集中兵力，大力加强领导力量，在省军区统一指挥下和山前的部队统一行动步伐，明确职责和时间，全力消灭山匪。”工委李书记说。

达里扎布主席：“郭栓子土匪太张狂了，如果不迅速清剿必定造成更大的灾难。我们必须采取有力的措施，集中力量在短期内消灭他们。”

乌宁乌日德副主席：“我完全同意主席和书记的意见。我的意见是抽调赛音特古斯参谋长专门负责清剿土匪的工作，指挥第一、三、四大队，如有必要也可动用第五大队。原先应急办的参谋、工作人员和电台已经完成了使命，所以可以把他们抽调到清剿土匪指挥部工作。”

与会人员都发表了意见，分析了土匪的危害和集中兵力尽快消灭的重要性，都对鲍副主席的建议表示赞同。

“根据大家刚才的意见，决定把清剿山匪的任务交给赛音特古斯参谋长。具体事项就按照鲍副主席说的意见落实吧。”李书记说着看达主席。

“我同意。又要给赛音特古斯委以重任了，你有什么意见？”达主席问道。

赛音特古斯回答：“我愿接受党和政府交给我的任务，全力以赴地完成。具体事项和总队领导商量就行了。”

第二天赛音特古斯找到乌宁乌日德副主席和周政治委员，提出了自己的想法：“组织上把清剿郭栓子的任务交给我，是对我的信任。我一定竭尽全力完成任务。今天我要给总队长和政治委员汇报的事情是，我听说我们大队几次的剿匪行动都叫土匪预先知道了，不是落空了就是遭到土匪的突然袭击，遭受了损失。以此看来，我们总队内部有土匪的眼线耳目的可能性不是没有。不管有没有奸细，也应该提防不测。在这种情况下，我建议将剿匪指挥部从总队部大院里搬出去单独开展工作，安排在某一寺庙的吉萨院或拉布隆院里，可能好一些。”

“好吧。具体事项你自己去安排。”乌宁乌日德说。

周仁贵对赛音特古斯说：“你的意见有道理，这个问题一定要高度重视。”

赛音特古斯找到延福寺的主持，商定借用活佛拉布隆一个院子，又让第四大队巴图宝音的分队来负责指挥部的保卫工作，还认真选定电台的工作人员。剿匪指挥部的工作启动之后，召集了四个大队的大队长，分析了土匪的情况，商讨如何消灭敌人的措施。

与会人员认真分析了土匪的情况，提出了许多具体的措施。

赛音特古斯：“土匪每次能及时探到我军的动向，在我们行动之时他们早已逃之夭夭，这说明在我们内部或周围有土匪的内线，及时地把情况传递了出去。但我们眼下不知道是什么人，也没有掌握什么证据。”

朝格吉勒：“清除土匪的耳目，清洁我们的内部是很有必要的。”

赛音特古斯：“山里地形险峻，我们的人又不很熟悉地形，不知道哪里有山洞，哪里有坡岭沟壑，反之土匪却都熟悉这一切。在这样的情况下搜山找土匪是很困难的。”

巴图那生：“可以把土匪的办法用在土匪身上。”

朝格吉勒：“眼下老百姓们害怕土匪的威吓，举报土匪情况的人很少，土匪就是站在对面我们也不认识。但我军一露面就叫土匪认出来呢。”

吉日嘎拉：“百姓中间缺少思想工作啊。”

赛音特古斯：“‘知己知彼，百战不殆。’为了全面掌握敌人的情况，可以如巴图那生大队长说的那样把土匪的计谋用在土匪身上。从德力格尔浩特抽出兵力，会有泄密的危险。我的意见是，第一大队楚勒都木分队的战士多数为阿格鲁图山一带的人，熟悉地形，所以把该分队抽出来，叫他们打扮成牧民的样子，把武器隐藏起来，深入牧民群众中间做思想工作，让牧民认识到土匪的危害，帮助牧民的同时了解山路及地形，争取掌握土匪的活动规律。”

那生：“这个办法好。这个任务交给楚勒都木也很合适。只是可能要多花费些时间。”

赛音特古斯：“从第一大队再抽调四个分队，由朝格吉勒大队长亲自率领，驻阿日别立巴格的苏力图，探巡从沐仁布拉格向北至布日嘎斯台口的地区，严防土匪出山或者与山外面的同伙取得联系。”

朝格吉勒：“是！我们会昼夜赶路，完成这个任务。”

赛音特古斯：“第三大队在明晚半夜之后悄悄出城，到达苏固图山口，封锁从沐仁布拉格以西到胡查图山口的各个山口，坚决杜绝闲杂人等进山。”

巴图那生起立道：“是，遵照执行！”

赛音特古斯：“这一时期是我们的准备阶段，大约用一个月到四十天的时间。通过这期间的工作，让土匪们变成聋子、瞎子，让他们不知道山下发生了什么情况，天的颜色变成了什么颜色，而我们要基本上摸清地形和土匪的情况。”

大队长们都认真聆听着他的部署。

赛音特古斯：“等完成第一阶段的任务后，我们从山南、山北同时进行围剿，定能消灭土匪。”

“这个办法好。”

“就这么办，没意见。”

“要把土匪围困在山里，阻断他们与外界的联络。这个问题不容忽视，走漏一丝消息就会丧失封锁山口的意义。”

“要好好商定具体对策。”

“深入土匪占领区了解地形并结识认人，这事儿也很危险，务必要小心谨慎啊。”

大伙儿纷纷议论着。

“对整个部署还有什么补充的意见？”赛音特古斯问道。

没有人提出补充的意见。

“目前最重要的是保密工作，大家也都知道它的重要性。我们此次会议上商定的内容一丁点儿也不许外传，要提防隔墙有耳。”赛音特古斯再三强调保密工作的重要性。

日子在悄无声息中一天天地过去了。

一个阴天的夜里十点左右，赛音特古斯和金萍正准备睡觉，突然听见“咚咚咚！”的敲门声。

金萍开了门。

总队副参谋长那生带来一封电报交给赛音特古斯：“朝格吉勒的电报。”

电文内容为：“土匪五六十人在杨巴图的带领下来到雅尔盖图河谷下口钢查毛顿的人家，可能要在那儿过夜。我们准备包围这一带。”

赛音特古斯拿起卡宾枪，跟着那生来到活佛拉布隆院。

赛音特古斯下令给朝格吉勒发报：“用两个分队的兵力先把土匪所在的人家包围起来，一个土匪也不许放回山里。再用一个分队从人家后边抄近，明天天亮之后发动攻击全部予以消灭。”

那生发完电报返回来了。

“你守在这里，有事的话给我发报。”赛音特古斯说。

赛音特古斯带着几名警卫和电台出发，几乎跑了一宿来到离钢查毛顿人家五里地的豪依尔陶鲁盖人家，下马休息了一会儿。

朝格吉勒前来汇报情况：“土匪们还在那户人家，我军已经包围了他们。”

“土匪过夜的那户人家有几口人？”赛音特古斯问起一路上所想的事。

朝格吉勒答道：“就老头子、老婆婆两个人，年轻人可能都跑了。”

“早晨我们发动攻击的时候土匪定会利用人家的房屋对抗，那样的话人家的房屋会受到损坏，两个老人的生命也有危险，影响我们的攻击。你从后边的那个分队里抽出一个班在天亮的时候以零星的枪声惊动那伙土匪，让他们向山里逃窜。等土匪全部撤逃之后后边的人马跟上他们。看地图在那户人家南边有一处横梁子。”赛音特古斯说道。

朝格吉勒：“是有一个横梁，说是个丘陵也可，只不过是一个小山坡而已。”

赛音特古斯：“占据那个小山坡，截住土匪退回到人家的后路，其他的部队继续埋伏在现在的位置上，匪徒朝哪边靠近哪边就集中火力射击。

朝格吉勒准备回去重新部署兵力。

赛音特古斯说道：“您就从这儿发报吧。”

天刚亮，朝格吉勒的一个班从钢查毛顿人家北梁上用十来支长枪朝土匪的方向开起了火。

土匪们受了惊，纷纷跑出屋子往南向山里逃跑，过了一个小坡刚到半山腰，突然山顶上响起机枪，打死了十来个匪徒。被山上的火力压住的土匪不能前行，便顺着原路往回退，不想方才经过的小梁子上又有机枪拦住了他们。土匪们向东掉头，穿过一条小河谷往山上爬去，从上面又有机枪喷出夺命的烈焰。土匪们知道已经被包围了，慌忙向西跑去。

赛音特古斯在那户人家的西边高地上用望远镜观望战斗，突然在望远镜里看见一个高大的汉子带着二十来个人在拼命逃奔过来。越靠近越看得清楚，高大汉子长长的络腮胡子也看得一清二楚。

“阿日布珠尔你带着两挺机枪，悄悄从他们的左侧靠近，在那个长胡子高个儿汉子过去之后消灭跟在后面的匪徒。”赛音特古斯对一旁的班长命令道。

向西逃奔的土匪突然遭遇从西侧过来的火力袭击，左侧又遭到猛攻，在两侧“X”形状的射击下跟随长胡子的二十来个匪徒顷刻间都被消灭了。

这时候只剩下长胡子单枪匹马地朝西边高地奔过来了。

等对方靠近了，赛音特古斯笑着喊道：“叫杨司令受惊了，请过来坐坐吧。”

绝望的长胡子举起手枪就要自杀，只听“砰”的一声，赛音特古斯的左轮手枪响了，长胡子指向脑袋的手枪掉在地上，几个士兵跑过去抓住了他。

这时候向东逃窜的匪徒也都被消灭了。

赛音特古斯回到豪依尔陶鲁盖的人家，洗了脸，喝了早茶，然后叫人把杨巴图押过来。

“我过去曾见过敖特根阿哈（杨巴图的尊称），后来听说您当上了司令，可没有想到会在这儿见面。”

“惭愧得很呀，长官您一定是赛音特古斯参谋长吧。我以前在旗府里见过您，没想到今日会落入您的手中。”

“我没想到、您也没想到的事今天意外地出现了。”

“说的是啊。命运中注定的事是难以改变的呀。”

“命运也好，规则也好，咱俩总之是在这里见面了，现在怎么办好呢？”

“怎么办都行，您自己看着办。”

“您已经自己决定了命运，我也不能改变它。但今天咱俩是说冠冕堂皇的话相互欺骗呢，还是开门见山地说真话呢？您说。”

“您想知道什么尽管问好了，只要是我知道的绝不隐瞒，如实回答。说真话或说假话，对我来说都没什么意义了。我一辈子没说过谎，即便没价值也要说实话。”

“我相信您会说真话。”

“那我谢谢您的信任，您问吧。”

“你们这次下山的目的是什么？”

“想弄一些粮食、蔬菜和肉。”

“你们的郭司令现在在什么地方？”

“在山里，但我不知道具体位置。他从来没有个固定据点。”

“那你们是如何见面？”

“他派人去叫我们，我们就到达指定地点会合。”

“现在山里你们总共有多少人？”

“五百人左右吧，具体数字我也说不上来。归我管的有一百五十多个人，今日我带了六十二人，其余的都在山里。”

“德力格尔浩特那边你们和什么人联络？”

“这个我不知道，郭司令自己掌握着。”

“明白了。您什么也不知道，知道也不会说，这也是大实话，是吗？”

“不，您问到的这些问题我的确不知道，不是我不想说。”

“那么，跟您有联系的人您也不知道吗？”

“我只听说过沐仁乌森一带的两个小子，一个叫龙瑞，一个叫黄岗，都是保安总队文艺宣传队的队员，偶尔给山里传递情报。”

“您不知道郭司令的据点，但是自己的据点不会不知道吧？从山外抓进来的群众关在什么地方您也是知道的吧，说不说在于您。”

“这我知道。我经常出入于查干希利山腰的几处洞穴里。那些被抓的老百姓虽不归我管，但我知道他们被关在九窝山西坡的山洞里。”

“我们暂时谈到这里。”赛音特古斯说道。

两名战士将杨巴图押了出去。

赛音特古斯对朝格吉勒叮嘱道：“给您安排两件事：一是立即带着杨巴图穿过沙漠，关押在沙漠后沿的一户人家，用一个加强班的兵力看守，不许让犯人逃脱，更不能让他死掉。二是进一步加紧封山，绝不能让山上的土匪知道杨巴图一伙被消灭的消息。眼下也不要给德力格尔浩特发报。”

“是，坚决完成任务。”朝格吉勒接受了任务。

“可是……”赛音特古斯还有一点犹豫。

“可是什么？参谋长还有事吗？”朝格吉勒问道。

“刚才的枪声山里的土匪一定是听到了吧？”赛音特古斯说。

“他们听见了也没事。我们的部队在这滩上进行了好几次射击演习，即便土匪听到了枪声也不知道发生了什么事。”

“那就好。只要土匪们在两天之内不知道发生了什么事就行了。”

“是呀，但他们如果发现杨巴图失踪了，就会知道的。”

“我们要充分利用杨巴图所说的情报，时间越快越好。”赛音特古斯依旧沉思着。

“杨巴图的话里有什么可利用的情报呢？”朝格吉勒问道。

“有好几处，您没有想到吗？”赛音特古斯反问道。

“想是想了，但是……”朝格吉勒吞吞吐吐的，没有直接回答。

“但是什么？”

“也没什么大事。”

“那，就说到这儿。您赶紧给楚勒都木发报，让他召集分队全体人员在今天太阳下山之前到达苏力图。”

“是。”朝格吉勒领命而去。

欲知杨巴图提供的情报是真是假，请看下回分解。

【第三十九章】

深夜炸山洞解救群众
散布假情报引蛇出洞

当朝格吉勒部署好兵力回来的时候，赛音特古斯似乎想到了解决问题的办法，正悠闲地喝茶呢。

“我现在跟着您去你们苏力图大队长的‘衙门’，您欢迎吗？”赛音特古斯笑着说道。

“欢迎，欢迎，热烈欢迎啊。您去了，我们苏力图关卡要被参谋长的光芒照耀一次呢。”朝格吉勒也笑。

赛音特古斯和朝格吉勒出了那户人家，并马交谈着。

“巴日夫副大队长最近怎么样？”

“挺好的。”

“这次没能升职，没有意见牢骚吗？”

“没看出来。”

“平时表现怎么样？”

“阎王鼻战役之后，尤其是今年去省城参加了学习培训之后更加谦虚谨慎了，过去动不动说自己是成吉思汗的功臣之后或者是黄埔学子，现在不说了。”

“这次让马龙彪当教导员，让您当大队长，他没有说什么吗？”

“没听说什么。”

他俩和士兵们保持较远的距离，谈论着下一步的对策。

“朝格吉勒大队长，我从今天早上的战斗和杨巴图的交谈中受到启发，想出一个办法。今天夜里让楚勒都木的分队装扮成土匪的模样，到达九窝山西面洞穴里，用杨巴图的令牌骗出守在洞口的匪徒予以消灭，救出被关押的群众，如何？”

“办法是好办法。但是……”

“但是什么？”

“杨巴图的话能信么？”

“我想，杨巴图要么不说，说了不会说假话。即便他说的是假的，楚勒都木的人马要么空手而归，要么和匪徒交火。我们如果有所准备，就是交起火来也不会有太大的损失，我们依旧可以消灭土匪呀。”

“只派楚勒都木的一个分队，不是稍显薄弱吗？”

“楚勒都木走在前面，再调一个分队保持适当距离跟在后面。楚勒都木如果完成了任务，后边的人不用出手。如果情况有变化或发生特殊情况，两个分队联手作战，兵力不就强了么。您说呢？”

“好的。那么就这样部署吧？”

“行，需要注意的是小心提防土匪占据险峻的山势突然开火。我军进山后不能拥在一起，要适当地分散开来，以避免在土匪的突然袭击下大量死伤。这个要给战士们交代清楚。”

“是。”

“跟在楚勒都木后面的那个分队也叫楚勒都木指挥，要以他的暗号行动。”

“是，我会安排的。”

“嗯，要安排得周密。”

“到了苏力图您猜还能见到谁？”

“楚勒都木呀。”

“除了他还有一个人。”

“是谁呀？”

“您猜一猜。”

“我猜不出来。”

“您不想见见您的大舅子吗？”

“老马？他要来吗？”

“他昨天来到了敖包图庙，听说了您要去苏力图，说是今天要过来。”

“那太好了。”

“你们俩有段日子没见了吧？”

“自打婚礼之后一直没见过。”

他俩来到了苏力图哨卡，楚勒都木跑过来行礼问候。

“楚勒都木同志，您好吗？自从在北部边境别过之后已有半年没见了，瞧您有点发福了。”赛音特古斯见了老相识，高兴得握住对方的手一个劲地摇着。

“听说您回老家摆喜宴的消息，只是我没能喝上你们的喜酒。”楚勒都木笑道。

“喜酒嘛给您补上就行了。”赛音特古斯也笑了起来。

他们说笑着走进院子里，这时候马龙彪也从外面进来了。

进屋就坐后，朝格吉勒将今晚的战斗任务交代给楚勒都木。他们仔细讨论着，决定由第二分队跟在先遣部队后面上山。

楚勒都木的分队打扮成百姓模样，趁着夜色顺着九窝山梁攀到第三个窝窝顶上。从山顶上往哪儿看都是黑压压的高山，别的什么也看不见。

他们顺着山西腰往下走，穿过一个狭小的河谷到了西岸，用手电筒朝上打了三次“○”状信号，后山腰上发出三下“I”状手电光，双方取得了联系。

楚勒都木留下一半人马朝刚才亮了手电光的方向攀去，到半山腰时上面的人问起了话。

“什么人？”

“打猎的。”

“哪里的猎人？”

“查干希利的猎人。”

“猎什么东西？”

“猎母黄羊。”

“给什么人猎？”

“豹子。”

土匪问的都是他们内部的黑话，楚勒都木便照着回答。

“有敖特根阿哈的路牌吗？”看样子黑话都对上了，从上面下来两个持枪的人。

“有。”一个战士拿出了杨巴图的指令印牌。

“你们跟我来吧。”土匪带路朝山上攀去。

楚勒都木和他的两班人马跟着两名匪徒攀到了洞口。

山腰有并排的大小两个洞穴，从大的洞穴里传出妇女和小孩的呼叫声，小的洞穴中坐着十来个土匪，有的在说话，有的在猜拳，有的在打盹。楚勒都木将一颗手榴弹丢进小山洞里，一旁的一名战士和乌云德力格尔的两挺冲锋枪也喷出了火焰，小山洞里的土匪们转眼间便都见了阎王。楚勒都木的士兵早已将那两个带路的土匪和站在洞门口放哨的两个人逮起来捆住了。

楚勒都木留在后面的战士们听到枪声和爆炸声，立即跟了上来，砸开大洞口的铁丝网，将被困的人们都放了出来。

赛音特古斯接受剿匪任务后的二十多天，德力格尔浩特很平静，土匪没有再来骚扰，总队也没有什么行动。

一些旗军政中下层干部纷纷猜测，一少部分不了解党的政策的有疑虑之人说一些消极的话语，个别别有用心的人散布了一些谣言。

赛音特古斯装作没听见。

赛音特古斯从苏力图回来的第二天晚上，巴图敖其尔、特古勒德尔二人来他家串门，实际上是为了告诉他在外面听到的闲言碎语。

“你听到人们怎么说你吗？”巴图敖其尔问道。

“没听说，有什么话你快说。”赛音特古斯真想听听。

“说你在东港表现得有勇有谋大获全胜，北戈壁威风凛凛迫敌归降，野雉河谷奋勇追击，全歼逃匪。本来希望这一次消灭山匪再一次立功，给老百姓造福，没想到你接受任务快一个月了却什么动静也没有，守着家过小日子。”

“有人说你娶了漂亮的媳妇想过清净日子了。”

“还有人说你自从在北部战役中受伤以后害怕打仗了。”巴图敖其尔、特古勒德尔轮流说着。

“说这话的人是把我的心思给猜透了。现在已经和平解放了，在天下太平的时候，如果为了区区几个土匪出点什么事儿，我的金萍怎么办？我现在可不同于在西岭庙的时候了，那时候我是光杆司令一个，没什么可担忧的。如今我只想抱一个可爱的儿子，别的什么也不想了。以此看来人的思想是会发生奇怪的变化的呀。我自己也不曾想过会这样。这大概就是所谓的‘存在决定意识’吧。”赛音特古斯一本正经地说。

“你在说什么呢？听你这话好像是我在拉你的后腿？”金萍很吃惊，不知丈夫的用意，不高兴地说。

“不明白，我真的不明白你在说什么。”巴图敖其尔好像在看一个陌生人一样看着他。

“我也糊涂了。你可以抱一个儿子，但是大庭广众之下不能说这种话吧？”特古勒德尔也不明所以地呆住了。

赛音特古斯：“做人一定要剖析思想说真话。”

特古勒德尔：“还有人说的更危言耸听呢。”

赛音特古斯：“说什么？”

“说第三次世界大战要爆发了。”

“国民党很快会打回来了。”

“还有少数人在下面悄悄谈论，说山匪的活动是为迎接蒋介石返回来而做准备呢。”

听了他俩的话，赛音特古斯非常严肃地说：“这些话是敌人散布的谣言，这和议论我的那些话有本质的区别。我们要坚决反驳敌人的谣言，让人民群众有一个正确的认识。”

特古勒德尔：“对呀，这才是我们的参谋长应该说的话。”

赛音特古斯笑道：“先头说的和刚才说的，都是参谋长的真心话啊。”

巴图敖其尔：“就算是那样想的，也不能那样说呀。”

特古勒德尔：“给我们说也无妨，但在外面不可说这种话。”

赛音特古斯笑：“做人要诚实。你们在外面就说我是这么说的，没关系。”

“别说没用的话了，吃饭吧。”金萍端来两盘菜和一瓶酒，给他们三人斟了酒。

平时喝酒的时候他们几个有说不完的话，今天却没什么好说的，都沉默无语。

金萍也没什么心思说话，显得闷闷不乐。

“哎，平日你们俩说话总离不开乌兰其其格，今天怎么不说了？”赛音特古斯见他俩沉闷地喝酒，故意转移话题。

“现在说乌兰其其格还有什么意义？”巴图敖其尔瓮声瓮气地说。

“那是巴图敖其尔经常念的经，跟我有什么关系？”特古勒德尔倒是找了个机会占了一次巴图敖其尔的便宜，嘿嘿笑了起来。

“我告诉你们关于乌兰其其格的一个最新消息。你们坐稳了，砖地很硬，瓷碗很脆，别失手让碗筷掉在地上了。”赛音特古斯说。

“什么消息有那么厉害？”金萍说着从里屋跑出来。

“这个消息对你没有那么大的震动，倒是他们两个，尤其是巴图敖其尔兄坐稳了。”赛音特古斯故意卖关子，想让他们着急一下。

“怎么这么啰唆，快说呀！”巴图敖其尔果然急了。

“好啦，快说吧！”金萍也急着要听。

“嘉，你们好好听着，我告诉你们：乌兰其其格要和楚勒都木结婚了。”赛音特古斯边说边看他们俩人的表情。

“你听谁说的？”巴图敖其尔连忙问道。

赛音特古斯笑道：“是侦察员探到的情报。”

“你们的侦察员没事干了收集人家姑娘的私事呀？”金萍说着直捂着肚子笑。

赛音特古斯也觉得自己的话好笑，他们三人忍不住笑了起来。

几天以后，赛音特古斯来到总队部大院时遇到宝音阿日毕吉呼副总队长，连忙立正、敬礼。

“宝副大队长好吗？有些日子没见面了。后天我们准备出兵搜山呀……”赛音特古斯大声地说。

“进屋谈吧。”宝音阿日毕吉呼对他今天的表现感到很奇怪。

“三个大队的兵力将于后天中午进入苏古图河谷……”赛音特古斯依旧大声说着跟随宝音阿日毕吉呼进了屋，在屋里不知说了些什么。出来时又遇到宝音满都呼队长，他又像刚才那样大声重复着进山剿匪的话，然后从大院出来。

宝音满都呼也很奇怪他今天的表现，但没放在心上。

赛音特古斯回到活佛拉布隆院，派那生到总队部大院，让他散布后天以三个大队的兵力从苏古图河谷进山搜索的消息。

赛音特古斯又对刘参谋叮嘱道：“通知守山口的各分队：从今天中午开始到后天中午严密封闭各条山口，把进山的人全部抓起来。”

第二天午夜之后，守卫沐仁乌森口的第一大队的战士抓获了两名打扮成农民模样的人。

赛音特古斯立即起程赶到沐仁乌森口，却发现被抓的人是总队宣传队的两名战士。

“你们为何事来到这里？”赛音特古斯问。

“我们请了假去探亲，却被这些士兵无理地抓了起来。参谋长要给我们做主啊！”其中一人用一副受委屈的样子说道。

赛音特古斯向朝格吉勒使了个眼色，朝格吉勒会意，将其中一人带出去了。赛音特古斯开始审问留下来的那一个。

“叫什么名字？”

“黄岗。”

“你干了什么叫人家抓了？”

“我请假探亲，就叫抓住了。”

“你家在哪个村？”

“在沐仁乌森。”

“你在哪里被抓的？”

“在进山的口子上。”

“你出来探亲，为什么不去家里而要进山?”

“我是跟着龙瑞去的山口。”

“龙瑞的家在哪个村里？”

“在伊克乌森。”

“你们出来探亲，不回家却直接进山，是想干什么呢？”

“我……”

“对，就是你！”

“我……”

“你不说，那么我来告诉你吧。但是你要知道，我党的政策是‘坦白从宽，抗拒从严’，你自己不交待是得不到宽大处理的。你是一个穷人家的孩子，给土匪服务有什么好处？我们很快就要消灭山匪了，你好好想想。”赛音特古斯明确地告诉他党的政策和交不交代罪行的利害关系。

他依旧犹豫不决。

赛音特古斯：“你不愿交代就算了，我们不强迫你。”

“我……”他还在犹豫。

“把他带出去！”赛音特古斯大声喝道。

“我说，我说实话。”黄岗吓坏了，哭丧着脸说。

赛音特古斯缓和下来：“那你说。”

“父亲在我小的时候为了生计把我送到德力格尔浩特，给人当学徒学唱戏，后来进入部队文艺队，解放后当了宣传队的宣传干事。今年年初，杨荣给了我十块银圆让我到山里送情报。后来又有几次进山给土匪送情报。每次他们给我十万元。今日是龙瑞叫我跟他一块去。”

“你们宣传队里跟土匪有联系的有哪些人？”

“我知道的有杨荣、任康彬、张松祥、魏兰清、龙瑞几个人。”

“你是怎么知道他们和土匪有联系的？”

“今春土匪夜袭德力格尔浩特的时候，杨荣召集了我们几个准备做内应，那时候我看见的他们。”

接着，把黄岗押了出去，把龙瑞带进来继续审问。

龙瑞很顽固，拒不交待。无论赛音特古斯费了多少口舌讲明政策，他只是说自己是出来探亲的，别的话一概不说。但是赛音特古斯注意到他每次说话都要下意识地看一眼左脚。

“你真的打算不交代吗？”

“我没什么可交代的。”龙瑞表面上装作很镇定，但一双手却微微地发颤，他连忙捂住肚子，想掩饰内心的恐慌，又一次下意识地看了一下左脚。

“把他左脚的鞋子脱下来！”赛音特古斯突然喝道。

龙瑞又一次看了一眼左脚，已是满头大汗。

一个战士过去脱下他左脚的鞋子，里面什么也没有。

赛音特古斯悄悄观察龙瑞，只见他的眼睛跟着鞋子在转。

“把鞋底子拆开看看。”赛音特古斯说。

那个战士拆开了鞋底子，从中掉出来一张折叠的纸。打开纸一看，上面写着：“明天中午旗三个大队兵马从苏古图河谷进山进行搜寻。104。”

龙瑞见状慌忙跪到地上求饶：“我说，我都说，请长官饶我一命吧！”

“那你说！”赛音特古斯说。

龙瑞交代：“今年春天，谢延辉来到旗上，我们过去认识，所以一起喝了酒。临走时他给了我二十块银圆让我买酒喝，还说有什么消息告诉他一声。我问他要听什么消息？他说：‘进山的部队人数、时间或经过山路的货物、钱财、来回走动的干部情况都要报告，消息如果准确还要奖赏。’我问他怎么跟他联络。他说：‘把情报交给你们宣传队的杨荣或者任康彬都行。’”

“你还知道哪些人和土匪有联系？”

“我们宣传队里有张松祥、魏兰清二人。除此之外在通信班有高延平和黄巴图。其他的就不知道了。”

“你说的都是真话吗？”

“我想争取宽大处理，把知道的全都如实地交代了，没有半点假话。”

“那我问你，104是谁?”

“这个我不知道。”

“情报是带在你身上的，为何不知道？”

“我真的不知道啊！”

“你说的话是真是假现在还不能确定，以后会证实的。把他押下去，把他们两人先关起来。”赛音特古斯说。

然后他连夜赶回了德力格尔浩特。

第二天早晨，那生带了两个班一一逮捕了龙瑞他们所交代的内奸，交给公安局逐一审问。

杨荣等人被捕后交代了和山匪勾结的罪行。

“给参谋长说一件奇怪的消息。”宝音朝格图来到活佛拉布隆院赛音特古斯的办公室煞有介事地说。

“公安局长说奇怪，那它一定是奇怪的消息了。”赛音特古斯心不在焉地说。

“据杨荣、黄巴图交代，你们总队后勤处副处长苏日图是他们的头目呢，你说这事儿奇怪不奇怪？”宝音朝格图说。

“说奇怪也奇怪，说不奇怪也不奇怪。有什么具体证据？”赛音特古斯想起这一年苏日图积极拥护和平起义，保证了淖尔图哨卡的供给，为总队后勤服务工作日夜操劳奔波的情景，心想这个人的工作能力和潜伏的能力都不一般。

宝音朝格图：“准备暗杀周政委，土匪攻击德力格尔浩特时暗中派人准备开门的人都是他。”

“什么？！”这回赛音特古斯真的吃惊了。

“还有，‘104’就是苏日图的代号。”宝音朝格图说。

赛音特古斯立即和宝音朝格图一起到总队部向周贵仁、乌宁乌日德二人汇报了这个情况，随即决定逮捕苏日图。

封锁山口的部队又抓获了几个给山里送情报的人。

就这样，隔断了总队内部的土匪眼线，初步清理了队伍，同时基本上掌握了山里的地形和土匪的活动规律，赛音特古斯的清剿土匪工作从准备阶段转入到消灭土匪的阶段。

欲知赛音特古斯会采用什么战术清剿山匪，请看下回分解。

【第四十章】

搜大山土匪被彻底剿灭
平北疆人民获安居乐业

旗工委、旗政府和保安总队主要负责人开会，研究商量清剿土匪的工作。

会议一开始，工委李书记分析了当前的形势，强调了集中力量尽快消灭敌人，保持全旗稳定的重要性。

赛音特古斯做了工作汇报："剿匪指挥部成立已经一个多月了。这期间的工作总的来说是消灭土匪的前期准备工作。首先，派出一个分队的战士深入到牧民中间开展思想工作，提高群众的认识觉悟，基本上扭转了少数群众因害怕土匪而给他们送情报和提供粮食、肉、油等物品的情况，反过来给我们提供土匪的活动情况。其次，我军逐步熟悉了山势地形，掌握土匪的活动规律，并认下了一些土匪。三是消除了隐藏于我们内部的土匪耳目，使山匪变成了瞎子和聋子。四是消灭了六十多名散匪，活捉土匪副司令杨巴图，救出了被土匪关押在山洞里的三十多名群众。五是已经全部查清了山北一带的山口、沟壑、山坡、梁子、水泉的位置。现在全面清剿土匪的条件已经成熟了。"

乌宁乌日德："你说一说消灭土匪的具体措施。"

赛音特古斯："沙漠、戈壁或平滩上我们可以轻而易举地消灭土匪。但是深山密林中就不是那么容易了，山势险峻，山地宽阔，只用我们保安总队的兵力搜山的话显然势单力薄，哪个也顾不上。我们的计划是省军区派兵从山南边向北搜索，我们封锁山北一带并往里挺进，这样一来可以全歼土匪。”

会上同意了赛音特古斯的意见，向省军区进行汇报。

两天以后，省军区派汽车来接走乌宁乌日德、周贵仁、赛音特古斯三人，研究土匪的情况和清剿方案，决定由省军区出大军搜山，旗里全力以赴地封锁山北一带，配合消灭山匪。

赛音特古斯回来以后即刻召集各大队大队长和部分分队队长进行了具体部署。

总队长乌宁乌日德、政治委员周贵仁和宝音阿日毕吉呼、额日德尼几位副总队长也参加了会议。

赛音特古斯：“我们封山的兵力是第一大队的四个分队、第三大队的四个分队、第四大队的五个分队、第五大队的三个分队共八百多人，除此之外加上各哨卡和民兵，从布日嘎斯台口到阿拉腾欧德口的三百里地的范围，一里地只能分配到三个人。如果我们散开兵力守护，土匪可以从任何一个口子随意突围出去。在这样的情况下，我们可以采取‘分散防御，重点防守’相结合的措施。‘分散防御’指的是在能够相互间取得联络的范围内部署暗哨，哪一个暗哨发现了土匪就立即报信，两边的一接到信号就立即向土匪所在地靠拢。‘重点防守’指的是在重点山口以分队为单元，听到前面暗哨的信号，埋伏在最近的部队能够在半小时之内赶到。根据目前土匪的活动情况和规律，以及山势地形，适当缩小全线防御范围，有的地方还可使用空城计。这是此次战斗的基本部署和原则性的意见。各位领导和大队长们有什么指示和意见？”

听了赛音特古斯的介绍，额日德尼首先支持，说：“我看这个办法非常适合对付复杂的地形和土匪溃散的情况，这么长的战线，没有比这个更好的办法了吧。”

周贵仁说：“我也同意。解放军过去曾经用过这个战术。赛音特古斯结合地形和土匪的情况提出了这个方案，是灵活用兵战术啊！”

乌宁乌日德副主席也说：“我完全同意。土匪一旦被大军逼出山林，就成了我们的囊中之物，不怕消灭不了。”

其余与会者也都表示赞同。

“大家都没有意见的话，下面我讲一讲具体的部署吧。”赛音特古斯说。

乌宁乌日德：“好的，你讲讲。”

赛音特古斯：“西边从阿拉腾欧德到胡查图哨卡，东边从布日嘎斯台口到苏力图河谷两段地区可以视为非重点地区，把这两段中间一百八十里的地段作为重点，根据地形地势，三五里地一个哨，有的地方一二里地一个哨，每个哨位配三个人，隔两个哨安排一个班，哪一个哨发现了土匪即刻鸣枪发出信号。两边哨位要连续发信号，使得十里地之内的各哨向信号发出地围拢。第一、三、四大队分别抽出两个分队，还有民兵四个队，分配于各个哨位，其他各分队埋伏于哨位后方三五里地的地方，一看到信号，立即行动包围土匪。从阿拉克山到敖包高勒河谷的地区由第一大队负责，从这以西到伊克乌森河谷的地区由第三大队负责。伊克乌森河谷以西的地区由第四大队负责。第五大队也要有所准备。要抽调出三个分队作为预备队，在上述三个地区后方待命，做好随时作战的准备。我们已经绘制了部署图发给各位，每人一份，但不许丢失。八月二十五日晚上，各哨卡人员和埋伏部队都要按照图中所标记的及时到达各自的位置上做好埋伏。各大队长都听明白了吗？”

赛音特古斯一口气部署完工作，问大家还有没有问题。

“明白了。”

“一定完成任务。”

“知道了。”

“都记清楚了。”大队长们纷纷表示完成任务。

赛音特古斯转身问总队长们：“各位领导有什么意见？”

“对刚才的部署我没有意见，各大队长要认真琢磨领会。”乌宁乌日德说。

1950年8月26日。

人民解放军两个团的部队分为一百二十个队在日出时分从阿格鲁图山自东向西进行了大规模的搜山剿匪行动。

钻进深山的土匪在大军面前东躲西逃，有的陷入包围圈被俘虏，有的当场被击毙、击伤。

土匪几个头目带领一百多个匪徒从山顶分界岭往下逃窜，遇到解放军一个队，双方占据密林险坡交火约十分钟，各自有不同程度的伤亡。这时候解放军的又一个队攀越过山顶从土匪后面用机枪扫射，立即消灭了十来个匪徒。

土匪腹背受敌招架不住了，想着立刻退出战场，隐蔽于山北梁密集的森林中，仗着熟悉地形和擅长在山地奔跑的特长，轻车熟路地跑过一条条沟壑与坡梁，很快撤出了战斗，顺着山谷飞快地往下跑。下午三时，他们出了乌日格思图河谷下口，向北掉头，径直朝查干布哈沙漠方向逃窜。山北的纳木嘎乌森暗哨发现了土匪行踪，立即用机枪扫射，就地撂倒了数名匪徒。

匪徒们即刻趴在地上反击，这时候楚勒都木的分队驰马赶来包围了土匪，以猛烈的火力打得土匪抬不起头来。

赛音特古斯也率领一分队赶到了。他观望了情况，把自己带来的人马部署在小河东岸，以防土匪从此处突围，将原先埋伏在那里的两个班调到西边。

“你们现在已经被我军重重包围，没有出路了。缴枪投降还可以多活几天，罪行轻的一般土匪还可饶命不死。”

“你们不要为少数匪首卖命了，父母妻儿们都等待着你们回家呢。”

“缴枪投降者可给予适当的宽大处理。”

“赶快缴枪吧！”

“若不缴枪我们马上就要进攻了！”

外围的战士们纷纷向土匪喊话。

几个小土匪扔下枪躲到草丛后面。

很快，多数匪徒把枪扔了。

而少数土匪依旧负隅顽抗。

“我部已经围住了三十多名逃匪。”守护阿拉克山脚下的第一大队敖云巴图分队来电。

赛音特古斯把消灭乌日格思图口剩余顽匪并清理战场的任务交代给分队副队长嘎瓦扎布，然后率领自己的人马和楚勒都木等人径直奔向阿拉克山麓。

只见那里的多数匪徒已被消灭，只剩十来个土匪在拼死顽抗。

“这十来个人要统统捉活的。”赛音特古斯观察分析了敌我双方的战况和部署，对指挥战斗的敖云巴图说道。

敖云巴图：“好的。先让我们的人进行阻击，停止进攻。”

赛音特古斯：“告诉我们的人，不要瞄准了打，放空枪示威，以少批人马进行佯攻，一遇到土匪的反击就后退，消耗敌人的精力。”

敖云巴图重新组织人马、调整战术，按照上述步骤跟对方打了半小时的拉锯战，只见土匪的枪声越来越稀疏，到最后两次的进攻结束时土匪也停止了射击。

当包围圈从五百步缩小到二百步时，土匪的射击又开始了，不过这次火力大减，只有零星几声枪响，不一会儿又停止了。

我军继续缩小包围圈，向前逼近，这时候匪徒们手持刀剑和枪棒做最后的反抗。

“全部活捉他们！”赛音特古斯一声令下，我军一拥而入，把这一伙匪徒全部活捉，捆了起来。

赛音特古斯叫楚勒都木前去看被俘的土匪是些什么人。

“土匪头目马明怀。”楚勒都木指着一名土匪说。

在乌日格思图口投降的土匪指认那个马明怀就是郭栓子。

嘎瓦扎布的人马将乌日格思图口剩余的十几名匪徒打死了七个，活捉了六个。杀害曹书记的凶手龙巴雅尔也被活捉了。

布日嘎斯台口哨所的三名战士在下午四点钟发现了从山口跑出来顺着河谷往下逃窜的二十多名土匪，组长纳木斯莱想鸣枪报信。

“您别打空枪，我瞄准土匪射击，或许能打死一两个呢。”战士尼玛扣说。

纳木斯莱：“好，那你快开枪。”

“砰”的一声，跑在最前面的一个匪徒应声倒下。

匪徒们很吃惊，呆在了原地。

“砰！砰！”又有两个匪徒倒下去了。

尼玛扣是在大队里出了名的神枪手。在东港的战役和北戈壁战役中先后击毙了二十三名敌人，被誉为“神枪手”。

尼玛扣的这三枪既是夺命的子弹又是信号枪。土匪眼看着死了三个人，非常恐慌，连忙寻找隐身之地开始回击。

听到信号的左、右两翼的哨兵也立即围拢过来。

埋伏在后梁上的第三大队二分队也听到行动的信号，十分钟之内便赶过来了。

三颗子弹打死了三个人，令土匪异常恼火，他们集中火力朝纳木斯莱他们的方向猛烈开火。

尼玛扣隐藏在一座小土丘后面寻找目标。突然从一块巨大的卧牛石后面露出半个脑袋，他轻轻一勾扳机，那颗脑袋便开了瓢。

尼玛扣继续寻找目标，又有一个人的脑袋从一棵檀香树后面探了出来，尼玛扣的枪响了，目标也倒下去了。

这一天尼玛扣战绩不俗，在一个点上消灭了五个土匪。

匪徒们正朝着尼玛扣的方向射击，突然从左、右两侧都响起了枪声，他们才慌忙向后掉头逃窜。

土匪们朝着远处苍茫缥渺中的查干布哈沙漠方向拼命奔逃，却遭遇阿日斯楞第七分队。

一整天在山野中上下来回奔波，没吃没喝的匪徒们怎能抵挡得住手持机枪、骑着高头大马、比自己强大几倍的对手？短短几分钟大多数土匪被歼灭，剩下的几个也举手投降。

西下的太阳约一绊绳高的时候，解放军搜山大军出了山，与旗保安总队封山部队会合于阿格鲁图山西麓。在山坡，在溪流边上，在沙梁上，在羊群边，到处飘舞着红旗，吹响了号角，钢枪在闪光，青色的哈达在舞动，人欢马叫此起彼伏，金色的晚霞绘出令画家也难以描摹的美丽画卷。

清剿山匪的战斗胜利结束，钻进深山的郭栓子土匪被完全、彻底地消灭干净。郭栓子等匪首被判处死刑，在省城枪决。杨巴图和杀害曹书记的龙巴雅尔，还有攻打德力格尔浩特的谢延辉等土匪头目及主要案犯等亦被判处死刑，在德力格尔浩特枪决。

赛音特古斯下午下班回家，洗漱一番，换了衣服，金萍也回来了。

"你今天怎么回来得这么早？晚上吃什么饭呢？"金萍笑着问道。

"咱俩出去吃吧。"赛音特古斯说。

"去哪里？"

"你也换了衣服，洗漱一下。我们去'利客庄'餐馆吧，巴图敖其尔他们在那里等着呢。"

"我说你今天怎么回来得这么早，还把早晨穿出去的军衣给换下来了，原来是这么回事呀。"金萍笑道。

"这也没什么不好吧？"赛音特古斯也笑了。

"你们几个也很怪，经常见面，一旦有什么聚会，像是几年没见一样，搞得神秘兮兮的。"

"我们虽然常见面，但聚会的机会很少，所以才会如此。"

他俩出了城，来到南街的"利客庄"餐馆。除了巴图敖其尔、特古勒德尔、策仁、宝音四人外，还有巴图敖其尔的妻子乌德巴拉、策仁的妻子夏日呼肯和阿巴扎的女儿诺敏其其格等人。

金萍和她们都曾见过面，所以与她们几个女的说说笑笑，好不热闹。

"金萍，最近在忙什么呢？"特古勒德尔带着问候的意思问。

"没什么可忙的。特古勒德尔哥倒是很忙吧？"金萍回问道。

"金萍你不给赛音特古斯生一个儿子吗？"巴图敖其尔眨着眼俏皮地说道。

“巴图敖其尔哥老爱给别人说些笑话，自己的事却保密得从不言传。嫂子来了，您还金屋藏娇，瞒着我们，一点也不透露。策仁嘛，是新婚之人，瞒着我们也情有可原。”金萍看着巴图敖其尔直笑。

“金萍，你怎么把赛音特古斯的伶牙俐齿给学会了？巴图敖其尔过去说不过一个赛音特古斯，现在要是和两个赛音特古斯争论，会输得更快呀！”特古勒德尔找了个机会揶揄着巴图敖其尔。

“生孩子是事关党的人畜两旺政策大事，怎么能算是说笑呢？乌德巴拉、夏日呼肯两个也没什么可隐瞒的，昨天晚上才来的，今天让你们见了面，也不算晚吧？”巴图敖其尔自以为圆满地解答了金萍的问话，露出一副很满意的样子。

金萍没说话，看着特古勒德尔笑。

“你看我干什么？”特古勒德尔不明白金萍为何看着自己笑，莫名其妙地问道。

“这有什么不明白的？她是为你这个孤单的大雁而担心呢。”策仁插了一句。

“我才不孤单呢，有宝音给我做伴呢。”特古勒德尔笑道。

“去去，别把我夹在中间。我向来就是单身，怎么能算是孤雁呢？”宝音不领他的情。

“现在宝音也不是单身一人呀。”赛音特古斯看着宝音和诺敏其其格说道。

“我问赛音特古斯一句话，那次我们俩给你说外面的传言时你为什么顺着我们的话说了那一番怪话？”巴图敖其尔问。

“你们当时没听懂我的意思。那时候我刚接受了清剿山匪的任务，正在暗中做准备。那期间德力格尔浩特一个月没出事，所以人们才有了那些猜测和闲话。”赛音特古斯将那一个月里发生的事娓娓道来，解释当时他说那样的话是为了麻痹土匪和内奸，为下一步的全面出击打好基础。巴图敖其尔、特古勒德尔这才恍然大悟。

“你们结婚这么长时间了，为什么还不要孩子？”乌德巴拉悄悄问金萍。

“以前由于工作忙就一直没要孩子。现在已经有了，四个月了。”金萍害羞地笑着在乌德巴拉耳边小声说道。

“我也想问一个问题。参谋长日前刚消灭了山匪，这两年您多数时间在战争中度过，现在好了，一切朝平定安稳的方向发展。您以后……”

策仁的话没说完，特古勒德尔接过话茬：“我们家乡地域辽阔，人口稀少，虽然老百姓住得分散，但以前从没有盗贼、土匪的祸害。这两年却遭受了各种各样兵匪的祸害，弄得不得安宁。”

“特古勒德尔先生这才说了个像样的话。”巴图敖其尔打断了他的话。

“你说什么？”特古勒德尔说着转身瞪着巴图敖其尔。

“我说特古勒德尔说的对，我们的家乡过去是听不到枪声的安宁家园，可最近两年枪声几乎没停息过。”巴图敖其尔说。

“哪里有枪声，哪里就有我们的赛音特古斯的身影。”特古勒德尔笑道。

“但我不是那个放枪的人。”赛音特古斯说了一句。

“现在土匪都已被消灭，枪声也似乎停了。”宝音说。

“参谋长您说，现在一切太平了吗？”策仁问。

“不管怎样，绝不会再出现前两年的场景。但不能保证有极少数的盗贼、土匪漏网了。”赛音特古斯回答。

“在不安宁和提心吊胆中度过了两年，但愿今后再不要出现这种情况。”特古勒德尔这么一说，许多人点头表示认同。

“枪声已经过去了，参谋长今后打算做什么？”策仁突然问了一条连他自己也没有想过的问题。

“策仁科长讲的问题我从没有考虑过，这的确是需要思考的问题。说自己的愿望，我是喜欢当一个作家的。可以写一些我们旗的故事传说，我们所经历的事情，还有这两年的许多事情都可以写一写。尤其是我们今后的发展前景：在碧绿的草地上遍布着牛羊五畜，到处耸立的工厂烟囱里冒着白烟，宽畅的油路上车辆穿梭，很快建成学校、医院、高楼大厦，霓虹灯也闪烁起来……这一切都可以写呀。但这方面，党叫我干什么我就干什么，服从党的指挥。写作嘛，可以利用工作空闲或者晚年卸甲还乡的时候写呀！”赛音特古斯说着哈哈大笑起来。

串联在一起，开始撰写。正如老马学步一样过了七十岁要写长篇小说，对我来说可谓咄咄怪事。但不达目的又怎能甘心？身体健康、气力充沛之时又怎可以无聊闲坐？用了几年时间撰写完，毕又再三修改，才到现在这个程度。把几个章节给当地一些朋友看，他们说："地方似乎去过但不太一样，事件相同但又不完全相同，故事中的人物似曾相识但姓名职务不一样。"我听了很高兴，如果我的作品能给当地人带来这样的感受，我的写作目的基本上就达到了。但达没达到这个目的现在尚难说，更是算不算得上一部长篇小说，自己说了不算，最终的评价权力在于广大的读者。

因自己的艺术创作能力有限，写作水平低，不顾年迈头昏斗胆执笔，以平常文笔写到这个程度，还望各位读者多多批评指正。

在这部作品翻译、出版过程中得到内蒙古自治区政协，内蒙古党委宣传部，内蒙古文联，内蒙古作协、阿拉善盟委、行署、盟政协及盟委宣传部、盟老干部局、盟文联等有关部门领导的大力支持。马英同志是自治区文艺战线的新秀，又是阿拉善盟文联的主要负责人，工作确实很忙，可以说是在"百忙"中挤出时间完成本书的翻译。在此一并表示深深的感谢！

作者

2013年秋于巴彦浩特

后 记

我年轻的时候喜欢诗词，但没写什么像样的东西就过去了。偶尔也写了几首诗，其实也不能叫诗，只是随手涂鸦的笨拙语句而已。后来把其中的一些收集整理成册，出版发行了。这也是不怕别人耻笑而为的事。我大半辈子写得最多的大概是公文、调研报告、论文、评论之类的文章。退休以后在一些朋友和同志们的撺掇和鼓励下，以随笔的形式把自己在工作中经历的一些事写出来，结集出版。

大半生在工作岗位上匆忙度过，退休以后在悠闲的时光中难以立即适应，便以读书读报刊来消磨时间。小说、政治、传记、社会知识方面的各类书籍有什么读什么，年轻时没来得及读的书本到老了有机会阅读，也算是一件幸事。

有一次读了家乡的一位知名作家写的一部长篇小说，对主人公的故事结局感到有点不满意，便自己试着续写了两个篇章，自觉得还可以。于是送那位作家看，对方夸我写得很好。我知道这是人家在鼓励我，但产生了试着写一部长篇小说的念头。有了念头，胆子也壮了不少。将自己的所见所闻的事件筛选了几件，将真实事件加上艺术想象